U0135403

国家"十四五"重点出版物出版专项规划

重大出版工程项目

国家出版基金项目
NATIONAL PUBLICATION FOUNDATION

中华元典学术史丛书

总主编
李振宏

昭明文选

学术史

郭宝军 著

山东城市出版传媒集团·济南出版社

图书在版编目（CIP）数据

《昭明文选》学术史／郭宝军著. —济南：济南出版社，2023.7

（中华元典学术史／李振宏主编）

ISBN 978-7-5488-5769-3

Ⅰ.①昭… Ⅱ.①郭… Ⅲ.①《文选》—研究 Ⅳ.①I206.2

中国国家版本馆 CIP 数据核字（2023）第 127360 号

《昭明文选》学术史

ZHAOMINGWENXUAN XUESHUSHI

出 版 人　田俊林

图书策划　朱孔宝　张雪丽

责任编辑　于丽霞

装帧设计　牛　钧

出版发行　济南出版社

地　　址　山东省济南市二环南路1号（250002）

发行热线　0531-86922073　67817923

　　　　　86131701　86131704

印　　刷　山东临沂新华印刷物流集团有限责任公司

版　　次　2023年7月第1版

印　　次　2023年7月第1次印刷

成品尺寸　148mm×210mm　32开

印　　张　12.25

字　　数　285千

定　　价　88.00元

（济南版图书，如有印装错误，请与出版社联系调换。

联系电话：0531-86131736）

总　序

　　从春秋战国到秦汉之际，中国历史经历了一个长达六百年的大动荡、大变革时代。在这场深刻的历史变迁中，此前思想文化领域中各种处于萌芽状态的意识形态、哲学观念、历史意识、宗教神学、文化科学等，都以成熟的形态凝聚、荟萃，而涌现出一批文化元典，为后世中华文化的发展，奠定了一个义域广阔的开放性基础。这些文化元典，包括传统所谓"六经"和先秦诸子之书，历史地奠定了中国文化的发展道路，塑造了中国文化的精神面貌，中国传统文化的文化基因，就深埋在这批文化典籍之中。

　　这批文化典籍以及后世原创性的具有开创意义的文化典籍，传统称之为"中华经典"，从 20 世纪 90 年代开始，人们改用"元典"的称谓。这一改变确有深意，但却为人留下疑惑。以笔者之见，这一称谓的改变，反映着文化观念的一大进步。"经典"表征着典籍的神圣性和权威性，经典思想意味着它的只能遵循而不能分析和质疑的属性，经典思维束缚了思想的发展。我们知道，马克思主义哲学的本质属性是其革命性和批判性，它要求我们以科学理性的态度对待传统文化，要求我们从对

"经典"膜拜和盲从的传统积习中解放出来，以更科学的态度对待传统，以更理性的态度研究传统。从"经典"到"元典"，这一典籍称谓的改变，意味着我们对传统文化的研究，正在走上更为科学而理性的道路。那么，何谓"元典"？

元者，始也，首也，意谓"第一"和"初始"。这是中国最早的一批文化典籍，对于后世思想文化的发展，具有初始意义。

元者，大也，意谓宏大而辽阔。这批文化典籍提供的思想场域，涵盖了后世中国思想发展的诸多问题意识，具有全覆盖的特点。

元者，善也，吉也，有美好、宝贵和嘉言之意。这批文化典籍提供了后世中国最宝贵、善良和美好的思想修养资源。

元者，基也，根也，具有基础、根本、本源之意。这批文化典籍是后世中国文化的基础和出发点，一切思想元素都来源于此，一切思想的发展都以此为根基。

元者，要也，有主要、重要之意。这批文化典籍不是中国文化典籍的全部，但却是中国文化中最重要、最核心的部分。

总之，"元典"包含有始典、首典、基本之典及大典、善典、宝典等意蕴。"元典"称谓，既在某种程度上包含了传统的圣典、经典之义，又避开了对传统典籍非理性尊崇的嫌疑。

这是笔者以前曾经做过的表述，转述于斯。这批文化元典，包含了中国文化的基本要义，奠定了后世中华文化的发展方向，但并不意味着由文化元典所奠定的文化精神是一成不变的。从先秦元典到现代的中华文化，是一个生成、发展、传承、演变而不断提升的历史过程，是一个思想发展的生生不息的过程。

思想发展的动力何在？马克思、恩格斯说过："思想的历史除了证明精神生产随着物质生产的改造而改造，还证明了什么呢？"（《马克思恩格斯选集》第 1 卷，人民出版社 1995 年版，第 292 页）的确如此，中国元典精神的发展，就是和中国社会经济的发展、中国历史进程的演变，平行而进的。中国历史的每一次变革，以至每一个新的历史时代，都催促当时代哲人从元典著作中寻找答案，并从新的历史条件出发，对元典著作做出符合新时代需要的创造性阐释，为时代的发展提供精神动力。这种不断地返本开新的思想创造活动，就形成了生生不息的元典文化的学术史、思想史。

历代学人对元典精神的时代性阐释，都是元典文化精髓在更高层次上的发扬和转换，是将原有文化元典本已蕴含的文化意蕴在新形势下重新发现、重新唤起，并赋之以新的生命活力。这样，历代学人对文化元典的重新阐释，就构成了中华文化精神的发展史。我们今人所继承的中华文化传统，就是这样伴随着时代的发展在不断的阐释中形成的。中国文化精神，不仅深埋在固有的文化元典中，也活跃在历代学人对元典不断阐释的学术史之中。而要认识今天中国文化的基本精神，理解这种文化的思维特性，洞彻我们的民族心理，就需要下功夫去做元典学术史的研究工作，并把研究的成果向社会推广。济南出版社策划出版的这套《中华元典学术史》丛书，立意就正在这里。本丛书的组织者，希望我们的社会大众，能够在这套书中，看到我们民族文化的精髓和内核，了解中国思想文化发展的历史轨迹，明白民族文化的发展趋势和历史走向，从而更加科学而理性地看待我们所传承并将继续发扬光大的民族文化传统。

从这样的著述宗旨出发，我们要求著述者坚持学术史研究最重要的方法论思想，深刻揭示元典著作被不断阐述、返本开新的时代内涵，从中国历史的发展过程中阐释元典精神的生命力；

从学术史著述的基本特性出发，我们要求著述者严格遵循传统的"辨章学术、考镜源流"的学术史逻辑，清晰地描述元典精神发展演变的历史线索，以揭示中国文化精神的思想轨迹；

从本丛书的社会使命出发，我们要求著述者偏重从思想史的角度，梳理元典思想发展的线索，而不囿于传统元典研究的文献考订方面，将读者定位于社会大众，希望社会读者能够真正得到思想的启发；

从本丛书的预期效果出发，我们要求著述者恪守"学术著作、大众阅读"的著述风格，要求在坚持学术性的同时强调可读性，把适合大众阅读作为在写作方面的基本原则。

经过几年的努力，本丛书终于要和读者见面了。自我检视，这些著述已经实现了丛书设计者的初衷，达成了预期目标，可以放心地交给社会大众去接受检验了。当然，文化著述的最终评判者是读者，是真正喜欢它们的社会大众。我们真诚地希望丛书可以唤起人们对元典文化的热爱，唤起人们对自我文化传统学术史和思想史的关注，从民族文化的历史脉络中汲取营养，从而更自觉地承担起传承中华民族优秀文化传统的历史使命。

李振宏

2022 年 7 月 20 日

目 录

第一章　昭明太子萧统与《文选》的编纂 / 01

《文选》的编纂者萧统 / 02

《文选》的成书年代 / 10

《文选》的版本及流传 / 13

第二章　《文选》的内容与编纂思想 / 25

《文选》的内容与分类 / 26

萧统的文学思想与《文选》的编纂标准 / 33

第三章　从"选"到"学"：隋唐文选学的成立及《文选》的经典化 / 45

《文选》何以鹤立鸡群 / 46

隋唐文选学的成立 / 56

唐代《文选》诠释平议 / 66

经典与经典化的一点思考 / 80

第四章　编纂、传播与评点、续补：宋元文选学的新内涵 / 85

宋代对《文选》注释的清理与整合 / 86

"文选烂，秀才半"：科举视阈下宋代《文选》的传播与接受 / 99

宋代对萧统、李善、五臣的评判 / 120

元代的《文选》评点与续补 / 149

第五章　回归文本：明代《文选》的删节与评点 / 165

明代文选学的世俗化 / 166

明代的《文选》删述 / 173

明代的《文选》评点 / 186

第六章　何以"妖孽"：登峰造极的清代文选学 / 207

《文选考异》：清代《文选》校勘的最高成就 / 208

相争相成：清代、民初《文选》派的一个考古学考察 / 249

第七章　回风生澜："妖孽化"以后的文选学 / 279

"选学妖孽"口号的生成 / 280

20 世纪 30 年代"施鲁之争"的文选学史意义 / 305

第八章　新文选学的形成与当代文选学的发展 / 331

新文选学的形成 / 332

当代《文选》文献的全面清理 / 337

当代文选学的研究热点及趋势 / 346

第九章　结语：对《文选》学术史的历史评说 / 355

主要参考书目/ 374

后　记 / 378

第一章
昭明太子萧统与《文选》的编纂

《文选》是中国现存最早的一部文学总集，是由南朝梁武帝萧衍的长子萧统编纂的，因为萧统去世之后谥号"昭明"，所以后人习惯将他编纂的这部总集称为《昭明文选》。

由于《文选》编纂精审，几乎将南朝梁之前的优秀文学作品全部收入；文体齐备，收录了诗、赋、文等三十九种文体；卷帙适中，区分为三十卷，所以编纂完成之后，很快进入读书人的视野。尤其是隋唐科举制度实施之后，《文选》成为士子必读的、反复揣摩的经典选本。为了阅读学习的方便，李善等学者给《文选》作了详细注释，并由此形成了一种专门的学问——"文选学"。到宋代的时候，随着雕版印刷的兴盛，《文选》更是家传户诵，民间流传着"《文选》烂，秀才半"的说法，足见《文选》典范的指导作用及影响的深远。《文选》的这种深刻影响，伴随着科举考试，一直持续到新文化运动。新文化运动的先驱者在推翻旧文化、旧道德、旧文学的时候，祭出了两面大旗——"选学妖孽"与"桐城谬种"，《文选》成为他们攻击的两大靶子之一。新文化运动后的《文选》，因为失去了蓬勃生长的土壤，影响骤降，但并没有因此就销声匿迹。在历次的文化论争中，作为旧文化典型代表的《文选》仍是被时时提及的高频词。时至今日，《文选》对我们的日常影响虽然没有古代那么直接了，但作为中国优秀传统文化的一部分，仍应该为我们所学习、继承、发展、转化，这也是毫无疑问的。

《文选》的编纂者萧统

萧统，字德施，小字维摩。南齐和帝中兴元年（501）的九月，萧统出生于襄阳（今湖北襄阳）。萧统出生时，他的父亲萧衍尚未登上皇位，还在雍州刺史任上，但当时的他并不在州治襄阳，因为这年年初，他带兵东征，前往建康（今江苏南京）争夺皇位去了，并在第二年的四月，如愿以偿，正式登基，建立梁朝，改元天监。萧统的母亲是丁令光，祖籍沛国谯郡（今安徽亳州），世居襄阳，她十四岁的时候，萧衍纳其为妾，当时萧衍的正妻郗氏尚在，但不久郗氏就去世了。丁氏十七岁的时候，生下了萧统，次年，萧衍攻克建康后，将母子二人接到建康。萧衍称帝以后，立萧统为太子，封丁令光为贵嫔。丁贵嫔为人善良，性格宽厚仁爱，主掌后宫后，上下左右相处和谐，井然有序。她穿着朴素，不喜好华美奢靡，日用器物普通平常，从未请求梁武帝给自己的亲戚谋取私利。丁贵嫔的性情、为人、为政乃至日常生活习惯，都对萧统一生产生了深刻的影响。

萧统被立为太子时，还不到两周岁，因为年幼，所以仍居宫中，直到天监五年（506）六岁时才出居东宫。据《梁书·昭明太子传》记载，东宫藏书三万多卷，并聚集了当时很多著名的文人学者，沈约、刘孝绰、刘勰等人都曾经在东宫任职。这些当时杰出文人的才艺、学问及读书唱和，对年幼的萧统产生了很大影响。成年之后，每逢游宴祖道的盛会，萧统作诗可赋至十数韵。有时梁武帝让他作剧韵诗，他总能稍假思索就能作出，而且不用改动、无须修饰。"剧韵"，即险韵，就是诗歌中文人较少用到的韵字，因为这些字不好押韵。从这些记载来看，至少萧统对诗歌创作的"技术"掌握得还是相当熟稔的。

天监十四年（515）正月初一，梁武帝亲临太极殿，为太子萧统举行了加冠礼。冠礼之后，意味着萧统成人，有了监国抚军的权利，可以辅佐梁武帝处理一些国家政事。事实证明，萧统受到了良好的教育和职业训练，说话、办事都相当得体。

萧统所受的教育，主要来自两个方面：一是传统的儒家思想，二是佛教思想。《梁书》本传记载，萧统天生聪慧，三岁时开始诵读《孝经》《论语》，五岁时就把五经全部学完了，他有过目不忘的本领，读过的经书都能一一背诵。天监八年（509）九月，梁武帝在寿安殿考察儿子的学业，让萧统讲解《孝经》。萧统的讲解中心突出、条理清晰，梁武帝非常满意。讲解结束后，萧统又亲自到国子学，举行了释奠礼，祭祀先师先圣孔子，开始进入国子学学习。在系统诵读学习儒家经典的过程中，萧统形成了至孝、仁政、爱民的思想。

史书记载，萧统"孝谨天至，每入朝，未五鼓便守城门开。东宫虽燕居内殿，一坐一起，恒向西南面台。宿被召当入，危坐达旦"①。普通七年（526）十一月，丁贵嫔病重，萧统回到

---

① 姚思廉：《梁书》卷八《昭明太子传》，中华书局1973年版，第169页。

永福宫，"朝夕侍疾，衣不解带"；丁贵嫔去世后，萧统"步从丧还宫，至殡，水浆不入口，每哭辄恸绝"，"体素壮，腰带十围，至是减削过半"。① 中大通三年（531）三月，萧统生病，卧床不起，他唯恐梁武帝担忧，便不让父亲知道此事，每次梁武帝派人来问政时，他总是亲自写信向父亲汇报。他病情稍微好转时，手下人想把他生病的情况告诉梁武帝，他却坚决否决，说："有什么理由可以让皇上知道我病成这样？"可没想到，萧统竟一病不起，于这一年的四月病逝。

显然，萧统一生孝谨，是效仿周文王、周武王为太子时的做法。《礼记·文王世子》记载，文王做太子的时候，每天三次到他父亲王季那里请安：

> 鸡初鸣而衣服，至于寝门外，问内竖之御者曰："今日安否？何如？"内竖曰："安。"文王乃喜。及日中又至，亦如之；及莫又至，亦如之。其有不安节，则内竖以告文王。文王色忧，行不能正履。王季复膳，然后亦复初。食上，必在视寒煖之节；食下，问所膳。命膳宰曰："末有原！"应曰："诺。"然后退。武王帅而行之，不敢有加焉。文王有疾，武王不说冠带而养。文王一饭亦一饭，文王再饭亦再饭，旬有二日乃间。②

虽然儒家的这套礼制，从汉代开始，经过经师的不断阐释宣

---

① 姚思廉：《梁书》卷八《昭明太子传》，中华书局1973年版，第167页。
② 孙希旦撰，沈啸寰、王星贤点校：《礼记集解》卷二十《文王世子》，中华书局1989年版，第551—552页。

讲、统治者的不断提倡，已经比较深入人心，但是并不见得人人能严格遵守执行。尤其是魏晋时期，社会风气大变，儒家思想受到冲击。像竹林七贤这类文人，就以无声的行为抵御虚伪的礼法，他们故意蔑弃礼法，放浪形骸，惊世骇俗。萧统生当其后，却不但熟读儒家经书，更能以实际行为践行儒家道义，显然，在其内心，儒家思想已根深蒂固，仁政、爱民是其主导思想。

自加冠之后，萧统协助梁武帝处理政事，百官奏事者填塞东宫内外，但萧统为政宽厚，一切处理得当。他清楚各种实务，知晓民间很多事情，一些细枝末节他也了解得很清楚，这可能是受了出身民间的母亲的影响。因此，有些官员上奏的事情如果有错漏或者有弄虚作假的地方，萧统很快就能分辨清楚，并告诉上奏的人是对还是错，让他们去逐步改正，却没有一个人因此受到弹劾。萧统在宫内曾看到手持荆棍的官吏，问他们拿棍子干什么，对方回答是清道用的。萧统说清道没必要用这种粗大的棍子，让他们换成小板子。他多次在饭菜中发现蝇虫之类的东西，却每次都是悄悄地拨出来，不让别人知道，怕的是厨人因此获罪。萧统在判案时也是如此宽厚，他量刑适当，经常宽恕、赦免罪犯，百姓总是称赞他的仁义厚道。

有一次，萧统在后池泛舟，番禺侯萧轨陪同。萧轨一边夸赞景色优美，一边说：“如果在此再增设女乐，那就锦上添花了。”萧统没有直接回答，而是吟诵了左思《招隐诗》中的两句：“非必丝与竹，山水有清音。”萧轨听此，十分惭愧，默然无语。从加冠成人直到去世十多年的时间里，萧统都不蓄声乐。他年幼的时候，梁武帝曾下诏赏赐他一队太乐女妓，父亲赏赐的，他不得不接受，可实际上他对此一点儿也不喜欢。

普通年间（520—527），梁朝军队征伐北魏，京城一带因此粮价飞涨。萧统见此，立即下令节衣缩食，降低生活标准，将原来的家宴改为普通的便餐。每遇阴雨连绵或者天下大雪的时候，他便派遣身边的心腹大臣走街串巷，实地察看百姓疾苦，如果有人无家可归，流落街头，就拿出钱物救助他们。他还将自己做长袍的丝绵和布帛捐献出来，做成短衣短袄，在冬月天冷时施舍给贫困受冻的人。如果有人死后无钱收埋，他就替人购买棺材。一听到远近各地老百姓的赋税过重，劳役太多太苦，他便收敛笑容和喜色，变得很不开心，常常为老百姓的贫苦劳累而心神不安。

一方面，萧统深受传统儒家思想的影响；另一方面，他与佛教有着极其深厚的渊源。从东汉末年传入中原的佛教经典、佛教思想，在南北朝时期广为流传，北朝造佛像，南朝建寺庙，晚唐杜牧的诗歌中犹云："南朝四百八十寺，多少楼台烟雨中。"南朝佛教到梁武帝萧衍时达到极盛。梁武帝笃信佛教，大建寺庙，翻译佛经，举办斋会，阐释佛经，甚至数次舍身同泰寺。在这种举国佞佛的氛围中，作为太子的萧统自然也深受影响。萧统十分崇信佛教三宝佛、法、僧，阅读了大量佛教经典。他还在宫内特意建造慧义殿，作为讲解佛教教义的讲堂，并招徕有名望的僧侣，经常与他们一起谈论研究佛经。萧统自己还创立了三谛（空谛、假谛、中谛）经义，见解颇为独到。普通元年（520）四月，有甘露降落在慧义殿，大家都认为这是太子的美德感动了上天。从此方面来看，在萧统的思想中，佛教也占据了一个重要方面。他节衣缩食，救助百姓，施舍贫困，有儒家仁政、爱民思想的影响，也有佛家教义的影响。

在萧统的一生中，"蜡鹅事件"对他影响甚大。他三十一岁离世，可以说与这件事情也有丝丝缕缕的关系。这个事件，《梁书》本传未载，见载于《南史》：

> 初，丁贵嫔薨，太子遣人求得善墓地，将斩草，有卖地者因阉人俞三副求市，若得三百万，许以百万与之。三副密启武帝，言太子所得地不如今所得地于帝吉。帝末年多忌，便命市之。葬毕，有道士善图墓，云："地不利长子，若厌伏或可申延。"乃为蜡鹅及诸物埋墓侧长子位。有宫监鲍邈之、魏雅者，二人初并为太子所爱，邈之晚见疏于雅，密启武帝云："雅为太子厌祷。"帝密遣检掘，果得鹅等物。大惊，将穷其事。徐勉固谏得止，于是唯诛道士，由是太子迄终以此惭慨，故其嗣不立。①

尽管也有学者质疑《南史》所录此事的真实性，尤其是对蜡鹅事件与萧统卒后梁武帝不立萧统之子而是立萧统之弟萧纲为太子二者之间的因果关系提出质疑，但从蜡鹅事件之后梁武帝所采取的一系列措施来看，如忽然设置空缺已久的太子太傅一职、召萧纲从地方回归中央等，可知梁武帝与萧统父子之间确实出现了信任危机。司马光编纂《资治通鉴》时亦收录此事，可见他认为此事是可信的，并且说："由是昭明太子终身惭愤，不能

---

① 李延寿：《南史》卷五十三《梁武帝诸子》，中华书局 1975 年版，第 1312—1313 页。

自明。"还由此发了一通君子须跬步不离正道、远离奇邪之术的议论。①

梁武帝晚年多忌，蜡鹅事件导致了他对太子萧统的疏远。萧统为此羞愧愤懑不已，他郁郁寡欢，然此事确实发生了，自己没有机会、也无法向梁武帝陈明自己的心迹，这成为他挥之不去的心病。中大通三年（531）三月，萧统泛舟后池，采摘芙蓉散心，姬人划船，摇摇晃晃，他不慎落水，虽被救，但伤到了大腿。数年寡欢，又遭此惊吓，加之腿伤，萧统竟一病不起，四月初病逝，年仅三十一岁。

萧统去世之后，梁武帝亲自来到东宫，扶着太子的棺柩放声痛哭，下诏用皇帝的礼服衮衣和冕服装殓萧统。萧统宽厚仁义，人人皆知，死后朝野皆为之悲痛惋惜，京城男女都到东宫去凭吊，路上都是哭泣的人，全国各地的百姓、守卫疆土的士兵听到他死去的消息后也都十分悲痛。

萧统一生编撰有《文集》二十卷，典诰类的《正序》十卷，五言诗精华《英华集》二十卷，集历代优秀诗文精华的《文选》三十卷。《隋书·经籍志》不载《正序》，可能当时已经亡佚；《隋志》著录的《古今诗苑英华》十九卷，即《英华集》，《梁书》本传名为《文章英华》，当是同一种书。又《诗英》在《隋志》著录时已亡佚；《隋志》还著录了萧统天监八年（509）的《孝经义》一卷（见梁武帝编《孝经义疏》十八卷条），但天监八年时萧统才九岁，这可能是他在寿安殿讲《孝

---

① 司马光编著，胡三省音注：《资治通鉴》卷一百五十五，中华书局 1956 年版，第 4808 页。

经》时史臣的记录。

在萧统编撰的各种文献中，影响最大的当属《文选》无疑。或许萧统本人也不会想到，他编纂的区区三十卷的《文选》竟会对后来的中国文学、中国学术、中国文化产生如此深远的影响。

《文选》的成书年代

　　《文选》的成书年代是新文选学研究的起点。不过，《文选》始编于何时？成书于何年？《梁书》《南史》等正史并无明确记载，萧统本人所撰的《文选序》也无明确说明，后世各家注家、研究学者对此亦多略而不论，这种状况一直持续到20世纪40年代。既然这个问题是文选学术史研究的起点，为什么在1500多年的时段内很少有人关注？其实这个问题也容易理解。因为可以确定的是，《文选》成书于南朝萧梁时期。从长时段的历史来看，萧梁55年的国祚不必细分，可以视为一个点，从这个认定的起点出发进行相关的学术研究是没有问题的。何况，在古代文选学史中，前贤关注的主要是《文选》注释以及与此相关的问题，而对《文选》的选文、选录的时间下限等问题关注较少。但是，现代文选学成立以来，尤其是20世纪80年代以后，新文选学成为学术研究的热点，对作为一部总集的《文选》本身的研究明显增多。换句话说，古代的文选学聚焦在《文选》是"怎么长大的""怎么老去的"，而新文选学除继续这些课题外，还必须追溯《文选》是"怎么来的"。在此种研究背景下，笼统地将《文选》界定为南朝萧梁时期编纂完成就缺乏严谨性和解释力，还必须进一步厘清《文选》具体的成书年代。唯有如此，才能对《文选》的选文时间下限、选录标准等一系列相关问题作出解释。而正是在这个问题上，现代的相关研究众说纷纭，成为新文选学史上的一大难题。

大致而言，在《文选》成书具体年代这个问题上，前贤时人较有代表性的观点至少有九种，力之先生曾撰文辨析①，现据此简单罗列如下：

1. 缪钺说。缪钺20世纪40年代初的《〈文选〉和〈玉台新咏〉》一文中认为，《文选》成书于大通元年（527）至中大通三年（531）数载之间。

2. 何融说。何融在《〈文选〉编撰时期及编者考略》一文中认为，《文选》从普通三年（522）至普通六年（525）就着手编纂，而成书于普通七年（526）之后。

3. 清水凯夫说。日本学者清水凯夫在1976年发表的《〈文选〉编辑的周围》一文中认为，《文选》成书于普通七年（526）至中大通三年（531）的六年间。韩晖2005年在《〈文选〉编辑及作品系年考证》一书中亦赞同此结论。

4. 曹道衡说。曹道衡1988年在《有关〈文选〉编纂中几个问题的拟测》、1995年在《关于萧统和〈文选〉的几个问题》等文章中，最终认为，《文选》的编纂时间为大通元年（527）底至中大通元年（529）间。

5. 穆克宏说。穆克宏1995年在《文选学研究的几个问题》

---

① 力之：《〈文选〉成书时间各家说辨析——〈文选〉成书时间研究之一》，《井冈山大学学报》2010年第4期。

一文中认为，《文选》编纂于普通三年（522）至普通七年
（526）十一月间。

6. 俞绍初说。俞绍初 1995 年在《〈文选〉成书过程拟测》
中认为，《文选》的编纂经历了一个很长的时期，分准备、前期
阶段、实际编撰阶段三个阶段，其实际编撰阶段则始于普通四
年（523），完成于大通三年（529）。

7. 傅刚说。傅刚 1997 年在《〈文选〉的编者及编纂年代考
论》一文中认为，《文选》编纂始于普通三年（522）至普通六
年（525）间，完成于大通元年（527）末至中大通元年（529）
底之间。

8. 王立群说。王立群 2004 年在《〈文选〉成书时间研究》
一文中认为，《文选》的成书时间在普通三年（522）至普通七
年（526）十一月间。

9. 力之说。力之在对以上诸家依据进行一一辨析之后，
2011 年在《〈文选〉成书时间各家说辨析——〈文选〉成书时
间研究之二》中认为，《文选》成书于普通五年（524）二月至
普通七年（526）十月间。

限于本套丛书体例，此处不再作烦琐的考证，况且力之先
生已将可能影响《文选》成书时间的各种因素分析透彻了。综
合以上诸家之说，笔者更倾向力之先生的观点。《文选》的实际
编纂时间最早始于普通五年（524）二月，成书于普通七年
（526）十一月萧统母亲丁贵嫔去世之前，也就是说，萧统编纂
《文选》最多用了两年半多的时间，而实际的编纂时间或许
更短。

《文选》的版本及流传

依据现存文献的记载，《文选》成书不久，就流传到了北齐。《太平广记》卷第二百四十七"石动筩"条收录了一则笑话：

> 高祖尝令人读《文选》，有郭璞《游仙诗》，嗟叹称善。诸学士皆云："此诗极工，诚如圣旨。"动筩即起云："此诗有何能，若令臣作，即胜伊一倍。"高祖不悦，良久语云："汝是何人，自言作诗胜郭璞一倍，岂不合死。"动筩即云："大家即令臣作，若不胜一倍，甘心合死。"即令作之。动筩曰："郭璞《游仙诗》云：'青溪千余仞，中有一道士。'臣作云：'青溪二千仞，中有两道士。'岂不胜伊一倍？"高祖始大笑。①

石动筩是北齐时期俳优一类的人物，以诙谐著称，这则笑话即收在《太平广记》中的"诙谐"类中。因为涉及《文选》，故

---

① 李昉等：《太平广记》卷二百四十七，中华书局1961年版，第1916页。

其在可笑之余，又具备了文选学史的意义。高祖指的是高欢，高欢主要生活在北魏、东魏时期，他虽未称帝，但不论是北魏还是东魏时期，他都是专擅朝政者。东魏武定五年（547），高欢病逝于晋阳家中。他去世三年之后，他的儿子高洋才建立北齐，由此他被追尊为献武皇帝，庙号太祖，后被改尊为神武皇帝，庙号高祖。这则笑话如果基本属实的话，说明至晚在高欢病逝的 547 年之前，《文选》已经流传到北地。如果从萧统病逝的中大通三年（531）计算，间隔不过十六年。如果从《文选》成书的普通七年（526）年底计算，中间也不过二十一年的时间。这意味着，《文选》这部总集是有价值、有影响的，所以才能迅速流传。当时南北暌隔，傅刚先生推测，《文选》在北朝传播就如此受人瞩目，在《文选》的"出生地"南朝则应该更甚，南朝人应该更为关注这部选集，只是没有材料进一步证实这一点。①

可以肯定的是，隋唐科举制度确立之后，《文选》开始全面进入读书人的视野。《文选》收录文体丰富，萧梁之前的优秀诗文几乎囊括殆尽，篇卷适中，非常适合读书人诵读揣摩，所以科举考试实施之后，读书人就奉《文选》为典范。不过，在唐朝人看来，阅读《文选》尚存一些障碍，因为《文选》收录的是先秦到萧梁时期的文学文本，时代不同了，语言有变化，更关键的是生成这些优秀作品的时代土壤没有了，理解起来就难免有隔膜。所以，学习《文选》，需要借助先生的讲解，时代更呼唤《文选》的注本，《文选》的各种版本应运而生。

---

① 傅刚：《〈文选〉的流传及影响》，《中国典籍与文化》2000 年第 1 期。

大要言之，历代《文选》的重要版本，约有以下数种系统：

一、李善注本系统

李善是唐代学者，主要生活在太宗、高宗、中宗、睿宗时期，大约卒于武后称帝前。在文选学史上，李善的地位举足轻重，因为《文选》能够成为专门之学"文选学"，就是从李善开始的，乃至后世将文选学等同于李善注释学。约在唐太宗贞观年间，李善追随隋唐著名学者曹宪学习《文选》，同门有魏模、公孙罗、许淹等人，每人都有《文选》注释著作，但能够传播至今且影响巨大者，当属李善。

李善的《文选》注释，虽也有注释字音与解释词义的部分，但主要以"引征"为主要特色，即追寻文本中词语、典故最初生成的原始出处及原始文本，如此注释，大大丰富了《文选》的内容，使三十卷的《文选》卷帙翻了一番，变成了六十卷。在唐高宗显庆三年（658）九月，李善将《文选》注六十卷上表朝廷，朝廷赐绢一百二十匹，并下诏藏于秘阁。

李善曾在汴、郑之间设帐教学，《文选》是其教授的主要内容，四面八方的读书人慕名而来，"文选学"因此成立，李善注的《文选》也因四方学子的记录、传抄而流传。在雕版印刷发明、应用之前，抄写是主要的传播方式。李善注《文选》的部分抄本，因为敦煌莫高窟藏经洞的收藏而传承至今。

藏经洞（第17窟）是中国道士王圆箓于1900年（一说为1899年）清理窟前积沙时发现的，后来他将藏经洞的遗书、遗画取出来送人。外国的探险家闻讯而来。英籍匈牙利人斯坦因、法国人伯希和、俄国人鄂登堡、日本人橘瑞超和美国人华尔纳陆续抵达莫高窟骗取敦煌遗书、遗画，将精品洗劫一空。[①] 被盗劫的敦煌文献分藏于各国的博物馆和图书馆，被很好地保存了下来。敦煌文献中的《文选》部分，除几页残片外，饶宗颐悉数辑入《敦煌吐鲁番本文选》（中华书局2000年）一书，并一一撰写叙录。其中可以证明是李善注的至少有四件，分别为：张平子（张衡）《西京赋》（法藏 P.2528），张景阳（张协）《七命》（俄藏 Дх.1551、德藏吐鲁番本 Ch.3164），东方曼倩（东方朔）《答客难》、扬子云（扬雄）《解嘲》一首（法藏 P.2527）。尤其令人兴奋的是，《西京赋》最后题署了抄写时间与地点：永隆年二月十九日弘济寺写。永隆是唐高宗李治的年号，调露二年（680）八月二十三改元永隆，永隆二年（681）九月改元开耀，永隆年二月十九日当指永隆二年（681）二月十九日。这个时间上距李善上表朝廷的显庆三年（658）九月仅仅二十二年的间隔，因此能够反映李善注《文选》早期的部分面貌。

很可能李善在讲学的过程中对《文选》注不断修补完善，加之士子记录、传抄详略不一，造成了抄本时代《文选》李善注的不同面貌。《文选集注》中的李善注反映了当时抄本的一种面貌。这种面貌不一、混乱的局面直到《文选》雕版印刷以后才逐渐稳定下来。现存的第一个雕版印刷的李善注《文选》是北宋天圣、明道年间国子监刊刻的。流传至今的这个本子是一个残卷，共存三十四卷，六百一十九页，现分藏于台北"故宫

---

① 详情参阅卢秀文《敦煌学编年》（1900—1987年），原载《敦煌研究》1988年4期、1989年第1—4期，后收入李最雄主编的《中国敦煌学百年文库·综述卷（三）》中，甘肃文化出版社1999年版，第214—237页。

博物院"与北京国家图书馆两处。因为这是《文选》李善注的第一个刻本，所以在文选学史上具有承上启下的重要版本意义。以此本为坐标上溯，可以考察李善注《文选》从抄本到刻本过程中的清整；以此本为坐标下延，可以考察刻本时代李善注的变迁。藏于北京国家图书馆的残卷，被收入《中华再造善本》，由国家图书馆出版社影印出版；藏于台北的部分，至今未影印出版。

宋代文人地位较高，有较多的空闲时间读书、炫才，《文选》李善注的学术价值被重新发现，因此到南宋初期又出现了李善注的新刻本，即南宋淳熙八年（1181）尤袤于池阳郡斋的刻本，世称尤刻本或淳熙本，此本刻写端秀、版式疏朗，而且是现存最早且最完整的李善注本。这个本子在当时多次印刷，因此有多次修版，传承至今的即一个至少经历了九次修版的本子，现藏于北京国家图书馆，中华书局 1974 年据之影印出版；此本又被收入《中华再造善本》以及《国学基本典籍丛刊》中，均由国家图书馆出版社影印出版。

明末崇祯年间（1628—1644），常熟毛氏汲古阁曾据尤刻本的一个递修本重新刻印，其中卷二十五缺一页，乃据六臣本补入。毛氏汲古阁刻书精良，遂广为流传，后之学者读《文选》多读此本。清代康熙、乾隆朝所刻《文选》，如素位堂本、钱士谧本、儒缨堂本、怀德堂本、海录轩本，都是汲古阁本的重修本。《四库全书》抄录的也是汲古阁的本子。清代不少著名的文选学家校订《文选》时，也大多都依据汲古阁本。这种状况直到嘉庆年间才有所改变。

清代嘉庆年间校勘学兴盛，有不少学者对《文选》进行了校勘，胡克家是其中成果显著的一位。胡氏延请顾千里、彭兆荪两位校勘大家，历经数年，八易其稿，将尤刻本校勘一过，撰成《文选考异》十卷；胡氏又延请金陵著名刻工刘文楷、刘文模兄弟将尤刻本摹刻，附以《文选考异》，再现了尤刻本的风貌，刊成于嘉庆十四年（1809），成为公认的善本。后来出版的各种李善注《文选》，大都以胡刻本为依据，其中崇文书局同治八年（1869）依据胡刻本重刻的《文选》，是其中传播较多者。中华书局1977年将胡刻本缩小影印，遂成为当今最流行、最易得的影印本李善注《文选》。上海古籍出版社1986年出版了李培南等人标点整理的胡刻本，遂成为当今最流行、最易得的整理本李善注《文选》。

二、五臣注本系统

虽然《文选》李善注以征引为主的注释特色使其学术蕴含增值，但对于《文选》文本的解读并无多大直接的帮助，特别是对于一般知识阶层而言，《文选》文本本来就因为时间的隔膜而不能顺畅理解了，李善又引用了比文本更早的语源材料，理解起来更是难上加难。到唐玄宗开元时期，吕延济、刘良、张铣、吕向、李周翰等五位文人，重新为《文选》作注。他们对《文选》李善注多征引文献、不具体释义的阐释方法感到不满，于是从疏通文义、注释旨趣的角度出发，为《文选》作了一个与李善注释意图不同的注本，仍保持萧统编纂的卷数三十卷，因为是五人集体完成的，故世称"五臣注"。开元六年（718），吕延祚将这个注本上表朝廷，得到了唐玄宗的口头称赏与实物奖励。更主要的是，这个本子迎合了当时社会上一般知识阶层学习诗赋以晋身功名的欲望与追求之需，因此五臣注《文选》成为开元以后社会上最为盛行的《文选》注本。

同李善注本一样，五臣注本在唐代是以抄本的形式进行传播的。现存的抄本五臣注本有日本三条公爵家所藏的残卷《文选》，仅存卷第二十。据饶宗颐《日本古钞〈文选〉五臣注残卷》① 一文介绍，《文选》残卷的影刊卷子纸背面写有日本正历四年（公元993年，宋太宗淳化四年）具平亲王撰《弘决外典钞》卷第一，"钞本唐讳民、基等字并缺笔。其字体及纸质，据鉴定为日本平安朝中期所书写，则其依据本子，可能为唐写本"②。

五臣注虽然晚于李善注问世，但其刻本早于善注。一般认为，《文选》刊刻史上最早的刊本即五代时期孟蜀的毋昭裔刻本，学界推测这个本子就是五臣注本，比现知最早的李善注本的北宋国子监本要早五十余年。北宋仁宗天圣四年（1026），平昌（一说今山东安丘）孟氏曾刊刻五臣注《文选》。只不过，这两种较早的五臣注《文选》，在后来的历史中都亡佚了。

一如五臣指责李善注一样，从晚唐开始，五臣注本亦开始受到严厉的批评，但与这种批评的声音伴随着的仍然是其在一般知识阶层中的大量传播，因此今天仍然能见到两种南宋时期民间坊刻的五臣注本。一种是杭州猫儿桥河东岸开笺纸马铺钟家刊五臣注《文选》三十卷，此本现残存两卷：一为卷二十九，藏于北京大学图书馆；一为卷三十，藏于国家图书馆。这个本

---

① 饶宗颐：《日本古钞〈文选〉五臣注残卷》，原载1956年7月《东方文化》第三卷第二期，后收入俞绍初、许逸民主编的《中外学者文选学论集》，中华书局1998年版，第537—582页。
② 俞绍初、许逸民主编：《中外学者文选学论集》，中华书局1998年版，第539页。

子大约刊刻于南宋建炎元年（1127）。①另外一种是建阳崇化书坊陈八郎宅刊刻的五臣注《文选》三十卷，刊刻时间为绍兴三十一年（1161）。这个本子是现存较为完整的五臣注本，但其中不少卷明显有抄补，现藏于台湾"国立中央图书馆"，1981年该馆曾悉依原书影印五十部，以供学界之需。

朝鲜李氏王朝曾于正德四年（1509）刊刻过五臣注《文选》，这个本子一直流传至今，现藏日本东京大学东洋文化研究所，其中第十三卷虽为抄补，但极有可能是据原书抄配的。此本每卷天头书有"长门萩府正宗山洞春禅寺什物"十三字，每字占半页天头，由此可知此本曾经被洞春禅寺收藏。这个本子源自平昌孟氏刊本，是现存最好的五臣注本，凤凰出版社2018年将之影印出版。

三、合注本系统

如上所言，《文选》李善注、五臣注各有不同的注释意图，各有不同阶层的阅读群体。二本问世之后，互有褒贬，有褒扬李善贬低五臣者，亦有抬高五臣攻诋李善者，但都没有让对方彻底消失。这说明，二本都有存在的价值，谁也不能取代谁，因此有了合注本的出现。

此处所言"合注本"，是指将《文选》李善注与五臣注合并在一起的本子。哪家在前，哪家在后，体现了不同的编纂意图与学术认同倾向，由此又形成了两种系统：一种是五臣注在前、李善注居后的，一种是李善注在前、五臣注在后的，古代

---

① 郭宝军：《宋代文选学研究》，中国社会科学出版社2010年版，第164—168页。

将这两种合并本称为六家本或六臣本。现代《文选》研究中为了区别，将前者称为六家本，将后者称为六臣本。

（一）六家本

合并本中最先出现的是六家本。现知的第一个合并本是元祐九年（1094）秀州（今浙江嘉兴）州学的刊本，这个本子的李善注来自国子监刊本、五臣注来自平昌孟氏本，"秀州州学今将监本《文选》逐段诠次，编入李善并五臣注，其引用经史及五家（疑为"百家"）之书并检原本对勘写入，凡改正舛错脱剩约二万余处，二家注无详略，文意稍不同者，皆备录无疑，其间文意重叠相同者，辄省去留一家，揔计六十卷。元祐九年二月日"[1]。不幸的是，这个本子久已亡佚，国内目录文献亦不见记载；幸运的是，韩国奎章阁所藏的一部《文选》在世，这部《文选》就是以秀州本为底本活字雕刻摹印的。秀州本是已知最早的合并本，不仅是韩国奎章阁本而且也是国内合并本的祖本。

南宋初年，明州州学刊刻的《文选》，即以秀州本为底本重刻，时间在建炎四年（1130）前后。[2] 很可能是因为这次刻板刷印较多、次数频繁，所以不久板片就损坏严重。绍兴二十八年（1158）十月，张善继知明州任，到任伊始，就组织重修此版，"字画为之一新，俾学者开卷免鲁鱼三豕之讹"[3]，这个第一次的

---

① 《奎章阁所藏六臣注本文选》，韩国正文社 1983 年版，第 1462 页。

② 郭宝军：《宋代文选学研究》，中国社会科学出版社 2010 年版，第 168—176 页。

③ 台北"故宫博物院"藏：明州本《文选》卷末卢钦跋语，见《日本足利学校藏宋刊明州本六臣注文选》图版，人民文学出版社 2008 年版，第 11 页。

修订本现在台北"故宫博物院"有藏本（存五十卷）。明州本《文选》在宋代经历了多次修版，分藏于各地图书馆或藏书家者，大多是残卷，都是修版以后的刊本。日本足利学校藏有一原版本，无一补版，无一缺页，是明州本最善者，人民文学出版社2008年将之影印出版。

属于六家本系统、影响较大者尚有蜀郡广都（今属四川成都）裴氏刊本，这个本子大约刊刻于南宋淳熙八年（1181）至淳熙十六年（1189）间①，现藏于台北"故宫博物院"，不过这个藏本并非全帙，所缺部分是用明代袁褧嘉趣堂刻本补配的。明代袁褧的这个本子是覆刻自广都本，从嘉靖十三年（1534）开雕，到嘉靖二十八年（1549）完工，前后费时十六年，后来的书贾常以此本挖改冒充宋本正说明了此本的精善，此本世称袁本、嘉趣堂本，是嘉靖以后流传最广的六家本，清代的文选学家校勘《文选》时多用此本。

（二）六臣本

从阅读学习方面来说，六家本是很合适的，五臣注注音解词、笼括大意，李善注追根求源、加深理解，这符合一般的由浅入深的接受规律。但是，宋代不少有学识的文人，对五臣注很不屑，鄙薄五臣注浅陋，对五臣在前的六家本也很不满，因此出现了李善注居前、五臣注在后的六臣本。

现在所知的最早的六臣本是赣州州学的刻本，这个本子初

---

① 郭宝军：《广都裴氏本〈文选〉刊刻年代考》，《中国韵文学刊》2011年第4期。

刊时间在南宋绍兴三十年（1160）前后①。这个本子在宋代也多次修版，流传至今的分藏在国内外各大图书馆，大都为残卷，没有一种完帙，日本宫内厅书陵部图书馆藏有一部相对完整者，为宋元递修本，《文渊阁四库全书》收录的则是赣州本的递修本。南宋度宗咸淳七年（1271）前后②，廖莹中在建宁（治所在今福建建瓯）又刊刻了一部六臣本《文选》，《四部丛刊》收录的就是这个本子，中华书局1987年、2012年两次将之影印出版，是目前比较容易获得的六臣本《文选》。

元代大德年间，古迂书院刊刻的陈仁子《增补六臣注文选》，亦属六臣本系统。因为陈仁子是湖南茶陵人，故世称此本为茶陵本、陈本。这个本子影响也很大，在明代多次被重新刊刻，如明代的吴勉学刻本等，就以此本为底。清代的顾广圻、彭兆荪为胡克家校《文选》时，主要的校本就是袁本与茶陵本。日本宽永二年（1625）曾以活字翻印此本，今东京大学东洋文化研究所有藏本。

四、其他《文选》版本

在以上三种系统之外，现知的《文选》版本尚有一些，如敦煌出土的文献中还有部分《文选》白文残卷，与昭明太子编纂时的原貌可能较为接近。另外，敦煌文献中还有一种既不属于李善也不属于五臣的注本，藏于天津艺术博物馆、日本东京细川氏永青文库两处。1965年4月，永青文库将此写卷附上敦

---

① 郭宝军：《宋代文选学研究》，中国社会科学出版社2010年版，第177—182页。
② 郭宝军：《宋代文选学研究》，中国社会科学出版社2010年版，第194—196页。

煌学专家神田喜一郎博士的《解说》影印出版。天津艺术博物馆所藏部分由罗国威先生详细进行整理笺证，并将之与永青文库冈村繁的笺订本合并，题为《敦煌本〈文选注〉笺证》，由巴蜀书社 2000 年出版。

另外，值得一提的是抄本《文选集注》，这是一部汇集唐代《文选》各家注释的集成著作，共一百二十卷（或云另有目录一卷，共一百二十一卷），主要包括李善注、《文选钞》、《文选音决》、五臣注、陆善经注等，后偶附编者按语。这个抄本反映了唐代《文选》注释的一些面貌，具有较高的学术价值。但是，这个本子的编纂者、编纂时间诸问题目前在学术界尚存争议，或许是北宋初年编纂的一个抄本。此本散存于日本各处，主要是金泽文库，以前国内学者少见。罗振玉游学时发现部分残卷，曾影写十六卷，收入《嘉草轩丛书》中。现代学者周勋初先生赴日讲学期间，多方搜集此本，共得二十四卷，陈尚君先生将之编纂成册，题名为《唐钞文选集注汇存》，2000 年由上海古籍出版社出版，《续修四库全书》中也收录了这个本子。后周勋初先生又搜集到部分残页，再补入其中，由上海古籍出版社于 2011 年再版，这是目前《文选集注》收集最全的一个本子。

第二章
《文选》的内容与编纂思想

晚明的张岱在《快园道古》中记录了一则笑话：

> 张凤翼刻《文选纂注》，一士大夫语之曰："既云文选，何故有诗？"张曰："昭明太子为之，他定不错。"曰："昭明太子安在？"张曰："已死。"曰："既死，不必究他。"张曰："便不死，亦难究。"曰："何故？"张答曰："他读得书多。"

《快园道古》是张岱模仿《世说新语》的体例记录晚明时闻逸事的一部著作，上面这则笑话收录在其《言语部》中。张凤翼是明代嘉靖年间的文选学家，他的《文选纂注》是杂采诸家诠释《文选》的一部著作。这则笑话中士大夫的无知无畏、张凤翼的诙谐风趣令人捧腹。当然，捧腹之余，亦或产生那位士人的疑惑，既然昭明太子编纂的这部书题名为《文选》，为什么还要收录诗歌呢？

其实，《文选》不但收录了文，还收录了诗歌、赋等文体。与昭明太子同时期的刘勰在《文心雕龙》中探讨各种文体时，也并不限于书奏、章表、铭箴、诸子、史传等文体，而是举凡诗歌、乐府、骚、赋等，均在其论列之中，然其题名中仍用"文"字，由此可知当时所说的"文"涵盖范围甚广，正如《文心雕龙·总术》云："今之常言，有文有笔，以为无韵者笔也，有韵者文也。"梁元帝《金楼子·立言篇》云："至如文者，惟须绮縠纷披、宫徵靡曼、唇吻道会、情灵摇荡。"南北朝时所说的"文"，通常指那些辞采华丽、读起来抑扬顿挫的文章，这类文章当然包括诗歌和乐府。由此看来，《文选》录诗，是应有之义，即使昭明太子在世，也不能"究他"。

《文选》的内容与分类

　　《文选》是一部文学总集，此虽为后世之界定，却也颇为符合《文选》的实际。昭明太子萧统"采摘孔翠，芟剪繁芜"①，辑录周、秦、汉、魏、晋、宋、齐、梁八代优秀诗文七百余篇，按照赋、诗、文的顺序排列，每类之中按照内容性质再加以区别，最基层的类别则按照时代先后为序排列，由此构成了一部先秦至齐梁的优秀文学作品集。

　　因为《文选》不同版本的分类存在个别差异，下面参考《文选》各种版本，尽可能详细地罗列《文选》的分类及内容。

一、赋

　　赋是中国古代非常特别的一种文体，介于诗和散文之间，大赋极尽铺陈夸张之能事，小赋则往往借景抒情、体物写志。《文选》赋体以内容分类，又区别为十五类，分别为：（一）京都，九首；（二）郊祀，一首；（三）耕藉，一首；（四）畋猎，五首；（五）纪行，三首；（六）游览，二首；（七）宫殿，三

---

①　魏徵、令狐德棻：《隋书》卷三十四，中华书局1973年版，第1089页。

首；（八）江海，二首；（九）物色，四首；（十）鸟兽，五首；（十一）志，四首；（十二）哀伤，七首；（十三）论文，一首；（十四）音乐，六首；（十五）情，四首。《文选》总计共收录各类赋作五十七首（也有作五十六首者，则是不将《三都赋序》独立作为一篇统计），以五臣注本为例，前九卷全部为赋，第十卷尚有部分赋，约占《文选》总卷数的三分之一。

二、诗

此类又区分为二十三类，分别为：（一）补亡，六首；（二）述德，二首；（三）劝励，二首；（四）献诗，三首；（五）公宴，十四首；（六）祖饯，八首；（七）咏史，二十一首；（八）百一，一首；（九）游仙，八首；（十）招隐，三首；（十一）反招隐，一首；（十二）游览，二十三首；（十三）咏怀，十八首；（十四）临终，一首；（十五）哀伤，十三首；（十六）赠答，七十二首；（十七）行旅，三十四首；（十八）军戎，五首；（十九）郊庙，二首；（二十）乐府，四十首；（二十一）挽歌，五首；（二十二）杂歌，四首；（二十三）杂诗，八十四首；（二十四）杂拟，六十三首。以上总计四百三十三首，在五臣本《文选》中，从第十卷后半部分到第十六卷前半部分，收录全部为诗，掐头去尾，约占六卷，从卷帙而言，约占全书比重的百分之二十。

三、骚

此类即楚辞类，共收录十七首。

四、七

此类文体以主客答问形式，分别七事而劝说，共收录三篇，每篇以八首计（前有序，再加七事），共二十四首。

五、诏

此类为皇帝诏书，共收录二首。

六、册

此类为皇帝的任命书，收录一首。

七、令

此为皇后的命令之文，收录一首。

八、教

此类为诸侯的命令之文，收录二首。

九、策秀才文

此类为皇帝考问秀才之文，收录三篇，共十三首。

十、表

此类为上呈的公文，共收录十九首。

十一、上书

此类为上呈皇帝或者诸侯的申告文，共收录七首。

十二、启

此类为上呈皇帝、公卿的简短文书，共收录三首。

十三、弹事

此类为上奏弹劾某人的文章，共收录三首。

十四、笺

此类为呈送上司的书信，共收录九首。

十五、奏记

此类为上呈朝廷高官的书信，共收录一首。

十六、书

此类为书信，共收录二十二首。

十七、移

此类为同僚之间用以晓谕、责备的文章，共收录二首。

十八、檄

此类为声讨征伐之文，多用于批判对立势力，共收录四首。

十九、难

此类为辩难之文，共收录一首。

二十、对问

此类为设问自辩之文，共收录一首。

二十一、设论

此类为设问反驳之文，共收录三首。

二十二、辞

此类为楚辞类的短小的抒情文章，共收录二首。

二十三、序

此类为序文，共收录九首。

二十四、颂

此类为颂德之文，共收录五首。

二十五、赞

此类为传记、图像等后进一步总结、称颂的文章，共收录二首。

二十六、符命

此类为谱写瑞兆、称扬帝德的文章，共收录三首。

二十七、史论

此类为评论历史的文章，共收录九首。

二十八、史述赞

此类为总括传记大意的文章，共收录四首。

二十九、论

此类为一般的论说文，共收录十四首。

三十、连珠

此类文章不直说事情，借譬喻委婉表达其意，文辞华丽，历历如贯珠，因此名为连珠，共收录一篇五十首，实际上由五十节连缀而成，因此也可视为一首。

三十一、箴

此类为警戒之文，共收录一首。

三十二、铭

此类为金石之文，共收录五首。

三十三、诔

此类为称扬逝者生前德行的悼文，共收录八首。

三十四、哀策文

此类为颂扬皇帝、后妃生前美德的哀悼文章，共收录二首。

三十五、碑文

此类为刻在竖石上的文章，共收录五首。

三十六、墓志

此类指放在墓里的刻有死者生平事迹的石刻文章，共收录一首。

三十七、行状

此类为叙述逝者生平经历的文章，共收录一首。

三十八、吊文

此类为追悼逝者的文章，共收录二首。

三十九、祭文

此类为祭奠逝者时诵读的哀悼文章，共收录三首。

总而言之，《文选》共有三十九种文体，收录了七百五十一首文学作品（赋按五十七首、《演连珠》按五十首计）。通过这个分类，不仅清楚了《文选》的编纂体例、类别，也由此比较清楚地知道《文选》一书到底收录了哪些方面的文章，可以说它把周秦到齐梁时期的各体优秀文学作品几乎全部收录了。由此亦知，在中国古代社会，《文选》能够超越时空成为永恒的经典，不是没有根底的。

萧统的文学思想与《文选》的编纂标准

昭明太子的文学思想决定了他的选录标准，正是按照这个标准编纂而成，《文选》才具备了永恒的生命力，所以尽管《文选》的众多作品内容各异，但这些独立的文本背后都有萧统的文学思想存在，从而使这些作品处于同一层面，这是支撑《文选》成为经典的深层背景，故不可不察。

一、梁代两种相反的文学思想

南朝知识领域的文学批评非常热闹，可谓"众声喧哗"。能够有资格进入文学批评史或文学思想史的可以列出一长串名单：裴子野、萧衍、萧统、萧纲、萧绎、刘勰、钟嵘等。众声喧哗的文学思想在批评史或思想史中经常被梳理为三种基本类型，这当然很适宜史的讲述，虽然它们之间存在着一些细微的差异。当然，我们此处无意考究这些细微的差别，只是意欲在这些众声喧哗的批评声音中，寻找萧统立场的选择与文学批评思想的成型以及《文选》选文标准的确立。

尽管梁代文论的三派在时间上并不完全同步，略有先后，但考虑到某派文论影响之久，或某派文论的产生并非一蹴而就，故此处将其在共时性层面上论述，亦无大碍。这里，先从两种差异较大的文学思想类型说起。

按照罗宗强先生在《魏晋南北朝文学思想史》一书中的分类表述①，一派是主质朴、重功利的文学思想，这是以裴子野为中心的文学集团的文学主张。根据《梁书》的记载，此派主要包括沛国刘显、南阳刘之遴、陈郡殷芸、陈留阮孝绪、吴郡顾协、京兆韦棱、吴平侯萧劢、范阳张缵、陈郡谢征等人。②《梁书·裴子野传》云："子野为文典而速，不尚丽靡之词，其制作多法古，与今文体异。"可见裴子野集团不求时尚，颇有复古的意味。这个集团文学主张的集中表达见于裴子野史学著作《宋略》的一段遗文中，其中说道：

> 古者四始六义，总而为诗。既形四方之风，且彰君子之志，劝善惩恶，王化本焉。而后之作者，思存枝叶，繁华蕴藻，用以自通。若夫悱恻芳芬，《楚骚》为之祖；靡曼容与，相如扣其音。由是随声逐响之俦，弃指归而无执。……自是闾阎少年，贵游总角，罔不摈落六艺，吟咏情性。学者以博依为急务，谓章句为"专鲁"。淫文破典，斐尔为曹；无被于管弦，非止乎礼义，深心主卉木，远致极风云，其兴浮，其志弱，巧而不要，隐而不深。③

---

① 罗宗强：《魏晋南北朝文学思想史》，中华书局 1996 年版，第 371—427 页。
② 姚思廉：《梁书》卷三十《裴子野传》、卷五十《谢征传》，中华书局 1975 年版，第 443 页、第 718 页。
③ 杜佑：《通典·选举典四》，中华书局 1988 年版，第 389—390 页。

裴子野这段讨论文学发展的言语，立场非常坚定，意图也很明显，且对刘宋之后的诗文秉持彻底否定之态度，其否定的理论基石，则是传统的诗教观，认为诗赋必须"彰君子之志""劝善惩恶"，必须"止乎礼义"，拒绝抛弃儒家经典去"吟咏情性"，更反对"主卉木""极风云""淫文破典"的华靡语言风格。裴子野集团显然是以一种非文学的标尺义正词严地来裁判当时的文学，这自然也是很不合时宜的，但他们提倡的儒家教化观念非常有利于建立稳定的秩序，契合统治者的政权维系心态，因此，裴子野这派在梁代中期颇得梁武帝萧衍的倚重。然而，这种主质朴、重功利的文学观终究与西晋以来文学自身追求语言华靡的发展潮流相逆，而且"裴文的重点并非在于责难前人"，他所指斥的"实际上当是趋新派一类作家"，由于"所攻击的对象中有萧纲等王子在内，使他不得不采取了指桑骂槐的方法"①，所以不久就遭到了以萧纲为中心的重娱乐、尚轻艳一派的强烈指责。

在《与湘东王书》中，萧纲首先对裴子野一派一切以儒家经典为旨归、是古非今的理论与实践进行了抨击：

> 若夫六典三礼，所施则有地，吉凶嘉宾，用之则有所。未闻吟咏情性，反拟《内则》之篇。操笔写志，更摹《酒诰》之作。迟迟春日，翻学《归藏》。湛湛江水，遂同《大传》。吾既拙于为文，不敢轻有掎摭。但以当世之作，历方古

---

① 周勋初：《梁代文论三派述要》，《魏晋南北朝文学论丛》，江苏古籍出版社 1999 年版，第 232 页。

> 之才人，远则扬、马、曹、王，近则潘、陆、颜、谢，而观
> 其遣辞用心，了不相似。若以今文为是，则古文为非；若昔
> 贤可称，则今体宜弃。俱为盍各，则未之敢许。①

萧纲明确指出，儒家经典与诗文判若两途，各有其用。诗文是
吟咏情性的，没有必要也不应该往儒家经典上硬靠。在"吾既
拙于为文，不敢轻有掎摭""俱为盍各，则未之敢许"等貌似谦
卑的语词背后，实际上表达的是一种与裴氏截然相反之意，是
对裴子野复古一派的不屑。而且，不像裴氏那样采取"指桑骂
槐"的方式，萧纲直接指名道姓地对裴子野进行了最后的裁决：

> 又时有效谢康乐、裴鸿胪文者，亦颇有惑焉。何
> 者？……裴氏乃是良史之才，了无篇什之美。……师裴则
> 蔑绝其所长，惟得其所短。谢故巧不可阶，裴亦质不
> 宜慕……②

言外之意，裴子野根本就不是诗文写作的那块料，他的诗文
"质不宜慕"，不能给人一点点美感，不学他还好，学了反而会
走向歧路。

无论实践，抑或理论，上述两大流派之间的冲突都势若水
火，可谓尖锐。那么，萧纲一派所提倡的"吟咏情性"到底是
一种什么样的文学观呢？他的《诫当阳公大心书》是经常被引

---

① 姚思廉：《梁书》卷四十九《庾肩吾传》，中华书局 1973 年版，第 690—691 页。
② 姚思廉：《梁书》卷四十九《庾肩吾传》，中华书局 1973 年版，第 691 页。

用来说明其文学主张的一种文献，其中云：

> 汝年时尚幼，所阙者学。可久可大，其唯学欤？所以
> 孔丘言："吾尝终日不食，终夜不寝，以思，无益，不如学
> 也。"若使墙面而立，沐猴而冠，吾所不取。立身之道，与
> 文章异；立身先须谨重，文章且须放荡。[1]

据《梁书·寻阳王大心传》，萧大心封当阳公一事发生中大通四
年（532）[2]，也就是萧纲被立为太子的次年[3]。这封书信的主
旨，并非阐述文学主张，而是告诫他的儿子要勤奋学习，"但在
这一场合下，对比地引用'文章放荡'论，正最为激进地表达
了萧纲的文学认识"[4]。换句话说，在一封劝学、叮嘱立身要谨
重的诫子书中，仍然不自觉地将"文章放荡"论流露出来，可
见此种文学主张已经成为萧纲内心深处自发的一种思想。

　　对于"放荡"的内涵，已有很多学者做过探讨与辨析，简
而言之，文章放荡无非是指无拘无束地吟咏情性。正是因为吟
咏情性的无拘无束，将其与立身谨重截然分割，萧纲一派的诗
文写作也自然而然地转向了日常生活，而较多地集中到了女子
的身体。

---

[1] 欧阳询：《艺文类聚》卷二十三，上海古籍出版社1999年版，第424页。
[2] 《梁书·寻阳王大心传》云："寻阳王大心字仁恕。幼而聪朗，善属文。中大通
四年，以皇孙封当阳公，邑一千五百户。"中华书局1973年版，第613页。
[3] 《梁书》卷四《简文帝纪》云中大通"三年四月乙巳，昭明太子薨。五月丙
申"，诏立萧纲为太子。中华书局1973年版，第104页。
[4] 大上正美：《萧统与萧纲——支撑〈文选〉与〈玉台新咏〉之编纂的文学认
识》，《古典文学研究》第十四辑，凤凰出版社2011年版，第274页。

对身体的关注，对女性身体的关注，以文学的方式对女性身体的关注，从男性的视角、以文学方式对女性身体的关注，最终成为萧纲文学集团重要的文学内容。他们在赏心悦目地消费女性身体的过程中，不但将立身与文章两种尖锐冲突形成的内心焦灼消解，而且最终将其转化为一种审美性的愉悦。他们在聚焦于"衽席之间""闺闱之内"的悦目之玩的分享中，最终选择了"清辞巧制""雕琢蔓藻"的外在形式。① 退一步讲，对萧纲集团而言，"写什么并不重要，重要的是要从中得到快乐"②。这就是萧纲集团重娱乐、尚轻艳的文学主张与创作。

二、一种基于特殊身份的调和

在尚质朴、重功利的裴子野集团与重娱乐、尚轻艳的萧纲集团的尖锐冲突中，作为《文选》编纂者的萧统，他的位置又在哪里呢？

在《答湘东王求文集及〈诗苑英华〉书》中，萧统说道："夫文典则累野，丽亦伤浮。能丽而不浮，典而不野，文质彬彬，有君子之致。吾尝欲为之，但恨未逮耳。"③ 可见，萧统文学创作的理想状态是"丽而不浮，典而不野"。这与裴子野集团、萧纲集团都扯上了关系，"典"和"丽"正是梁代出现的两种极端的文艺思想，"典"的代表是裴子野，"丽"的代表是萧纲。而这两种文风都带有明显的缺陷，与"典"对应的毛病

---

① 魏徵、令狐德棻：《隋书》卷三十五《经籍志四》云："梁简文之在东宫，亦好篇什，清辞巧制，止乎衽席之间，雕琢蔓藻，思极闺闱之内。后生好事，递相放习，朝野纷纷，号为宫体。"中华书局1973年版，第1090页。

② 罗宗强：《魏晋南北朝文学思想史》，中华书局1996年版，第419页。

③ 萧统著，俞绍初校注：《昭明太子集校注》，中州古籍出版社2001年版，第155页。

是"野",即过于"质朴";"丽"带来的毛病是"浮",即缺乏"厚重感"。萧统的文学创作就是意欲在"典"与"丽"之间寻找一个最为合适的"度"。当然,要真正实现这种理想相当困难,他"但恨未逮"的话,也不完全是谦虚之词。

其实,萧统对"典"与"丽"的折中与调和不是和稀泥,而是隐含着某种选择取向。在裴子野文学思想与萧纲创作理论之间,萧统似乎与萧纲集团更加接近。在《文选序》中,萧统明确强调其选择标准是"以能文为本";在论述了各种文体之后,也强调说"并为耳目之娱""俱为悦目之玩"。通过萧统的自序,明显可以感觉到他在选文标准上更加重视文采、似乎也重视文学娱乐的标准。力之先生通过对萧统在《陶渊明集序》中高度评价陶渊明其人其文,而《文选》仅录陶作寥寥数篇的现象细致考察后认为,昭明持道德与审美分殊的价值取向。① 这与萧纲提倡的"立身谨重""文章放荡"思想异曲同工。从这两点来看,萧统与萧纲集团的文学主张就非常接近了。然而,萧统在文学批评与《文选》选文中表现出来的两种不同价值取向,并没有像萧纲那样形成明确的理论文字,相反他在与湘东王萧子建的书信中,明确反对"丽亦伤浮"的文风,当然也是暗指萧纲集团文学创作趋向的。

再从萧统现存的诗文创作实况来看,他的文风是偏重于"典"而不能说"丽"的,是典雅有余,华丽不足。② 在这一点

---

① 力之:《〈闲情赋〉之评价种种——兼说萧统在〈陶集序〉与〈文选〉中不同的价值取向》,《湖北民族学院学报》1998 年第 4 期。

② 曹道衡:《试论梁代学术文艺与〈文选〉》,《南京师范大学文学院学报》2003 年第 3 期。曹道衡:《萧统的文学观和〈文选〉》,《文学遗产》2004 年第3 期。

上，萧统又比较接近裴子野集团。

在萧统的文学观、创作实践、选文标准三者中，存在着不一致的地方。胡大雷先生在考察了萧统创作观与编纂宗旨的差异之后认为：

> 作为某种创作观的提出，应该是目标明确、内容单一，具有排他性；作为"采摛孔翠""集其清英"的总集，其编纂宗旨应该是"百花齐放"，以此满足人们欣赏的需要，但也要突出时代的文学主流思想。此二者的结合，从理论来说是最好的总集编撰宗旨。萧统在"采摛孔翠""集其清英"的同时，也提出了某种时代的创作观，他自己的创作观与时代的创作观稍有不同，是在质朴趋向藻饰基础上又要对藻饰加以限制，这就是"文质彬彬"。[①]

沿着胡先生的思路继续追问，在文学观、创作实践、选文标准三者之间，萧统为什么时时甚至是有意表现得不一致呢？这当然与齐梁时代追求巧制、藻饰的整体审美取向有关。在时代新变的浸染下，生活在其中的任何一个人都不可能不受到影响，就连一向被称为复古的裴子野等人也不例外，也正因为如此，有学者称：裴子野应该是宫体诗的"粉丝"和"外围诗人"。[②] 萧统当然也脱不了时代主流文学观的影响，所以他有时与萧纲集团接近，那为什么他又经常以另外一种面目出现呢？

---

① 胡大雷：《〈文选〉编纂研究》，广西师范大学出版社 2009 年版，第 53—54 页。胡大雷先生所言创作观即本文中所言文学观。
② 曹旭、朱立新：《宫体诗的定义与裴子野的审美》，《文学评论》2010 年第 1 期。

　　这就必须考虑到其身份问题，因为创作主体的身份在一定程度上会影响甚至决定主体的立场，从而对主体的文学观、创作实践、编纂标准产生作用。比如裴子野，尽管也有过宦海沉浮，但其基本身份是一个史学家，他的曾祖即为《三国志》作注的裴松之，他的祖父即为《史记》作注的裴骃，他本人的主要著作即《宋略》，如果结合史书记载的裴子野的全部著作，准确点说，裴子野主要的身份是一个标准的经史学者。[①] 从经史学者的立场出发，裴子野的文学批评观就局限在儒家传统的教化、劝善惩恶的功利标准上，他也就必然会用经史的标准要求文学发挥其教化作用，文字也必须相应地朴实无华。再以萧纲为例，萧纲虽然后来做了太子，并且成了简文帝，但是在此之前，梁武帝没有想过立他为太子，甚至萧纲本人都根本没有想到自己有朝一日会成为太子。萧纲的文学主张主要是在藩王时期形成的。梁武帝原本也是以一个有诗才的藩王来期待萧纲的，他曾言"此子，吾家之东阿"[②]，萧纲也认同这一点。从一个藩王的立场出发，萧纲在文学观与诗歌创作中都明显呈现出重娱乐、尚轻浮的特征。萧统则不同，他身为太子，是一国之储君，此特殊的身份决定了萧统在文学主张的陈述上表现得含混不一。梁武帝对萧纲在做藩王与太子时的不同要求，可以证明他对藩

---

① 《梁书·裴子野传》云："曾祖松之，宋太中大夫。祖骃，南中郎外兵参军……初，子野曾祖松之，宋元嘉中受诏续修何承天《宋史》，未及成而卒，子野常欲继成先业。及齐永明末，沈约所撰《宋书》既行，子野更删撰为《宋略》二十卷。其叙事评论多善……子野少时，《集注丧服》《续裴氏家传》各二卷，抄合后汉事四十余卷，又敕撰《众僧传》二十卷，《百官九品》二卷，《附益谥法》一卷，《方国使图》一卷，文集二十卷，并行于世。又欲撰《齐梁春秋》，始草创，未就而卒。"中华书局1973年版，第441—444页。

② 姚思廉：《梁书》卷四《简文帝纪》，中华书局1973年版，第109页。

王与太子的不同要求与期待。

梁武帝作为一国之君，很重视儒家思想对国家秩序的功用。萧统一岁多就被立为太子，梁武帝完全是按照将来的仁君圣主的标准来培养他的。"三岁受《孝经》《论语》，五岁遍读五经，悉能讽诵""八年九月，于寿安殿讲《孝经》，尽通大义"①，在这样的教育背景下，萧统成了仁孝的化身与楷模。梁武帝以未来仁君期待萧统，萧统也自觉地认同，并以实际行动来履行太子之职责。正是太子的身份及基于对太子身份的认同意识，使得萧统的儒家思想已经积淀为一种自觉的行动，甚至是潜意识。萧衍与萧统，不仅仅是父亲与儿子的关系，更重要的是国家的现任领导者与未来继任者的关系。从太子的身份出发考察，萧统在文学观上会自觉地强调文学的社会功用，强调文学的教化功能以及与之相关的文字质朴，这是从汉代以来就已经根深蒂固的传统文学观，并没有多少新意。再者，作为太子的萧统很重兄弟感情，与兄弟尤其是萧纲之间保持着良好的关系，他们经常书信往来探讨艺文②。时风浸染与兄弟之影响，使他形成了"踵事增华""变本加厉"的文学发展观，对萧纲集团的文学主张也很大程度地认同。基于多种思想认同的萧统，就表现出了表面上的矛盾性。他在强调文学要"以文为本"的同时，也忘不了时刻加上一个儒家教化的冠冕堂皇的帽子，《文选序》就是如此，也由此形成了《文选》的选文标准，即在重视"翰藻"的前提下，也必须考虑"沉思"。

---

① 姚思廉：《梁书》卷八《昭明太子传》，中华书局1973年版，第166页。
② 胡大雷：《〈文选〉编纂研究》，广西师范大学出版社2009年版，第18—22页。

不妨作这样一个比喻，在梁代文风新变的大道上，萧纲以及他的追随者是走在最前面的，他们争相以靡丽的文字、悦耳的音节，在无拘无束地消遣生活、获得愉悦与满足的同时，仍忘不了回头嘲笑走在最后面的裴子野一行，笑话他们是"土老帽"；走在最后的裴子野集团则高举儒家诗教的大旗，"指桑骂槐"；而处于两个集团之间的萧统集团，则举着文质彬彬的旗帜，时而前，时而后，游走在二者之间。这就形成了齐梁文坛的"铿锵三组行"。

总之，太子的身份、储君的地位、文坛群体一派之领袖及其与审美追求迥异的兄弟之间良好的关系，使得萧统在喧嚣的知识、嘈杂的理论、传统教化与身体欲望的众声喧哗中采取了一种调和，由此《文选》的编纂思想定型、编纂标准确立，由此《文选》成书，由此《文选》作为经典的基础形成。易言之，萧统在教化、身份与身体欲望夹缝中的调和确立了《文选》的编纂标准，一部经典的基础也因此生成，《文选》经典化也因此成为可能。

第三章

从"选"到"学"：隋唐文选学的
成立及《文选》的经典化

在文选学史上，隋唐是相当关键的一个时期。这一时期，《文选》从众多的文学总集中脱颖而出，科举考试的牵引力量，选学大家李善的注释与讲学，不仅宣告了"文选学"的成立，而且通过向精英知识阶层与一般知识阶层两条路径的渗透，实现了《文选》的经典化。开元以后五臣注《文选》的问世及广泛传播，进一步强化了《文选》的经典地位。

从一个看似普通的选本，到最终成为无可置疑的经典，肯定是多方面合力的结果。从文学理论方面分析，童庆炳《文学经典建构诸因素及其关系》认为文学经典的建构至少需要六个基本要素：（1）文学作品的艺术价值；（2）文学作品的可阐释的空间；（3）意识形态和文化权力变动；（4）文学理论和批评的价值取向；（5）特定时期读者的期待视野；（6）"发现人"（又可称为"赞助人"）。在上列六大要素中，前两项属于文学作品本身的因素，后两项属于文学作品之外的因素，中间两项属于内部与外部的联结者，而没有中间两项，任何经典的建构都是不可能的。

按照此理论考察《文选》，它是萧统以"能文为本"的标准进行编纂的，因此具备了艺术价值的要素；而且，萧统是在其前众多选本基础之上进行的二次选择，至少是以已有选本为基础进行了重新检索，吸收了此前总集编纂的经验，对前代的总集进行了二次遴选，所选篇目都是当时公认的优秀之作，因此遴选的过程是经典化的第一步。这些当时公认的优秀之作，具备足够的可阐释空间，这也是毫无疑问的；而且，入选《文选》的作品，因为时代的因素，不但需要注释，而且必须注释，这也留下了足够多的阐释空间。《文选》表现出的文学思想与价值取向，既具备时代的特征，又有所继承、扬弃，因此具有了某种程度的普泛性，它一旦与某个时代的批评思想或者价值取向吻合，经典化就成为可能。

《文选》何以鹤立鸡群

一、《文选》作为先唐文章总集编选适中

《隋书·经籍志》记载，先唐总集在唐时尚存五百四十部，六千六百二十二卷，连同已经亡佚之书计算，"合一千一百四十六部，一万三千三百九十卷"。① 由此可知，至《隋书》编纂的唐初，总集类图书已经亡佚一半以上。兵燹战乱一直是中国古代图书亡佚的最重要的原因，但基于作品本身质量的优劣不齐而在其流传过程中产生的自然筛汰也是一个不可忽视的重要因素。有唐以降，唐前的总集大多亡佚，而众多总集之一的《文选》却在传播过程中地位积渐凸显，并最终在众多的总集中脱颖而出。

《文选》权威地位的确立有选本本身的原因，亦有外部的因缘巧合，但选本本身的因素是首要的前提。首先，与其时的其他总集相较，《文选》所选文体齐全，涵盖赋、诗、文三大类三十九种文体。同时代的其他总集有不少文体单一者，如谢灵运

---

① 魏徵、令狐德棻：《隋书》卷三十四，中华书局 1973 年版，第 1090 页。

撰《赋集》九十二卷，梁武帝《历代赋》十卷，张衡及左思《五都赋》六卷等，收录的是单一的赋类作品；谢灵运《诗集》五十卷、《诗集钞》十卷、《诗英》九卷，谢朓《六代诗集钞》四卷，徐陵《玉台新咏》十卷等，收录的是单一的诗歌作品；《上封禅书》二卷，收封禅文体；张湛《古今箴铭集》十四卷，收箴、铭二体；谢庄《赞集》五卷，收赞体；《七林》十卷，收七体；《碑集》二十九卷，收碑文；《论集》七十三卷，收论体；《黄芳引连珠》一卷，《梁武连珠》一卷，收录的是单一的连珠体作品；《策集》六卷，收策体；《高澄与侯景书》一卷，收书体。上述所列先唐文章总集都是单一的某种文体作品汇总，而这些文体《文选》均有收入，且《文选》所收这些文体的作品均为当时公认的上乘之作。因此，《文选》的出现，无疑加快了此类文体单一的总集消亡的进程。

其次，唐前文章总集中并非没有文体齐备者，如挚虞《文章流别集》梁时尚有六十二卷，临川王刘义庆《集林》梁时存二百卷，李充《翰林论》梁时尚有五十四卷，孔逭《文苑》一百卷，《词林》五十八卷，《文海》五十卷，这些文章总集收入文体相对较多，或者分体分类过细如《文章流别集》者，或者卷帙庞大动辄上百卷，或者规模较小只有数卷，在文体分类与整体数量规模方面均远不及《文选》分类与卷帙适中合理。

再次，《文选》的编纂极有可能是在其前众多选本基础之上的二次选择，吸收了此前总集的编纂经验，对前代的总集进行了二次遴选，所选篇目都是当时公认的优秀之作，具有典型性与代表性，因此其作为选本主要功能的示范作用更加突出。

另外，《文选》一书是南朝梁昭明太子组织编纂，当时昭明太子身边聚集了很多知名文士，这些人即使没有亲身参与《文选》的编纂，但作为昭明太子身边的文人集团，对《文选》一书的传播导向实际上起到了一种强化与增值的客观作用，《文选》成书不久即流传北方也很好地说明了这一点。

二、在寂寞中等待契机

不过，令人疑惑的是，从《文选》成书直至南北重新统一的半个多世纪的时段内，除北齐石动筩的那则笑话记载外，其他文献记载中难见《文选》的影子，《文选》的传播是一段很不明朗的历史。对此，日本学者冈村繁推测说："在六朝末期前后这段距昭明太子不远的时期中，知识人对《文选》的态度与后世视之近乎偶像般的观念相差颇悬殊……反映出当时知识人对《文选》实有今天看来令人惊讶的轻视之意。"① 虽然冈村先生的理论与结论均有可商之处，但从南朝知识领域在萧统之后的审美价值取向方面揣测，《文选》在梁陈时期可能真的不受时人之酷爱，因为萧纲成为太子后，并没有变更他业已形成的文学主张，而且可以说是变本加厉，又组织编纂《玉台新咏》广大其主张；而陈代的文学从整体而言只能视为萧纲集团的进一步发展，在吟风月、弄花草的宫体文学上，对女子以及女性身体的兴趣、书写与萧纲时代相较有过之而无不及。

不管怎么说，选本本身卷帙适中，文体比较齐备，典范之

---

① 冈村繁：《文选之研究》第一章《文选的编纂实况与当时对它的评价》，上海古籍出版社 2002 年版，第 71 页。冈村先生所据为《梁书·昭明太子传》中对萧统著作著录的详略、语气以及《颜氏家训》中对《文选》的置若罔闻，立论稍嫌薄弱，但目前所见文献中的确少有对《文选》传播与接受的蛛丝马迹。

文大多入选，为《文选》一书传之久远、先唐其他此类总集被筛汰提供了可能。《文选》要进入知识阶层的视野，《文选》经典之形成，虽首赖于其自身文本之因素，然而外部的力量在某个阶段也会发挥至关重要的作用。设若没有隋朝，南北仍处于分裂状态，"江左宫商发越，贵于清绮；河朔词义贞刚，重乎气质"① 的文风估计至少还要持续很长一段时间，尽管北方文学已经在很大程度上受到南朝文风的影响。在这种情况下，无论是以"清绮"还是以"气质"为追求鹄的的文学，都不会把《文选》作为学习的楷模与典范。《文选》在寂寞中等待一种契机。

从隋文帝开皇四年（584）首先从公文领域惩治文辞华艳的文风开始②，纠正华绮文风的政治措施开始影响文风。但是，结合这一时期文学创作的实情来看，这种从政治层面威逼改革文风的措施并没有取得"自是公卿大臣咸知正路，莫不钻仰坟集，弃绝华绮，择先王之令典，行大道于兹世"③ 的预期效果④，但隋文帝的诗文改革以及科举的设立毕竟有利于《文选》重新进入时人的视野，所以，《文选》在编纂成书历经大约六十年的默默无闻后，又开始出现于史书的记载中了，萧该的《文选音义》成为其第一部可以追溯的阐释著作⑤。这种现象也说明文学领域

---

① 魏徵、令狐德棻：《隋书》卷七六《文学传序》，中华书局 1973 年版，第 1730 页。

② 魏徵、令狐德棻：《隋书》卷六六《李谔传》云："开皇四年，普诏天下，公私文翰，并宜实录。其年九月，泗州刺史司马幼之文表华艳，付所司治罪。"中华书局 1973 年版，第 1545 页。

③ 魏徵、令狐德棻：《隋书》卷六十六《李谔传》，中华书局 1973 年版，第 1545 页。

④ 罗宗强：《隋唐五代文学思想史》，中华书局 1999 年版，第 23—25 页。

⑤ 冈村繁：《文选之研究》第三章《文选的沉浮》，上海古籍出版社 2002 年版，第 136—143 页。

的转变不可能通过政治威慑彻底遽然实现，经典化的进程需要但不能完全依靠政治的操控。军事力量可以迅即统一南北，但南北文风的融合需要一个自身不断吸纳的过程，而这种效果直到初唐时期才真正实现。唐太宗和他的臣僚们在重视文学艺术特质的前提下，反对淫靡的文风，把文学与国家的兴亡之乱紧密联系在一起，确立了一种反绮靡与文质并重的文学观。①

大要言之，南北文风的融合，重新构建了一种新的文学批评与价值取向，这种经过齐梁文学浸染之后又重新确立的文质并重的文学观，与《文选》文本所呈现的思想已经有了很大的吻合度。而且，一种文化措施的引导力量也在逐步将《文选》推向前台。②

三、永隆二年：文选学史上一个需要凸显的年代

在众多的敦煌《文选》文献中，有一件李善注的早期写本，内容为张平子（张衡）《西京赋》残卷。这件现藏法国图书馆、编号为 P. 2528（法 Pel. chin. 2528）的卷子③，在卷尾记录了抄写年代："永隆年二月十九日弘济寺写。"此卷也因此具有了多重重要的价值。永隆（680 年 8 月—681 年 9 月）是唐高宗李治的年号，永隆年二月肯定是永隆二年。因此，此卷子不但有资

---

① 罗宗强：《隋唐五代文学思想史》，中华书局 1999 年版，第 39—53 页。
② 曹道衡：《南北文风之融合和唐代文选学之兴盛》，《文学遗产》1999 年第 1 期。
③ 影印件见录于饶宗颐编：《敦煌吐鲁番本文选》，中华书局 2000 年版，第 2—20 页。又见录于《法国国家图书馆藏敦煌西域文献》第十五册，上海古籍出版社 1994 年版，第 144—153 页。

格担当考察《文选》李善注演化的起点①，而且为考察《文选》传播、《文选》经典化提供了一个明确的时间坐标，有理由成为一个标志。

何以明之？设若此敦煌卷子之抄写仅仅是一个非常偶然的事件，那么其对考察《文选》李善注演化的起始意义虽不会改变，但被视为《文选》经典化标志意义的效用就不会存在了。回归历史，先考察两个问题：一是科举考试与《文选》之关系，二是科举史上的永隆年发生了什么重要改变。

隋代施行并确立科举取士制度，改变了长期以来选拔人才重门第、看出身的方式，使人才通过考试而进入统治者阶层，成为中国古代铨选人才的一大改革。唐朝沿用并完善隋代的科举考试制度，使得中下层士人有可能挤入权力中心，这种用人制度的改革为国家选拔真正的人才提供了更加宽广的范围与途径，并极大地刺激了当时文人的功名之志。

唐代科举主要分制举与常举两大类。制举虽名目繁多，亦颇隆重，但举行时间不固定，录取人数亦疏，所以对士人的导向影响不是很大。常举主要有六科：秀才、明经、进士、明法、明书、明算。秀才科在贞观之后废除；明法、明书、明算三科主要为国家选拔专门的技术人才，需要相关的专业技术知识，而且仕途前景不被看好。由此可知，唐代常举六科之中，最为热门的是明经与进士二科。二科实际上亦有高下之别，朝廷设立明经的意图是让士子诵读圣贤之书，为国家储备治国安邦之

---

① 王立群：《〈文选〉版本注释综合研究》上编第二章《敦煌本文选李善注研究》，大象出版社 2014 年版。

才，但士子大多意欲博取一个出身而已，死记硬背，不究其旨，且多选择用力少而收获快的小经，与国家选拔人才之本意南辕北辙，因此逐渐不被重视。唯有重诗赋的进士科，最能展现个人的创造自由，应用范围广，中举之后地位亦高，因此颇受士人青睐，在开元以后有压倒明经科、独占鳌头之势。唐代笔记记载："御史张璟兄弟八人，其七人皆进士出身，一人制科擢第；亲故集会，兄弟连榻，令制科者别坐，谓之'杂色'，以为笑乐。"① 这则记载反映了进士科、制科在时人心目中泾渭分明的差异与不同的地位。

考什么，学什么，功利性的东西本就如此。进士科既然受到士人热捧，其考察的主要内容就顺理成章地成为士人反复学习与演练的内容。唐代的进士试，一般分杂文、帖经、策文三场。② 杂文主要是诗赋，以致后代有"唐以诗取士"之说，如宋代的严羽在《沧浪诗话·诗评》中说："唐以诗取士，故多专门之学，我朝之诗所以不及也。"③ 当然这只是笼统的说法，事实上，杂文之内容，前后亦有变化，"杂文两首，谓箴铭论表之类。开元间，始以赋居其一，或以诗居其一，亦有全用诗赋者，非定制也。杂文之专用诗赋，当在天宝之季"④。策文即对策之类，而且在初唐很长一段时间内，对策文的考察主要不是内容，

---

① 封演撰，赵贞信校注：《封氏闻见记校注》，中华书局 2005 年版，第 18—19 页。

② 在武后实际掌权之前，进士科只试策文，后来又增加贴经及试杂文，可参阅吴宗国：《唐代科举制度研究》第七章《进士科考试科目和录取标准的变化》，北京大学出版社 2010 年版。

③ 严羽著，郭绍虞校释：《沧浪诗话校释》，人民文学出版社 1983 年第 2 版，第147 页。

④ 徐松：《登科记考》卷二"永隆二年八月"条按语，中华书局 1984 年版，第70 页。

而是文辞。①

不仅仅是进士科重视文学才华，即使在制举中亦有不少科目与此密切关联。据傅璇琮先生的统计，从唐高宗显庆三年（658）至文宗大和二年（828），朝廷共设科目63种，其中包括辞标文苑、蓄文藻之思、文艺优长、文辞雅丽、辞藻宏丽、文辞清丽、藻思清华、文辞秀逸等。② 不必考察这些科目具体的考试内容，单从其名称就足以看出朝廷对文学的兴趣，自然会相应地鼓励与驱使士人在文辞上的用力与追求。

科举考试把诗、赋、铭、箴、颂、策等与文人前途连接在一起，使得全社会士人都颇重视诗赋的训练，从而使科举考试似乎变成了一种单纯的文学行为。士人在学习与训练之时必须不断参考、反复揣摩已有的经典文本，他们在寻找一个符合他们期待视野的模拟范本，而文体齐备且诗赋占据很大比重、卷帙适宜、辞藻丰厚的《文选》就成为时人学习的首要选择。

总之，唐代的科举考试与《文选》结下了不解之缘。在此无意对二者之间千丝万缕的联系作进一步的梳理，仅意欲证明唐代的科举考试政策引导当时的士人自觉地选择了《文选》。但是，这种选择并非一蹴而就，而是经历了一个过程。在此过程中，永隆二年（681）就被凸显出来了。

《唐会要》卷七十六云：

> 调露二年四月，刘思立除考功员外郎。先时，进士但

---

① 吴宗国：《唐代科举制度研究》，北京大学出版社2010年版，第132页。
② 傅璇琮：《唐代科举与文学》，陕西人民出版社1986年版，第138—139页。

> 试策而已。思立以其庸浅，奏请帖经，及试杂文。自后因
> 以为常式。①

调露二年是公元 680 年，刘思立的奏请很可能得到了圣上的恩
准，并于当年的科举中实施。这项政策的变更实效也可能很不
错，因此在一年后的永隆二年（681）八月，它以诏书的形式被
固定下来："自今已后，考功试人，明经每经帖试……进士试杂
文两首。"②

在调露二年的贡举中，值得留意的还有一件事：马怀素登
进士第。《旧唐书》本传云：

> 马怀素，润州丹徒人也。寓居江都，少师事李善。家
> 贫无灯烛，昼采薪苏，夜燃读书，遂博览经史，善属文。
> 举进士，又应制举，登文学优赡科，拜郿尉，四迁左台监
> 察御史。③

出身下层、生活贫困的马怀素勤学不倦，最终举进士及第，而
马怀素此前曾经在江都师从李善学过《文选》，这两点对下层贫
苦文人都具备极其强烈的激发意义和引领作用。永隆年科举考

---

① 王溥：《唐会要》卷七十六《贡举中》，中华书局 1955 年版，第 1379 页。
② 宋敏求：《唐大诏令集》卷一百六《条流明经进士诏》，商务印书馆 1959 年版，第 549 页。
③ 刘昫等：《旧唐书》卷一百二《马怀素传》，中华书局 1975 年版，第 3163 页。徐松《登科记考》录为咸亨四年、仪凤二年制科，而以《旧唐书》误。今据元代俞希鲁编纂的《至顺镇江志》卷十八中所云马怀素"调露二年进士第，又应制举，中文学优赡科"。江苏古籍出版社 1990 年版，第 716 页。

试中进士科增加诗、铭、箴、颂、诗、赋等杂文的内容变革以及马怀素的进士及第，都不约而同地指向了《文选》。

再总结一下，首先科举考试与《文选》存在着密切的关系，但这种关系不是从科举考试一开始就建立起来的；其次，调露二年四月刘思立主持的科举考试中开始增加试杂文的内容，本年八月改元永隆，次年八月唐代朝廷正式下诏将刘思立的改革固定下来。

考虑到上述诸种因素，重新审视敦煌写本永隆二年的卷子就会发现，永隆年敦煌写本《文选》的出现绝非一个偶然的事件。可以推测，刘思立上奏的科举内容改革直接引领了士人的学习内容转向，十个月后，就有了弘济寺的《文选》写本，这应该是当时众多的写本之一。唐代的寺院不仅仅是宗教场所，亦是当时的文化集散地，是下层贫困士子寓寄读书的最佳场所，因此永隆本《文选》很可能就是当时士子抄写的，而非寺僧所为。

一部经典，如果只在精英知识阶层比较狭隘的圈子中流行，还不能成为真正的经典，还需要得到一般知识阶层的认可，它才会具有普泛性的意义。永隆本《文选》的出现，意味着《文选》已经成为普通士人关注与效仿的典范，也就意味着《文选》经典化的生成。永隆年也因此树立了它在文选学史上、《文选》经典化过程中的标志意义。

隋唐文选学的成立

《文选》是一部选本而非著作且成书不久即形成一门专门的学问，这在历史上是罕见的。《文选》成"学"，不仅验证了《文选》经典地位的正当性，也巩固强化了《文选》的经典地位，这是一个彼此证明、双赢受益的进程。

一、文选学成立于选学大家李善

历来研究《文选》者，多据《旧唐书·儒学传》中《曹宪传》所云"初，江、淮间为《文选》学者，本之于宪，又有许淹、李善、公孙罗复相继以《文选》教授，由是其学大兴于代"① 这段话，认为文选学成于曹宪，这实在是一种误读。文选学真正成立于李善于汴、郑讲学之时，他对《文选》注释与传播的双重努力是文选学成立的关键。《新唐书》卷二百二《文艺中·李邕传》附《李善传》云：

> 李邕字泰和，扬州江都人。父善，有雅行，淹贯古今，不

---

① 刘昫等：《旧唐书》卷一百八十九上，中华书局 1975 年版，第 4946 页。

能属辞，故人号"书簏"。显庆中，累擢崇贤馆直学士兼沛王
侍读。为《文选注》，敷析渊洽，表上之，赐赉颇渥。除潞王
府记室参军，为泾城令，坐与贺兰敏之善，流姚州，遇赦还。
居汴、郑间讲授，诸生四远至，传其业，号"文选学"。①

李善注释《文选》的卓越成就，以及于汴、郑之间设帐并以
《文选》教授诸生的卓越工作，促成了一定规模的研习《文选》
团体，正式宣告了《文选》作为一门学问的诞生。但前贤认为
文选学成于曹宪亦非无稽之谈，正如任何一个学术团体在后人
的讲述中经常被追溯到其肇始者一样，曹宪被理所当然地认为
文选学的成立者也是可以理解的，但要进一步追溯文选学的形
成过程，追溯的终点就绝对不能至曹宪而止。

《文选》成书时间大约在普通五年（524）至普通七年
（526）十一月之间。《文选》编纂成书约六十年后，萧统的族侄
萧该出于传承家学的自觉，在两晋南北朝以来盛行的音义之学
的广阔背景下，撰《文选音》一书，这是现知的最早的对《文
选》进行研究的著作，它也因此成为考察文选学发生的起点。

《文选音》，又名《文选音义》②，因为已佚，其实际情况如

---

① 欧阳修、宋祁：《新唐书》卷二百二，中华书局1975年版，第5754页。
② 《隋书·经籍志》四记载："《文选音》三卷，萧该撰。"《旧唐书·经籍志》下
云："《文选音》十卷，萧该撰。"《新唐书·艺文志》四云："萧该《文选》音
十卷。"而上引《隋书·儒林传》萧该本传则云"该后撰《汉书》及《文选》
音义"，《隋书·经籍志》二云："《汉书音义》十二卷，国子博士萧该撰"，《旧
唐书·经籍志》上则云："《汉书音》十二卷，萧该撰。"《新唐书·艺文志》二
云："萧该《汉书音》十二卷。"由此来看，萧该本传与《志》所记名称不一，
有《汉书音》《汉书音义》，有《文选音》《文选音义》。似有可能本传"义"
为衍文。

何，委实难以确知。不过据《隋书·经籍志》著录的遍及四部的音义之书的体例推测，它极有可能与陆德明的《经典释文》相似，当以注音为主，并有少量兼及释义者，是当时遍及经、史、子三部的音义之学向集部渗透与影响的产物。《文选集注》中《文选音决》所保存的二十一条注音并无释义的情况并不能证明萧该《文选音》的原始状貌。萧该在撰有《汉书音义》的情况下，尚有《文选音》，可能主要是出于一种传承家学的自觉，何况此前早有为数不少的为《文选》中所收单篇文章所作的音义之书。不过，萧该的《文选音》的确开启了隋及唐初《文选》音义之学的先河。清代赵翼《廿二史札记》卷二十"唐初三礼汉书文选之学"条云："梁昭明太子《文选》之学，亦自萧该撰《音义》始。"①

萧该之后，继续《文选》音义研究的学者是曹宪。有研究者推测，曹宪可能与萧该有师承关系，以目前所能看到的文献而言，关于这一点，没有明确的根据。唐代对文选学的成立只上溯到曹宪的事实，实际上就包含了师承关系的推溯。但萧该的《文选音》对曹宪或许有影响。刘肃《大唐新语》卷九《著述》云："江淮间为《文选》学者，起自江都曹宪。贞观初，扬州长史李袭誉荐之，征为弘文馆学士。宪以年老不起，遣使就拜朝散大夫，赐帛三百匹。宪以仕隋为秘书，学徒数百人，公卿亦多从之学，撰《文选音义》十卷，年百余岁乃卒。其后

---

① 赵翼著，王树民校证：《廿二史札记校证》卷二十，中华书局 2013 年版，第 466 页。

句容许淹、江夏李善、公孙罗，相继以《文选》教授。"① 《旧唐书·儒学传》云："曹宪，扬州江都人也。仕隋为秘书学士。每聚徒教授，诸生数百人。当时公卿已下，亦多从之受业。宪又精诸家文字之书，自汉代杜林、卫宏之后，古文泯绝，由宪此学复兴。大业中，炀帝令与诸学者撰《桂苑珠丛》一百卷，时人称其该博。宪又训注张揖所撰《博雅》，分为十卷，炀帝令藏于秘阁。""太宗又尝读书有难字，字书所阙者，录以问宪，宪皆为之音训及引证明白，太宗甚奇之。"② 由此可见，曹宪颇有寿考，他精通文字音韵训诂之学，其教授生徒，亦多以此教，并不单限于《文选》，但可以推测的是，《文选》音义确为其教授之一部分。曹宪对文选学的贡献亦止于此，并且似乎曹宪的《文选音义》并不全面或颇有讹误，否则很难解释其后众弟子为何亦并各有《文选》音义之书。曹宪的《文选音义》到了宋代不见著录，可见已经亡佚。《文选集注》中《文选音决》里收有曹音，极有可能就是引自曹宪《文选音义》一书。

据王书才的研究，《文选集注》总共引录了十一条曹宪音，其中仅有少半正确，其余大半与当时及以后的权威注释以及音韵之书大相径庭，并按之以隋唐之际通行的《切韵》以及《切韵》的蓝本《广韵》，发现曹宪音注皆误，曹宪注音喜标新立异，且以其地的扬州方言为准。③ 由此来看，曹宪的《文选音义》之书适用的地域范围并不广，其在后来的流传中被历史筛

① 刘肃撰，许德楠等点校：《大唐新语》卷九，中华书局1984年版，第133—134页。
② 刘昫等：《旧唐书》卷一八九上，中华书局1975年版，第4945—4946页。
③ 王书才：《曹宪生平及其〈文选〉学考述》，《郑州大学学报》2004年第4期。

汰是很自然的事情，而《文选音决》所以选用其音，可能也主要是因为曹宪标新立异所注之音与通行的音义不同而意欲存异而收。

若王书才的考证属实，那么曹宪对《文选》研究的成就应该并不是很突出，他对文选学形成的贡献主要体现在其以《文选》教授生徒上。据《新唐书》卷一百九十八《儒学上》记载："宪始以梁昭明太子《文选》授诸生，而同郡魏模、公孙罗、江夏李善相继传授，于是其学大兴。句容许淹者，自浮屠还为儒，多识广闻，精故训，与罗等并名家。"① 曹宪弟子中以《文选》知名者有许淹、魏模、公孙罗、李善诸人。

《旧唐书·儒学上》云："许淹者，润州句容人也。少出家为僧，后又还俗。博物洽闻，尤精诂训。撰《文选音》十卷。"② 《新唐书·艺文志四》亦著录此书。

魏模，《新唐书》卷一百九十八《儒学上》云："模，武后时为左拾遗，子景倩亦世其学，以拾遗召，后历度支员外郎。"③ 魏模父子均演习《文选》，然皆无著作传世。

《旧唐书·儒学上》云："公孙罗，江都人也。历沛王府参军，无锡县丞。撰《文选音义》十卷，行于代。"④ 《新唐书·艺文志四》尚著录，"公孙罗注《文选》六十卷，又《音义》十卷"⑤，公孙罗曾与李善在沛王府为同僚。又日本藤原佐世《日本国见在书目》尚著有"《文选钞》六十九，公孙罗撰"，

---

① 欧阳修、宋祁：《新唐书》卷一百九十八，中华书局 1975 年版，第 5640 页。
② 刘昫等：《旧唐书》卷一百八十九上，中华书局 1975 年版，第 4946 页。
③ 欧阳修、宋祁：《新唐书》卷一百九十八，中华书局 1975 年版，第 5641 页。
④ 刘昫等：《旧唐书》卷一百八十九上，中华书局 1975 年版，第 4946 页。
⑤ 欧阳修、宋祁：《新唐书》卷六十，中华书局 1975 年版，第 1621 页。

"《文选音决》十，公孙罗撰"① 藤原佐世著录的"六十九"之
"九"或为"卷"之误，但目前文选学界对《音决》是否为公
孙罗所为尚有疑问。

在曹宪传授《文选》诸弟子中，李善是文选学成就最显者。
据《新唐书》《旧唐书》及相关文献记载考证，李善约于贞观
年间师从曹宪，于显庆三年（658）注释《文选》，将萧统三十
卷析为六十卷并上表，题衔为"文林郎守太子右内率府录事参
军崇贤馆直学士臣李善注上"，因与贺兰敏之善，为避祸自请为
泾城令，然终因贺兰敏之而连坐流姚州，这是咸亨二年（671）
的事情。咸亨五年（674）改元上元，大赦天下，李善得以于当
年年底回到扬州家中，次年其子李邕出世，于是他就在扬州设
帐教学以养家糊口，据《旧唐书·马怀素传》云，马怀素曾于
此时师之。上元二年（675），李贤被立为太子，因早年李善曾
于李贤府为幕僚，他便意欲进京依靠李贤重新获得一官半职。
然而李贤重蹈其兄的覆辙，在调露二年（680）的一场政治斗争
中被废，而此时的李善已从扬州起身，无奈之下，他只得在汴、
郑之间以讲学为业，彻底泯灭了功名利禄之心。李善最初的讲
学可能无定所，但最终固定在了荥阳②。在讲学期间，李善又对
早年成书仓促或急为博取利禄的《文选注》进行了多次加工，

---

① 藤原佐世：《影旧钞本日本国见在书目》，《古逸丛书》之十九，光绪十年甲申
（1884）遵义黎氏刊于日本东京使署。

② 有一条可靠的资料可以推测李善当年讲学的最终固定场所。李褒撰《唐故绵州
刺史江夏李公墓志铭并序》云李善孙李正卿"即罢归荥阳墅，修复秘书公讲习
遗址，偃仰自遂"，秘书公指李善无疑，由此可以推测，李善于汴、郑间讲学可
能初无固定之地，李善最终讲学之地为荥阳，其隶属郑州，距洛阳亦近，士子
云集，又稍离喧闹的政治中心洛阳，是合适的讲习之所。周绍良：《唐代墓志汇
编》，上海古籍出版社1992年版，第2240页。

对《文选》注释的更改亦考虑到当时设帐的需要。诸生慕名，从四方集聚，李善的讲学内容虽非《文选》一门，但《文选》确是其讲学的重要内容。至此，文选学正式成立。

《文选》之学起于萧该，但直到李善设帐讲学，才形成具有一定规模与影响的学术团体，最终诞生了"文选学"的名称，而诸家文献记载之文选学至曹宪而止，主要是以一种追溯的学术方法进行的探究，而追溯的预设标准则使文选学止于曹宪。学术史研究中的追溯，在很大程度上有可能会彰显某个人物的成就进而使其成为标志，而历史的真实图景或许并非如此。按照历史发展的顺程考索，文选学名称的真正成立与李善的设帐以及传播的努力密切相关。

除李善《文选注》六十卷外，关于《文选》的著作尚有《文选辨惑》十卷（《新唐书·艺文志四》）、《文选音义》十卷（《日本国见在书目》），此二书均不传。笔者推测，其亡佚的原因主要是在李善注传播过程中二书的部分内容被逐渐移入所致，或者二书的大部分内容已经存在于《文选注》中。这种移入可能有李善本身的行为，亦有后来者的行为。今传李善注，有注音，有辨惑，其来源可能主要是此二书。

二、文选学与《文选》经典化的路径

师从曹宪学习《文选》的许淹、李善、公孙罗、魏模诸人，也大都有《文选》音义类著作见录于史书，唯独李善，在音义著作之外，另辟蹊径，将《文选》注释提升到了一个新的区域。

文本有充足的阐释空间是其经典化的条件之一，《文选》七百五十一首文本具备足够的阐释空间，绝非只有音义一途，李善的《文选注》恰是在音义之外开拓了新的阐释领域，从而加速了《文选》经典化的生成。

李善将萧统三十卷的《文选》变成了六十卷，规模翻了一番，并于显庆三年（658）上表朝廷。在表中，李善评价萧统《文选》"后进英髦，咸资准的"的话，不仅是对萧统编纂《文选》的整体评估，而且暗示着在唐代《文选》已经具有了一定市场。李善将"敷析渊洽"①《文选注》上献朝廷后，虽受到一百二十匹绢的赏赐②，但据《唐会要》记载，直到三年后《文选注》才被诏藏秘府③，似乎说明《文选注》在当时一段历史时期产生的影响可能并不是很大，易言之，最初的《文选注》并未生发出广泛的接受群体。

究其原因，李善注《文选》不像他的老师曹宪那样，专注于音义，而是从文本的字、词、词组、句子出发，致力于追寻其来源，搜索文本背后的知识背景，以引征为主要特征。因此，"李善注在登峰造极之后迎来了另一个倾向：曲高和寡。在唐代中层知识人之间无法形成真正的阅读群体"④。除此之外，还有一个更加根本的因素，即此时的进士科考试还没有与《文选》

---

① 欧阳修、宋祁：《新唐书》卷二〇二《李邕传》，中华书局1975年版，第5754页。
② 刘昫等：《旧唐书》卷一八九《曹宪传》附《李善传》中云："表上之，赐绢一百二十匹。"中华书局1975年版，第4946页。
③ 王溥：《唐会要》卷三十六《修撰》云："六年正月二十七日，右内率府录事参军崇贤馆直学士李善，上《注文选》六十卷，藏于秘府。"中华书局1955年版，第657页。
④ 童岭：《隋唐时代"中层学问世界"研究序说——以京都大学影印旧钞本〈文选集注〉为中心》，《古典文献研究》第十四辑，第111页。童岭先生所言之中层学问世界，与本书所言一般知识阶层有相合之处，本书所言之范围，实亦包含了童君所说的庶民知识阶层。

实现完全对接。李善注广征博引的特征从根本上决定了其真正
接受群体的狭隘，它只适合在博览全书、精通四部的精英知识
阶层中流播，当然在永隆年以后一般的知识阶层很可能也会阅
读李善注，那主要是因为当时还没有出现一个适合他们的读本，
故而不得已选择了这一本。

从李善注本身的特征及其在永隆年以前的实际影响来看，
李善注的出现，不仅使《文选》文本本身大大增值，也在一定
范围（精英知识阶层）内完成了《文选》的经典化。

李善在经过唐代政坛的一番沉浮之后，最终放弃了仕宦之
心，而在汴、郑之间设帐教学，这是在调露二年八月以后的事
情。① 调露二年八月，改元永隆，也就是说，从永隆元年开始，
李善即在汴、郑之间讲学。加上这个因素，可知永隆本的出现
绝非偶然，其抄写者则有可能为李善的亲炙弟子。

李善于汴、郑讲学之时，很可能对自己二十几年前的注本
进行了不断的修订补充，在不断完善的同时也照顾到了讲学的
实际需要，于是"诸生四远至，传其业，号'文选学'"②。李
善在唐代《文选》经典化过程中，通过向上与向下的两种路径，
借助科举考试导向的力量，完成了《文选》经典化的过程。

尽管李善在设帐期间有意识地走向下的路线，即增加字词释
义方面的内容，然而终究改变不了其引征的本质。对于当时的一
般知识阶层而言，要学习文章作法，就必须学习《文选》，但

---

① 汪习波认为，唐高宗仪凤（676—679）、调露（679—680）年间，李善沿运河北
上，希望依附太子李贤，但李贤在调露二年八月被废，李善失去了依附对象，
于是在汴、郑之间设帐教学。《隋唐文选学研究》，上海古籍出版社 2005 年版，
第 68 页。

② 欧阳修、宋祁：《新唐书》卷二百二，中华书局 1975 年版，第 5754 页。

《文选》中的作品与他们之间已经有了时间的距离，因此需要注释来帮助他们接受。李善引征繁复的注本进一步扩大了时人与注释的时间距离，因此注定不能完成普及性的任务。一般知识阶层呼唤一个适合他们的注本，于是，开元六年五臣注本出现了。

吕延祚在《进五臣集注文选表》中对李善注提出的批评是："忽发章句，是征载籍，述作之由，何尝措翰？使复精核注引，则陷于末学；质访指趣，则肖然旧文。祇谓搅心，胡为析理？"吕延祚的上表虽然含有贬低李善注以抬高五臣注地位的意图，但其所指出的李善注的缺点亦绝非无稽之谈，是客观存在的。五臣注"周知秘旨，一贯于理""作者为志，森乎可观""并具字音，复三十卷"①，走的是"向下"的路线，主要围绕《文选》文本字义、字音、述作之由、文本主旨等层面进行阐释，并且将卷帙恢复为三十卷，更为适中。在唐代科举考试重诗赋以后，士子在付出与实际收益的反复博弈中，对李善注的漠视与拒斥就成为必然。唐玄宗"比见注本，唯只引事，不说意义"及"卿此书甚好"的口敕，不仅代表了当时社会上相当一部分知识阶层对《文选》李善注的普遍认识，还在很大程度上能强化五臣注的传播。于是，五臣注与读者的接受期待实现了契合，成为开元以后很长一段历史时期内相当通行的"普及"注本。

不管是李善注还是五臣注，其中心都是《文选》。李善注的出现与传播，促使了《文选》经典化的生成；五臣注的问世与传播，不但巩固了《文选》的经典地位，而且使之成为具有广泛知识阶层基础的真正意义上的经典。

---

① 陈八郎本《文选》，台湾"国立中央图书馆"藏本。

唐代《文选》诠释平议

一、《文选》在唐代的诠释成为必然

语言的发展演变虽然比较缓慢，但因为时间的距离和语言的区域差别，我们逐渐对过去文本的意义变得陌生，因此需要把陌生的文本语言转换成现在的语言，把其陌生的意义转换成我们熟悉的意义，这就是诠释。就《文选》这部先唐文学总集而言，其收录文章止于齐梁，即使在成书之时，要对此前的作品进行理解就已经需要诠释，发展到有唐一代，随着《文选》作为先唐文章总集权威地位的确立与不断深化，对《文选》文本重构作品的意义和作者原初的意义进行诠释，就变得更为迫切。

其实，这种诠释工作自从《文选》编纂成书就已经拉开了序幕，最初的音义之学就是对其进行语言诠释的初步努力。唐代，伴随着科举考试中进士科崇高地位的奠定，《文选》的价值被不断强化，为适应时代需求与文人的导向，相关诠释著作便大量涌现，并且其数量远比我们今天所知道的要多得多。但是，由于诸种因素，历代都会发生典籍流失，其中也绝对包含《文选》诠释著作，因此我们只能根据现存的极少的几部著作以及史籍目录中的记载来了解当时《文选》诠释著作的实情，但即使这样，我们也完全有理由相信，唐代的确是文选学史上的第一座高峰。

现知的隋唐《文选》诠释著作如下表：

作者	著作	出处	存佚	备注
萧该	《文选音》三卷	《隋书·经籍志》，《新唐书·艺文志》，《旧唐书·经籍志》，《通志》，《国史·经籍志》	佚	
曹宪	《文选音义》十卷	《新唐书·艺文志》	佚	
许淹	《文选音》十卷	《新唐书·艺文志》	佚	
公孙罗	《文选音义》十卷	《新唐书·艺文志》，《旧唐书·经籍志》，《通志》	佚	《日本国见在书目》著录为《文选音》十卷、《文选钞》六十九卷，盖即此两书
	《文选注》六十卷	《新唐书·艺文志》，《旧唐书·经籍志》		

（续表）

作者	著作	出处	存佚	备注
李善	《文选注》六十卷	《新唐书·艺文志》，《旧唐书·经籍志》，《宋史·艺文志》，《国史经籍志》	存	
	《文选辨惑》十卷	《新唐书·艺文志》，《通志》，《国史经籍志》	佚	
吕延济等五臣	《五臣注文选》三十卷	《新唐书·艺文志》，《宋史·艺文志》，《国史经籍志》	存	
陆善经	《文选注》不知卷数	《文选集注》引	残	
康国安	《驳文选异义》二十卷	《新唐书·艺文志》，《通志》，《国史经籍志》	佚	
常宝鼎	《文选名氏类目》十卷	《宋史·艺文志》，《郡斋读书志》	佚	

上表中所列著作大部分已佚失，比较完整传世的有李善注、五臣注，依靠《文选集注》所引能够有较多了解的有《文选钞》，考察唐代的《文选》注释成就，目前也只能考察此三部

著作。

二、唐代《文选》诠释成就重估

对《文选》李善注与五臣注的比较，自二者成书之后就没有停歇。诸家几乎众口一辞地揄扬李善而贬低五臣，然而，此种声音与《文选》在历史传播中五臣注一直颇为盛行的实情显然不合拍，这促使我们重新审视唐代《文选》的诠释成绩。

（一）李善注《文选》

李善注《文选》，"弋钓书部，愿言注缉，合成六十卷"[①]。李善注重追溯文本背后的意义，致力于搜寻、检索《文选》收入作品成文之前的知识背景，易言之，他是从作品的字、词、句出发，搜检作者之前存在的知识文化世界，在一定程度上也就是发掘作者的知识结构。他并不致力于考察作者的意图，而是强调作品本身的内容，强调作品的意义并不是作者的意图，而是作品所说的事情的本身，即它的真理内容。在《两都赋序》"或曰：赋者，古诗之流也"下，李善注云："《毛诗序》曰：诗有六义焉，二曰赋。故赋为古诗之流也。诸引文证，皆举先以明后，以示作者必有所祖述也。他皆类此。"李善的此类注释义例，在很大程度上代表了其《文选》注释的追求方向。基于此种追求之上的李善注，使《文选》卷帙规模翻番，并由此形成了"淹贯该洽，号为精详"的特色。

---

① 李善：《上文选注表》，尤刻本《文选》，中华书局 1974 年影印南宋淳熙八年刊本。

诠释是从一个我们所不熟悉的语言世界转换成为我们熟悉的语言世界，据此，李善的《文选》注释就须以其时也就是唐代的语言对梁代之前的作品进行语言转换的阐释，以使时人对《文选》作品的理解从陌生的意义世界转换到熟悉的意义世界。而李善以引征为特色的注释在根本上背离了诠释的原则，而走向了诠释学的反面：他不是以熟悉解释陌生，而是致力于以陌生解释陌生，以此恢复作者写作此文时的知识背景与知识构造。

以陌生解释陌生的表征就是大量地引典，而对字词语境意义的解释相对缺乏关注。即使表面上看似解说字词的阐释，亦多引字书以及前人解说，仍然没有脱离引征之樊篱。因此，从读者接受的层面来看，李善的《文选》注，不但没有把时人与《文选》作品的距离拉近，其对作品语词溯源的过程反而使得时人与《文选》作品更加有隔膜。也正因为如此，在当时及其后来的历史时期对李善注形成了两种截然不同的评判。第一种是对李善注的批评，以吕延祚的《进五臣集注文选表》为代表："忽发章句，是征载籍，述作之由，何尝措翰？使复精核注引，则陷于末学，质访指趣，则岿然旧文。祗为搅心，胡为折（按：当为析）理？"①第二种则是针对吕氏的批评尽力维护李善注，以李济翁（名匡文）的《资暇集》为代表："世人多谓李氏立意注《文选》，过为迂繁，徒自骋学，且不解文意，遂相尚习五臣者，大误也。所广征引，非李氏立意。盖李氏不欲窃人之功，有旧注者，必逐每篇存之，仍题元注人之姓字。或有迂阔乖谬，犹不削去之。苟旧注未备，或兴新意，必于旧注中称'臣善'，

---

① 陈八郎本《文选》，台湾"国立中央图书馆"藏本。

以分别之。既存元注，例皆引据，李续之，雅宜殷勤也。"① 这两种针锋相对的评价，除去意气用事的因素，都具备相当的道理。而且，不管后人对李善注如何曲掩，都无法回避一个事实：在唐代开元及其以降的相当长的历史时期，五臣注以绝对优势压倒了李善注而流行。从诠释学的角度来看，李善注走向了诠释的反面，不被时人普遍接受，绝非仅仅因为其卷帙规模的增加，其中一个根本的因素则在于李善注与《文选》文本的距离"渐行渐远渐无穷"。时人对《文选》作品已经陌生，而李善注的引证加剧了二者之间的隔膜，由此给读者造成了"愈读愈糊涂"的接受心态。因此种因素之存在，在唐代科举考试重诗赋以后，士子在付出与实际收益的博弈中，对李善注的漠视与拒斥就成为必然。

以陌生释陌生的李善注，在当时不会也不可能得到大多数人的接受，但李善的阐释无疑使《文选》本身进一步增值。卷帙的翻番只是表面上的特征，内容的扩展、知识的集合才是其价值所在。李善通过一部《文选》注释，构筑了唐前的中国文化史。这一切，均得益于李善的阐释世界。

对李善的知识与阐释世界，前贤时人已有多种研究，比如对《文选》李善注的引书的考实与编目，清人及骆鸿凯等均有著作涉及②，汪习波的《隋唐文选学研究》一书中更有专节对李

---

① 李匡文撰，吴企明点校：《资暇集》卷上，中华书局 2012 年版，第 167—168 页。
② 清人汪师韩《文选理学权舆》卷二中就有《注引群书目录》部分，《续修四库全书》本。骆鸿凯《文选学》在《源流第三》中亦有对李善注引书的详细统计，中华书局 1989 年版。此类研究只是从一个侧面展示了李善注阐释世界的丰富性。

善注的知识与诠释世界作了详细的描述①，此不赘陈。但需要进一步说明的是，《文选》李善注背离了诠释的最基本原则，在当时不为一般知识阶层所愿接受，受到时人的批评是理所当然的事情，当时以及后人对这种批评进行反驳，主要看重的则是李善注的阐释世界。其实，不论是批评，抑或赞扬，都非常精准地把握了李善注的根本特征：引征宏赡。在这一点上，两种对立的观点是统一的。

唐人喜爱《文选》已经是现在的共识，但是唐人对李善注的接受与根植度可能并没有我们今天想象得那样深刻，李善注释重点在追溯语源的意图虽然具备深刻的学术史意义，但《文选》作为教科书成立以后，一般的知识阶层自不会花很大的精力去研读李善注，他们只不过想寻找一个能略通文义的简明注本而已，从此侧面亦可展现出当时整个社会对《文选》李善注接受的水平、程度以及趋向。虽然李善个人对《文选》的精深注解与一般知识阶层的喜好不够和谐，但当时社会的确对《文选》颇为喜好，只是尚未专注于追寻《文选》文本背后的知识背景，此类研读趋向直到清代才完全实现。

（二）五臣注《文选》

吕延祚《进五臣文选集注表》中对李善注的批评除却令人怀疑有贬低善注以抬高五臣注的意图外，其对李善注的批评都是事实。五臣注不仅仅是对李善注缺陷的修补，更主要的是它更符合诠释的意图，迎合了一般知识阶层对《文选》学习与接

---

① 汪习波：《隋唐文选学研究》，上海古籍出版社2005年版，第184—216页。

受的需求。

五臣注追求的诠释目标是针对李善注的不足而发的, 这在吕延祚《进五臣文选集注表》中有简略的说明: "相与三复乃词, 周知秘旨, 一贯于理, 杳测澄怀, 目无全文, 心无留义。作者为志, 森乎可观。记其所善, 名曰集注, 并具字音, 复三十卷。其言约, 其利博, 后事元龟, 为学之师。豁若撤蒙, 烂然见景; 载谓激俗, 诚维便人。"客观地而不是先入为主地考察五臣注, 可以发现它基本达到了这个目标, 至少朝这些目标做了很大努力。

汪习波概括五臣注的注释标准为"汇通文义, 诠释情志"①。诠释学诠释的内容包括三个方面: "文字的诠释就是对个别语词和内容的解释, 意义的诠释就是对它在所与段落关系里的意味性的解释, 精神的诠释就是对它与整体观念的更高关系的解释。"② 绳之五臣注《文选》, 它在这三个方面都做了努力。

在对文字的诠释方面, 五臣注与李善注截然不同的是, 不是以陌生释陌生, 而是以时人熟悉的语言解释文本语言。李善注《文选》重在通过引征追寻文本背后的意义, 而引征不加语言的转换必然导致以陌生释陌生, 以陌生释陌生就必然造成其与读者的接受距离及知识视野距离更远。五臣注的突出贡献首先在于对具体文字的解释很少引经据典, 而是用当时人们熟悉的语言直接描述, 而且这种描述是在具体的文本语言环境中进行的, 这就比李善注的只讲典出实用得多, 况且李善注的一些

---

① 汪习波:《隋唐文选学研究》, 上海古籍出版社 2005 年版, 第 225 页。
② 洪汉鼎主编:《理解与解释——诠释学经典文选》, 东方出版社 2001 年版, 第12—13 页。

语词的典出与《文选》文本意义之间有很大的距离。

　　对意义的阐释与精神的阐释是五臣注的重大贡献，其不仅讲解"述作之由"，而且"诠释情志"。关于这一点，通过比较李善注与五臣注的解题就会非常清楚。据陈延嘉先生的统计①，李善注与五臣注均有解题者为二百七十篇，李善注有解题而五臣无的有十九篇，五臣注有而李善无的有二百五十八篇，而汪习波对陈延嘉的划分作了进一步补充，认为陈氏的划分显然没有注意到李善注的作家传与解题在内容上的错杂。汪习波认为：李善注的作家传与解题在内容上并无严格区分，而五臣注大体重在解题，间有作家传的内容，且多集中于作者名下一处，所以在李善注是作家传与解题，在五臣注则可笼统称之为解题。由此可见，五臣注对解题的热情要远远超过李善注。五臣注的解题与其注正文有一个很大的区别，那就是解题部分时常注明出处。即使如此，五臣注与李善注仍有较大的差别，比较二家注解题的相同部分，可发现五臣注的引用与李善注的引用并不完全相同，此现象表明即使在标明出处的解题部分，五臣注仍然对所引文字进行了适当的加工与删减，目的是达到当时人们熟悉的语言程度。研究者多以此认为是五臣袭取李善注的证据，其实，五臣以李善注为线索是可能的，但同时他们也为自己的注释目标做了努力，况且在五臣注中还有大量的解题是李善注所无的。这些解题有的达到了诠释学所讲的精神的诠释的层面，这也是五臣注颇为用力之处。

---

① 陈延嘉：《论文选五臣注的重大贡献》，见《文选学论集》，时代文艺出版社1992年版，第82页。

　　打一个不很恰当的比喻，对《文选》的诠释过程就是对《文选》文本的"稀释"过程，通过"稀释"，使原来难以理解或隐而不彰的内容变得能够理解，从而做到"更好的理解"。从此角度而言，五臣注是用"纯净水"进行的"稀释"，从而使《文选》文本的字面意义与述作之由彰显；而李善注注入文本进行稀释的成分并非单纯"纯净水"，还包含了其他的成分，从而使得《文选》文本的成分（意义）进一步增加，而增加的新的成分又将《文选》文本与时人的知识视野、理解力之间拉开了距离。

　　李善注通过追寻文本背后的知识世界，意图建立阅读《文选》的广阔的知识背景；五臣注强调作者的述作之由，汇通文义，诠情释志，反李善注而行之，这必然导致其以熟悉释陌生，迎合了当时一般知识阶层的需求。李善注是回归《文选》文本的历史，五臣注则彰显《文选》文本的时代意义，二家之注的努力方向自注释伊始即已相异，所以单纯从五臣注或者李善注的注释方面吹毛求疵以达到扬此抑彼的意图都是毫无意义的。

　　（三）《文选钞》

　　再进一步考察，有没有哪家《文选》注既沟通了历史，同时又彰显了时代意义呢？公孙罗的《文选钞》就在这个方向上做了努力。

　　《文选钞》原书不存，后人以《文选集注》所引而略知其全貌。《文选集注》纂辑者采录各家注说颇意味深长的次第为：正文——李善注——《钞》曰——《音决》——五臣注——陆善经曰——今案，依据史传，李善、公孙罗、五臣、陆善经，均以时代先后相次，由此可以推测，《文选钞》当成书于李善注成书的显庆三年（658）至五臣注成书的开元六年（718）六十年间的某个时段。虽然《文选钞》在入宋以后即已佚亡，但其在唐代《文选》诠释过程中的转承作用不能低估。这种转承作用体现在以下几个方面。

首先，《文选钞》继承了李善注引征的体例，但有所变化。李善注以注典引征为主要特色，追溯事件的起始意义，致有"释事忘义"之讥。《文选钞》虽然也有不少引征，但在总体数量上较李善注少得多，并且对李善注有明显的补阙倾向。然而，在引征方面，《文选钞》有时表现出缺乏剪裁、存在为补善注而补的不良倾向，有些可能已被李善剔除不用的材料，反倒出现在《文选钞》的引征中。这导致的结果或是繁冗不堪，或是注释内容与文本无关，旁支蔓延。以江文通（江淹，字文通）《杂体诗》为例，在《卢中郎谌感交》"马服为赵将，疆场得清谧"句下，李善曰："《史记》曰：赵奢大破秦军，秦军解而走，遂解阏与之围而归，赵惠文王赐奢号为马服君。"而《文选钞》则全录《史记·廉颇蔺相如列传》中自"赵之田奢者"以下至"赵惠文王赐奢号为马服君，以许历为国尉"，共二十行，三百字，极其烦琐细碎，缺乏明确的剪裁，远不如李善注加工后的引文简练明晰。甚至于《文选钞》将与作品正文本无关者亦移录进来，如在《杂体诗》之《郭弘农璞游仙》题下介绍郭璞时，移录了郭璞生平琐事、怪异经历，共四十行，六百余字，极其拖沓枝蔓，所引干宝作《搜神记》之事又与郭璞无关。其次，与李善注注重文本背后的知识世界不同的是，《文选钞》更加重视《文选》文本，重视对创作缘由与写作过程的揭示，注重概括题旨，如在傅季友（傅亮，字季友）《为宋公修张良庙教》作题下注，在《檄蜀文》作者钟士季（钟会，字士季）下作注，都注重交代写作背景与缘由。第三，《文选钞》在注释语词方面虽有时也引典，但非常注重诠释的原则，即以时人熟悉的语言解释陌生，解说浅显易懂，同时也伴有对句意章旨与时代精神的解释。

从诠释的努力方向而言，《文选钞》一方面注重历史，追寻出处，这一点像李善注；一方面注重文本，解释题旨与创作缘起，并以当时通行的语言汇通文义，这一点像五臣注。但由于纂辑者本身意图的原因，求多而难精，既没有达到李善注一味追寻知识背景的层面，也没有达到五臣注彰显时代意义的层面，因此，《文选钞》既不能与李善注注释成就媲美，也不能与五臣注注释成绩相类，但它在注释的努力方向上却有超越李善、五臣两家之注的某些地方。从整体而言，在李善与五臣两家注之间的《文选钞》，构成了唐代《文选》诠释史上不可或缺的纽带。

三、唐代《文选》的诠释进程

唐代三部《文选》注释著作反映出了唐代《文选》诠释的进程，这种进程可简单描述为从文本背后到文本本身再到诠释时代的顺序。李善注致力于追索文本背后的知识背景，借《文选》文本的词条，构筑起了唐前的一部中国文化史，它只适合在具备相当知识与文化的一小部分人之间流行，而李善用以设帐讲学的《文选》注本实际上已经注意到这一缺陷并为适应教学需要作了订补，故唐代《文选》李善注有数本流传的记载应当是可信的，但其出入四部、广泛引征的特征并没有发生本质改变。《文选钞》在继承李善注引征方面做到了适度把握，即引征的总体数量远远少于李善注，但在引征时又缺乏剪裁，做得比较粗糙；同时，《文选钞》从李善致力追寻的历史层面转向了文本层面，开始尝试对文本作者创作缘起、创作过程、题旨句意的诠释，开始尝试对语词主旨等方面以时人熟悉的语言进行阐释，从而拉近了与读者的距离，但由于编者追求既要贯通从前又要照顾时代的双重意图，使其两方面均难以达到一定高度，故其在入宋以后即已佚亡也是理所当然的，在以传抄为主的传播时代，繁冗难用的《文选钞》最终为读者所摒弃了。五臣注发扬了《文选钞》对述作之由、汇通文义的优点，以时语释古语，并彻底抛弃了李善注的知识与文化层面，与读者的接受期待达到了契合，成为很长一段历史时期的通行注本。

屈守元先生认为，五臣注的出现是文选学的庸俗化，并对五臣注进行了声讨与斥责①，其实这种苛责从唐末即已开始。从诠释学的角度看，五臣注更符合诠释的规则，更能彰显《文选》的时代意义，尽管它不可避免地出现一些谬误，但在整个文选学史上能够作为一家之注与李善注并列，它就绝非如前贤时人所认为的那么低劣，何况李善注本身也不是没有谬误出现。屈先生认为的庸俗化，更确切一点说，应该是实用化。从整体上看，唐代的《文选》诠释就是趋向一种实用化的过程。到宋代知识阶层开始普遍重视知识、强调才学的时候，在清代文人生活空间狭窄，难以消磨自己的知识热情转而沉溺于故纸堆中的

---

① 屈守元：《文选导读》，巴蜀书社 1996 年版，第 66—74 页。

时候，李善注作为宏赡的唐前文化史料再次被重视也是在情理之中的事情，但五臣注没有也不可能被历史淹没，六家本与六臣本的出现也不是偶然的。李善注与五臣注都存在一定的"缺陷"，沟通二者的《文选钞》又没有达到应有的水准，因此，在宋代对两种注释都需要的情形下，合并本的出现就成为必然。也正是由于合并本的出现，《文选钞》的价值逐渐消解，最终亡佚。

经典与经典化的一点思考

总之，隋唐南北文风博弈确立的新的文学观，与《文选》文本背后的编纂思想不谋而合。永隆二年（681）科举改革的引领力量将《文选》推向前台，永隆本《文选》卷子标志着《文选》经典化的生成。《文选》通过注释，借助政治、文化力量，通过向精英知识阶层与一般知识阶层两条路径的渗透，最终完成了它的经典化。

对经典的反思与讨论，西方从 20 世纪 60 年代就已开始了，不过据学者对西方相关理论的梳理研究，认为"我们无法寻找到具有普遍性的经典化结构原则"，故"应该从历史的维度辩证地认识经典的发生法则"，"一方面，各种经典的合法化都是独特的，我们应对其进行语境还原；另一方面，在一个个具有连续性的历史时段中，可能存在着相对稳定的经典化法则"①。以上即从历史语境的还原入手，考察了《文选》经典审美质素的基因、经典化中文化政治的建构过程，在此基础上，我们尝试对经典、经典化进行一点粗浅的理论思考。

---

① 朱国华：《文学"经典化"的可能性》，《文艺理论研究》2006 年第 2 期。

一、经典既是历史的，又是当下的

经典是历史的，首指构成经典的文本是在历史中生成的。《文选》收录的七百余篇文章全是萧统生活的梁代之前（含梁代）的，"不录存者"① 的观点虽是《文选》成书二百年后才被提出来的，但此说仍有很大的合理内核。易言之，只有历史中的文本，才有成为经典的可能。因为作者自己虽然可以预见自己作品可能会成为日后的经典，但他不能将自己的著作称为经典，也不存在批评家下意识中的那种特权与优越感，即他天真地相信自己拥有某种评判一个文本是否构成经典的标准——因为经典自身就是规范、准则，它不需要另一个更原始的或更抽象的标准来加以衡量。②

经典是历史的，亦指文本的经典化是在历史中被建构起来的。经典从来不是自封的，有赖于他者对它的认同。萧统以其标准编纂《文选》，不管其标准如何，那就是他对《文选》文本的认同，从而使《文选》文本经典化成为可能，但也仅仅是可能。因为经典文本的认同，不是基于绝对的私人化立场，它需要更大基础，只有这种私人化立场与公共立场有较大的契合时，才真正有可能成为经典。经典，总是在一定的历史语境下、在一定的历史时长内生成的。当然，经典的被构建背后，一定"发生了"什么。

---

① 晁公武：《郡斋读书志》卷二十"李善注文选六十卷"条中云："窦常谓统著《文选》，以何逊在世，不录其文，盖其人既往，而后其文克定，然则所录皆前人作也。"上海古籍出版社1990年版，第1054页。

② 郭持华：《"历史流传物"的意义生成与经典化》，《杭州师范学院学报》2005年第2期。

经典是历史的，还指经典能否经得住时间的检验。《文选》从唐代开始走上经典的圣坛，迄至晚清，这在集部文献中是非常罕见的。

经典是在历史中生成的，但同时必须具备超越历史的意义。经典必须具备能穿越历史的内核，能够超越特定时间空间的局限，在长期的历史理解中几乎随时存在于当前，即随时作为当前有意义的事物而存在。① 简言之，只有对现实成为有意义的存在时，文本才有可能"黄袍加身"。这就是经典又是当下的含义。

二、文本的经典化过程

经典既是历史的，又是当下的。所以，要追究文本经典化的过程，我们不仅需要追问：在什么样的历史语境下什么样的文本有可能成为经典？而且更要追问：一个文本被确立为经典的背后，到底发生了什么？前者主要是从文本的产生语境、文本的内在质素方面进行考掘，考察文本成为经典之可能；后者则追寻文本在历史长河中的"效果史"事件，从而梳理文本经典化之过程。在文本本身已经固定的情况下，对后者的追究是更应该关注的。

文本经典化之生成，固依赖于文本内在之所以能够成为经典的因素，更依赖于现实对它的需求。因为被经典化的绝非文

---

① 汉斯-格奥尔格·加达默尔在《真理与方法——哲学诠释学的基本特征》中考察古典型时说："古典型乃是对某种持续存在东西的意识，对某种不能被丧失并独立于一切时间条件的意义的意识，正是在这种意义上我们称某物为'古典型的'——即一种无时间性的当下存在，这种当下存在对每一个时代都意味着同时性。"洪汉鼎译，上海译文出版社1999年版，第369页。

本的实物性存在，如出土器皿那样，而是文本背后的某种观念。经典化的背后，其实隐藏着某种意识形态与权力关系。有且只有文本背后的观念与权力搭上关系实现合谋时，文本才得以"鲤鱼跃龙门"。当然，这种合谋有时表现得很隐晦，不是那么直接。

三、经典化的实质

文本是一个多层意义的集合存在，在不同的历史语境中，完全有可能呈现出不同甚或相反的意义。经典化的实质是这样的：它从诸种意义话语中抽取出一种，与其他各类话语意义加以区别，一方面借助权力的干预使之获得合法性，另一方面也因它迎合了时代的需要而赢得了越来越大的共同体的承认，从而使其他话语意义暂时被遮蔽。《文选》之经典化是通过国家一种考试制度而得到关注和认可的，考试制度的背后隐含着统治者对政权的合法性、合理性的忧虑以及努力消除这种忧虑的企图。[①] 颇有意味的是，在初唐的政治权力大张旗鼓地提倡文质并重的同时，在考试领域，对语言的华美追求仍是被默许甚至是纵容的。《文选》就是这样，凭借政治权力和世俗利益的力量，凸显了它"以文为本"的吸引力，依靠它装饰性的文学语词、极为实用的文章套路，顺理成章地成为世俗与权力共同认可的经典。

经典在经典化过程中被建立其权威的同时，也在很大程度

---

① 葛兆光：《中国思想史》第二卷引言《权力·教育与思想世界》，复旦大学出版社 2013 年版，第 4—7 页。

上限制了主体选择的权力，在它从众声喧哗走向声部单一的同时，知识阶层选择与思考的权力也在消解，思想平庸化也因此肇端。在急切需要能够应付考试以换取利禄的时代，《文选》的经典化使其从众多的文本中"鹤立鸡群"，这一背景下的众多文本逐渐被遮蔽不彰，甚至亡佚。事实上，在考试制度的胁迫下，被经典化的《文选》亦很难避免、逃离被简化的命运，"沉思""翰藻"的《文选》被简化为一些语词与套路，在世俗利益的驱动下，它不需要而且排斥构建更大的文化体系，像李善注，甚至沦落为"类书"。所以，经典化的过程同时也是一个祛魅的过程。

总之，《文选》经典化的过程不单纯是一个文学事件，更是一种文化认同的建构行为。《文选》的经典化不单纯是文选学史的内容，同样应该被纳入思想史的视野。

第四章
编纂、传播与评点、续补：
宋元文选学的新内涵

文选学以注释而成立，并在成立以后的很长一段时期内，都没有脱离注释的范域。从学术追溯上进行定位，最初的文选学实则为《文选》注释学，注释构成了文选学唯一合法的内核。这种不言自明的内在界定，潜意识地作用于历代《文选》研究者那里，并使研究者们在自觉不自觉之间经常利用这把标尺来绳量唐代以降文选学的实绩，在此标准观照之下的宋元文选学遂转向衰落和平庸。但是，如果以发展的眼光，以不断发展壮大的文选学内涵来重新审视、观照每个时代的《文选》研究诸层面，将《文选》的编纂、刊刻、传播、评点乃至续编诸层面一一摄入文选学，以"大文选学"的视野对宋代文选学进行追溯，就会发现，宋元时期的文选学其实有很多不平庸的表现，甚至将其某些方面从整个文选学史上去考量都是毫无愧色的。

宋代对《文选》注释的清理与整合

宋代对《文选》注释的编纂首先是对《文选》注释从抄本到刻本进行了一次清整，这种清整是《文选》注释在传播过程中趋向定型的重要表征。刻本的出现使得传抄时代注释面貌纷繁不一的情形得到了统一，同时也不可避免地在一定程度上脱离了注释的原初形态。最初对二家之注的清整是在各自系统内部独立进行的，并且对五臣注的清整早于对李善注的清整。受宋代文章、学术诸方面的影响，六家、六臣合并本出现，合并本对二家之注的不同重视程度、编纂原则以及具体的注释编纂体例导致的增删又在不同程度上进一步改变了二家之注的早期形态，注释的混同、不同层次对二家之注的需求、文人的倡导、传承的方便又促使单注本得以重新编纂，但传播流布过程中底本、参校本的不一以及编纂过程中内容来源的复杂使得重新编纂的二家单注本尤其是李善注本没有刷清或者无意刷清阑入的他家之注，颇有他注的混入。

一、从抄本到刻本

在文选学史上，从抄本时代到刊本时代是一个重要的阶段，因为刊本的出现统一了抄本时代混乱复杂的注释面貌，无论李善注抑或五臣注，都发生了一定程度的明显变异，由此形成的定本左右了此后的《文选》面貌及其相关研究走向。

在雕版印刷术尚未被普遍运用于书籍传播之前，抄写是最为通行的传播方式。唐代《文选》抄本众多，有白文本、李善注本、五臣注本以及众多的他家注本。单就李善注而言，有唐一代，数目颇夥。从李济翁《资暇集》的记载来看，他至少看到了五种李善注本：初注本、复注本、三注本、四注本、绝笔本。[①] 这五种李善注，注释详略不同，相应的注释分段也不一样，总体趋势是注释由简至繁，从单纯释事到附事见义。

唐代李善注抄本的众多也完全可以通过其传播方式、传播途径得到进一步推测证明。李善流放归来曾在江都设帐，后来又在汴、郑之间讲学，讲学内容中就有《文选》。诸生受业于其门，对李善《文选》的讲授记录因各自接受程度不同、兴致不一，自然会有差异，从而出现删减、增添情况。李善针对不同的弟子也会进行详略不同的传授，临时发挥与串讲大义成为不可避免的事情。这种传播方式造成的结果是李善注本纷繁面貌的增加，诸生的记录如果再经过进一步传抄，抄写者又根据自己的学习情况进行增减，差别自然又会增添。这些记录或者再次传抄，根源于李善，称之为李善注是情理之中的事情。所以，从此层面而言，有多少次讲授就有多少种李善注，有多少个学生就有多少种李善注，有多少次抄写就有多少种李善注。

---

① 李匡文撰，吴企明点校：《资暇集》卷上"非五臣"条，中华书局 2012 年版，第 168 页。

因此，当宋代雕版印刷应用在典籍传播中需要对李善注进行刊刻的时候，首要面临的是对众多的抄本进行清理，找出自己"认为"比较翔实的而实际上不一定就能完全代表李善注的本子作为底本，其次参校其他本子进行整合，从而确立写板的样本。

宋人在刊刻李善注本时首先需对其进行清整，也可以从当时具体的校勘时间中得到反映。据《宋会要辑稿》崇儒四、王应麟《玉海》卷五十四、程俱《麟台故事》卷二中的记载得知，对李善注《文选》的清整从景德四年（1007）八月至大中祥符二年（1009）十二月，共两年又四个月，复校又花了一年左右的时间，当然这一校勘不止《文选》，还有《文苑英华》一书，但《文苑英华》编纂于当朝，只需进行复核与部分增减，虽卷帙庞大，其花费的时间可能要远远少于李善注《文选》。时长的背后隐含着李善注抄本的复杂与对其进行清整的努力。

宋人对李善注《文选》进行清整所依据的某个底本已不可知，实际上，越是依据哪个底本，或者说，与哪个本子的差距越小，这个本子亡佚的可能性反而会越大，因为前者已经没有了继续存在之必要，抄写本自不如刊本适用。

通过对集注本李善注与监本李善注的详细对校①，可以对李善注从抄本到刊本的清整过程以集注本为参照作一归纳推测。监本编纂者首先从其能看到的众多版本中选择一个注释比较规范、齐全的本子作为底本，而选择这个底本需要对不同的本子进行简单的比对之后才能确定，一是要尽量保存李善注，二是要尽量齐全，这就是清理的过程；在这个基础之上，参校李善

① 郭宝军：《宋代文选学研究》，中国社会科学出版社 2010 年版，第 68—80 页。

所引原书，以及其他不同的注本，对底本的字形、讹误、衍文、夺文等诸方面进行更正，比较科段的不同划分、注释的详略不一，参校他本又作个别订正，增加一些注释，这就是整理的过程。经过清整的李善注本又经过校勘，然后才写板、刊刻。

与李善注本相比，五臣注本似乎没有那么复杂。这首先在于五臣在上表以后，他们本人没有对注本作进一步的修订，不像李善在日后的讲学中对注本进行了完善。但是，中唐以后，五臣注的盛行与传抄必然也会增加其注本的一些变异，从而导致面貌不尽相同的版本存在，其形成原因与李善注在传播过程中的变异并无二致。

通过对日本所藏古钞五臣注残本与韩国奎章阁藏《文选》中的五臣注详细比对后推测①，宋代的编纂者首先选择一个比较完整的底本，然后参校他本主要进行文字语句的校对，因之形成一个比较规范的本子作为底本写板。这个过程最早在五代孟蜀时期可能就已发生，两浙本中亦会存在，平昌孟氏是看到了这两个本子的。平昌孟氏认为毋昭裔与两浙本“校本粗而舛脱夥”，又“访精当之本，命博洽之士极加考核”，对旧本正文遗脱之处、注文遗漏字句之处、字有讹错不协之处，参校史传与五经进行校补，遂成定本。这个本子成为后来众多刊本的祖本。

从抄本到刻本的这一过程，伴随着雕版印刷技术的成熟，在唐末五代至宋初这段时间逐步完成。作为《文选》的两种主要注本，李善注与五臣注在这段时间完成了从抄本时代纷繁不一的多种本子到刻本时代渐趋定型的演变。刻本编纂者在对

---

① 郭宝军：《宋代文选学研究》，中国社会科学出版社 2010 年版，第 84—89 页。

《文选》注释的编纂过程中，在选取比较翔实本子的基础上，广校众本，又参以史传、经书、诸子，校误正讹，从而完成了清整的过程。这种清整对社会上曾经传播的纷繁不一的众多抄本的统一起到了积极的作用，其刊刻又为《文选》的广泛传播提供了文本的条件。同时，刊本的出现、传播、规范，加速了抄本的亡佚过程。

二、从单注本到合并本

《文选》李善注与五臣注，各有优劣，谁也无法将对方彻底取代，因此就有了合并本的出现。合并本主要有两种类型，一种是五臣注在前、李善注在后的六家本，一种是李善注在前、五臣注居后的六臣本。

元祐九年（1094）秀州州学刊刻的六家本《文选》是现知最早的合并本①。这个本子国内未见记载，可能主要是由于社会科举导向的原因（详见下节）。幸运的是，韩国奎章阁藏有朝鲜古活字的印本，白承锡认为"世宗十年（1428），又用'庚子字'（铸造于世宗二年的活字）印行了六十卷六十册的《六臣注文选》珍藏于奎章阁，一直流传至今"②。其实此本的具体刊刻时间距宋已远，对于本文并不重要，但此本后附的元祐九年秀州州学合并两家注的跋语，说明奎章阁本是对秀州本进行的

---

① 秀州本是现知最早的合并本，此最早为傅刚先生所揭橥，其根据韩国奎章阁本《文选》所附的跋语，从而证明了此点，这在《文选》版本研究中具有重大意义。傅刚：《〈文选〉版本研究》，世界图书出版西安有限公司2014年版，第173—176页。

② 白承锡：《韩国"文选学"研究概述》，见俞绍初、许逸民主编：《中外学者文选学论集》，中华书局1998年版，第1174页。

活字翻刻，且古代朝鲜刻书要求非常严格，所以，韩国奎章阁藏的这个本子能够在较大程度上反映秀州本的面貌。因此，在考察宋代学者对《文选》五臣注、李善注进行合并的时候，这个本子就成为重要依据，为叙述方便，本书有时径称为秀州本。

秀州本在后附的《五臣本后序》及对李善本的校勘过程中，对合并本的二家之注的来历作了明确的说明，继之对合并本的具体编纂作了总结："秀州州学今将监本《文选》逐段诠次编入李善并五臣注。其引用经史及五（疑为百）家之书并检元本出处对勘写入，凡改正舛错脱剩约二万处。二家注无详略，文意稍不同者，皆备录无遗；其间文意重叠相同者，辄省去，留一家。总计六十卷。"其具体的编纂可细分为几个方面：第一，将李善注依照五臣注的科段逐次编入，依据的是五臣注，需要作较大调整的是李善注。第二，五臣注三十卷存昭明之旧，但卷帙颇丰的李善注的逐段编入，使其容量大增，故析为六十卷，李善注本来就六十卷，所以在析分卷数方面又同于李善注。第三，对二家注的具体编纂原则是，文意稍有不同者均收录；如有文意重叠者，则省去其一。在这里并没有说具体省去哪一家，但具体操作的时候因为五臣注居前，故多省李善注，也有相反者，即存善注、省五臣注，不管哪种情况，都是符合编纂原则的。第四，不仅二家注文有异，合并时需要处理，即使正文，也有不同之处，在具体操作中正文自然多以五臣本为主，但对于李善本与之相异之处均给出了校语，这也是一个基本的体例。第五，对二家之注引用经史及百家之书者，检核原文，改正讹误。

秀州本之后的明州本亦属于六家本系统，其编纂在整体原则上没多大改变，只是作了进一步的改编，这种改编主要体现在两个"增加"上：一是增加正文部分的校语，秀州本的校语不够全面，明州本校语的进一步增加，使之更趋完善；二是增加"某同某注"，明州本进一步加强了二家之注句意重叠则省去一家的编纂方法，对秀州本中善注、五臣注两存的部分，大量地以"某同某注"的方式省注，其中省注的主要是李善注，亦有个别删减五臣注的例子。当然，在六家本系统之内，对注释的编纂变化并不是很大，同时也应该认识到，编纂一次，讹误就有可能会增加一次。比如，明州本中对五臣注的署名就有多处与秀州本不同，个别字词因形近等而出现讹误，当然这些都不是编纂者有意为之的。

六臣本的出现晚于六家本。尽管学界对六臣注本的来源有不同声音，但仍有足够的证据说明六臣本来源于六家本。其中，日本学者斯波六郎提出的证据最为全面，他从夹注的位置、正文与校语、夹音、具体篇目的顺序以及具体篇目的比勘等七个方面论证了六臣本的赣州本改编自六家本的明显痕迹[①]，论据是相当充分的。在从明州本到赣州本的改编过程中，肯定参考了其他的本子，但主要是以明州本为底本而形成的。所以，我们不仅要关注赣州本的来源问题，更应弄清宋代的编纂者在从明州本到赣州本的过程中作了哪些具体的改编。

第一，从明州本到赣州本首要的编纂是颠倒二家注释的顺序，将五臣注与李善注的位置互易，这是改编过程中工作量最

---

① 斯波六郎：《对〈文选〉各种版本的研究》，见俞绍初、许逸民主编：《中外学者文选学论集》，中华书局1998年版，第899—902页。

大的地方，也是区分六家本与六臣本的依据。

第二，明州本是以五臣注为主的，因此在处理与李善注注文大致相同的部分时，往往存五臣注而以"善注同"的方式省略李善注，赣州本则相反，是用相同的编纂体例大量省略五臣注。将李善注置首，并大量省略或刊落五臣注的现象，意味着在赣州本编纂之时，对李善注的关注与重视就已经开始上升。

第三，校语方面，明州本是以五臣注为主，所以在正文部分与李善本不同的地方往往在正文中夹注校语作"善作某""善本作某字"，以此来表明二家之注的异文；赣州本是以李善注为主，虽然正文的分合并没有依照李善注的正文分合，但依然在二家正文相异之处以校语表明二本差异，往往作"五臣作某"，不过具体的改编情形更加复杂，仍然存在不少沿袭明州本校语不作更动的情况。

第四，赣州本对"已见"的编纂。"已见"例是李善注《文选》的重要体例之一，主要目的是避免重复出注，以使注释简洁，且有同书内互相印证的意味。这种注释体例一直受到后人的称道。但是，赣州本根本无视李善的此种体例，对明州本中以"已见"方式存在的注释进行了大量的重补。这种现象在赣州本中不是个例，而是编纂者一种有意识的行为，相反，赣州本中偶存的个别"已见"反倒成了编纂者疏忽所留。由此看来，在从明州本到赣州本的编纂过程中，对"已见"进行详补是一项重要的内容。赣州本编纂者意欲提高李善注之地位，故而无视李善注的注释体例，同时也可能有方便一般读者阅读的原因。反过来讲，他们意欲通过重复出注来提高李善注的地位，同时，亦有可能因为自乱注释体例而走向了它的反面。

赣州本之后的合并本尚有南宋末年的建州本，建州本亦属六臣本系统，其来源于赣州本是非常明显的。但是，建州本亦并非对赣州本的翻刻，也作了一些编纂，虽然数量不是很多。因为赣州本是第一个六臣本，是从六家本转向六臣本的重要版本，编纂的工作量相当大，因此也就不可避免地出现一些讹误，比如个别地方五臣注与李善注的注释位置没有颠倒、个别字句有脱漏讹误、校语有脱漏等，所有这些，建州本的编纂者基本都作了修正，修正之后形成的本子，与赣州本比较而言，讹误大大减少，成为后来较为流行的一个本子。可以肯定的是，这个本子的无论李善注还是五臣注，与宋初二家之注的形态都有了一定的距离。

综上所述，合并本《文选》的编纂实际上是两个系统，一是六家本系统，一是六臣本系统。在这两个系统中，最初的本子的编纂工作量是相当大的。六家本的秀州本作为第一个合并本，是在国子监本与平昌孟氏本的基础上合并而成的，需要依照五臣注以及二家之注的具体情形重新进行科段划分，相应的注释内容也必须进行切割，然后将其按部就班地置于相应的正文之下；同时，对李善注、五臣注二家之中正文的差异给出校语，注音多进行正文夹注，省略部分李善注与五臣注基本相同的部分（偶有省略五臣注的情况）。秀州本之后的明州本，相对而言，工作量就小多了，编纂者所做的工作主要集中于进一步修正秀州本的部分讹误、脱漏，进一步删减某家注释。从明州本到赣州本，属于不同的版本系统，但赣州本的确来源于明州本，所以赣州本的编纂工作量亦是相当大的，首先需要颠倒二家之注的顺序，将明州本强调五臣注的地方对应地改为强调李善注，要更正校语，也要更正省略注家的部分，还要对李善注中的"已见"部分进行不遗余力的增添。其后的宋建本变化不是很大，只是矫正了赣州本存在的一些讹误，成为后来通行的合注本。

三、单注本的重新出现

分久必合，合久必分，宋代的《文选》编纂似乎也体现了这种规律。合并本虽然能满足读者学习五臣、李善两种注释的需求，但在篇幅上无疑至少要增加一倍。实际上，有时读者可能仅读五臣注或者李善注就已经足够了，而且，合并本导致的五臣、李善注释的混乱也引起一些人的关注，这就亟需重新确立二家之注的界域。于是，在秀州本出现三十余年后，杭州钟家的五臣注就问世了。民间五臣单注本的重新出现，表明社会上对五臣注本仍存在较大的需求市场，说到底，五臣注对于一般知识阶层的需求来说已经足矣；而几乎与赣州本同时或稍后，建阳的崇化书坊也出版了五臣单注本。这一切似乎都在暗示，在宋代的《文选》传播中，对李善注与五臣注的重视实际上是在两个不同的层面中进行的，官刻更多反映的是国家的行为，是上层文士的需求，而坊刻则纯粹反映了民间一般知识阶层的需求。赣州本出现之后约二十年，尤袤在池州刊刻的李善单注本也不脱离此种语境。尤袤重新对李善注作了编纂，成为后来非常通行的善注单行本。

在合并本出现以后，五臣单注本已知的有两种，一是南宋初的杭州猫儿桥河东岸开笺纸马铺钟家刊刻本，一是绍兴三十一年建阳崇化书坊陈八郎宅刊刻本。前者现在仅存第二十九、三十卷，其中卷二十九藏于北京大学图书馆，卷三十藏于国家图书馆，其刊刻时合并本只有六家本的秀州本；后者为完帙（其中有抄补），其刊刻时明州本、赣州本均已问世。五臣单注本在南宋的重新出现，并且由书坊私家刊刻，反映了社会上一般知识阶层的需求。

以陈八郎本对应部分与杭州本进行比校，发现二本差别较大，不仅正文、注释内容有不同，有详略之异，就是科段划分也有许多不同的地方。傅刚先生认为二本不是同一系统①。不过尚存另外一种可能，即陈八郎本编纂粗糙，书商的随意翻印本身就可能造成了非同一系统的表象。

陈八郎本的校刊者江琪在木记中有"谨将监本与古本参校考证"的话语，但"监本""古本"到底是哪个本子，后世说法不一②。经过对校，我们推测："监本"当指北宋国子监刊刻的李善注单注本，"古本"则不详，或为一五臣单注本，其底本一时亦难以确定。

陈八郎本是书坊所刻，书坊刻书的主要目的在于追求经济效益，而在陈本刊刻之前已有杭州本的单五臣注本存在，因此陈本要体现其价值，就必须增加新的内容，也就是所谓的以"监本与古本参校"。陈本选择的底本不详，但是以监本参校确是可以证明的，当然也是粗疏的，而所谓的参校，对其而言，无非是把一些李善注移入五臣注之中，同时它也有意、无意地

---

① 傅刚：《〈文选〉版本研究》，世界图书出版西安有限公司2014年版，第168—171页。

② 屈守元《绍兴建阳陈八郎本〈文选五臣注〉跋》认为：此所谓"监本"，当即"杭本"（即"两浙之本"）；所谓"古本"，当即"蜀孟氏本"（即"二川"之本）。见《文学遗产》1998年第5期。

刊落了大量的五臣注。在这个过程中，校勘的粗率，造成了大量的讹字、误字，从而使陈八郎本在学术价值不高的情况之下，在文章层面学习的价值也大打折扣。陈八郎本在今天作为五臣单注本的唯一全本，或许是其意义所在。

不唯五臣注，李善注亦有单注本问世。此处所谓的李善单注本，是指尤袤于淳熙八年（1181）在池州贵池刊刻的本子。尤刻本的来源非常复杂，众说纷纭，但大致可以归纳为三种：一是认为从六臣本中摘出；二是认为自有系统，或是国子监本，或另有他本；三是折衷上面两种说法，但对底本的确定不一，或认为主要校本是监本，或认为是六臣本。对底本的确定需要建立在对几种本子的全部对校从而确定其所依据的各本所占的比例之上，这是一项艰巨的工作。不过，当我们对部分卷次详细对校后发现，尤刻本首先是以六臣本为主要参校对象，在有疑问的地方，又广校众本，不仅仅是《文选》注本，也包括《文选》注释中引用的他家典籍，由此形成了一个既有五臣注又有李善注，名为李善注却又包含很多他家之注的所谓李善单注本，可以说，尤刻本是一个杂糅多家注释的本子。由此也可以推测，尤袤的意图似乎不是在竭力恢复李善注的早期形态，其目的可能是进一步提高李善单注本的地位，所以对当时"裁节语句"的四明、赣上等他本感到"可恨"，从而进行了大量的更正与增补。从保存李善注的早期形态而言，尤袤的做法与四明、赣上诸本编纂者的做法并没有什么差异，甚至对窜乱李善注起到了更大的作用，"裁节语句"后所余的还是李善注，而增补后的混乱则有可能彻底融合了李善注与他注的界域。然而，尤刻本成为后来最为通行的李善单注本，由此而言，考察尤袤的编纂内容非常有意义。

　　大致而言，尤袤对李善注本的改编主要表现为糅合诸家注释，以使李善注看上去更加丰满，尤刻本首先是以赣州本为主要底本进行的改编，之所以选择赣州本为底本，可能主要是因为赣州本的李善注比他本更为详细。但是它以六臣本为底本，并不是说照搬六臣本，而是具有明显的杂糅痕迹，这种杂糅性表现在正文、注释、音注、增注等许多方面。

　　可以肯定的是，尤袤无意恢复李善注的早期注释形态，而是从进一步丰富李善注以提升其地位出发，选择李善注较为丰满的赣州本作为一个主要的本子，并参考李善单注本，对赣州本的注释群进行重新分解，适当增加了五臣注的部分音注、部分注释，采纳了五臣本的部分正文文字，在诸本皆不能提供帮助的情况下，又覆检引征原书，从而使李善注更加丰富，最终形成了一个杂糅李善、五臣并参考他书的本子。从内容方面而言，这个本子的确丰富；从版本方面而言，在合并本推波助澜的基础之上，这个本子无疑对李善、五臣二家的界域混乱非但没有厘清，反而变本加厉，从而使二家之注的混乱似乎获得了形式上的合法地位。

"文选烂，秀才半"：科举视阈下宋代
《文选》的传播与接受

对宋代《文选》传播的历时性态势，前人有过一些简略的论述。如宋末王应麟《困学纪闻》卷十七云：

> 李善精于《文选》，为注解，因以讲授，谓之"文选学"。少陵有诗云"续儿诵《文选》"，又训其子"熟精《文选》理"，盖选学自成一家。江南进士试《天鸡弄和风诗》，以《尔雅》"天鸡"有二，问之主司。其精如此。故曰"《文选》烂，秀才半"。熙、丰之后，士以穿凿谈经，而选学废矣。①

清代吴锡麒为张云璈《选学胶言》所作的序中说：

> 大抵选学者，莫重于唐，至宋初犹踵其盛，故宋子京

---

① 王应麟著，翁元圻等注，栾保群等校点：《困学纪闻》，上海古籍出版社 2008 年版，第 1860—1861 页。

曾手抄三过，而张似亦以士子"天鸡"二问为耻。所谓"文选烂，秀才半"者信有征也。自熙、丰以后，士以穿凿谈经而选学废，及后帖括盛行而选学益废。①

清人顾广圻亦言："窃思选学盛于唐，至王深宁时，已谓不及前人之熟，降逮前明，几乎绝矣。"② 前贤所论宋代《文选》的传播图景，均涉及了两个方面：一是宋代的《文选》传播与科举考试有着千丝万缕的联系，二是由于王安石变更科举考试科目，至熙宁、元丰以后，文选学走向了末路。暂不论此种描述与历史实情有多大重合度，诸家对宋代《文选》播迁的描述中均注意到了科举考试改革的影响，因此，从科举的视阈切入，从梳理宋代科举考试的科目变更入手，再与宋代《文选》的刊刻时间进行比对研究，或许能够比较真实地再现宋代《文选》传播的真实图景。

一、宋代科举考试中的诗赋与策论、经义之争③

宋代科举的众多科目中，进士科被较为看重，"本朝取人虽曰数路，而大要以进士为先"④。宋初继承了唐代以来诗赋取士的做法，进士科考试以诗赋为先，"凡进士，试诗、赋、论各一

---

① 张云璈：《选学胶言》，《四库未收书辑刊》第八辑，北京出版社 2000 年版，第154 页。

② 顾广圻：《思适斋书跋》卷四，《国家图书馆藏古籍题跋丛刊》第五册，北京图书馆出版社 2002 年版，第 338 页。

③ 对宋代科举考试与文学进行详细考证梳理的有祝尚书与林岩等人的著作，可以参考。祝尚书：《宋代科举与文学考论》，大象出版社 2006 年版。林岩：《北宋科举考试与文学》，上海古籍出版社 2006 年版。

④ 徐松：《宋会要辑稿·选举》四之四二，中华书局 1957 年版，第 4311 页。

首，策五道，帖《论语》十帖，对《春秋》或《礼记》墨义十
条"①。帖经类似填空，宋太宗曾于太平兴国八年（983）下诏
废除帖经②。而且，宋初在考试录取中实行"逐场去留"的办
法，易言之，诗赋合格以后，方能进行后面的策论考试，并不
是所有参加考试的人都能够有机会考完全部课程。宋太祖曾于
开宝六年（973）四月下诏③，宋真宗咸平元年（998）五月二
十三日礼部又颁发规定④，明确强调科举考试中诗赋的地位，使
诗赋成为考试中最为关键的科目。诗赋的重要性亦体现在科举
的最终录取环节上，即录取时以诗赋为主要参考依据。此类事
实说明，宋初太祖、太宗、真宗三朝进士科考试中实行先诗赋、
次论、次策的顺序，考试过程中逐场淘汰，考试阅卷中主要参
校诗赋的优劣。这种考试顺序的安排、考试过程的淘汰标准、
考试评阅的依据科目一致决定了诗赋在考试中的绝对重要与优
势地位⑤。

　　尽管在仁宗朝的天圣二年（1024）、五年（1027）两场考试
中，因为主考官刘筠，出现了以策论优劣决定成绩之方法⑥，但

---

① 脱脱等：《宋史》卷一百五十五《选举志一》，中华书局2004年版，第3604页。
② 徐松：《宋会要辑稿·选举》三之四，中华书局1957年版，第4263—4264页。
③ 诏云："应考试官以举人所对义卷，明下通不，如有通数少者，遂（按：当为
　　逐）场便须驳放，不得虚至终场。"《宋会要辑稿·选举》三之三，第4263页。
④ "自今后不问新旧人，并须文雅（当为章）典雅，经学精通，当考试之时，有纰
　　缪不合格者，并逐场去留。"《宋会要辑稿·选举》十四之十七，中华书局1957
　　年版，第4491页。
⑤ 诗赋科地位重要的事实也可以从当时一些反对的声音中体现出来，如天禧元年
　　（1017）九月二十八日，右正言鲁宗道言："进士所试诗赋，不近治道。"《宋会
　　要辑稿·选举》三之十一，中华书局1957年版，第4267页。
⑥ 脱脱等：《宋史》卷三百五《刘筠传》云："凡三入禁林，又三典贡部，以策论
　　升降天下士，自筠始。"《宋史》，中华书局2004年版，第10089页。

这仅仅是一个极端的个案，文献记载证明天圣五年后依然坚持着诗赋为主的标准。庆历新政中对考试科目诗赋、策、论顺序之变更与选拔标准等制度的建设，也非常明显地暗示出此前诗赋在进士考试中的绝对标准与依据。由此，持续不断的反对的声音最终导致了庆历新政对科举考试的改革。

范仲淹主持的庆历四年（1044）的新政措施中对进士科的考试作了重新规定：“进士试三场，先策，次论，次诗赋，逐场先过落，通考定去留，罢帖经、墨义。”① 然而由于新政的瞬时流产，范仲淹一年多的政治文化教育改革以及他十几年来的教化欲望也“付之东流”②，进士科考试的制度依旧在原有的框架里打转，至治平元年（1064）四月十四日，司马光在所上奏状中依然在为先论策后诗赋的科考程序而努力：“欲乞今来科场，更不用诗赋，如未欲遽罢，即乞令第一场试论，第二场试策，第三场试诗赋。每遇廷试，亦以论压诗赋，为先后升降之法，庶成先帝之志。”③ 这表明此时对进士考试科目调整的努力仍然没有实现。

到了英宗朝，一些论者欲以经义替代诗赋，欲从根本上改革以诗赋取士的局面，诗赋与策论程序之争进而转变成为诗赋与经义之争。

前引论者为宋代《文选》传播确定的一个分界线是熙、丰年间。王安石变法中对宋代前期施行已久的科举考试科目进行

---

① 陈植锷：《北宋文化史述论》，中国社会科学出版社 1992 年版，第 101 页。
② 对范仲淹的文化教育改革，周勇《教育空间中的话语冲突与悲剧：中国十一世纪的经验》第二章有精彩的论述，教育科学出版社 2004 年版，第 72—77 页。
③ 司马光：《传家集》卷三十《贡院定夺科场不用诗赋状》，影印《文渊阁四库全书》第 1094 册，台湾商务印书馆 1986 年版，第 296 页。

了改革，熙宁三年（1070），殿试罢诗赋、只试策，"贡举新制进士罢诗赋、帖经、墨义，令各占治《诗》《书》《易》《周礼》《礼记》一经，兼《论语》《孟子》之学，试以大义，殿试策一道，诸科稍令改应进士科业"①。据祝尚书的考证，熙宁贡举罢诗赋的时间流程是：议更贡举法始于熙宁二年（1069），殿试罢诗赋始于熙宁三年（1070），礼部罢诗赋始于熙宁六年（1073）。② 在这三者之中，影响面最广的自然是熙宁六年的礼部考试。

废除诗赋、以经义取士的制度延至元祐初，凡十五年左右的时间。元祐党人执政后，以经义取士的制度又受到质疑。司马光坚持其一贯主张，认为神宗罢诗赋及诸科是正确的。旧党内部的意见分歧，最终导致实行兼收之制，将进士科分为经义进士与经义兼诗赋进士。但在实际的执行中，也只有元祐六年（1091）执行了经义与诗赋两科并行的规定。

绍圣初，新党上台，元祐旧党的科考制度统统被废除，再次罢诗赋而恢复以经义取士。《宋会要辑稿》对罢诗赋以经义取士的科目有记载："绍圣元年五月四日诏：进士罢试诗赋，专治经术，各专大经一，中经一，愿专二大经者听。"③

至徽宗朝，诗赋被认定为"元祐学术"，并制定了禁习元祐学术的禁令。葛立方描述这段过程说："熙宁四年，既预政，遂罢诗赋，专以经义取士，盖平日之志也。元祐五年，侍御史刘

---

① 徐松：《宋会要辑稿·选举》三之四四，中华书局1957年版，第4283页。
② 祝尚书：《宋代科举与文学考论·北宋后期科举罢诗赋考》，大象出版社2006年版，第233页。
③ 徐松：《宋会要辑稿·选举》三之五五，中华书局1957年版，第4289页。

挚等谓治经者专守一人而略诸儒传记之学，为文者惟务训释而不知声律体要之词，遂复用诗赋。绍圣初，以诗赋为元祐学术，复罢之。政和中，遂著于令，士庶传习诗赋者杖一百，畏谨者至不敢作诗。"① 据林岩的考证，这道禁令颁布的具体时间是在政和元年（1111）十一月至政和二年（1112）二月一日之间②。禁令似乎持续了很长时间，据《宋史·选举志》载，"自绍圣后，举人不习诗赋，至是始复，遂除政和令"③，时为建炎二年（1128）。

南渡以后，宋高宗鉴于北宋的党争，于建炎元年（1127）六月十三日敕曰："可自后举，讲元祐诗赋、经术兼收之制。"④ 建炎二年（1128）五月三日，中书省对元祐之制进行了修改，"今欲习诗赋人，只试诗赋，不兼经。……今欲习经义人，依见行止治一经"⑤。由此可见，所谓的复元祐之制，实际上并不完全相同，习诗赋者不习经义，习经义者不习诗赋，非类元祐的经义与诗赋兼经义两科。

绍兴十三年（1143）二月二十三日，国子监司业高闶出台了糅合元丰法、元祐法、绍圣的考试制度⑥，颇有意味的是，这

---

① 葛立方：《韵语阳秋》卷五，上海古籍出版社 1984 年版，第 67 页。
② 林岩：《北宋科举考试与文学》，上海古籍出版社 2006 年版，第 241—245 页。
③ 脱脱等：《宋史》卷一百五十六《选举二》，中华书局 2004 年版，第 3625 页。
④ 徐松：《宋会要辑稿·选举》四之一七，中华书局 1957 年版，第 4299 页。
⑤ 徐松：《宋会要辑稿·选举》四之二一，中华书局 1957 年版，第 4301 页。
⑥ 国子监司业高闶言："复兴太学，宜以经术为本，今条具三场事件。第一场，元丰法（绍圣、元符、大观同）。本经义三道，《论语》、《孟子》义各一道。今太学之法，正以经义为主，欲依旧。第二场，元祐法。赋一首，今欲以诗赋。第三场，绍圣法。论一首、策一道，今欲以子史论一首，并时务策一道，如公试法。自今日始，永为定式。"《宋会要辑稿·选举》四之二七，第 4304 页。

欲"永为定式"的制度存在了不到一年，因为绍兴十四年（1144）是贡举年，所以当时的发解试依据了此制度，但到了省试、殿试的绍兴十五年（1145），又恢复到了两科分立的制度。绍兴十五年正月十三日，高宗诏曰："诗赋、经义分为两科，各据终场人数为率，依条纽取。"①

诗赋与经义本身的难度不同，举子可以自由选择，于是众人竞习词赋，治经者绝少。这引起了一些人的担忧，"绍兴二十六年（1156）冬，上谕沈守约曰：'恐数年之后，经学遂废。'明年（1157）二月，诏举人兼习两科"，兼习只在绍兴二十九年（1159）施行了一举，"三十一年（1161），言者以为老成经术之士，强习词章，不合声律，请复分科取士"，"盖举人所习已分为二，不可复合矣"。② 自此以降，终南宋一朝，虽仍有兼取的呼声，但分科之制再无变动。

二、科举考试中科目变更与《文选》传播的关系

前引王应麟等人的观点，认为熙宁罢诗赋而以经义取士，士以穿凿谈经，选学遂废。这些观点背后暗含的标准是科举考试中以经义取士对《文选》的传播与文选学起了重要的"促退"作用。实际情形到底如何，需要首先作一番对比。宋代文选学发达的重要标志是《文选》的不断刊刻，这反映了社会上对《文选》的需求，由此而言，《文选》的刊刻在很大程度上能反映宋代《文选》传播的一般状况。

---

① 徐松：《宋会要辑稿·选举》四之二八，中华书局1957年版，第4304页。
② 李心传撰，徐规点校：《建炎以来朝野杂记》甲集卷十三"四科"条，中华书局2000年版，第261页。

宋代《文选》刊刻的情况见下表。①

刊刻时间	刊刻地点	刊刻机构刊刻者	刊刻版本	存佚
大中祥符七年（1014）	汴京	国子监	李善注六十卷	未印
天圣四年（1026）	平昌	孟氏	五臣注三十卷	佚
天圣七年（1029）	汴京	国子监	李善注六十卷	残
元祐九年（1094）	秀州	秀州州学	六家本六十卷	佚
建炎元年（1127）	杭州猫儿桥	钟家	五臣注三十卷	残
建炎四年（1130）	明州	明州州学	六家本六十卷	佚
绍兴二十八年（1158）	明州	明州州学	修补六家本	存
绍兴三十年（1160）	赣州	赣州州学	六臣本六十卷	佚
绍兴三十一年（1161）	建阳	崇化书坊陈八郎宅	五臣本三十卷	存
淳熙八年（1181）	池州	尤袤	李善注六十卷	存
淳熙八年（1181）—淳熙十五年（1188）	广都	裴氏	六家本六十卷	残
绍熙三年（1192）	池州	计衡	修补尤本六十卷	存
咸淳七年（1271）	建宁	廖莹中	六家本六十卷	存

将《文选》的刊刻时间与科举考试中诗赋、策问、经义的变更时间进行对比，能够展现二者之间的关系，由此得出以下几点认识：

---

① 对《文选》诸版本具体刊刻时间有与通行观点不同者，具体考证可以参看：郭宝军：《宋代文选学研究》，中国社会科学出版社 2010 年版，第 153—196 页。

第一，北宋前期以诗赋取士，且诗赋在取士评判中占据绝对重要地位甚至是决定士之取舍的唯一依据，但可知的《文选》刊刻印刷却只有两次：国子监的李善注与平昌孟氏的五臣注。国子监的刊刻代表的是一种国家行为；平昌孟氏的刊刻是非官方行为，代表的则是一般知识阶层对《文选》的需求。另外，在平昌孟氏本之前尚有两浙本。在此段时期，若单纯从这三次的《文选》刊刻中看，则它们不足以完全反映《文选》传播的实际情况。一是因为五代后蜀的毋昭裔刻本并没有包含在内，毋昭裔刻本在当时的印刷数量应该很多。该本书版在宋初由毋昭裔孙上献朝廷，后来在刊刻李善注的时候尚提及此版断烂之状况，由此可以想见其印刷数量之多。另外一个重要的原因是宋初这个阶段是从抄本时代到刊本时代的一个过渡阶段，除却两次刊刻的《文选》版本，社会上绝对会流传着一些抄本，如宋景文曾有"手钞《文选》三过，方见佳处"之事，并且这些抄本承袭了晚唐五代以来五臣本兴盛的趋势，应该大都是五臣注本。同时，可以推测，社会上尚有一些白文本流传。也就是说，在这个传播阶段，《文选》抄本与刊本是并行的。

第二，正如前人已经阐述的那样，熙、丰年间王安石的改制与新学的悬为科场律令，彻底取消了科举考试中的诗赋科。《文选》对于宋人之功用正是从其与科举考试中诗赋科的密切关系中建立起来的，诗赋科被取消就意味着从根本上取消了《文选》的功能，这当然是对一般知识阶层而言。所以，熙、丰年间，依据我们的考证，没有任何刊刻《文选》的记载。虽然熙、丰年间从时段上而言仅仅十余年，但一直到元祐四年，科举考试仍然遵循着熙、丰法，不过元祐年间的科目争论也一直没有停止，结果是元祐六年的科考以经义与经义兼诗赋两科取士，此科的科目实际上只是一个过渡，最终元祐贡举中进士科确立为一种模式，增加了诗赋科目，将其确立为第二场，"四场通定去留高下"，这是对熙、丰科考的一次反动与吸纳。最终的考试模式决定在元祐四年以后的第三次科举考试中真正实施。虽然元祐年间并没有取消经义考试，但多次颁布的贡举敕令中有重新恢复诗赋取士的倾向，许多官员的奏议都涉及了这个内容，由此造成的社会舆论认为朝廷意在重诗赋以取士，因此，在最终科考模式未确定下来之前，当时应举的士人已经有很多改习了诗赋。以太学而言，"先是，言者请兼用诗赋，尽黜经义，太学生改业者十四五"①。元祐六年的科考中已有诗赋的内容，到元祐八年，"太学生总员二千一百余人，而不兼诗赋者才八十二人"②。弄清楚这个过程，就可以发现，元祐九年秀州本《文选》的出现具备强烈的标志与象征意味。元祐九年的《文选》刊刻事件表明，被熙丰改革彻底截断的《文选》与科举考试的联系通过诗赋科的重新增设又连接起来，秀州州学本的刊布，已经表明在制度引导之下社会的一般性需求。

第三，实际上，元祐年间四场定去留的考试模式并没有真正实施，但已经对《文选》的社会需求造成影响，秀州本的刊布就是这种制度变革的反映。但是，随着绍圣元年哲宗的亲政，科举考试中罢黜了诗赋，政和元年以后，又下令禁习诗赋，并以法的形式进行强制约束。不仅仅是在科举考试中，而且在日

---

① 李焘：《续资治通鉴长编》卷三七四，元祐元年四月庚寅，中华书局1995年版，第9060页。
② 马端临：《文献通考》卷三十一，中华书局1986年版，第296页。

常的活动中，诗赋亦被禁习。这当然不是矫枉过正所致，而主要是因为宋代的制度变革与党争密切联系在了一起，甚至可以说二者合二为一所致。秀州本在文选学史上是一个非常重要的本子，笔者曾对秀州本何以在国内的任何文献中不见记载颇感疑惑，其实，如果结合秀州本的刊刻时间与哲宗的科举改革，也许可以给出一种解释。1094 年 4 月之前即元祐九年，此后即绍圣元年，也就是说，秀州本的刊布很快就被绍圣元年的罢黜诗赋所截断，社会需求也随之转移，由此可以想见，秀州本的印刷数量可能很少，流布不广。由此也可以进一步推测，秀州本传播到韩国，很可能是一个非常偶然的事件。

当一种选本失去了社会公认的功能，或者说失去了发挥这种功能的纽带与路径，社会上也就没有了这方面的需求，自然以商业盈利为目的的广都本应该不会出现，所以冠以崇宁五年至政和元年的广都本是伪本，这又可以从科举考试的导向氛围中发现一条非常有力的证据。

第四，宋室南渡以后，正式确立了经义与诗赋两科的分科取士。虽然在绍兴十三年与二十九年曾两次强调经义取士，但没有造成多大影响，一是只一举而止，二是也没有彻底取消诗赋考试。所以，南渡以后的《文选》刊刻与传播不管从次数上还是从刊刻机构以及版本上都比北宋兴盛，制度本身的稳定是引导《文选》稳定有序刊刻与传播的重要原因，而统治阶层本身对《文选》所收文章的喜好也会进一步强化《文选》的传播。据王应麟《玉海》卷三十四记载，"（隆兴）元年（1163）十二月二十二日拜张浚左仆射都督如故，礼貌甚隆，书此（笔者按：指《圣主得贤臣颂》）以赐。孝宗初政，御书王褒《圣

主得贤臣颂》"①，乾道七年（1171）正月"十一日丙戌，赐左
相允文《养生论》，右相臣克家《长笛赋》，皆太上真书"②。而
这种活动似乎并非仅仅一次，据文献记载，楼钥的《代宰臣谢
宣示太上皇御书宋玉高唐赋傅毅舞赋陆机文赋嵇康琴赋曹植洛
神赋王粲登楼赋史节故事段陈羽古意诗苏轼养生论周兴嗣千字
文御跋表》③中列举的篇目大多来自《文选》，而时间是乾道七年
的三月三日，可见这种活动也很频繁。统治阶层的这种活动一方
面能反映出《文选》在南宋初期的传播状况，而另一方面则无疑
会对《文选》的传播起到促进作用。但是有则材料，又似乎暗示
了南宋《文选》传播的复杂性。王应麟《困学纪闻》云：

> 淳熙中，省试《人主之势重万钧赋》，第一联有用"洪
> 钟"二字者，考官晒之。洪文敏（迈）典举，闻之曰："张
> 平子《西京赋》'洪钟万钧'，此必该洽之士。"遂预选。④

此则材料显示了南宋时期《文选》传播的具体情形。考官中有
对《文选》不甚熟悉者，典举却能悉知其出处，且举子文中用
《文选》中一词，即被视为该洽之士，并因此获选。又王楙《野
客丛书》记载："曩岁平江乡试，有词科人为考官，出策题用

---

① 王应麟：《玉海》第二册卷三十四，江苏古籍出版社、上海书店1987年版，第
646页。
② 王应麟：《玉海》第二册卷三十四，江苏古籍出版社、上海书店1987年版，第
647页。
③ 楼钥：《攻媿集》卷十八，《丛书集成新编》本第64册，新文丰出版公司1985
年版，第283页。
④ 王应麟著，翁元圻等注，栾保群等校点：《困学纪闻》卷十九，上海古籍出版社
2008年版，第2083页。

'经怪'二字，莫知所自。仆读《后汉·蔡邕传》、晋嵇康书，皆用此二字。"①

　　《文选·与山巨源绝交书》中云"然经怪此意"，"经"为"常"意。考官为词科人，自然对《文选》较为熟悉，而众考生却莫知所出，则又反映出他们对《文选》不精通，对《文选》文本尚不熟稔，接受程度似乎处于比较浅显的层次。《野客丛书》成于庆元元年（1195）至嘉泰二年（1202）之间，则"曩岁云云"乃绍熙间事，正与上条所举之淳熙事一脉相承。此又可作《文选》传播程度之佐证。

　　综上所述，可以对前人关于宋代文选学的认识稍作修正。宋代前期，《文选》抄本与刻本并行，虽然刊刻次数有限，但是《文选》传播依旧发达；熙宁年间，随着实现《文选》功能途径的诗赋科的被取消，《文选》失去了存在的社会基础；至元祐年间，科举考试的变化与诗赋科的增加使元祐九年的秀州本刊刻具备了强烈的象征意义；但是哲宗、徽宗两朝罢黜诗赋科，在日常生活中亦禁习诗赋，此举一直延续到宋室南渡之初，这些禁令才真正废除，经义与诗赋才正式分立；宋室南渡后分立的经义、诗赋两科尽管出现两次短暂变化，但制度已比较稳定，很快又恢复到初始状态，《文选》的传播在版本、刊刻数量与机构、重修等方面都远迈以前。熙丰变法对《文选》及其传播的确造成了很大的负面影响，但并未如前人所言《文选》的传播与接受因王安石的变法而被截断、被终止。此种说法的背后，很可能包含了对荆公变法的反感与抵制心理，并有不自觉的夸大失实之处。宋代的一些笔记也反映出，尽管宋人对《文选》

―――――――――――――――――――――――

①　王楙：《野客丛书》卷十二，上海古籍出版社 1991 年版，第 171 页。

情有独钟，但对其接受的程度似乎没有我们想象得深刻，这又暗示了宋代对《文选》接受的复杂性。

三、宋代科举考试对《文选》传播注本选择的影响

在上述的宋代《文选》传播过程中，我们忽略了接受主体对《文选》不同注本的选择。宋代《文选》的注释版本有李善注、五臣注以及李善与五臣二家合并的六家本与六臣本。仔细考察不同时段时人对不同注本的选择，可以进一步明了选择背后的动机，以及支撑动机的学术背景等，这也是对宋代《文选》传播描述的进一步深化的内在要求。现以时间序列将宋代《文选》刊刻的不同注本作一排比。

1. 后蜀	毋昭裔	五臣注
2. 大中祥符七年（1014）	国子监	李善注
3. 不明	两浙	五臣注
4. 天圣四年（1026）	平昌孟氏	五臣注
5. 天圣七年（1029）	国子监	李善注
6. 元祐九年（1094）	秀州州学	六家本
6. 建炎元年（1127）	杭州钟家	五臣本
7. 建炎四年（1130）	明州州学	六家本
8. 绍兴二十八年（1158）	明州州学	六家本
9. 绍兴三十年（1160）	赣州州学	六臣本
10. 绍兴三十一年（1161）	建阳崇化书坊陈八郎宅	五臣本
11. 淳熙八年（1181）	尤袤	李善注
12. 淳熙末	广都裴氏	六家本
13. 绍熙三年（1192）	计衡	李善注
14. 咸淳七年（1271）	建宁廖莹中	六臣本

对《文选》注本的选择的前提，是不同注本的存在。唐代已出现了《文选》的不同注本，时人对其不同注本的选择接受即已发生。李善注以引经据典为主，较少阐发意义，遂有开元年间五臣注的出现。五臣注简洁明了，解说大义，直究文心，所以很受士子的欢迎。开元以降，社会上盛行的是五臣注本。这种状况历经五代，延续至宋。五代毋昭裔刻本肯定是五臣注本。《儒林公议》记载宋初孙奭（962—1033）"敦守儒学，务去浮薄，判国子监积年，讨论经术，必请精摩。监库旧有五臣注《文选》镂板，奭建白内于三馆，其崇本抑末，多此类也"①。这则材料很有意思，孙奭是经学家，其鄙薄《文选》五臣注，以致对其镂版存于国子监库大为不满，建议置于三馆。宋初国子监库所藏镂版，就是毋昭裔刻板，是由其孙上献朝廷的。这暗示了宋初社会上盛行的《文选》依然是五臣注本。同时可以推测，当时还有一些抄本流传，这段时期，应当是抄本与刻本并行的时期。宋初不久，两浙就为满足社会对《文选》之需求，刊刻了五臣注本，沈严为孟氏本所作《五臣本后序》中说"二川、两浙先有印本"，二川即毋昭裔本，两浙本具体情形不详，推测应该亦是书坊所刻，非政府之行为。然二川本与两浙本都有缺陷："模字大而部帙重，较本粗而舛脱夥"②，即错讹之处不少，又不适合携带游学，正因为如此，才有了天圣四年（1026）九月平昌孟氏本的刊刻。孟氏本改正了旧本的一些错讹，用小字镂印，便于携带，这个本子应该是宋朝前期一直

① 田况：《儒林公议》卷上，《丛书集成初编》本第 2793 册，商务印书馆 1937 年版，第 9 页。
② 《文选》，韩国奎章阁藏六臣注本，韩国正文社 1996 年版，第 1461 页。

流行的本子，适应了当时一般知识阶层"时文之掎摭"的要求。沈严的序后来被保存在奎章阁本中，他对《文选》在当时的科举功能概括得很准确，就是为写作时文掎摭文辞。

同时，从晚唐以来，对五臣注批评的声音也一直没有间断。除李济翁的《资暇集》外，丘光庭的《兼明书》语气更是激烈："五臣者，不知何许人也。所注《文选》，颇为乖疏。盖以时有王张，遂乃盛行于代。将欲从首至末搴其萧根，则必溢帙盈箱，徒费笺翰。苟蔑而不语，则误后学习，是用略举纲条，余可三隅反也。"① 在这段笔伐之后，丘氏还列举了不少五臣的错误。这段文字充满了丘氏对五臣及其注本的强烈鄙薄与蔑视，一句"五臣者，不知何许人也"，显示出其对五臣十足的不屑。丘氏进而认为，五臣注的传播盛行得益于唐玄宗的褒奖，当然这也不符合全部事实，五臣注的盛行主要还是在于其本身的简明与易用。

唐玄宗的口敕夸奖在当时的确会对五臣注的传播有深刻影响，但是，五臣注一直到宋代仍然在一般知识阶层中传播，这从单纯的"王张"中就得不出合理的解释了。时人对李善注与五臣注的选择更需要从二本的注释本身层面得到阐释，尽管有时外力也起到相当大的作用，但是在外力作用相同的情况下，对统一传播对象的选择只能从传播对象本身寻找解释。

《文选》这部总集虽然具备多种功能，但在中唐以后的社会中，其科举考试参考书的功能被不断强化，甚至被凸显为唯一的功能。这种状况在有宋一代仍然持续不衰。也就是说，士子

① 丘光庭：《兼明书》卷四，《丛书集成初编》本第 280 册，商务印书馆 1935 年版，第 35 页。

学习《文选》主要是将其作为科举考试的敲门砖，从中撷摭写作诗赋的数据与语词，目的是在科举考试中获得成功，实现"朝为田舍郎，暮登天子堂"的人生目标。在报偿不变的情况下，费力的程度成为制约选择可能的主要因素。

影响阅读难度的指标一般包括字、词、句子、语法、文本内容、长度等。单以长度考校，阅读李善注比阅读五臣注要困难得多，而且，由于李善注独特的引征内容，需要阅读者具备相当的背景知识，而这些背景知识对应付当时的科举是不必要的。甚至，在宋代某段时期，如徽宗朝，还有禁习史学的命令，而文化背景知识是影响易读性的一个重要指数。相对于引征繁富的李善注，五臣注要简明得多，而且，阅读五臣注应对科举考试即已足矣。所以，在报偿条件（科举入仕）相当的情况下，费力程度越大，选择的几率则越小，李善注就属于此；费力程度小，选择的可能性就大，五臣注则属于此。明白了李善注与五臣注注释本身的因素，即能明了之所以晚唐以降的士人汲汲于五臣而舍李善，易读性指数差别相当大是主要的原因。

基于此种缘由，宋初五臣注一直非常盛行。然而，上层文人出于学术传承的自觉，对李善注的关注也一直没有间断，遂有大中祥符年间国子监开始校刊李善注之事，在此之前，未有李善注的刊本。这一行动，从校勘到雕版，前后共花八年时间，然未印而书板毁于火灾。"至天圣中，监三馆书籍刘崇超上言：'《李善文选》援引该赡，典故分明，欲集国子监官校定净本，送三馆雕印。'从之。天圣七年十一月板成。又命直讲黄鉴、公

孙觉校对焉。"① 这说明，李善注援引该赡、典故分明的特征受
到了重视。从版刻上看，从天圣七年起，社会上李善注与五臣
注并存，但可以推测的是，五臣注仍然占据传播的绝对优势，
这种优势可以从元祐九年秀州州学刊刻的合并本中仍以五臣注
在前这一点上看出来，同时，秀州本也在一定程度上反映出李
善注开始受到社会知识阶层的重视，因为秀州本是第一个合并
本。元祐以降科举考试中诗赋的罢黜与禁习，在很大程度上抑
制了《文选》的传播。

　　除却科举考试的影响外，李善注在当时开始受到重视还与
一些著名文人如苏轼等对《文选》不同注本的评判有关。苏轼
对《文选》李善注的评价是"李善注《文选》，本末详备，极
可喜"，对五臣注的评价是"所谓五臣者，真俚儒之荒陋者也。
而世以为胜善，亦谬矣"，"五臣注《文选》，盖荒陋愚儒也……
浅妄可笑者极多，以其不足道故略之。聊举此，使后之学者，
勿凭此愚儒也"②。以苏轼在当时社会文人中之影响与地位，不
管其对《文选》注释的看法正确与否，其评价播及一般士人是
可以想见的。苏轼作为意见领袖在一定社会关系内具有强大的
影响力，其独特身份使其在有意或者无意说服接受者方面发挥
着不同寻常的作用。由此，秀州州学本的出现肯定与苏轼等人
的意见有密切关系。

　　通过这种简略的考察，基本可以确定，北宋一朝，五臣注
在一般知识阶层中占据绝对重要的地位，应付科举考试，习五

---

① 徐松：《宋会要辑稿·崇儒》四之三，中华书局1957年版，第2232页。
② 苏轼著，孔凡礼点校：《苏轼文集》卷六十七，中华书局1986年版，第2093—
　 2095页。

臣已经足矣；同时，由于政府的导向与刊刻、著名文人对不同注释的评价导向，李善注也通过外部的力量逐渐受到时人的关注。二本博弈的结果是秀州本的出现，它以五臣注居前、李善注居后，是第一个六家本，反映了二家之注在北宋中后期被传播与接受的真实样貌。

南宋的科举考试基本确定了诗赋与经义分立的局面，《文选》的传播也变得一直比较平稳。宋室南渡之初，杭州钟家即刊刻五臣注，这应该是从北宋末钦宗开始就意欲恢复诗赋考试的一种结果，因为五臣注分量少，印刷亦快，能满足当时社会快速增长的需求。南宋可考的五臣注刊刻还有一次，即绍兴末建阳崇化书坊陈八郎宅的刻本。包括北宋在内，可考的三次五臣单注本刊刻都非政府行为，或者家刻，或者坊刻。这种现象一方面暗示了社会一般的知识阶层对五臣注有大量的需求，否则就无法解释以盈利为根本追求的坊肆的刊刻行为；另一方面也暗示了五臣注主要是作为一种《文选》的普及注本而存在的，它能够适应一般知识阶层的需要。政府行为的五臣注单刻本的缺乏，表明了社会上层知识分子对五臣注的轻薄，不仅是对五臣注，而且对李善注，尚有"何足贵也"的鄙薄。由此，李善注与五臣注博弈后折衷的合并本成为地方州学刊刻的主要本子。从绍兴初开始明州州学刊刻六家本到绍兴末即已开始修版的事实，说明五臣、李善注合并本得到普遍的接受。根据现存的明州本可知，此本在有宋一代至少有过五次的重修或递补，由此可以想见，六家本在南宋应该是较为通行的本子。六家本以五臣注在前、李善注在后的方式进行合并，在一定程度上符合人的认知学习规律，先了解语词，通知大义（五臣注），学有余力，则钻研文本背后的知识背景、语词典故（李善注），所以不仅出现了明州本，更出现了后来的广都本。

合并本中的六家本在一定程度上损坏了李善注的面貌，而且由于在社会上很有影响力的文人对李善注的提倡与褒奖，李善注也开始受到越来越多的人的重视，尤其是在成功入仕的文人那里，抛弃五臣注、重视李善注似乎成为一种普遍的程序，这种做法其实在宋代重知识的社会环境中不难得到解释。五臣注只是比较省力且能够满足考试的敲门砖，士子们真正入仕后，挤入一定的文化圈中，宋人重知识、重学问的氛围也使得他们转向李善注。绍兴末颠倒六家本的五臣注与李善注释顺序的赣州刻本，就体现了社会上的这种一定范围内的转向与需求。绍兴三十一年（1161），江琪在为建阳崇化书坊陈八郎宅刊刻的五臣注本撰写的宣传广告中说，"琪谨将监本与古本参校考证的无舛错"，将监本李善注作为改正五臣注的参校，似乎包含着借监本李善注来提升所刊五臣注本地位的意味在内。此种信息与转向，最终在淳熙年间酿成了天圣七年监本刊刻一百五十年后李善单注本的再次出现。

合并本之后的李善单注本，虽然在一定程度上提升了李善注的地位，但是，它不会改变也不可能改变合并本甚至五臣单注本的流行。唐士耻的《代翰林学士谢赐唐五臣注文选表》① 能够证明南宋中期以后五臣单注本仍然盛行的状况。唐士耻的著作与生平不显，清代四库馆臣从《永乐大典》中辑出其文集，并从文中考出唐士耻约生活在南宋宁宗、理宗时期，是金华人士。唐士耻代翰林学士谢赐唐五臣注《文选》的表文，暗示了宁宗、理宗时期五臣注在知识精英的翰林学士那里竟然仍有一

---

① 唐士耻：《灵岩集》卷二，影印《文渊阁四库全书》本第1181册，台湾商务印书馆1986年版，第517—518页。

定市场。皇帝的亲自赐书，是否亦有学习唐玄宗"王张"的成分，实难晓知，宋代皇帝赏赐的五臣注是哪种版本，亦无从得知。不过，从表文中隐约可知，《文选》对翰林学士起草多种体裁的内制有示范功能。由此也可说明，并非李善注在上层精英中受关注，五臣注也因皇帝之赏赐而受到关注。

李善注与五臣注的分合体现了"分久必合，合久必分"的规律。其实从各自注释的本身来看，二家之注属于不同的层面，五臣注属于文章学的范畴，李善注属于学术层面，二家之注也体现了治《文选》的不同层次，以五臣注入手，继而研读李善注，是循序渐进并符合宋代科举仕进现实的路子。所以，从此而言，宋代五臣注与李善注的交替兴衰对某一个个体可能体现并不显明，易言之，接受者在对《文选》的研读中，在不同阶段可能会选择不同的注本，正是这样，合并本并没有因单注本的出现而消亡，相反，合并本的出现，反而使二家之注的单注本流传稀少。既然五臣注与李善注不能互相替代，各具存在之价值，合并本就成为传播的唯一载体了。

通观有宋一代对《文选》不同注本的选择，大致可以认为，北宋前期，以五臣注为主，因简洁明了、卷帙适中，它成为科举考试中有用的参考书。中期以后，随着入仕之人对李善注的评价影响，以及前期国家对李善注的态度，李善注受到重视并且在二本博弈过程中形成折衷的六家本，这种趋势到南宋的淳熙年间最终使李善单注本再次独立。但独立的李善单注本抑或五臣本都只是注重了《文选》文本的不同层面，所以，单注本的出现，没有也不可能完全代替合并本，集二家注之长的合并本之所以能在宋代以降的传承中占据主流，也就可以理解了。

宋代对萧统、李善、五臣的评判

两宋学者的《文选》研究专著较少，现存的有《李善与五臣同异》、高似孙的《选诗句图》两种。《李善与五臣同异》为《文选》校勘之作，而且校语不够完备，仅有 1034 条，远远少于后来的合并本，自然影响了自身的文献价值。高似孙的《选诗句图》是一部非常独特的书，主要目的是供其子学习诗作之用，通过对《文选》诗歌中佳句的摘编，"略表所以宪述者"①，以利其子体味进而对前人语句模仿与化用，其编纂方式客观上也具备了摘句褒贬批评、意象批评、推源溯流批评的意味。

虽然宋代的《文选》研究专著不多，但这并不意味着宋人对《文选》研究的缺失。实际上，受宋代著作体例之影响，受宋代实事求是学术风气之影响，宋代的《文选》研究大多为单篇短句，散入众多的笔记短章之中。《文选》在宋代成为文人学习模仿对象之同时，亦成为考证、引用资料之渊薮。要之，宋代的笔记等著作中对《文选》之研究主要聚焦于以下诸方面，

---

① 高似孙：《选诗句图》，宋左圭辑《百川学海》庚集，民国十六年（1927）武进陶氏涉园影宋咸淳本。

一是对萧统《文选》编纂的评议，二是对《文选》李善、五臣二家之注优劣的述评，三是对李善、五臣二家之注错讹的纠补，四是对《文选》的文本与作者等内容进行评骘，五是对《文选》文体进行推源溯流的考察与梳理，六是对《文选》尤其是注释引用之材料进行考证。总之，宋代笔记等著作中的《文选》研究涉及《文选》编纂、《文选》注释、《文选》文本批评、《文选》文体等诸多方面。尽管宋代时涉及《文选》研究的专著不多，但从宏观层面上审视宋代散见的众多零章短篇，可以为宋代的《文选》研究提供全方位的视角。下面择其要者略述之。

一、宋人对萧统编纂《文选》的评议

宋代"文选烂，秀才半"的谣谚，是对萧统及其编纂《文选》的事实肯定，在此公共的社会话语之外，也有一些不同的声音，对萧统的编选眼光、编次、选文等方面提出了批评，其中以苏轼、洪兴祖为代表。

苏轼对萧统及其编纂《文选》的批评，大致包括两个方面：一是萧统"拙于文"，为文卑弱，这一点《文选序》可以证明；二是萧统"陋于识"，所以《文选》编纂"去取不当"，具体表现为：（一）《文选》中选入李陵、苏武五言诗，词句儇浅，非西汉文，是齐梁间小儿所作；（二）《文选》选入的陶渊明诗"忽遗者甚多"，而陶诗可喜者甚多；（三）《文选》中《高唐赋》《神女赋》二文的"玉曰唯唯"之前是"略陈所梦之因"，是赋，而萧统则谓之序。在苏轼眼中，萧统既"拙于文"，又"陋于识"，所以萧统的见解"与儿童之见何异"？是"小儿强作解事者"。下面一一析之。

一是《文选》中选入李陵、苏武诗的问题。苏轼说"统不悟，独刘子玄知之"，那么，刘知幾对此是怎样的观点呢？

在《史通》中，刘知幾说：

> 《李陵集》有《与苏武书》，词采壮丽，音句流靡。观其文体，不类西汉人，殆后来所为，假称陵作也。迁《史》缺而不载，良有以焉。编于《李集》中，斯为谬矣。[①]

在此，刘知幾从文体方面认为《与苏武书》不像西汉人作品，但仍然称赞此文"词采壮丽，音句流靡"，到苏轼那里却变成了"词句儇浅"，刘知幾认为此作"殆后来所为"，"殆"字尚属谨慎，苏轼则用一"正"字遽定为"齐梁间小儿所拟作"，并且把不辨真伪的责任强行扣在了萧统头上，所以清代的浦起龙说："海虞王侍御峻为余言：子瞻疑此书出于齐、梁人手，恐亦强坐""当是汉季晋初人拟为之"[②]。其实，在此讨论李陵、苏武五言诗的真伪问题没有多大意义，因为将《与苏武书》收入李陵名下，恐非始于萧统《文选》，所以不应该把这种讹误强加于萧统身上。况且，苏轼所定齐、梁间人所为亦并非就一定准确，以自己并不准确的结论去强行批判，确如章太炎对宋人的批评所指出的"好为大言"，"廉而不节，近于强钳，肆而不制，近

---

① 刘知幾撰，浦起龙通释：《史通通释》卷十八，上海古籍出版社 1978 年版，第 525 页。

② 刘知幾撰，浦起龙通释：《史通通释》卷十八，上海古籍出版社 1978 年版，第 525 页。

于流荡"。① 更为重要的是，苏轼根本无视《文选》的成书过程，或者对《文选》成书过程不甚清楚。一般认为，《文选》是据前贤总集二次选编成书的。既然《文选》是在前人总集基础上进一步精选的再编本，对李陵、苏武五言诗等作品著作权的认定在很大程度上可能并不是萧统的独断行为，至少不能把这种错误"强加"于萧统一人之身。

二是《文选》将《高唐赋》《神女赋》二赋中的部分内容视为序的问题。苏轼的批评在稍后的王观国那里得到了回响，在"古赋序"条中，王云：

> 傅武仲《舞赋》、宋玉《高唐赋》《神女赋》《登徒子好色赋》，本皆无序。梁昭明太子编《文选》，各析其赋首一段为序。此四赋皆托楚襄王答问之语，盖借意也。故皆有唯唯之文，昭明误认唯唯之文为赋序，遂析其辞。观国按：司马长卿《子虚赋》托乌有先生、亡是公为言，扬子云《长杨赋》托翰林主人、子墨客卿为言，二赋皆有唯唯之文，是以知傅武仲、宋玉四赋，本皆无序，昭明太子因其赋皆有唯唯之文，遂误析为序也。扬子云《羽猎赋》首有二序，五臣注《文选》曰："赋有两序，一者史臣，一者雄序。"详其文，第一序乃雄序也，第二序非序，乃雄赋也。赋中用"颂曰"二字，不害于义，昭明析"颂曰"为一段，乃见其有二序，盖误析之也。马融《长笛赋》首尾

---

① 章炳麟著，庞俊、郭诚永疏证：《国故论衡疏证》中卷《论式》，中华书局 2008 年版，第 404 页。

两处有"辞曰"字，潘安仁《籍田赋》末有"颂曰"字。潘安仁《笙赋》、张平子《思玄赋》、鲍明远《芜城赋》、谢希逸《月赋》，其末皆有"歌曰"字，王文考《鲁灵光赋》、班孟坚《幽通赋》、王子渊《洞箫赋》、颜延年《赭白马赋》，其末皆有"乱曰"字。谢惠连《雪赋》、嵇叔夜《琴赋》，既有"歌曰"字，又有"乱曰"字。由此观之，则《羽猎赋》有"颂曰"字，乃赋也，非序也，亦岂有一赋而两序耶？又《文选》载扬子云《解嘲》有序，扬子云《甘泉赋》有序，贾谊《鹏鸟赋》有序，祢正平《鹦鹉赋》有序，司马长卿《长门赋》有序，汉武帝《秋风辞》有序，刘子骏《移书责太常博士》有序，以上皆非序也，乃史辞也。昭明摘史辞以为序，误也。①

王观国《学林》中的这段论述，比苏轼给出了更多的证据，将《文选》中的相关篇目全部汇总排列，加以分析。客观而言，苏轼、王观国认为《文选》收录上列诸赋时把部分正文内容视之为序是不对的，他们的批评是言之有据的。王观国认为昭明"误认""误析""误摘"，批评非常中肯。苏轼则表现为十足的鄙薄，说"其余谬陋不一""此与儿童之见何异""大可笑也"，则似乎超越了单纯的批评范畴，有了人身攻击的意味。不过，话说回来，《文选》虽为昭明所集，却是在前人总集基础上的二次编选，因此，此类编纂失误是昭明所误，还是承续前人编选总集而误，实难断定，而承前而误的可能性更大些。进一步说，

---

① 王观国撰，田瑞娟点校：《学林》卷七，中华书局1988年版，第220—221页。

即使昭明在编纂过程中将这些赋之一部分误析为序，亦不至于沦落为"与儿童之见何异"的地步。

三是苏轼对萧统在《文选》中收入陶渊明的诗作甚少颇为不满，并进而推论，昭明对其他人的优秀之作一定也忽略遗漏不少。

探讨《文选》中收入谁的作品以及收入作品多少的问题，涉及诸多方面的因素。首先是总集的编纂，总集之编纂分为选集类与全集类，全集类意在全，自然不存在选择多少的问题，自然是越全越好；而《文选》并非全集类的总集，必然要进行选择，进行剔除，不可能对某个人的作品进行全部收录。对陶渊明的作品收入不全，首先是由《文选》本身的选集类总集的性质决定的，其次萧统编纂《文选》有自己的选录标准。傅刚先生在仔细分析了当时的文学思想后，认为：

> 《文选》的选录标准在齐梁时期是较有自己的特色的，它不像新变派那样激进，也不像保守派那样落后，而是显示出宽容、中和的君子风度。它既肯定文学的发展、进步，又强调传统的要求；既追求形式上的美文特征，也坚持思想内容的雅正风范。这一选录标准与萧统的思想、行为，以及由他倡导起来的"雍容"诗风是相统一的。①

如果用这个标准去权衡陶渊明的作品，未必篇篇符合。比如，萧统至少会认为陶潜的《闲情赋》在思想内容上不够"雅正风

---

① 傅刚：《〈昭明文选〉研究》，中国社会科学出版社 2000 年版，第 196 页。

范",是"白璧微瑕"。① 反过来讲,即使陶渊明的作品全部符合这一标准,《文选》的编选体例、编选目的也不允许它把陶渊明的作品悉数收入。再次,《文选》选录的作品,几乎全都是当时公认的优秀作品,陶渊明虽然在《诗品》中被称为"古今隐逸诗人之宗",在后世也颇受关注,但在当时他并没有后来者想象中那么著名与有影响②。南北朝时期,刘勰的《文心雕龙》、沈约的《宋书·谢灵运传论》和萧子显的《南齐书·文学传论》,皆论及其前及当时的重要作家,但均没有提及陶渊明。钟嵘在《诗品》中称他为"隐逸诗人之宗",也只是把他的诗作列为中品。北齐阳休之汇录陶诗,并在《陶集序录》中称"颇赏潜文",却认为陶文辞采未优。③ 所以,要考察《文选》编纂的情况,必须回归到《文选》编纂的时代。鲁迅说过:"倘要论文,最好是顾及全篇,并且顾及作者的全人,以及他所处的社会状态,这才较为确凿。要不然,是很容易近乎说梦的。"④ 要论述萧统对《文选》的编纂,不仅要考虑它的体例特征,还要

---

① 陶潜撰,逯钦立校注:《陶渊明集·陶渊明集序》,中华书局 1979 年版,第 10 页。

② 关于陶渊明在历代的接受状况,可以参阅李剑锋《元前陶渊明接受史》一书,该书详细探究了对陶渊明接受的发展轨迹、历程与内在原因。作者认为,齐梁时期只是对陶渊明接受的奠定期,而且这种奠定本身也是萧统完成的。齐鲁书社 2002 年版。

③ 梅鼎祚编《北齐文纪》卷三阳休之《陶集序录》云:"余览陶潜之文,辞采虽未优,而往往有奇绝异语,放逸之致,栖托仍高。其集先有两本行于世,一本八卷无序,一本六卷并序目,编比颠乱,兼复阙少。萧统所撰八卷,合序目传诔而少五孝传及四八目,然编录有体,次第可寻。余颇赏潜文,以为三本不同,恐终致忘失,今录统所阙并序目等,合为一帙十卷,以遗好事君子。"《文渊阁四库全书》本。

④ 鲁迅:《鲁迅全集》第六卷《且介亭杂文二集·"题未定"草(七)》,人民文学出版社 2005 年版,第 444 页。

考虑它的编纂标准以及当时人们对所收作品作者的认识。如果以宋朝或者苏轼个人对陶渊明的推崇备至来绳索萧统，是绝对不客观的，而实际上，苏轼恰恰在这一方面走得很远。

如前所言，陶渊明的作品在他的时代并未受到今天我们经常认为的殊遇，整体而言，还是被冷置旁落的，这种状况到唐代的时候似乎才有了一点改变，王绩、王维、孟浩然、李白、杜甫、白居易、韦应物、柳宗元等都追慕渊明为人及其诗作，可以被视为一个比较明显的表征。但是唐人对陶渊明并非心悦诚服地全盘接受，王维早年时责难陶渊明守小而忘大①，杜甫认为"陶潜避俗翁，未必能达道。观其著诗集，颇亦恨枯槁"②，白居易认为陶诗"篇篇劝我饮，此外无所云"③。陶诗在唐的情况正如宋代蔡宽夫所言："渊明诗，唐人绝无知其奥者，惟韦苏州、白乐天尝有效其体之作。而乐天去之亦自远甚。大和后，风格顿衰，不特不知渊明而已。"④ 南北朝、唐朝言及陶者虽有几十位之多，但这几十位中可以说无陶之知音可言。这种状况到了宋代才有了根本的改观，宋人对陶渊明空前喜爱起来，文字上论及陶者仅《陶渊明研究资料汇编》⑤ 所录就有八十五家，他们尊陶、赞陶、学陶诗、和陶诗，并多以陶为知音，陶的接

---

① 王维撰，赵殿成笺注：《王右丞集笺注》卷十八《与魏居士书》，上海古籍出版社1961年版，第334页。
② 杜甫著，谢思炜校注：《杜甫集校注》卷三《遣兴五首》，上海古籍出版社2016年版，第447页。
③ 白居易著，顾学颉校点：《白居易集》，中华书局1999年版，第107页。
④ 蔡宽夫：《蔡宽夫诗话》，吴文治主编：《宋诗话全编》第一册，江苏古籍出版社1998年版，第609—610页。
⑤ 北京大学、北京师范大学中文系师生编：《陶渊明研究资料汇编》，中华书局1962年版。

受史因此而兴盛起来。而在这种潮流下，苏轼不仅深入其中，而且充当了领军人物。他在给弟弟的信中说：

> 古之诗人，有拟古之作矣，未有追和古人者也。追和古人，则始于东坡。吾于诗人，无所甚好，独好渊明之诗。渊明作诗不多，然其诗质而实绮，癯而实腴，自曹、刘、鲍、谢、李、杜诸人，皆莫及也。吾前后和其诗，凡一百有九篇，至其得意，自谓不甚愧渊明。今将集而并录之，以遗后之君子，其为我志之！然吾于渊明，岂独好其诗也，如其为人，实有感焉。渊明临终《疏》告俨等："吾少而穷苦，每以家弊，东西游走，性刚才拙，与物多忤。自量为己，必贻俗患，俯仰辞世，使汝等幼而饥寒。"渊明此语，盖实录也。吾真有此病，而不早自知，平生出仕以犯世患，此所以深愧渊明，欲以晚节师范其万一也。①

这段文字透露了苏轼浓郁的"陶渊明情结"：独好渊明之诗，对陶渊明的为人深有感触，欲以晚节师范渊明。苏轼不仅和陶、学陶，有时竟与渊明化二为一，"我即渊明，渊明即我也"②。具有如此浓郁"陶渊明情结"的苏轼，为何对萧统《文选》仅选入八篇陶作持以愤慨与不平就完全可以理解了。苏轼对萧统编纂《文选》的评价具有强烈的主观色彩，大都可以从其"陶渊

---

① 苏轼撰，王文诰辑注，孔凡礼点校：《苏轼诗集》卷三十五引苏辙《东坡先生和陶渊明诗引》，中华书局1982年版，第1882页。

② 苏轼撰，王文诰辑注，孔凡礼点校：《苏轼诗集》卷四十一《和陶东方有一士》诗后自注，中华书局1982年版，第2267页。

明情结"中找到背景与深层动因。

其实，萧统对陶渊明作品的整理与保存颇有贡献。萧统是最早搜求遗阙、区分编录、编纂八卷本《陶渊明集》的人。在陶集序言中，萧统也对陶渊明的作品作了很高的评价。这些，苏轼似乎视而不见，又抓住萧统序言中对陶渊明作品的一点批评大做文章。萧统说："白璧微瑕者，惟在《闲情》一赋，扬雄所谓劝百而讽一者，卒无讽谏，何必摇其笔端？惜哉！无是可也。"[1] 苏轼的反驳是："渊明《闲情赋》，正所谓《国风》好色而不淫，正使不及《周南》，与屈、宋所陈何异？"[2] 其实，不管是萧统还是苏轼，对《闲情赋》的批评均没有脱离儒家之批评范畴。苏轼以此对萧统进行人身攻击，将之斥为"小儿强作解事者""与儿童之见何异"，其才大气傲、好为异说、喜标新立异、为文好骂其实也是一以贯之的。[3]

基于自身性格、为文偏好以及浓厚的"渊明情结"，苏轼不仅质疑萧统《文选》选文的见识，进而质疑萧统的为文，说齐梁文章衰陋，而萧统则尤为卑弱，从《文选序》中可见一斑，所以萧统"拙于文"。

---

[1] 陶潜撰，逯钦立校注：《陶渊明集》，中华书局1979年版，第10页。

[2] 苏轼对昭明太子编《渊明集》中对《闲情赋》的批判进行反驳，本无关《文选》一事，然而，从中亦可以反映苏轼对萧统的批评有点慌不择路以及其对陶渊明的情结，而且，对《闲情赋》的批评也成为宋代学术中的一个焦点，从中可以约略了解宋代学术的风向。南宋初的王观国对此亦有论说："观国熟味此赋，辞意宛雅，伤己之不遇，寄情于所愿，其爱君忧国之心，倦倦不忘，盖文之雄丽者也。此赋每寄情于所愿者，若曰'我愿立于朝而其君不能用之'，是真诵谏者也。昭明责以无讽谏，则误矣。"《学林》卷七，中华书局1988年版，第225页。

[3] 对此，王书才《明清文选学述评》中已举出不少例证，此不重复。（见该书上海古籍出版社2008年版，第16—17页。）

萧统生活的齐梁时代骈体文盛行，其《文选》所谓的"沉思""翰藻"就受时代审美风气影响，前已言之，萧统有自己的文学创作主张，追求典丽结合、文质彬彬的文学风格，即使《文选序》写得的确卑弱，也不能对萧统之文一概贬之。那么，在批评昭明方面，苏轼是不是也犯了以偏概全的失误？其实，以苏轼而言，他不可能不知道自己的批评中有类似的错误，正如屈守元所指出的："苏轼是欧阳修'古文'运动的追随者，曾吹捧韩愈'文起八代之衰'，自然不能不借机会表示他轻视《文选》"，"可见他攻击《文选》是自命为'古文家'的门面话，而暗地里却在拟袭《文选》。骂'齐梁文章衰陋'，是一竿子扫尽的'古文家'大言"。① 屈守元此言可谓看透了苏轼此类批评的本质。

苏轼对萧统《文选》的批评，建立在其个人的偏好、主观的认识、标新立异的美学追求之上，他大都是从《文选》中的个别失误出发（这种失误并不能肯定全为萧统所为），抓住一点、不及其余地责备与呵斥，其为文好骂的行文风格使得这种批评又有了人身攻击的意味。

苏轼关于《文选》的一系列观点在宋代是很有影响的。苏轼虽然在宋代政坛上一直不顺，总是成为党争的焦点，但他在文坛上的领袖地位决定了其影响是广泛的。这种影响也能从当时一些著作对苏轼评判《文选》之言论的反复引用中窥见一斑。以苏轼对萧统《文选》"编次无法，去取失当"的言论而言，高似孙《纬略》卷十、王阮《义丰集》、王正德《余师录》卷

---

① 屈守元：《文选导读》，巴蜀书社1996年版，第96—97页。

四、曾慥《类说》卷九、祝穆等人《古今事文类聚》别集卷二、刘克庄《后村诗话》卷一、刘克庄《后村先生大全集》卷十七和卷四十五、潘自牧《记纂渊海》卷五十三、胡仔《苕溪渔隐丛话》前集卷一、章如愚《群书考索》续集卷十八、马端临《文献通考》卷二百四十八诸书都征引了；至于苏轼对《文选》李陵和苏武五言诗真伪问题、宋玉《高唐赋》等作品以赋为序问题的评判，在宋代的笔记中更是随处可见，被不断征引、反复讨论。这自然与宋代学术氛围中盛行的疑古风气密切有关，但作为"意见领袖"的苏轼之引领的作用亦不能低估。

苏轼因为《文选》仅收八首陶渊明作品而对萧统不遗余力地进行声讨，他去世后约二十年①，洪兴祖（1090—1155）又扛起了类似的大旗，这位以补注《楚辞》而在《楚辞》学术史上昭显的学者，对萧统的批评与苏东坡如出一辙。

在《楚辞补注·渔夫章句第七》卷末，洪兴祖补注曰：

> 《艺文志》云：《屈原赋》二十五篇。然则自《骚经》至《渔父》，皆赋也。后之作者苟得其一体，可以名家矣。而梁萧统作《文选》，自《骚经》《卜居》《渔父》之外，《九歌》去其五，《九章》去其八。然司马相如《大人赋》率用《远游》之语，《史记·屈原传》独载《怀沙》之赋，扬雄作《伴牢愁》，亦旁《惜诵》至《怀沙》。统所去取，未必当也。自汉以来，靡丽之赋，劝百而讽一，无复恻隐

---

① 洪兴祖《楚辞补注》系二次成书，初稿当成于宣和五年（1123）年之前，详见郭宝军《论洪兴祖〈楚辞补注〉对〈文选〉及其注释的接受》，《南京师范大学文学学院学报》2010 年第 6 期。

> 古诗之义。故子云有曲终奏雅之讥，而统乃以屈子与后世
> 词人同日而论，其识如此，则其文可知矣。[①]

洪兴祖对萧统的批评不外两个方面：一是萧统对屈原作品的去取不当，因为《汉书·艺文志》记载"屈原赋二十五篇"，萧统仅选取了十篇，于是洪氏以未入选之作对后世文人作品的影响以及史书的收载两个方面论证了萧统选文的"未必当"。二是批评萧统把诗人之赋的屈赋与词人之赋的汉大赋等同并列而论，从而降低了屈赋的地位，并由此质疑萧统的识见，进而推论萧统的为文亦不甚了了。洪兴祖对萧统的批评踵武苏轼，亦是先质疑萧统的"识"，进而怀疑萧统为文，不同之处仅是更换了批评的证据而已，而更换证据的目的则是出于其对屈原人品、作品的鼓吹与褒扬。

　　客观而言，洪兴祖对萧统选文的批评一如苏轼，有过分苛责之嫌。首先，《文选》作为一部选集类的总集，自不可能编纂成为把梁代以前所有文章悉数纳入的全集，萧统自有其选文的标准，这在《文选序》中已经交代清楚，上引傅刚先生的阐释亦归纳得相当明白。这种标准绝不是以后世文人对前代文章的仿效为依据，也不是以后来史书对屈赋的收载为标准。但是，洪兴祖恰恰是从这两个标准出发的：司马相如作《大人赋》袭用了《远游》中的语言，司马迁作《史记》独载屈子《怀沙》，扬雄作《伴牢愁》亦参考了《惜诵》以下至《怀沙》诸篇，所以萧统对屈原作品的去取是不恰当的。由此而言，萧统的选文

---

① 洪兴祖：《楚辞补注》，中华书局 1983 年版，第 181 页。

标准与洪兴祖的评判标准是不一致的，二者是基于不同层面上的对话，他们之间根本没有契合之处。按照洪氏的评判准则，如果以后世文人对前代作品语言的袭用与效仿来绳索《文选》选文，何止对《楚辞》不全收要接受批判，《文选》则实在一无是处了。因为《文选》首先是选集类的总集，且愈到前代，母体作品愈多，亦是后世文学作品不断发展的渊源。萧统之意绝非在此，所以他"略古详今"，精选篇目，有以此彰显其考究文体演变的意图。倘若按照洪氏的观点，再来评判《史记》，屈原作品对后世有如此影响，为什么司马迁独载《怀沙》，是不是司马迁也应该受到洪氏不全入屈原作品的指责？

萧统"以屈子与后世词人同日而论"的做法，是建立在其文体研究的意图之上的，这丝毫不会消弱屈赋作品的地位，相反，萧统将屈赋单列为"骚类"，反而进一步凸显了诗人之赋与辞人之赋的差异；将屈原与后世词人同日而论，则是基于其传承因袭方面而言的。不同的编排，不同的论述，体现了不同的意图。

《汉书·艺文志》著录的屈赋凡二十五篇，入选《文选》者十篇，占屈赋总数的40%，从数量上讲已经相当可观。既然如此，洪氏为什么还要对萧统大加指责呢？其实，洪氏的这种指责在宋代亦有其社会背景与文化语境，其批评中亦暗含了洪氏的主观意图。

在宋代学者看来，孔子之后，荀子之前，是儒家伦理堕落的时期，《诗经》的讽刺主旨，《春秋》的微言大义，都在这一时期被世人对功名富贵的追求所消解，唯有屈原孤独地承担起君臣伦理的道德重担。宋人对屈原进行了重塑，使屈子成为忠君爱国、君臣伦理等儒家道德传承的中流砥柱。①洪兴祖在《楚辞补注》中折衷历代对屈子的评论后说："忠臣之用心，自尽其爱君之诚耳。死生、毁誉，所不顾也。故比干以谏见戮，屈原以放自沉。比干，纣诸父也。屈原，楚同姓也。为人臣者，三谏不从则去之。同姓无可去之义，有死而已"，"故虽身被放逐，犹徘徊而不忍去。生不得力争而强谏，死犹冀其感发而改行，使百世之下，闻其风者，虽流放废斥，犹知爱其君，眷眷而不忘，臣子之义尽矣。非死为难，处死为难。屈原虽死，犹不死也"。②洪兴祖剔除了前贤诸如班固、颜之推等对屈原"露才扬己，显暴君过"的责备，从而使屈原成为纯粹的忠君爱国的形象。这些都与宋代的民族危机、积贫积弱的国势密切关联。在此种背景下，宋代对屈原的尊崇渗透着当时的时代精神与价值取向，宋代楚辞学发达之根本原因亦在于此。

洪氏对萧统的批评是建立在尊崇屈原的前提之上的，通过苛责萧统未能选入屈原全部作品为不恰当的做法来提升屈原的地位，这只不过是他的一种批评手段、一种诠释策略，《楚辞补注》就体现了洪氏显明的时代精神与价值取向。但是，如果由此进而责备萧统的识见与为文就有点过分了。

不管洪兴祖有没有受到苏轼此类批评的影响，他的这种批评方式与苏轼可谓殊途同归，都是基于其某种个人意图。而通过批评萧统《文选》对某些文人入选作品不多而提升这些文人地位的做法，不管是前面的苏轼还是后继者的洪兴祖，其实都

---

① 李中华、邹福清：《屈原形象的历史诠释及其演变》，《武汉大学学报》（人文科学版）2008年第1期，第5—11页。

② 洪兴祖：《楚辞补注》，中华书局1983年版，第50页。

是建立在一直以来的儒家批评方式根基之上的。这种冠冕堂皇的批评，代表的是当时的共识。在这种评判方式中不自觉地，甚至是有意地忽略了萧统《文选》编纂的主要标准，不管他们所评判的未能入选的作品实际上是否达到了这个标准，同时又无视选集类总集的编纂特点，所以，在他们貌似义正词严的深刻批评背后，隐藏着明显的意图，都是不及其余的偏执与失实。

宋代诸家对萧统《文选》编纂之评价有很深刻的社会、学术、思想背景及个人意图。宋代理学兴盛，重道轻文，士大夫以传道、宣道为己任，批评话语的立足点与归宿就源于宋代的新儒学，以道绳文，在大多情况下都是不切实际的，是不顾文学本身内在质地的吹毛求疵。基于个人主观意图的推崇，从而放大《文选》选文的疏误，不及其余地辱骂与责难，也是宋人的评判习惯。

二、宋人对《文选》李善注、五臣注的评议

南宋陆游《老学庵笔记》记载"国初尚《文选》，当时文人专意此书"①，此时盛行的《文选》本子仍是五臣注。可以推断，宋初知识阶层对五臣注的认识与习用要优于李善注，但对李善注的重新认识也开始出现于有识之士的言谈中。天圣中，监三馆书籍刘崇超上言："《李善文选》援引该赡，典故分明，欲集国子监官校定净本，送三馆雕印。"② "援引该赡，典故分明"是宋代个别文士对李善注的整体认识。刘崇超上言之后，

---

① 陆游：《老学庵笔记》，中华书局 1979 年版，第 100 页。
② 徐松：《宋会要辑稿·崇儒》，中华书局 1957 年版，第 2232 页。

遂有北宋国子监本李善注的问世。然而，从大中祥符年间开始动议刊刻李善注《文选》的作为，并没有彻底改变士人尤其是一般知识阶层对《文选》版本的选择，天圣四年（1026）平昌孟氏五臣注本的问世就是社会上此种需求的反映。前进士沈严在为孟氏本所作的后序中说："制作之端倪，引用之典故，唐五臣注之审矣。可以垂吾徒之宪则，须时文之掎摭，是为益也，不其博欤？虽有摭拾微缺，衒为己能者，所谓忘我大德而修我小怨，君子之所不取焉。"① 在这段充满浓厚广告气息的文字中，沈严对五臣注虽有过分拔高之嫌，但对其定位描述得也较为准确。五臣注本来就是针对李善注的繁博而出现的，其致力于"述作之由""质访指趣"，也就是沈严所说的"制作之端倪"，在此方面，五臣注完成了其预期目标。至于"引用之典故，唐五臣注之审矣"的说法则实属"溢言逾分"，五臣注本不致力于此，对典故语词之追溯实为李善注的特征，沈严此说实欲言五臣注的优势，大有吹捧之嫌。然而，沈严对五臣本进行了明确的定位，使得《文选》五臣注在宋代成为捡拾语词的重要工具书。所谓的"吾徒"，亦即社会一般知识阶层。沈严反驳丘光庭对五臣注的指责，称之为"摭拾微缺，衒为己能"的小人。然诚心而论，不管是丘光庭还是沈严，都是站在个人立场上攻讦对方，贬低对方以抬高己方，对褒扬的注本之缺陷极力回避，缺乏历史的考察，从而失去了客观公正的立场。然而，宋人在李善与五臣注二本优劣的纷扰争辩中，此种方法似乎是一以贯之的。

---

① 《文选》，韩国正文社 1996 年版，第 1461 页。

在宋代对李善、五臣二家注优劣的评判上，苏轼发挥了文坛领袖的作用，其两则言论影响深远。第一则云：

> 李善注《文选》，本末详备，极可喜。所谓五臣者，真俚儒之荒陋者也。而世以为胜善，亦谬矣。谢瞻张子房诗云"苛慝暴三殇"，此礼所谓上中下殇。言暴秦无道，戮及孥稚也。而乃引"苛政猛于虎，吾父吾子吾夫皆死于是"。谓夫与父为殇，此岂非俚儒之荒陋者乎？诸如此甚多，不足言，故不言。①

第二则云：

> 五臣注《文选》，盖荒陋愚儒也。今日读嵇中散《琴赋》云："间辽故音庳，弦长故徽鸣。"所谓庳者，犹今俗云牧声也，两手之间，远则有牧，故云"间辽则音庳"。徽鸣者，今之所谓泛声也，弦虚而不按，乃可泛，故云"弦长而徽鸣"也。五臣皆不晓，妄注。又云："《广陵》、《止息》，《东武》、《太山》。《飞龙》、《鹿鸣》，《鹍鸡》、《游弦》。"中散作《广陵散》，一名《止息》，此特一曲尔，而注云"八曲"。其他浅妄可笑者极多，以其不足道，故略之。聊举此，使后之学者，勿凭此愚儒也。②

---

①　苏轼撰，孔凡礼点校：《苏轼文集》卷六十七，中华书局1986年版，第2093页。
②　苏轼撰，孔凡礼点校：《苏轼文集》卷六十七，中华书局1986年版，第2094—2095页。

在第一则中，苏轼鲜明地表达了他对李善注与五臣注优劣的立场：对李善注褒扬有加，然未举实例；对五臣注则贬斥唯恐不及，且有实例。下面先详列苏轼例证对象的详细面貌，以《文选》奎章阁本中谢宣远《张子房诗》"力政吞九鼎，苛慝暴三殇"一句下的注释为例：

> 翰曰：……横死曰殇。孔子过太山，有妇人哭于墓者，使子贡问之，曰：吾舅死于虎，吾夫又死焉，今吾子又死焉。曰：何不去也。曰：无苛政。孔子曰：小子志之，苛政猛于虎也。秦之苛法，天下怨之，其暴甚于此三殇也。
>
> 善曰：……《礼记》曰：孔子过泰山侧，夫人哭于墓者而哀，夫子式而听之，使子贡问之曰：子之哭也，一似重有忧者。而曰：然。昔者吾舅死于虎，吾夫又死焉，今吾子又死焉。夫子曰：何不去也。曰：无苛政。夫子曰：小子识之，苛政猛于虎也。苛，犹疟也。

由此可见，第一，五臣注中此句的注释实则来自李善注，苏轼在褒扬李善注、贬抑五臣注的例证中，偏偏拈出此例，若说五臣注荒陋，则李善注已"荒陋"在前，苏轼如此论证，无疑是自戕。第二，推测苏轼之意，可能主要是评判五臣注后面的解说内容："秦之苛法，天下怨之，其暴甚于此三殇也"，而李善在引征之后，少有进一步的阐释，这是二家的不同之处。苏轼的批评焦点似乎正在于此，他或许认为李善的引征只是追溯"苛"之源，是对"苛"的阐释，所以引征《礼记》中语；而五臣注除引征相同部分，又转而阐释"三殇"，以"吾舅、吾夫、吾子"为"三殇"，太执着于"三"的确指。谢宣远此诗句中，"三殇"与"九鼎"对，将"三"理解为"多"是可以的。苏轼或许是从此角度对五臣进行纠正，认为"三殇"为"孥稚"。由此而言，苏轼的解说也能讲通。然而，苏轼引《仪礼》所谓上中下三殇来推测"三殇为孥稚"却颇为勉强，苏轼所见《仪礼·丧服》云："年十九至十六为长殇，十五至十二为中殇，十一至八岁为下殇，不满八岁以下为无服之殇。"此为四"殇"，苏轼只取其三，将"长殇、中殇、下殇"称"上中下三殇"，认为"父、夫、子"不应称"三殇"，"孥稚"则可？《仪礼》同篇"子女子子之长殇中殇"下注："殇者，男女未冠笄而死可伤者，女子子许嫁不为殇也。"苏轼不以"父、夫"死为殇，暗含条件是"未成年而死"，却又以"孥稚"为殇，前后舛驳。第三，五臣此条注释有完满自足的体系。首释"殇"为"横死"，再引《礼记》中语释"三殇"，最后解说秦政甚于此三殇。五臣此注比之苏轼解说更准确。总之，苏轼对五臣批判的焦点就在于对"殇"的理解上。苏轼太执拗于其本义，解释之中单用本义又难以牢笼，故而前后相舛；五臣则用其引申义，解释更为畅通、完满。

第二则是苏轼对嵇康《琴赋》五臣注的批评。《文选》卷十八《琴赋》"间辽故音庳，弦长故徽鸣"下五臣注曰：

> 良曰：辽，远。庳，下也。言声闲缓而相去远，故音下也。弦长其应响清高，故沉放，徽声乃鸣于常也。

> 善曰：闲辽，谓弦间辽远也。弦张，谓徽阔而弦长也。阮籍《乐论》曰：琵琶筝笛，间促而声高；琴瑟之体，间

辽而音庳，义与此同。郑玄《周礼注》曰：痹，短也。傅
毅《雅琴赋》曰：时促均而增徽，接角徵而控商。

苏轼的新解在宋代就有人反驳，如王观国云：

> 琴之有牧声者，以琴面不平，或焦尾与岳高低不相应，
> 则阻弦而其声牧，此琴之病声也。嵇叔夜赋曰："论其体
> 势，详其风声，器和故响逸，张急故声清，间辽故音庳，
> 弦长故徽鸣。"此四句曰逸，曰清，曰庳，曰鸣，皆美声
> 也。盖琴操弄中自有庳下声，非病声也，非病声则非牧
> 声矣。①

王观国从《琴赋》整体意蕴与上下文推测庳声为美声，非病声，
有其内在的文本依据，推翻了苏轼以经验诠释的新解。同篇
"则广陵止息，东武太山。飞龙鹿鸣，鹍鸡游弦"下注曰：

> 济曰：八者并曲名。
> 善曰：广陵等曲，今并犹存，未详所起。应璩《与孔
> 才书》曰：听广陵之清散。傅玄《琴赋》曰：马融谭思于
> 止息。魏武帝乐府有《东武吟》。曹植有《太山梁甫吟》。
> 左思《齐都赋》注曰：《东武》《太山》，皆齐之土风谣歌
> 讴吟之曲名也。……《汉书》曰：《房中乐》有飞龙章。
> 《毛诗序》曰：鹿鸣宴群臣也。蔡邕《琴操》曰：鹿鸣者，

---

① 王观国：《学林》，中华书局1988年版，第174页。

周大臣之所作也……古相和歌者有鹍鸡曲游弦，未详。

苏轼认为《广陵散》与《止息》本为一曲，不得云为八曲。考之李善注，亦作八曲而释。《广陵》《止息》等作八曲而释，不始于五臣，如李善注引左思《齐都赋》注"《东武》《太山》，皆齐之土风"云云，一个"皆"字，亦表明左思将其视为二曲。《宋书·戴颙传》云："其三调《游弦》《广陵》《止息》之流，皆与世异"①，将《广陵》《止息》与《游弦》并视为三调。由此可见，苏轼所言聊可备一说，并不能作为推翻五臣注的依据。

　　综合上面的分析，苏轼所指出的五臣注中的三处问题都非常牵强，不足以颠覆五臣注。至于对五臣注"俚儒之荒陋""妄注"之言的类似评定，他在评判《文选》编纂者萧统时就已如此。苏轼惯用、善用的批判方式就是"窥一斑知全豹"，所以在列举一两例之后，继之多言"诸如此类甚多，不足言，故不言也"，"其他浅妄可笑者极多，以其不足道，故略之。聊举此，使后之学者勿凭此愚儒也"。既然不足言、不足道，那为何又加以斥责？既然诸如此类甚多，为何不多列举以正世人？诚然，五臣注乃至李善注均非十全十美，错谬之处亦在所难免，但如果仅拈出一两例而对其全盘否定，的确不应是苏轼这样的大家所为。

　　因苏轼在宋代有很强的影响力，所以其对《文选》注释的评判在知识阶层影响深远，"苏子瞻尝读善注而嘉之，故近世复

---

① 沈约：《宋书》，中华书局2003年版，第2277页。

行"①。苏轼对李善注赞扬有加，导致李善注在默默无闻很长时间后重新受到时人关注。但苏轼对李善注的褒扬，是建立在对五臣注的斥责之上的。苏轼之后，批判五臣注者也不乏其人，如哲宗、徽宗时期的黄朝英认为"五臣注解乃妄有改易"，他说：

> 唐李济翁尝论《文选》曹植乐府云："'寒鳖炙熊蹯'，李氏云：'今之凊肉谓之寒，盖韩国事馔尚此法'，复引《盐铁论》'羊淹鸡寒'，刘熙《释名》'韩羊韩鸡'，为证寒与韩同。又李以上句云'脍鲤臇胎鰕'，因注：《诗》曰'炰鳖脍鲤'。五臣兼见上句云脍，遂改寒鳖为炰鳖，以就《毛诗》之句。又子建《七启》云'寒芳莲之巢龟，脍西海之飞鳞'，五臣亦改寒为搴。搴，取也，何以对下句之脍邪？况此篇全说修事之意，独入此搴字，于理未安。上句既改寒为搴，即下句亦宜改脍为取，纵一联稍通，亦与诸句不相承接。以此言之，明子建故用寒字，岂可改为炰搴邪？斯类篇篇有之，学者幸留意。"所载此而已。余观《荆楚岁时记》云："鸡寒狗热，历兹承久。"乃引《释名》云："韩国之食。"又云："崔植薄徒。"见史篇，则作寒字，语言错乱，竟未详其旨意。然以此考之，益信其使寒字，而五臣注解，乃妄有改易明矣。②

---

① 晁公武：《郡斋读书志》，上海古籍出版社 1990 年版，第 1054 页。
② 黄朝英：《靖康缃素杂记》，上海古籍出版社 1986 年版，第 63 页。

晚唐李济翁对五臣的指责在黄朝英这里得到了共鸣，为证五臣注之误，黄氏又增加了证据。平心而论，李济翁、黄朝英对"寒螀"之义的解释与考证非常有理，但他们都假定了一个前提，即五臣注本作"炰螯"是五臣改动所导致，然而又举不出任何证据。五臣之注虽然浅显，但其目标是"志为训释""并具字音"，并没有替前人修改作品的意思，而且李善注本与五臣注本异文颇多，岂尽为五臣所改？所据版本不同而已。李济翁所云"斯类篇篇有之"，若指二本之异文，则大致是矣，若指责五臣改易，则又有"莫须有"之嫌。至若黄氏则云"五臣注解乃妄有改易明矣"，不知是如何"明"的。以今所见诸本曹植本篇而言，宋杨简《慈湖诗传》卷十三、四库全书所收翻雕宋宁宗时《曹子建集》卷六、宋郭茂倩辑《乐府诗集》卷六十三、元左克明编《古乐府》卷十、明刘履编《风雅翼》卷二、明冯惟讷《古诗纪》卷二十三、明梅鼎祚编《古乐苑》卷三十四、明陆时雍编《古诗镜》卷五、明张溥编《汉魏六朝百三家集》卷二十七、清编《渊鉴类函》卷三百三十二、四部丛刊影江安傅氏双鉴楼藏明活字本《曹子建集》、密韵楼丛书覆宋本《曹子建文集》等书均作"炰螯"（炮与炰通），无一作"寒螯"者。曹植原诗到底如何，已无从考察。唐代的李济翁抑或宋代的黄朝英在没有给出任何版本依据的情况下，断定为五臣妄改，此乃先定罪再寻找证据的断案，实在不妥！

唐庚（字子西）对五臣注亦有类似评判，《苕溪渔隐丛话》前集卷二引《唐子西语录》云："谢玄晖诗云：'寒城一以眺，平楚正苍然。'平楚，犹平野也。吕延济乃用'翘翘错薪，言刈其楚'，谓楚木丛，便觉意象殊窘。凡五臣之陋类若此。"①

《文选》奎章阁本卷三十谢玄晖（即谢朓）《郡内登望》此句下注曰：

> 济曰：秋气寒而登城上，故云寒城。眺，望也。平楚，木丛也。苍然，草木色也。
>
> 善曰：《毛诗》曰：翘翘错薪，言刈其楚。《说文》曰：楚，丛木也。郑玄《毛诗笺》曰：蒹葭在众草之中，苍苍然也。

通过对现存《文选》诸本的一一核查，并没有发现吕延济引《毛诗》句的情况。其实唐庚所批评的真正对象正是李善注，虽然二者对"楚"的解说相当。明代杨慎对此有所反驳，他说："谢朓诗：'寒城一以眺，平楚正苍然。'楚，丛木也。登高望远，见木杪如平地，故云'平楚'，犹《诗》所谓'平林'也。陆机诗'安辔遵平莽'，谢语本此。唐诗'燕掠平芜去'，又'游丝荡平绿'，又因谢诗而衍之也。②"清代汪师韩对此均有评说："升庵亦以木言，然观吕氏之注，固未必知是解耳。子西以楚字直代野字，岂如杨说之精。③"唐庚的解释未尝不可，然杨慎对此语来龙去脉考之甚详，更为精审。讨论此条，我们完全可以不顾各家解说到底孰是孰非。从上可知，唐庚所批判吕延

---

① 胡仔：《苕溪渔隐丛话》，人民文学出版社1962年版，第8页。
② 杨慎撰，王大淳笺证：《丹铅总录笺证》，浙江古籍出版社2013年版，第926页。
③ 汪师韩：《文选理学权舆》，《续修四库全书》本，上海古籍出版社2002年版，第92—93页。

济之注释实为李善所有，倘若以李善注的内容批评五臣注，岂止张冠李戴，又有"何患无辞"之嫌。从苏轼对五臣注的极力鄙薄，到黄朝英的"五臣注妄改""斯类篇篇有之"，再到唐庚的"五臣之陋类若此"，他们对五臣注的批评方法、批评模式甚至语气都如出一辙。这种批评在宋代很容易梳理出前后相继的脉络，到南宋初年的姚宽（1105—1162），仍亦步亦趋于前人，认为"五臣无足取也"：

> 李善《文选》，引证精博，五臣无足取也。惟注《北山移文》"值薪歌于延濑"，李善云"未详"。吕向云："苏门先生游于延濑，见一人采薪，谓之曰：'子以终乎？'薪人曰：'吾闻圣人无怀，以道德为心，何怪乎而为哀也？'遂为歌二章而去。"又不注所出。至注《解嘲》，李善引伯夷、太公为二老，乃云"只太公为一老，不闻二老"。其缪如此。①

五臣注的问世，最重要的一个因素就是李善注征引载籍的繁杂，"使复精核注引，则陷于末学"。既然时人对李善注旁征博引非常厌烦，五臣便在注释中尽量避免引书，所引文字大都不注明出处，并且都有所改编，以适合时人学习。其实，五臣注引的此段文字出于袁淑《真隐传》，宋代《太平御览》卷五百十早已收入，其云："袁淑《真隐传》曰：苏门先生尝见采薪于阜者，先生叹曰：'汝将以是终乎，哀哉！'薪者曰：'以是终者我

---

① 姚宽：《西溪丛语》，中华书局1993年版，第100—101页。

也，不以是终者我也，且圣人无怀，何其为哀？圣人以道德为心，不以富贵为志。'因歌二章，莫知所终。"① 官至枢密院编修的姚宽或许未阅此书，否则会在此标明出处。对于"二老"的争辩，见于扬雄《解嘲》"昔三仁去而殷墟，二老归而周炽"句下注释：

> 翰曰：三仁，比干、箕子、微子也。纷不用忠谏，比干死，箕子囚，微子去，而殷遂亡，宗庙为之丘墟也。太公归文王而周业盛，是为一老，不闻其二老焉，李善引伯夷与太公为二老，甚误矣，且伯夷去绝周粟，死于首阳，奈何得云归周也。扬雄言二老亦用事之误也。
>
> 善曰：三仁，微子、箕子、比干也。孟子曰：伯夷避封，居北海之滨，闻文王作，兴曰：盍归乎来，吾闻西伯善养老者。二老者，天下之大老也。

此句五臣注乃针对李善之注而发，李周翰认为伯夷去绝周粟，饿死于首阳山，不能云归周，扬雄用事亦误。李善注则据《孟子》注曰："伯夷辟封，居北海之滨，闻文王作兴，曰：'盍归乎来，吾闻西伯善养老者。'太公辟封，居东海之滨，闻文王作兴，曰：'盍归乎来，吾闻西伯善养老者。'二老者，天下之大老也，而归之，是天下之父归之也。天下之父归之，其子焉往？"而《史记·伯夷列传》云：

---

① 李昉等：《太平御览》，中华书局1960年版，第2322页。

伯夷、叔齐，孤竹君之二子也。父欲立叔齐，及父卒，叔齐让伯夷。伯夷曰："父命也。"遂逃去。叔齐亦不肯立而逃之。国人立其中子。于是伯夷、叔齐闻西伯昌善养老，盍往归焉。及至，西伯卒，武王载木主，号为文王，东伐纣。伯夷、叔齐叩马而谏曰："父死不葬，爰及干戈，可谓孝乎？以臣弑君，可谓仁乎？"左右欲兵之，太公曰："此义人也。"扶而去之。武王已平殷乱，天下宗周，而伯夷、叔齐耻之，义不食周粟，隐于首阳山，采薇而食之。①

二家之注的争执在于五臣对伯夷之事认识不清。《史记》记载，伯夷先因避王位而逃，后又归。武王伐纣，伯夷谏，不听，才隐于首阳山，直至饿死。李周翰对史书可能不是很熟悉，却以此反驳李善注，难免遭到后人讥讽。这倒为姚宽的"李善引征精博，五臣无足取"找到了证据。但是，五臣注释的个别失误并不能说明其全部注释"无足取"。

从北宋初年国子监刊刻李善注，到苏轼"嘉之"以致后来一些学者步趋苏轼之后，说明李善注本在学界得到了重视，合并本的出现应当视为此种趋势的表现。到淳熙八年（1181）尤刻李善单注本问世时，袁说友在跋语中云"《文选》以李善本为胜"就是此种趋势的表现。如果单从文献的记载来看，宋代对《文选》李善注本极力褒扬，对五臣注本大加贬斥，对五臣注不绝于耳的指责似乎在暗示李善注优、五臣注劣的看法在宋代是普遍的共识。然而，事实又远非如此。从天圣年间平昌孟氏刊

---

① 司马迁：《史记》，中华书局1982年版，第2123页。

刻五臣单注本时沈严在序文中略嫌夸张地鼓吹五臣注，到南宋初年杭州猫儿桥钟家与建阳崇化书坊陈八郎宅先后刊刻五臣单注本，透露出民间一般知识阶层的声音。陈八郎本前江琪的条记中所说的"谨将监本古本参校"云云，则暗示着社会精英知识阶层的强势言语开始影响到民间一般知识阶层。

因此，对宋代五臣、李善二家之注优劣的考察，应该考虑到民间一般知识阶层。大体而言，社会上普通士子认为五臣注或优于李善注，主要是从其简便、实用角度来考虑的，而精英知识阶层对李善注的褒扬，则主要是从"详""博"角度而发的。宋人重知识，《文选》李善注是他们搜检材料进行考证与炫博的渊薮。他们褒扬李善注的一个重要途径，就是极力批判当时流行的五臣注本的讹误，将其贬得一无是处。李善与五臣之注的不同阐释风貌，本自二家诠释意图的差异，从均为《文选》注释之本而言，二者有比较之可能；从注释追求的不同目标而言，二者则无可比之范畴。宋人对五臣注的斥责，没有也不可能使五臣注的传播中止，接受主体本身对五臣注的选择表明了五臣注存在的价值。因此，宋代二家合注本的出现，适应了两种不同注释层面的共同需求，可以视之为宋人斥责五臣注但仍不能废弃五臣注的一种折衷做法。

元代的《文选》评点与续补

　　元朝是在与西夏、西辽、金、宋的残酷征战中建立起来的一个王朝，在历史上存在了不到一个世纪的时间，这两点决定了它在文化方面的不够发达，因为征战必然会造成社会的动乱以及包括文士在内的大量人员被屠戮、文化遭遇戕害，时间短暂就不能为文化的复苏、发展与兴盛提供必要的时间条件。再者，元朝是从游牧民族发展壮大的一个王朝，其在文化上的孱弱决定了文化政策的落后，在这种情况下，包括文选学在内的文化受到冲击亦在情理之中。在文选学史上，即使以"大文选学"的视野观照元代文选学，它仍处于一个抛物线的底端。不足百年的元朝固然在时间上就限定了文选学广大的可能，更重要的是，依托科举考试中"重诗赋"而成立并广大的文选学，在元代科举中失去了根基。元初科举考试被废除，直到元仁宗皇庆二年（1313）六月才得以再次开科，此距元朝立国已经过去了四十余年，差不多走完了它接近一半的生命历程。当然，在这四十多年中，肯定不是没有人学习《文选》，但凭借科举而兴盛的知识阶层普遍学习、钻研、揣摩《文选》的盛况肯定也没有了。元仁宗恢复科举以后，文选学也没有迎来它的春天，因为新王朝废除了宋、金以来的诗赋、经义分科考试，尽管科举中还考古赋，但明确反对浮华，将重心转向了经义之学，而经义之学一切以程朱之学为依据，有明确的理学倾向、实用意图。在此大环境之下，《文选》的实用价值大大降低，文人自然不会重视《文选》。

"需要注意的是，元人并非不读《文选》，只是将《文选》回归到其作为文学典范的常态，《文选》仍是文士阅读和评价的重要书籍之一。"① 因此，元代的文选学也不是一片空白，如一条细微的丝线，它上承宋，下启明，在文选学史上仍是一个不可或缺的部分。

一、元代的《文选》评点

在文选学史上，明代是《文选》评点的兴盛时期，但如果追溯的话，对《文选》的评点则肇始于文选学并不发达的元朝。有意思的是，元代两部有名的《文选》评点之作，产生于这个朝代的两端，一是宋末元初方回的《文选颜鲍谢诗评》，二是元末明初刘履的《选诗补注》。

方回是宋末元初著名的诗人、诗论家，字万里，号虚谷，晚号紫阳居士，安徽歙县人。宋末官至严州知州，入元后曾任建德路总管。在中国文学批评史上，方回肯定占有一席之地，他关于文学批评的观点不仅集中体现于其选录唐宋诗并加以品评的《瀛奎律髓》，也体现在《文选颜鲍谢诗评》中。

清代四库馆臣考证云："此集盖回手书之册，后人得其墨

---

① 杨亮：《论元代〈文选〉学衰落之原因》，《殷都学刊》2014 年第 3 期。

迹，录之成帙也。"① 如此，则《文选颜鲍谢诗评》在方回生前并未集中编纂成书，而是后学将其散见于《文选》中的批语汇录成册，并取此名。《文选颜鲍谢诗评》共四卷，选取《文选》中所录颜延之、鲍照、谢混、谢瞻、谢灵运、谢惠连、谢朓七人的五言诗（不选四言诗），按照《文选》诗歌的分类与顺序，一一加以评说。每人选录诗歌数目为：颜延之 17 首，鲍照 16 首，谢混 1 首，谢瞻 5 首，谢灵运 40 首，谢惠连 5 首，谢朓 21 首，总计 105 首。

王书才将此书的评点内容概括为三类：一为考史论世以品诗，二为赞赏《文选》七人诗歌的妙处所在，三为指摘《文选》诗中用字运词、结构、技巧方面的瑕疵。② 作为影响甚巨的江西诗派的殿军人物，方回对《文选》所选颜、鲍、谢三姓七人诗歌的评点，有明显纠正南宋末期以来江湖诗派、四灵诗派颓俗卑弱的诗风，并以此重振江西诗派的意图③，这在中国诗学史、文学批评史上是有重要意义的。

更重要的是，在文选学史上，《文选颜鲍谢诗评》具备转折的意义。唐宋以来的文选学，是以《文选》文本的注释为核心的，最初为其作注释的目的当然是为了更好地理解、接受经典文本，但围绕李善、五臣以及其他诸家注释而展开的彼此褒贬、不断补订，使之更多地演变成为"为注释而注释"的一门学问。换句话说，当学者沉溺于《文选》注释，尤其是像李善那样征

---

① 永瑢等：《四库全书总目》卷一八六，中华书局 1965 年版，第 1686 页。
② 王书才：《明清文选学述评》，上海古籍出版社 2008 年版，第 30—31 页。
③ 赵厚均：《〈文选颜鲍谢诗评〉与方回的六朝诗学观》，《文艺理论研究》2018 年第 6 期。

引为主的注释的时候，往往"不能自拔"，反而会忽略《文选》的文本，从而背离了萧统最初编纂《文选》的意图。《文选》本来是一部文学总集，学者为了阅读这些文学作品而做的注释努力，使之演变成为学术。正是在这样的长时段历史中，方回的《文选颜鲍谢诗评》具备了独树一格的意义，他通过对《文选》105 首诗的评点，把学术的《文选》回归到了文学的《文选》，开创了《文选》评点的先河，并对明清时期的《文选》评点产生了重要影响。

实事求是地讲，《文选颜鲍谢诗评》所采取的形式并不是什么新事物，其摘录批评的方式在宋代笔记、诗话中处处可见，不过大都是采取"摘句"的方式，"碎片化"严重；方回则扩展为"摘篇"，在一定程度上弥合了过度的碎裂，能够更加完整地理解《文选》诗歌的艺术成就。再者，因为《文选颜鲍谢诗评》是方回阅读时手书于《文选》的，并未经过方回本人最终的编纂，所以其随意、粗浅、不平衡之处在所难免；其评点亦仅限于 105 首诗，与《文选》全部 751 篇作品相差甚远，也正是因为此，给后人的评点留下了大量开拓的余地，甚至到现代时期，仍有学者对方回此书进行增补，如 20 世纪 40 年代黄稚荃的《文选颜鲍谢诗评补》等①。

元代另一种《文选》评点著作是刘履的《选诗补注》。刘履，元末明初学者，字坦之，浙江上虞人，生于延祐四年（1317），曾参与编纂辽、宋、金三史。元末社会动乱之时，隐居于故乡上虞，自号草泽闲民。刘履约 50 岁时，明朝建国。入

---

① 黄稚荃：《文选颜鲍谢诗评补》，上海古籍出版社 2013 年版。

明以后，地方官屡次举荐他为官，刘履都坚辞不仕。洪武十二年（1379），浙江布政使强起之，刘履无奈，进京觐见明太祖，明太祖对其礼遇有加，将授予官职，刘履以年老坚辞，明太祖赐以归途路费。不料，他未及动身而病卒，终年六十三岁。

刘履著作传承至今者，唯《风雅翼》十四卷，其中第一卷至第八卷为《选诗补注》，第九卷、第十卷为《选诗补遗》，第十一卷至第十四卷为《选诗续编》。《补注》主要是评，是评点《文选》作品的；《补遗》主要是补，补充了《文选》不收的四十二首古歌谣词；《续编》主要是续，是选录唐宋各家之诗，以接续《文选》诗的。

《风雅翼》明刻本前有谢肃序、戴良序。谢肃是浙江上虞人，与刘履是同乡好友；戴良是浦江人，与刘履同年出生，都是浙江人，生平经历亦相近，二人有交往。谢肃序的撰写时间为元至正二十一年（1361）春二月，戴良序的撰写时间为至正二十三年（1363）冬十一月。由此可知，《风雅翼》成书于元末，最晚在至正二十一年前就已完成，是刘履隐居故乡上虞时的著作。

《选诗补注》是在萧统《文选》选录诗歌基础上的重加选订，《文选》共选录诗歌 433 首，据《选诗补注·凡例》，刘履从中选取了 212 首。此外，刘履还增加了《文选》中没有选录的诗歌 34 首，总计 246 首。其所选者来自《文选》，其所补者乃《文选》未收者，总之尚不离《文选》，名之曰"选诗补注"，倒也名副其实。

《选诗补注》的"选""补"标准，本于真德秀《文章正宗》；训释体例，则完全仿照朱熹的《诗集传》，用赋比兴论诗；

旧注来源，以五臣注及曾原一《选诗演义》为多。朱熹是宋代
的理学大家，真德秀《文章正宗》主张文学须"发挥义理，有
补世教"，曾原一《选诗演义》体例亦效仿《诗集传》，因此，
刘履《选诗补注》深受《诗集传》《文章正宗》《选诗演义》的
影响，具有浓郁的理学色彩。此种思想倾向，刘履在《凡例》
中表述为："重选之法，必其体制古雅，意趣悠远，而所言本于
性情，关于世教，足为后学准式者取之……今所选，专以二南、
雅颂为则，其词意稍有不合于此者，一切删去。"① 显然，这继
承了《诗经》以来的诗歌美刺传统、经世致用的现实功能。对
诗歌现实功能的强调，是刘履选择的标准，此标准源于《诗
经》，染于宋代理学，又根植于元代的文化土壤，自有其一脉相
承，但是，在一味强调诗歌的现实意义过程中，这一标准往往
会偏离文学的审美特质，也与萧统的《文选》编纂标准产生了
一定的距离，是一种相对"退步"的文学观，刘履对《文选》
一半诗歌的摒弃也就在所难免，"在这里《文选》被消解，被增
删、补注、补遗、续编，他们更关心的是诗教传统，诗歌的政
治意味，而不是文学和《文选》本身"②。

尽管《选诗补注》有明确的道学倾向，但毕竟是对《文
选》诗歌的补注，对阅读、学习、理解《文选》诗歌文本是有
其价值的，除具体校勘圈点之外，尚表现为以下几点：

第一，补旧注之不足。旧注主要指李善注、五臣注以及曾
原一的《文选演义》。李善注"释事而忘义"，五臣注虽有纠正

---

① 刘履：《风雅翼·选诗补注凡例》，哈佛大学图书馆藏明刻本。
② 罗琴：《元代文选学研究》，花木兰文化出版社 2015 年版，第 93 页。

李善注的缺陷，但乖谬尤多，曾原一《文选演义》对李善、五臣均有修正，但有的过于烦琐枝蔓，掩盖了核心，有的又过于简略，没有阐释清楚。旧注各有得失，刘履对此进行比较选择，多采用众家之说相同者，对个别标新立异且能讲通者亦有适当采录。这看似是一个单纯集注的过程，但在比较选择中，他对旧注的缺失亦有所弥补。

第二，体例严谨，便于学习。《选诗补注》比较严格地步趋朱子《诗集传》的体例，先解释词语，继之阐述作者旨意，并适当引用先贤的相关解释，词达而义明，极便初学。

第三，对诗歌作者有关情况汇聚完备，知人论世。在作者姓名之下，《选诗补注》对作者的家世出处、历仕年代、节行封谥等，详考史书传记，将作者生平仕宦梳理得简明清晰，省却了翻检史书、考证的过程。

第四，特别重视诗意，阐明诗歌时事。《选诗补注》对有关时事的诗歌尤为用心，通过引征史书传记，阐释清楚诗人创作的用意，以此证明诗歌的现实功用。

第五，圈点关键字句。圈点是古代评点的主要方式之一，体现着评点者的鉴赏能力、接受过程，对于读者理解、把握诗歌有提点之功。《选诗补注》在这方面的体例是，精至之语、意思悠远之语在旁加点，含蓄且意味深长之处加圈，意义晦暗或者写作不工之处涂抹，通过诸如此类的提醒引领，不仅分享了个人的阅读心得，还使读者能够抓住诗眼、警句，反复把玩、体味。

总之，在文选学衰微的元代，对《文选》诗歌的评点成为时代的显著特色，只是这种评点仅限于《文选》诗歌领域，尚未扩展至《文选》全部文本，不过这也开启了《文选》评点一途，为明代《文选》评点的全面繁盛留下了余地、打下了基础。

二、元代的《文选》补续

《文选》是一部选集，是先秦到萧梁时期的优秀文章选集。既然是"选"，就一定有所取舍，基于不同的立场，后人肯定会对萧统的遴选有不同的看法，会有所"补"；萧梁之后，自然还会有优秀的诗文出现，《文选》是选本的典范，因此会有所"续"。从时间层面而言，所谓补，是补选与《文选》所收作品同一时期的作品；所谓续，是接续《文选》编纂之后一定历史时段的优秀作品。这两种情况的出现，一方面说明，在后人眼中《文选》尚有不足，或者说，尚有不完全适应特定历史时期的需求；另一方面，不管是续还是补，都是以《文选》为依托、为起点的，这恰恰证明了《文选》的影响力。在元代，文选学的重要表现之一，即是对《文选》的续编，两种对后世有影响的续编亦出现在元朝的两端，一种是宋末元初陈仁子的《文选补遗》，一种是元末明初刘履《风雅翼》的后两部分《选诗补遗》《选诗续编》。

不难发现，元代文选学领域对后世有影响的，主要集中在陈仁子、方回、张伯颜、刘履等寥寥几人，其中，陈仁子既有《文选》的刊刻，又有《文选》的补续，而刘履的《风雅翼》则既有评点，又有补续。只不过，这里为了叙述的方便，将其分而论之。

《文选补遗》四十卷，是陈仁子补录萧统《文选》遗落文章的总集，成书于元代大德年间。国家图书馆藏明抄本《文选补遗》前有陈仁子识语，撰写时间为大德六年（1302）秋夕；次之陈仁子外甥谭绍烈的识语，撰写时间为大德三年（1299）；继之安成罗平翁序，撰写时间为大德五年（1301）中元日。由此可知，《文选补遗》最晚在大德三年（1299）即已成书流传。

陈仁子曾经主持刊刻过《增补六臣注文选》，他对萧统《文选》是相当重视也有较深研究的。正因为如此，他产生了对《文选》的一些不满，依据陈仁子好友赵文撰写的《文选补遗序》可知，这种不满主要源自两个方面，一是萧统选文的取舍，二是《文选》的排序。

选文方面，陈仁子认为："存《封禅书》，何如存《天人三策》；存《剧秦美新》，何如存更生《封事》；存魏公《九锡文》，何如存蕃、固诸贤论；列《出师表》，不当删去《后表》。《九歌》不当存止《少司命》《山鬼》，《九章》不当止存《涉江》。汉诏令载武帝，不载高文，史论赞取班、范，不取司马迁，渊明诗家冠冕，十不存一二。"① 大致而言，陈仁子对萧统选文的举例批评有三个方面：一是该选的没选，不该选的选了；二是该全选的删选了；三是该多选的少选了。

在《文选》排序方面，陈仁子认为："诏令，人主播告之典章，奏疏，人臣经济之方略，不当以诗赋先奏疏，矧诏令是君臣失位，质文先后失宜。"② 《文选》的排序是赋、诗、文，诏令奏疏等文体居于赋诗之后，陈仁子认为诏令奏疏是皇帝、大臣治国理政的典章制度、方针措施，地位重要，绝对不应该如

---

① 陈仁子：《文选补遗》卷前赵文《陈氏文选补序》，国家图书馆藏明抄本。
② 陈仁子：《文选补遗》卷前赵文《陈氏文选补序》，国家图书馆藏明抄本。

此排序。

陈仁子对萧统《文选》编纂的不满是他编纂《文选补遗》的动机，《文选补遗》也贯彻了他的此种思想，该书仍以《文选》文体为宗，将文体分为三十八类（现在学者一般认为《文选》文体分为三十九类，而古代版本有三十七、三十八、三十九数种分类，陈仁子刊刻《增补六臣注文选》分为三十七类），分类几乎没变，虽然个别名称稍有差异，排序却发生重要变化。其分类与排序详细情况如下：

（1）诏告（卷一、卷二），（2）玺书，（3）赐书，（4）策书，（5）敕书，（6）告谕（以上为卷三），（7）奏疏（卷四至卷十一），（8）封事（卷十二），（9）上书（卷十三至卷十五），（10）议（卷十六至卷十七），（11）对（卷十八），（12）策（卷十九至卷二十），（13）论（卷二十一至卷二十二），（14）书（卷二十三），（15）表，（16）文，（17）檄（以上卷二十四），（18）问难（卷二十五），（19）史叙论（卷二十六），（20）序（卷二十七），（21）离骚（卷二十八至卷三十），（22）赋（卷三十一至三十三），（23）乐歌（卷三十四），（25）谣，（26）歌，（27）操（以上卷三十五），（28）诗（卷三十六），（29）铭，（30）箴，（31）颂（以上卷三十七），（32）赞（卷三十八），（33）诔，（34）哀策文，（35）哀辞，（36）祭文（以上卷三十九），（37）碑，（38）祝文（以上卷四十）。

陈仁子对《文选》的补遗以及重新排序，体现的是他对《文选》及文学的认识。他批评萧统《文选》说："渔猎浮华，刊落理致，凡经济之略、讦谟之画，有关于世教者率多漏黜。斯文行世，致使人以雕虫篆刻拟童子，风云月露比浮薄，甚或嗤为小技，宜也。"① 事实上，在文学史、文学批评史上，萧统《文选》最显著的贡献是将文学从众多的文献中突显出来，将文学的艺术与审美特性有所强调，按照现在的认识，这种编纂更加接近文学的特质。但是，陈仁子批评之处也正在于此，他从政治、现实社会功能方面，来理解与权衡《文选》，虽然这种传统由来已久，但必然会与文学拉开一定的距离。也正是基于此种理念，《文选补遗》的文体排序发生了变化，"先诏令以观朝廷之文，次奏疏、书策、问对以观缙绅之文，终以论议、诗赋、铭颂以观山林草野之文"②，其背后是古代社会从帝王、大臣到乡间草野的正统秩序，其补遗亦是以维护、强化此种秩序为标准选文的，显然此种经世致用的文学观算不上先进，然其以此标准对萧统《文选》的批判的确背离了文学本身。比较而言，四库馆臣对此的认识倒是客观公正：

> 其排斥萧统甚至，盖与刘履《选诗补注》皆私淑《文章正宗》之说者。然《正宗》主于明理，《文选》原止于论文，言岂一端，要各有当，仁子以彼概此，非通方之论也……则排斥古人，亦贸贸然徒大言耳。然其说云补《文选》，不云竟以废《文选》，使两书并行，各明一义，用以济专尚华藻之偏，亦不可谓之无功。较诸举一而废百者，固尚有间焉。③

---

① 陈仁子：《文选补遗》前附陈仁子识语，国家图书馆藏明抄本。
② 陈仁子：《文选补遗》前附陈仁子识语，国家图书馆藏明抄本。
③ 永瑢等：《四库全书总目》卷一八七，中华书局1965年版，第1703—1704页。

《文选》与《文选补遗》二书编纂意图不同，前者强调文学，后者强调伦理，因此无论从哪一方的立场出发贸然评判另一方，都是不合适的。因为二书选文的历史时段相同，所以，从某种程度而言，二者是一种互补的作用，也正是在此层面上，《文选补遗》具备了文选学史的意义。

《文选补遗》所选文章，与《文选》选文没有任何交集（关于《易水歌》与《文选》重出问题，实为陈仁子客观失误，其主观意图是补《文选》所遗），二书之并集，可视为先秦到齐梁时期的较大规模的优秀文章总集。二书虽无交集，但《文选补遗》是因《文选》而生，因此在客观上对《文选》及《文选》所选文章也会起到某种强调、引发关注的意义。在历史上，对《文选补遗》的整体评价不是很高，除却选文立场的不同导致了此情况之外，也说明萧统《文选》对先秦至齐梁的优秀文章收罗殆尽，未能入选的文章中能够和《文选》中文章并驾齐驱的已经不多了，这种历史评价分明也是在强化《文选》经典的价值。

据《文选补遗》赵文所作序，陈仁子在补遗之外，尚有续编《文选》的计划，"既成是书，又将取萧统以后迄于今，作《文选续》，以广《文粹》《文鉴》之未备"①。《文粹》即《唐文粹》，共 100 卷，是宋代姚铉编纂的唐代诗文选本；《文鉴》即《宋文鉴》，共 150 卷，是南宋吕祖谦奉孝宗皇帝之命编纂的北宋时期的诗文选集。不知陈仁子的《文选续》最终是否成书，不过未能成书的可能性极大：一则因为编纂此书的目的之一是

---

① 陈仁子：《文选补遗》赵文序，国家图书馆藏明抄本。

续《文选》，既然是续，就必须与《文选》选文标准有较大的相似性，否则也不足以称为续《文选》，但陈仁子与萧统的文学观有较大不同；二则因为编纂此书的目的之二是"以广《文粹》《文鉴》之未备"，而二书的编纂者姚铉、吕祖谦的编纂思想与陈仁子有较大的相合性，故《文粹》《文鉴》给陈仁子没有留下太大的续编空间。陈仁子的双重意图是有对立性质的，实际操作起来肯定困难。这或许是此书最终没有写成的原因吧。

严格而言，刘履的《风雅翼》三部分都有补续《文选》的意味，《选诗补注》也并非完全就《文选》所选诗歌进行补注，还增加了《文选》中没有收录的34首诗歌，显然有补遗的性质。《选诗补遗》则纯粹补遗，选录散见在史书、诸子、乐府等文献中的古歌谣词42首，用以补《文选》之缺。因此，从总体而言，刘履补录的诗歌总计有76首。

《选诗补注》补选的34首分别是：陶渊明诗29首，郦炎诗2首，曹植《怨歌行》1首，阮籍《咏怀》2首。《选诗补遗》二卷所补42首为：上卷为唐虞三代歌谣18首，下卷为汉魏晋乐府、歌谣等24首。《选诗续编》四卷，则选录唐、宋诗人诗作之近古者159首，用以接嗣《文选》诗歌。

无论是《选诗补注》，还是《选诗补遗》《选诗续编》，刘履都是基于传统的教化传统立场进行补、编的，这三部分总名为《风雅翼》，"以其可为风雅之羽翼也"。从编选立场方面而言，只要基于比较明晰的编选意图而编纂，那结果应该是比较纯粹的。事实正是如此，刘履效仿的是真德秀《文章正宗》、朱熹《诗集传》《楚辞集注》的意图与体例，甚至亦步亦趋，比较严谨地贯彻了自己的立场。但也正是在这一点上，他遭遇了后人的批评，其中以四库馆臣所言最具代表性：

> 其论杜甫"三吏""三别"太迫切而乏简远之度，以视"建安乐府"，如"典谟"之后别有"盘诰"，足见风气变移，不知讽谕之语，必含蓄乃见优柔，叙述之词，必真切乃能感动。王粲《七哀诗》曰："出门无所见，白骨蔽平原；路有饥妇人，抱子弃草间；顾闻号泣声，挥涕独不还；未知身死处，何能两相完。"此何尝非"建安诗"，与"三吏""三别"何异？又如《孤儿行》《病妇行》《上留田》《东西门行》以及《焦仲卿妻诗》之类，何尝非"乐府诗"，与"三吏""三别"又何异？此不明文章之正变，而谬为大言也。又论《塘上行》后六句以为魏文帝从军，而甄后念之。不知古者采诗以入乐，声尽而词不尽则删节其词；词尽而声不尽，则摭他诗数句以足之。皆但论声律，不论文义，《乐府诗集》班班可考，《塘上行》末六句忽及从军，盖由于此；履牵合魏文帝之西征，此不明文章之体裁，而横生曲解也。至于以汉、魏篇章，强分比兴，尤未免刻舟求剑，附合支离。朱子以是注《楚词》，尚有异议，况又效西子之颦乎？以其大旨不失于正，而亦不至全流于胶固。又所笺释评论，亦颇详赡，尚非枵腹之空谈，较陈仁子书犹在其上，固不妨存备参考焉。[①]

四库馆臣对刘履的批评主要有三个"不明"：第一，不明诗歌风

---

① 永瑢等：《四库全书总目》卷一八八，中华书局 1965 年版，第 1711—1712 页。

格。刘履批评杜甫的"三吏""三别"语言急迫粗浅，缺乏含蓄，四库馆臣则批评刘履不清楚不同诗歌需要不同的风格，讽喻诗要婉转，叙事诗则要求真切，不能用讽喻诗的风格来权衡叙事诗。第二，不明文章变化。从汉乐府到建安诗歌，再到杜甫，其间自有对现实批判精神的一脉相承，刘履肯定建安诗歌，增补汉乐府，却批评杜甫的"三吏""三别"，这是没有考虑诗歌的发展变化。第三，不明文章之体裁。乐府诗重乐不重词，乐律毕则删词，声不尽则随意补词，刘履则以词解诗，故生曲解附会。总之，在四库馆臣眼中，刘履的补注、补遗、续编，都存在不少问题。实际上，作为一个学者的刘履，并非如此"不明"，究其根本，还是源自他的评判标准，即用一种亘古不变的标准来审视千变万化的诗歌，用单一审视丰富，其结果必然会存在刻舟求剑、附会支离的地方，这也正是后人对此书评价不高的原因。

总之，元代的文选学，主要体现于三个方面、四位学者、五种著作。一是《文选》的刊刻。陈仁子刊刻了茶陵本《增补六臣注文选》，张伯颜刊刻了李善单注本《文选》。二是《文选》的评点。方回的《文选颜鲍谢诗评》专评《文选》所录三姓七人之诗；刘履《风雅翼》中《选诗补注》的注释范围虽然扩大，仍不脱离诗歌。三是《文选》的补续。陈仁子的《文选补遗》卷帙、文体分类几乎与《文选》相当，但毕竟是《文选》遴选之后的再选，终归落了下风，而刘履《风雅翼》中的《选诗补遗》《选诗续编》虽延伸至唐宋时期，但局限于诗歌一体，且二人紧跟真德秀《文章正宗》、步趋朱熹《诗集传》《楚辞集注》的阐释体例，尊崇《诗经》却又否定《文选》所录四言诗，尊崇汉魏古诗，否定语词藻饰的六朝文风，要之，其批评倾向为重伦理而轻文学，与文学的本质有所疏离，故后世评价不高。尽管元代文选学实绩屈指可数，但它上承宋，下启明，在文选学史上仍是一个不可或缺的阶段。

第五章
回归文本：明代《文选》的删节与评点

一般而言，一个时代的学术成就，在当时人的认识之中，并不一定准确到位，往往需要将其置于长时段的历史中，经过后来者的重新审视，才似乎更加客观。不过，事实并非尽然，因为其中尚有多种因素的制约，比如后来者的学术立场、审视角度等。明代的文选学就面临这样的一个尴尬局面，清代及其以后的学者在回望这段时期的文选学时，几乎异口同声地对其评价不高。明末清初的钱谦益总结说明代的"文选之学荒矣"，四库馆臣认为明代的文选学"不明依据""点窜古人，增附己说，究不出明人积习"，选学大家顾广圻则断言文选学到了明代"几乎绝矣"，这些认识颇具代表性，其"意见领袖"的观点，深刻影响了后人对明代文选学的看法，也影响了后人对明代文选学探究的冲动与欲望。

其实，不难发现，对明代文选学评价不高的学者，都是基于《文选》注释、考据的立场，以审视明代的学术，这样一来，不但文选学，就是整个明代学术，值得后人仰慕的亦不多。不过，学术本来就包括"学"与"术"两个层面，明代的文选学在"学"的层面不显，在"术"的层面却颇为繁荣，在适应时代需要、世俗化普及方面，明代的知识阶层不断对《文选》进行重新加工、评点，而明代的文选学正是在"术"的层面上确立了它在文选学史上的独特地位。

明代文选学的世俗化

《文选》成为一门学问，源于唐代选学大家李善为《文选》作的学术性的注释。实事求是地讲，李善注本比较适合已经具备相当丰富知识的阶层阅读，对初学者而言，则是难上加难，所以才出现了面对一般知识阶层的五臣注本。李善注本与五臣注本各具特色，于是又有了合并本的出现。从三十卷变成六十卷，从单注本变成合并本，这种变化对于全面深刻理解《文选》文本肯定是有帮助的，但同时也使《文选》的篇幅大幅增加，增加了阅读的内容与工作量。当一个时期对《文选》的需求没有那么深入的时候，尤其是在把《文选》仅仅当作学习文章、科举考试"敲门砖"的时候，一般知识阶层肯定也不会花更多的工夫去研读《文选》的方方面面，"按需所取"就成为必然的事情。明代的文选学就属于这样一种情况。尽管也有《文选》各种版本的刊刻，但也产生了大量的删减、简化并配合文章评点以适应一般知识阶层需求的版本，这成为明代文选学的突出特征。简而言之，明代文选学呈现出明显的世俗化倾向。

一、明代科举与文选学的世俗化

程朱理学虽成于宋代，但真正兴盛并在社会生活各方面发生重大影响则始于明代。明初永乐皇帝下令编纂《四书大全》《五经大全》，以程朱之学为准则，颁行天下，并以此作为科举取士的程式。二书之中，以"四书"为重，以至一般知识阶层就连"五经"都束之高阁而不观。因此，明代的科举考试，内容方面，"四书"为上，代圣贤立言，不能也不需要突破圣贤的思想，所以背熟《四书大全》即可；形式方面，科举需用专门文体八股文，章法讲究起承转合，语词讲究对仗工稳，需要反复揣摩与此密切相关的经典文本。这种国家取士的制度，深刻影响了知识阶层，尤其是一般知识阶层。

尽管八股文在今天受到不少批评，但大多人云亦云，不少人并没有认真去阅读理解八股文。周作人曾撰文说八股文是中国文学的结晶，"不但集合古今骈散的菁华，凡是从汉字的特别性质演出的一切微妙的游艺也包括在内"①，即使在思想方面不需要创新，在语言层面也需要极高的技术要求，所谓"一字不协，满幅俱差；片语不协，全篇俱失"②，所以这种特殊的文体是需要通过反复的专业训练方能把握。正是在这样的政策背景之下，《文选》的实用价值被突显出来。

《文选》一直被视为写作骈体的典范样本，"过去学作骈体文章者，莫不先从拟作'连珠'入手"③，《文选》就收录了陆

---

① 周作人：《看云集》，上海开明书店 1932 年版，第 146 页。
② 张岱：《石匮书·科目志总论》，国家图书馆藏抄本。
③ 屈守元：《文选导读》，巴蜀书社 1996 年版，第 356 页。

机的《演连珠》五十首。除此之外，《文选》中的赋、文有大量的排比对仗、丰富的语词、大量的套语可供选用，所以《文选》成为士人汲取时文章法、语词的最佳选择，成为写作时文的指南。

明清时期的科举不但考八股文经义，还考"论""策""判""诏""表"等各种应用文，当然第一场的八股文最重要，不但写作八股文需要借鉴《文选》，就是这些应用文体，也需要借鉴《文选》，因为《文选》中就收录了这些文体的经典之作。

《文选》是一个多种意义的复合体，而在明代的社会文化语境中，《文选》的部分文本及文本的语词、章法等写作指南的特性被突显出来，从而遮蔽了其他意义，尤其是李善通过引征注释建构的唐前文化史意义被消解，这就是所谓的世俗化。

明代文选学的世俗化具体表现有二，一是删述本（此语借用郝倖仔《明代〈文选〉学研究》中的用语及界定）的大量出现，二是评点本的不断问世，而且，在很多情况下，这两者是合二为一的。

李善注难上加难，合并本卷帙太繁，都不适合明代一般知识阶层纯粹为应付科举考试的需要，所以必须对其作一番删减，同时也需要根据科举考试的具体情况对《文选》文本作一些指点性的增补，这就是删述本。将部分《文选》文本的语词、警句以及章法结构等方面的内容进行圈点，并于字里行间增加评语，这就是评点本。删述与评点，一方面意味着明代一般知识阶层对《文选》需求的"与时俱进"，也可以称之为急功近利；另一方面也说明，科举考试一直左右着《文选》的传播，是《文选》传播的风向标。带有明显实用功利目的的文选学，终究脱不了世俗乃至庸俗化的嫌疑。

这种世俗化走向极端，则是将《文选》视为一部纯粹的字词之书，凌迪知的《文选锦字》就是这样的一部类书。明代文学家凌迪知依托《文选》，将《文选》中华美典雅的词语（即所谓的"锦字"）抽出，按照类书的编纂体例，分为天道、地道、气候、君道、臣道等四十六门（《四库全书总目》谓二十七门，误），词语之下缀有简短的语句，并注明《文选》篇目出处。《文选》文本的结构是篇、句、词，《文选锦字》将之颠倒、简化，以词、句、篇的方式结构，突显字词，脱离了完整的文本语境，所以四库馆臣讥讽为"饾饤"之学，"尤为无谓也"①。然而，正是从这一点上，可以看出明代的科举时文对《文选》的影响与改造，在明代一般知识阶层中，《文选》最直接的功用是语词库，其极端就是沦落为一部类书了。

二、明代的《文选》刊刻与文选学的世俗化

有明一代，尤其是明代中期以后，商品经济发达，出版事业繁荣，《文选》的各种版本也大量问世，据学者研究统计，已知的明代《文选》版本有 110 种，特别是万历、天启年间，每年至少有一种版本问世。② 在这 110 种《文选》版本中，不乏完整的李善单注本及六家、六臣的合并本，不过更令人关注的是大量的坊刻删述本及评点本，而且其刊刻时期与明代商品经济的发展进程相当合拍，《文选》刊刻也因此具备了明显的商业

---

① 永瑢等：《四库全书总目》卷一三七，中华书局 1965 年版，第 1169 页。
② 付琼：《明代〈文选〉学衰落说质疑》，《广西社会科学》2008 年第 11 期。

目的。

从刊刻主体来看，嘉靖以后，大量《文选》坊刻本开始出现。坊刻大都以获取商业利益为目的，坊刻本的出现，也证明了社会上对《文选》的需求以及《文选》的传播程度。已知的明代坊刻《文选》，大都是对《文选》的改编、删选。当时刊刻《文选》的书坊，主要有开封书坊、建阳书坊、吴兴闵氏书坊和凌氏书坊、金陵书坊以及毛氏的汲古阁等。这些书坊的业主，既是士人，又是商人，具有一定的文化水准，能准确把握社会需求，这促进了《文选》刊刻的繁荣。

从刊刻意图而言，坊刻虽然也有传承文化的作用，但盈利是其根本目的。为了畅销，刊刻者根据需要，删节《文选》，缩小部头，既能减少成本，又便于售卖。一些《文选》版本中也增加了宣传广告，如万历十年（1582）建阳书商余碧泉刊刻的《文选纂注》书末牌记有"万历壬午年孟夏月，书林余碧泉绣样，大行发卖"数语，商业意味更加浓厚。这个本子在天头部分增加了大量评语，每条评语都标注评者，这些评者都是知名文人，赋的部分尤其多。这种变化暗示了《文选纂注》一书的商业市场，但做得也比较粗糙，评语前面多后面少，多冠以刘辰翁、王守仁、王慎中、李攀龙、汪道昆等名人，但有一些显然或张冠李戴，或出于伪造，不过是书商借以牟利的一种手段。

因为有利可图，明代的《文选》刊刻中还出现了盗版现象，如乌程闵齐华注、孙鑛评《孙月峰先生评文选》（又名《文选瀹注》）在《凡例》中有云：

    是书稿易再三，时更五稔，爰命剞劂，求正大方，要使都邑争传，岂谓奇赢是赖。倘有狡徒射利，依样重翻，抹杀数载之苦心，自侈一朝之得计，斯有识之共愤。虽千里而相仇，允宜揣己，无或速戾。①

在《凡例》中出现这样的文字，其实是有点不伦不类的，不过，这条凡例也包括了一些有趣的信息，既有广告的意味，又有版权的性质。虽然闵齐华郑重其事地说刊刻此书不是为了获利，但他反复言说此书费力、费时、费工，质量上乘，并预见必定畅销，获利是必然的。从商业利益角度考虑，也很可能会出现盗版，若如此，他表示一定会追究到底。

从刊刻的《文选》形态而言，除去官方及个别书坊刊刻《文选》全本外，删述本、评点本在明代中后期以后盛极一时。此删述、评点本多因科举之需而出现，以适应一般知识阶层的需要，其中节选《文选》诗歌并加以评点刊刻者最多，据统计，以"选诗"题名者有 26 种之多。另外，明代出版业繁荣，还出现了两色及多色套印本《文选》，如天启二年（1622）闵齐伋刊刻的邹思明《文选尤》就是一个三色套印本，总评用朱色，细评用绿色，解释音义、文辞、考证则用墨色，又有朱色圈点，类别分明，阅之赏心悦目。雕版套印，在中国版刻史上意义重大，这是乌程闵氏家族首创，闵氏刊刻的套印本为士民争相求购，风靡天下。套印本《文选》的出现，是明代出版业的一大进步，它说明明代的《文选》刊刻开始考虑市场需要、读者群

---

① 孙鑛评，闵齐华注：《孙月峰先生评文选》，《四库存目丛书》第287册，齐鲁书社1997年版，第8页。

体而进行技术创新，此虽是出于商业利益的驱动，但客观上也推动了《文选》的传播。

明代文选学的世俗化倾向，在后来的选学家眼中常常被视为庸俗化，当然这是由于学术立场不同导致的。其实，《文选》本来就是一部文学总集，李善的注释使之跨进了学术之门，当然也在一定程度上远离了《文选》文本本身，而明代删述本、评点本的出现，再一次将焦点集中于文本，开始从文学层面、写作层面研读《文选》，尽管这是出于明确的现实需要，却恰恰符合《文选》本来的样子，是对萧统编纂意图的回归。所以，在文选学史，回归文本是明代文选学最为突出的特征。

明代的《文选》删述

删述，此处意为删注、增述。删注即删削李善注或五臣注的烦琐、艰深、重复之处，使之简洁浅显；增述，即增加简明扼要的讲解、指导性文字。[①] 需要说明的是，明代的《文选》删述与评点大多是合二为一的，此处仅言删述，评点在下节再赘。

明代主要的《文选》删述本有：张凤翼《文选纂注》，闵齐华注、孙鑛评《文选瀹注》，陈与郊《文选章句》，王象乾《文选删注》，邹思明《文选尤》，冯惟讷《选诗约注》，林兆珂《选诗约注》，郭正域《选诗》《新刊文选批评》等。

有明一代，全本的李善注本、六家本、六臣本已经刊刻不少，据《北京图书馆古籍善本书目》的著录，明代刊刻的全本《文选》约有三十种之多[②]，刊刻次数明显超越宋元时期，数量方面应该能够满足明代文人的需求。既然如此，为什么明代的学者还要删述《文选》、再次刊印呢？最根本的原因，是时人对已有的李善注、五臣注不满，尤其是对合并本不满。张凤翼在

---

① 郝倖仔：《明代〈文选〉学研究》，北京大学 2011 年博士学位论文。
② 北京图书馆：《北京图书馆古籍善本书目》，书目文献出版社 1987 年版，第2739—2745 页。

《文选纂注序》中云：

> 顾错杂则纷遝而无伦，杂述亦纠缠而鲜要。或旁引效
> 颦，或曲证添足。或均简而重出，或比卷而三见。盖稽古
> 则有余，发明则不足，宜眉山氏有俚儒荒陋之讥，而令览
> 者不终篇而倦生也。[①]

客观而言，张凤翼所言并非夸张，合并本虽然增加了《文选》
的文化含量，但也使阅读《文选》的工作量大大增加，李善注
引征而不释意，五臣注解读又难免重复，总而言之不够简洁明
晰，缺乏指导阅读文本的"发明"，不够实用，结果则是令人不
能读、不愿读。在实用的编纂意图之下，明代的《文选》删述
本具备了几个明显的特征。

一、删减《文选》文本

将《文选》中的某一类文体摘录出来，独立成书，与原书
相比，分量自然是大为缩减，当然独立成书的文体肯定是明代
文化语境中盛行、需求的文体，尤其是与科举考试关系密切的
文体。如冯惟讷的《选诗约注》八卷、林兆珂的《选诗约注》
十二卷、郭正域《选诗》七卷等，都是将《文选》中的诗歌摘
出，或按时间，或依原样，再次编纂的。再如郭正域的《选赋》
六卷，则以《文选》所收赋体为编纂对象。《文选》所收赋分

---

① 张凤翼：《文选纂注》，《四库全书存目丛书》第 285 册，齐鲁书社 1997 年版，
第 22 页。

量最大，有十九卷之多（六十卷本），郭正域将之全部摘出，仍以《文选》的方式分类、排序，分为六卷，后附《选赋名人世次爵里》，加以圈点，将正文与注文、评语分开，以朱色书于天头，个别书于行间，避免了通行本正文与注释混在一起、"字裂句缀，每为呫哔所苦"的弊端，"瓮牖绳枢之子亦得侧弁而哦矣"。①

　　将《文选》某种文体独立，以删减《文选》文本，这种是显而易见的删减。此外，在貌似全本的一些编纂本中，也有不少对《文选》文本的删减。以邹思明《文选尤》为例，"兹之所取，则于意致委婉，词气渊含，才情奇宕者耳"，因此邹思明对《文选》正文有所取、有所删，其凡例中有详细说明：

　　　　《选》中赋、诗、骚、七、表、牋、书、论，取十之六；而四言诗则以三百篇为宗，似不必收；独诏、辞、上书、设论、连珠，俱古今绝构，辄全录之。

　　　　教、策问、启、弹事、檄、序、颂、赞、铭、符命、诔、哀文、碑文、吊文、祭文，原选既寡，今谬为蕳阅，每项所取，总计亦十之六，要之有裨于学者而已。

　　　　册令、奏记、对问、箴、墓志、行状，《选》中每项止一首，皆精研奇古之笔，并取之，以备其体。②

---

① 郭正域：《选赋》卷首凌森美识语，哈佛大学图书馆藏明代吴兴凌氏凤声阁朱墨套印本。

② 邹思明：《文选尤》，《四库全书存目丛书》第 286 册，齐鲁书社 1997 年版，第 401 页。

经此删削后的《文选》，从六十卷变成了十四卷，邹思明名之为
《文选尤》。尤，突出、优异、出类拔萃的意思。他的好友朱国
祯为该书作《镌文选尤叙》曰："斟酌于其中，若名花然，业已
丽矣，稍摘其柎枝，而丽者尤朗；若白璧然，业已瑜矣，稍剔
其点瑕，而瑜者尤莹……既精既博，莫可加矣。莫可加之为
尤。"① 在明人看来，《文选》正文被删减之后，"侧弁而哦之，
不觉爽然"②，"折衷《文选》，与折衷六籍者同符"③，但在清人
看来，则是"臆为删削"④，自是源自学术立场不同。平心而论，
适应当时普通士人需求而对《文选》正文的删减，对《文选》
之普及、传承仍具重要意义。

二、删减《文选》注释

如果说对《文选》正文的删削尚非普遍，对《文选》注释
的删削则普遍存在于删述本中，因此有不少《文选》研究者干
脆将此类版本称为"删注本"。删注亦有两种情况：一是删除所
有注释，仅留《文选》正文，即白文本；二是删除部分注释，
使之更加简洁。

北京师范大学图书馆藏有万历十三年（1585）刊刻的《文
选白文》十二卷，每卷卷首云"文选白文卷第几"，署名为

---

① 邹思明：《文选尤》，《四库全书存目丛书》第 286 册，齐鲁书社 1997 年版，第
397 页。
② 邹思明：《文选尤》，《四库全书存目丛书》第 286 册，齐鲁书社 1997 年版，第
396 页。
③ 邹思明：《文选尤》，《四库全书存目丛书》第 286 册，齐鲁书社 1997 年版，第
397 页。
④ 永瑢等：《四库全书总目》卷一九一，中华书局 1965 年版，第 1734 页。

"梁昭明太子萧统选，大明南海居士吴彰校"。全书卷首序云：

> 余束发时，家大人授以《昭明》，俾卒业，毋徒习经生言。跪而受之，未尝释手，癖矣！比长，耽名山胜水，禀命获游，辄与俱。后十年，游稍远，逾岭而北，眺匡庐，泛彭蠡，览金陵，浮淮海，登泰山，至碣石。凡一山一水之奇，举振衣濯足，放歌其间，又癖矣！如是者四。筋力尚强，壮游未已。因厌其帙繁，为是一介行李累，遂删旧注，缮写白文，分为六册，内之笥中。①

由此序可知，吴彰删减《文选》为白文的根本目的是外出携带方便。此中隐含之意义，尚在于说明《文选》是当时士子外出经常携带之书，即使卷帙较多、携带不便，仍不离身，虽然吴彰最终删定了一个白文本，但在此之前他已经携带大部头的《文选》外出至少有十年之久，《文选》之于当时士人之意义可见一斑。再者，《文选》白文本虽然携带方便，但并不适合所有士人，没有了注释，一般的初学者是难以卒读的。因此，白文本之出现，似乎也说明了明代部分士人对《文选》研读的深度。

携带方便是《文选》白文本出现的一个因素，此外，《文选》作为课读教材，为了使用之便，也促成了其白文本的出现。万历十九年（1591）张居仁刊刻的《文选》就是出于此种意图。张居仁是万历十七年（1589）的进士，他自序云："余猥承家教，蒿目此书，殊觉省文便览，繁注难攻，遂削其释文，以返

---

① 萧统选，吴彰校：《文选白文》，北京师范大学图书馆藏万历乙酉刻本。

梁旧梓之宦邱（邸）课读儿驹。"① 张居仁删削注文时，已在进士及第之后，对《文选》自有较深的理解，他认为六臣注"简帙称繁，丹铅已重，米盐既杂，复赘尤多。一文而频引数证，一词而各立一说"，"盖有未会乎《选》之神髓，而先没于注之肤毛矣"。② 他对《文选》合并本的认识，切中肯綮。他刊刻《文选》，是为方便课读儿孙翻阅的，其预设的读者群体是像他这样已经精通《文选》的学者。显然，如果没有吴彰、张居仁这样的教师指导，这样的白文本的确不适合初学《文选》的人。因此，明代《文选》删述本中出现最多的还是保留部分注释的、通俗简洁的本子。

王象乾的《文选删注》以"删注"命名，冯惟讷的《选诗约注》、林兆珂的《选诗约注》以"约注"命名，此类改编对注释的删减自不必详言。至若张凤翼《文选纂注》、闵齐华《文选瀹注》、陈与郊《文选章句》之类，虽未以"删注""约注"命名，并且有的还收入了李善、五臣之外的个别注释，然其对《文选》注释的删、编仍是非常明显的。

《文选纂注》是以六臣本为底本改编的，注文虽李善、五臣兼取，但五臣居多，并多有删落、改编，要之以通俗易懂简洁为准。如张衡《归田赋》首句"游都邑以永久，无明略以佐时。徒临川以羡鱼，俟河清乎未期"，建州本六臣注《文选》注作：

　　善曰：《淮南子》曰：临河而羡鱼，不如归家织网。高

---

①　转引自付琼：《明代〈文选〉学衰落说质疑》，《广西社会科学》2008 年第 11 期。
②　范志新：《文选版本撷英》，贵州人民出版社 2005 年版，第 50 页。

诱曰：美，愿也。《左氏传》子驷曰：周谚有之曰：俟河之
清，人寿几何。杜预曰：逸诗也，言人寿促而河清迟也。
济曰：无明略，衡谦词也。河清，喻明时。临川羡鱼，不
如退而结网，衡言徒羡荣禄，不如退修其德矣，将待明时
固未期也。

《文选纂注》注作：

　　无明略，谦词也。言徒羡荣禄，不如退修其德，将待
明时固未可期也。

第一，六臣本此句注释有102字，《文选纂注》仅有26字，删
去了近四分之三，由此注释更加简洁。第二，《文选纂注》直
接删去了六臣本的李善注，因为李善注征引了《淮南子》《左
传》以及高诱、杜预的注，征引经典不够通俗。第三，五臣注
通俗易懂，故《文选纂注》采用了五臣的注释。第四，对五
臣注亦非完全照搬，又进一步简化，将原本的45字简化为25
字，避免了烦琐，释意更为直接。第五，直接删去注者之名。
《文选纂注》多采用五臣注，偶尔也会采用李善注，或者糅合
二家注释，因不以合并二家注释为意图，故一概删去注者之
名，使之简明。

　　在众多的删述本中，《文选纂注》的删注现象并非最严重
的，比较而言，它尚算得上保存注释最多的本子之一。而且，
并非所有的删述本都以删略李善注为主，也有个别删述本直接
依据李善单注本进行改编，此类删略对理解明代《文选》的删

述意图有重要意义。陈与郊的《文选章句》就是"独存善注"①的删述本。

《文选章句》的删注，主要表现在四个方面：一是"刊浅近"，即文本并非艰深，根本不需要注释，增加注释之后反而会凝滞文意的，删；二是"汰重复"，即一篇之中解释不同的语词时征引有重复之处，删；三是"删书"，即引用众多的字书，删；四是"削本书互引"，即征引本书中其他篇目的文字，删。② 众所周知，李善注的征引为其根本特征，其学术性、学术的严谨性亦正体现在此。不过，经过《文选章句》的一番改编，"却淡化了彰显学术性的观点多元化，删削理解过程的诸多细节，只剩下一元与主干支撑单向度的认知"③。四库馆臣亦批评说："点窜古人，增附己说，究不出明人积习，不如存其原本之愈也。"④ 不过，将《文选章句》置于文选学史以及明代文选学世俗化的语境中，不但能理解陈与郊不取五臣、独依善注的学术意图，也能理解他何以进行"点窜古人"的改编了。

三、注释多不著所出

明代的删述本《文选》，在改编中大都不著录注释者姓名、引文出处，这一点遭到了后人的激烈抨击。四库馆臣评价张凤翼《文选纂注》时说："然所引多不著所出。夫诠释义理，可以融会群言，至于考证旧文，岂可不明依据？言各有当，不得以

---

① 永瑢等：《四库全书总目》卷一九一，中华书局 1965 年版，第 1734 页。
② 陈与郊：《文选章句》，《四库全书存目丛书》第 285 册，齐鲁书社 1997 年版，第 534 页。
③ 郝倖仔：《明代〈文选〉学研究》，北京大学 2011 年博士学位论文，第 29 页。
④ 永瑢等：《四库全书总目》卷一九一，中华书局 1965 年版，第 1734 页。

朱子《集传》《集注》藉口也。"① 除《文选纂注》，其他较为知名的删述本如《文选尤》《文选瀹注》等亦大多不明出处。《文选章句》虽然在凡例中云"遗文古事，莫备于往哲，李氏于旧注一切存之，无掩人，乃见长者，故仍列某注某注"②，然其标注中亦有部分遗略。

以四库馆臣为代表的批评，在后世不乏响应，"其学识甚浅陋"③ 也基本成为后人对明人的一个定评。如果换个角度来看，四库馆臣的批评，恰恰为《文选纂注》等删述本的存在与传承提供了一个理由。张凤翼的《文选纂注》本来就不是一部考证之书，他是针对存世的《文选》版本"稽古则有余，发明则不足"（《文选纂注·序》）才进行纂注的，他的所谓"发明"，即四库馆臣所言的"诠释义理"，必然要"融会群言"，如一一注明出处，一则前后重复，再则淹没义理，而这正是张凤翼所憎恶而极力改变的。

删述本的编纂意图在于"删繁刘秽，撮要钩玄，信学圃之津涉，文苑之钤键也"④，换而言之，就是为一般知识阶层提供一个便于阅读、容易通晓大意的指南性《文选》文本，是为文章写作树立典范样本服务的，"盖授读者以指南也"⑤。从实际情况而言，明代的删述本《文选》大都迎合并实现了这种意图。

---

① 永瑢等：《四库全书总目》卷一九一，中华书局1965年版，第1733页。
② 陈与郊：《文选章句》，《四库全书存目丛书》第285册，齐鲁书社1997年版，第533页。
③ 王重民：《中国善本书提要》，上海古籍出版社1983年版，第434页。
④ 孙鑛评，闵齐华注：《孙月峰先生评文选》，《四库全书存目丛书》第287册，齐鲁书社1997年版，第2页。
⑤ 冯惟讷：《选诗约注》朱多煃序，国家图书馆藏万历九年（1581）沈思孝刊本。

"从指南性的角度去看，既然只求认知，不求细解，注重简明快捷地占有信息，偏重疏通文意的注解形式，那么引文不标出处与这一删注理念在精神内核上就是完全一致的。"①

四、增加疏通导读性文字

明代的删述本《文选》不仅"删"，即删去烦琐的引文、考证，还有"述"，即增加一些阅读中必要的注释以帮助理解。"删"的目的是使注本简洁清晰，便于阅读；"述"的目的是梳理，使文本脉络清晰，便于理解，二者意图是一致的。

大致而言，明代《文选》的增述情况主要有以下几种：

一是增注。因为《文选》世传李善、五臣注释，李善注艰深，五臣注通俗，具备了两者，可以说基本不需要对《文选》文本再作注释了。但是，明代的一些删述本仍觉李善、五臣的注释不够全面、实用，不够"当下"，因此又有增注，或增加新注，即为原本没有注释的作注，或对原注进一步疏解，即对原本有的注释再作疏。以冯惟讷《选诗约注》② 卷一为例。对《长歌行》首句"青青园中葵"，李善、五臣均不出注，《选诗约注》则在"葵"下注"菜名"；对《古诗十九首》"客从远方来，遗我一端绮"句，李善、五臣对"端"这个量词均不作注，《选诗约注》则注曰"端，二丈也"；对《饮马长城窟行》"夙昔梦见之"句，五臣注曰"昔，夜也"，《选诗约注》仍觉不足，注为"夙昔，昨夜也"；对《古诗十九首》"明月皎夜光，

---

① 郝倖仔：《明代〈文选〉学研究》，北京大学 2011 年博士学位论文，第 30 页。
② 冯惟讷：《选诗约注》，国家图书馆藏万历九年（1581）沈思孝刊本。

促织鸣东壁"句，五臣注曰"促织，虫名"，《选诗约注》注为
"促织，蟋蟀也"；对《古诗十九首》"兔丝附女萝"句，五臣
注曰"兔丝、女萝，并草，有蔓而密"，《选诗约注》可能认为
这样的注释还不够通俗，注曰"兔丝、松萝，草之同类"。

　　比照李善、五臣注，《选诗约注》所增之注，显然是没有必
要的，而且太浅显。不过，就是这样一个注本，因为预设的读
者群体是初学《文选》者，它浅显的解读就排除了初学者可能
遭遇的各种障碍，因此具有广泛的市场，被广为传写。

　　二是总结句意、段意。明人的《文选》删述本，尤重章句，
对于句意、段意的总结不厌其烦。如《选诗约注》卷二曹植
《杂诗六首》，每首之后均有对此诗主旨的凝练总结，第一首之
总结是引刘履《风雅翼》的评语，此不论。第二首"转蓬离本
根，飘飖随长风"诗后注：

> 　　叹身世之飘转，有类于蓬，故赋之以自比也。此与本
> 传所载"吁嗟此转蓬"一篇词意相表里。

第三首"西北有织妇，绮缟何缤纷"诗后注：

> 　　此自言才华之美而君不见用。

第四首"南国有佳人，容华若桃李"诗后注：

> 　　此亦自言才美足以有用，今但游息闲散之地，不见顾
> 于当世，将恐时移岁改，功业未建，故借佳人为喻以自

伤也。

第五首"仆夫早严驾，吾将远行游"诗后注：

> 此言徇国之志如此，昔无兵权以遂所施也。

第六首"飞观百余尺，临牖御棂轩"诗后注：

> 意同上篇。

总之，此类删述本《文选》，总喜在语词注释之后，大多以"言""此言""意为""谓"等方式，对章句大意进行归纳，以指导初学者比较准确地理解文本。

三是指点文本架构。此处所云非指《文选》评点中对文章结构的梳理，主要是指在随文注释中对文章脉络、结构等关系的揭示，以《文选瀹注》为例略加说明。

《文选序》首章：

> 若夫椎轮为大辂之始，大辂宁有椎轮之质？增冰为积水所成，积水曾微增冰之凛，何哉？盖踵其事而增华，变其本而加厉。物既有之，文亦宜然。随时变改，难可详悉。

《文选瀹注》注：

> 椎轮，古栈车也。大辂，玉辂也。踵其事，谓大辂。

变其本，谓增冰也。

萧统此处以比喻证明文学因时而变、后出专精之意，《文选瀹注》则将"踵其事""变其本"与"大辂""增冰"勾连对应，解释了此段行文的结构与逻辑关系。

在《两都赋》中东都主人对西都宾的夸饰批评之后，《文选瀹注》注曰：

汉德所由，即僻界西戎以下是也，末流谓奢侈也。

此数语既是对《两都赋》内容的总结，也是对其结构的提点。西都宾极夸奢侈，而东都主人归之以德，否定了西都宾的论调，而下文"主人之辞未终，西都宾矍然失色，逡巡降阶"云云，承前启后，将两都相关内容链接为一体。京都大赋极力铺陈，篇幅甚长，对读者而言，框架结构往往被淹没在夸饰铺陈之中，此处注释虽寥寥数语，但对读者整体把握文章构架还是非常有用的。

总之，从简单词语的注释，到一句一章的疏通大意，再到整篇诗歌、文章框架结构的提点，明代的删述本《文选》通过这样的方式，以一般知识阶层，甚或初学者为预设读者，对《文选》传承注本进行了较大幅度的删述，实现了简洁、通俗、易读、实用的目的。此种对传世经典的传播与接受方式，既是明代时文对《文选》乃至全部传世典籍的约束，也是明代文选学世俗化的表征。

明代的《文选》评点

评点是中国传统文学批评的特殊形式，是通过圈点以及简明扼要的文字评论，对文本进行细致的解读。评点既是评点者个人对文本的鉴赏，也是一个时代以一定的批评标准对文本的分析，对于读者阅读、学习、理解文本肯定会有重要指导作用。对《文选》评点而言，宋末元初的方回已开《文选》诗歌评点的先河，但对《文选》更多的文体文本乃至全部文本进行点评并形成一种风气，则是在明代万历以后。除时文影响之外，晚明时期文人对艺术审美的追求、以雅矫俗的文学风尚，都促使时人的目光再次聚焦《文选》①，对《文选》文本的细微之处进行反复抉发、揣摩，产生了大量的《文选》评点本。当时重要的《文选》评点本有：张凤翼《文选纂注评林》十二卷、《文选纂注评苑》二十六卷，郑维岳增补、李光缙评释《鼎雕增补单篇评释昭明文选》八卷，闵齐华注、孙鑛评《孙月峰先生评文选》（又名《文选瀹注》）三十卷，陈与郊撰《文选章句》二

---

① 李金松：《〈文选〉与晚明时期骈文的复苏》，《骈文研究》第一辑，广西师范大学出版社 2017 年版，第 14—22 页。

十八卷，李淳删定批点《选文选》二十四卷，邹思明《文选尤》十四卷，郭正域评点《选诗》七卷、《选赋》六卷，孙洙《山晓阁重订文选》，等等。

"评点的长处，就在于凭着切身的感受、真实的体味，用自己的心贴近著作者的心去作出批评……能呈现出一种'不隔'的特点。这种'不隔'的特点，往往能在读者与评者、再与作者的两个层次上达到心灵融合的境地……评点家在评点每一部作品时，决不能走马看花、浮光掠影地将文本一翻而过，而是必须细读文本，身入其境，通过对每一个字、词、句的细细咀嚼，与作者心心相印，真正达到'知人论世'的地步，才能一言中的。"① 既然比较正规的评点本是这样产生的，那么在具体的评点中肯定会涉及文本的方方面面。大要言之，明代的《文选》评点在以下几个方面具备较为明显的特征。

一、注重文体品评

《文选》是以文体分类的，共收录了三十九种文体，每种文体都有相对稳定的"体"的规范，在结构形式、语言、风格诸方面都有大致的要求，符合这种规范，即为"得体"。《文选》的这三十九种文体为后世此类文章的写作树立了范式，但每种文体下所收的文本又各具特色，从文体层面对其进行解读，重在提点某种文体的"变"与"不变"，是规范文体的一个重要方面，因此文体批评在《文选》评点中涉及较多。下面主要依据赵俊玲辑录的《文选汇评》相关材料，举例略作说明。

---

① 赵俊玲：《文选汇评》，凤凰出版社 2017 年版，第 7—8 页。

（一）赋类

《西都赋》：（李本眉）二赋位置稳妥，措辞流畅，华而不靡，质而不俚，无愧风人之旨。（何本眉）二赋备雅之正变，五诗则兼乎颂声矣！（第5页）

《东京赋》：选赋评：全学孟坚，而藻饰过之，然格调近于太袭。又铺张处绝不及汉大政，屋屋斗其繁节，十年之思亦苦矣。（第85页）

这是对京都大赋的文体要求，包括语言、风格、主旨、详略等方面的规范。

潘安仁《藉田赋》：（余本眉）唐顺之曰："得独尊天子之体。"（第169页）

藉田，古代吉礼的一种，即孟春正月，春耕之前，天子率诸侯亲自耕田的典礼。耕藉赋书写的主旨在于颂扬天子，这是基本的文体要求。

谢希逸《月赋》：（余本眉）唐顺之曰："将赋而先谦，得臣子进言之体。"（第329页）

物色类赋，不能纯粹地去描摹，须有所寄托，这是"赋"体文类蕴含的一个文体特质。

宋玉《登徒子好色赋并序》：（孙本眉）近于戏。（卢本眉）胡云："此赋体裁有淡荡生波之致。"（第511页）

宋玉《登徒子好色赋》虽以赋名，然产生于战国时期，其时赋体尚未蔚为大观，此赋类似俳优之体，故孙鑛评点云"近于戏"。

（二）诗歌类

韦孟《讽谏》：（新刊眉）后人作四言所靡句，不知四言须质而婉，此作近之。（选诗眉）钟惺曰："余尝谓《三百篇》后，四言之法有两种。韦孟《讽谏》，其气和，去《三百篇》近，而近有近之离；魏武《短歌》，其调高，去《三百篇》远，而远有远之合，后世作者各领一派。"又曰："肃肃邕邕，有雅颂之音，正在穆然无奇动处，不当以工拙求之。"（第533页）

张茂先《励志》：（新刊眉）四言诗独《三百篇》用浑雅兴寄无穷，后人则绮合组连，露斧凿痕，如拟《论语》者，精卫填海。（第537页）

曹子建《应诏诗》：（李本眉）《三百篇》后求四言诗，必以《讽谏》《责躬》《应诏》三篇为首。（第544页）

潘安仁《关中诗》：（卢本眉）梅云："四言淳雅，似此篇为正。"（第546页）

四言诗自当以《诗经》为宗，语言质朴，不应该用华靡的语句，并应有所寄托，出自天然，这是对四言诗的文体规范。

> 颜延年《皇太子释奠会作诗》：（李本眉）六朝凡遇应诏诗文辄颂美不已，方及本题。大抵人臣事君，美不忘规，何至喋喋可厌？延之作未能免。而此颂处颇关题目，文难概弃矣。（第 566 页）

李淳对颜延年诗歌的批评，也是对六朝此类诗歌的总体批评，是对"应诏"诗文体方面的规范要求。应诏类诗歌可以颂美，但意在规劝，不能喋喋不休地颂美。因为潜在读者的明确性，这种写作模式在汉大赋中已不能免，应诏类文体也都深受影响，颜延年亦不能免。

（三）文类

> 司马长卿《喻巴蜀檄》：（余本眉）杨慎曰："一篇全为武帝文过，然文字委曲，裁以大义，令使者与蜀民刃分其责，深得诰谕之体。"（李本眉）此篇庄重严劲，得告论之体，儒者驳之，文以晦焉。（第 1477 页）
> 钟士季《檄蜀文》：（孙本眉）诸檄中独此篇浑厚得体，盖兹时蜀已不支，无庸费辞。（第 1498 页）

檄是古代用于晓谕、告知、声讨的文体，《喻巴蜀檄》是司马相如代表汉武帝斥责蜀地地方官吏、晓谕蜀民的文章，《檄蜀文》

是魏国钟会伐蜀时讨伐蜀地将吏的文章。杨慎所评，着眼于内容的写法，为皇帝掩饰过错，将责任分解于地方官吏、使者，这是古代此类文章的惯常写法，因此说"深得诰谕之体"。李淳所评、孙鑛所评，均是从语言风格方面进行的，刘勰论此体须"植义飏辞，务在刚健"（《文心雕龙·移檄》），即必须把事情说得清楚明白，语言庄重严肃，理直气壮，风格刚健，《喻巴蜀檄》就是如此之文。钟会的《檄蜀文》的语言、风格则均呈现为浑厚的特质，不同于一般的檄文，故孙鑛专意释之。

> 班孟坚《公孙弘传赞》：（新刊眉）文简意尽，笔力高雅，作史论即此是法。（孙本眉）孟坚此赞最有名，然亦觉太实。（第1640页）
> 沈休文《恩幸传论》：（新刊眉）靡绮，大非史体。（第1679页）

此处的赞、论两种文体都是从史书中截取而来，因此必须具备"史"的一般规范，语言质朴简洁，表意完整准确，过度华靡的语言与此类文体不谐。因为具备"论"的性质，故孙鑛评曰不可"太实"。

> 七上（李本眉）凡"七"，皆绮靡之词，亦诗赋之流也，而枚乘之作为祖。（第1158页）
> 陆佐公《石阙铭》：（鼎雕眉）（新刊眉）先扬国美，后发题意，庙堂之文，此为得体。（第1822页）
> 王简栖《头陀寺碑文》：（李本眉）此碑文骈丽典则而

> 起伏顿挫，故往复不厌，若沈休文《安陆碑》则时有清言，
> 殊无变节，不足存矣。（第 1884 页）
>
> 　　任彦升《齐竟陵文宣王行状》：（孙本眉）行状用此
> 体，犹稍为得宜，典腴炼密，亦自耐观。（第 1902 页）

此评铭文、碑文、行状三种文体，从结构、语言、章法诸方面，论其"得体"。

文体的基本结构由体制、语体、体式、体质四个层次构成，体制指文体外在的形态、面貌、构架，语体指文体的语言系统、语言修辞和语言风格，体式指文体的表现方式，体质指文体的表现对象和审美精神。① 按照现代学者对文体的如此界定，明代的《文选》评点学者对《文选》文体的体制、语体、体式、体质诸方面都有所涉及，虽然限于评点的体例，大都三言两语，但体现了明显的"文辞以体制为先②"的文体批评意识，则有关文体辨别、批评的重要理论著作《文章辨体》（又名《文章辨体序说》）、《文体明辨》出现在这一时期，显然是水到渠成的。

二、疏通串讲大意

疏通串讲文本大意本来属于注释的范围，但不少明代的《文选》评点本是以删述本为底本进行的评点，而且在"书商型评本"③ 中，由于参与评点的某些文人水平并不高超，因此书中

---

① 郭英德：《中国古代文体形态学论略》，《求索》2001 年第 5 期。
② 吴讷著，于北山校点：《文章辨体序说》，人民文学出版社 1962 年版，第 9 页。
③ 赵俊玲在《〈文选〉评点研究》中将评点本分为三类：书商型评本、文人型评本以及二者兼具型评本，上海古籍出版社 2013 年版，第 44 页。

充斥了大量的浅层次的疏通、串讲文本大意的点评，呈现出浅显通俗的特征。万历十年（1582）建阳书商余碧泉刊刻的《文选纂注》评本在这一方面表现尤为突出。

根据赵俊玲的研究，余本很可能是集合了下层文人从事评点，而冒用名人姓名加以刊刻的商业操作模式，故其评语中浅显甚至鄙陋的疏通串讲文意，约占全部评语的60%，其疏通概括大意，经常采用"此……""以上……""以下……"的句式①，以丘迟《与陈伯之书》的评点为例：

> 1. 夫迷途知返，往哲是与，不远而复，先典攸高。主上屈法申恩，吞舟是漏；将军松柏不剪，亲戚安居，高台未倾，爱妾尚在。
>
> 王慎中曰："此言梁于陈伯之不夷其坟墓，不诛其亲戚，不坏其宫室也。"
>
> 2. 佩紫怀黄，赞帷幄之谋，乘轺建节，奉疆埸之任，并刑马作誓，传之子孙。
>
> 李攀龙曰："此言梁待功臣之盛，伯之必当归而蒙其典。"
>
> 3. 北虏僭盗中原，多历年所，恶积祸盈，理至燋烂。况伪孽昏狡，自相夷戮，部落携离，酋豪猜贰。方当系颈蛮邸，悬首藁街，而将军鱼游于沸鼎之中，燕巢于飞幕之上，不亦惑乎?
>
> 唐顺之曰："言北魏且当系颈悬首，而伯之乃以为依，

---

① 赵俊玲：《〈文选〉评点研究》，上海古籍出版社2013年版，第53—54页。

甚为不智。"

　　4. 暮春三月，江南草长，杂花生树，群莺乱飞。

　　何景明曰："此即江南风景，以动其感旧之思。"①

余本《与陈伯之书》评语共七处，疏通串讲大意者有四处，另外三处讲文章结构，其中也牵涉文本大意。由此可以推测，以疏通串讲大意为主体的《文选》评本，其评点者是下层文人，之所以冒名名人，主要出自商业意图，其潜在的读者也不过是《文选》初学者，浅显通俗是其缺陷，也是其优势。至少对初学者而言，此类浅显通俗的大意疏通，对其迅速把握、理解文本是有明显的指引功能的，所以在当时具有广泛的市场，一再刊印，形成了一系列《文选纂注》评本。

三、析分文本章法结构

　　文章的结构谋篇、段落布局、部分之间的起承转合，这些技巧是文本生成的重要组成部分，明代的八股时文在此方面又有相当严格的规范要求，当时的士子对文章的章法尤为关注，因此，明代的《文选》评本在章法结构方面特别用心，几乎每一篇诗文的评点都涉及章法问题。

　　有对文章结构的总体把握，如李斯《上书秦始皇》，《鼎雕增补单篇评释昭明文选》眉评曰：

　　　　李塗曰："李斯《上秦始皇书》论逐客，起句便见实

---

① 赵俊玲：《文选汇评》，凤凰出版社 2017 年版，第 1458—1460 页。

事，最妙。中间论物不出于秦而秦用之，独人才不出于秦而秦不用。反覆议论，痛快，深得作文之法，未易以人废言。"楼昉曰："此先秦古书也。中间两三节，一反一复，一起一伏，略加转换数个字而精神愈出，意思愈明，无限曲折变态，谁谓文章不在虚字助词乎？"（第 1293 页）

再如《出师表》，余碧泉刻《文选纂注》眉批曰：

> 唐顺之曰：此篇先叙先帝创业之艰，次序贤才足以兴治，次自叙受付托之重，末以讨贼之效自许，必期有成。（第 1226 页）

像此类对文章整体谋篇布局的分析，几乎每一种评本都首先着意于此。此类评点对迅速、准确地把握经典文本的整体结构，具有相当重要的作用，读者可以由此揣摩经典文本的构成，并进一步效仿学习，化为己用。

此外，具体分析文本中的关键语句，三言两语指明其在文本整体构建方面的功能，提纲挈领，知筋骨，明血脉，是明代《文选》评本中比重很大的一部分内容。在此方面，孙洙的《山晓阁重订文选》似乎更加突出。下面以贾谊《过秦论》[①] 的孙洙评语为例，略看孙洙对文章具体谋篇及起承转合的重视。

1. 当是时也，商君佐之（评语：秦过自商君而起，至

---

① 赵俊玲：《文选汇评》，凤凰出版社 2017 年版，第 1688—1692 页。

始皇而极）

2. 诸侯恐惧，会盟而谋弱秦，不爱珍器重宝肥饶之地，以致天下之士，合从缔交，相与为一。（评语：此言诸侯合纵攻秦）

3. 有宁越、徐尚、苏秦、杜赫之属为之谋（评语：上说诸侯，此说诸臣，皆极写其盛以反衬秦之强）

4. 尝以十倍之地，百万之众，叩关而攻秦。秦人开关而延敌（评语：极形容秦之强，亦是反跌下文）

5. 秦无亡矢遗镞之费，而天下诸侯已困矣。（评语：束住）

6. 于是从散约解。（评语：此言从散，亦是形容秦之强）

7. 施及孝文王、庄襄王，襄国之日浅，国家无事。（评语：轻递过）

8. 及至始皇（评语：一路形容始皇之强盛，比从前更不同）

9. 于是废先王之道（评语：秦之罪案在此）

10. 金城千里，子孙帝王，万世之业。（评语：又作一摆宕，束上起下，姿态横生）

11. 然而陈涉（评语：一篇转关，极言涉之微以见秦之敝，与前诸侯一段反照）

12. 天下云集而响应，嬴粮而景从（评语：与前"开关延敌"反照）

13. 且夫天下非弱小也（评语：上是叙，此方论，就前说反覆承转，极迂回顿挫之妙）

14. 试使山东之国与陈涉度长絜大（评语：又将文势

放开）

15. 然秦以区区之地，致万乘之权（评语：一步紧一步，直注到末句）

16. 然后以六合为家，殽函为宫（评语：收前半篇）

17. 身死人手（评语：收后半篇）

18. 仁义不施，而攻守之势异也。（评语：结出一篇主意，笔力千钧）

　　孙洙对《过秦论》的评点，除去一段总评外，共 18 处评语。仔细体味这 18 处评语，全是对《过秦论》文本中关键句子、句群在文章结构中作用的简明分析，然不离起承转合四个层面，如何开头，如何收束，如何承接，如何转折，如何"紧"，如何"松"，都讲得清楚明白。将这 18 处评语组合起来，就构成了一篇文章的骨架，从骨架再把握血脉，从大江大河到支脉细流，就形成了一篇骨肉丰满的文章。

　　前已多次言及，明代的《文选》评点本大多出于文章写作的实用意图，故对文章写作中技术性层面的评点不厌其烦，此类评点的确有助于对经典文本的快速理解、速成写作，但同时也在一定程度上削减了大多数读者阅读文本过程中的顿悟、惊叹等各种体验，对文本的深入、全面理解也就会产生不同程度的抑制作用。

四、警句妙语评点

　　不过，明代大多数的《文选》评点并不像孙洙那样分析得全面，因为评点本身并不追求全面与系统，所以不少评点本不过是评点者阅读过程中的个人部分阅读体验的展示，文人自娱自乐的评点更是如此，故对文本中部分语词、警句的评点不在少数。如对谢玄晖《晚登三山还望京邑》"余霞散成绮，澄江静如练"句，郭正域《新刊文选批评》眉评："真警语。"凌濛初辑刊《合评选诗》评语云：

> 葛立方曰："灵运'池塘生春草'之句、玄晖'澄江静如练'之句，妙处盖在于鼻无垩、目无膜尔。鼻无垩，斤将何运？目无膜，篦将何施？所谓混然天成，天球不琢者与？"
>
> 王世贞曰："谢山人谓'澄''净'二字意重，欲改为'秋'，余不敢以为然，盖澄江乃净耳。"①

谢朓这两句诗为千古名句，郭正域评为"真警语"，意为诗意新妙凝练。葛立方为宋人，凌濛初选录他的评语，即是认同此评。葛立方主要引用典故作比，反复言说这两句如何浑然天成。王世贞的评语，意在"澄""净"二字，这说明他见到的版本为"净"非"静"，主要在言说二字语意是否重复。

陆机《文赋》云"立片言以居要，乃一篇之警策"，可见对诗文中警句、诗眼的发现与评点具有重要意义。一部作品能够成为经典，从作品本身而言，经典名句的存在是一个重要的因素。一些经典作品能够被历代反复传诵，不少是从其中的经典名句开始广为人知的。名句的警醒及其蕴藉丰富，使它甚至

---

① 赵俊玲：《文选汇评》，凤凰出版社 2017 年版，第 828 页。

能够脱离原初文本，独立出来，具备超越原作本身的意义。因此，对经典名句的聚焦与解读，是捕捉作品的关键与核心，有振领提纲之功，而对于警句、妙语的评点，不少是从个人的鉴赏感悟出发，努力立足语境，针对经典名句，抽丝剥笋，旁敲侧击，有话则长，无话则短，前后勾连，左右照应，往往能够建立另一种理解文本核心的"语境场"。

五、明代《文选》评点的两个突出特征

整体而言，明代尤其是万历以后，《文选》评点达到了一个高潮。众多《文选》评本的出现，有明代科举考试导向的因素，与八股时文写作脱不了干系，因此评点中突显着以时文评点《文选》的倾向；不过，在具体的文本评点中，因为评点者本身身份的多样性，精通各种艺术门类，故往往呈现为"艺术通感"式的品评，即借用其他艺术门类的术语，评点《文选》文本，有打通各种艺术门类的现象。

（一）以时文技艺评点《文选》

作为一种科举考试专用文体的八股文，结构谨严，有其严格的体式，一般而言，由破题、承题、起讲、入题、起股、中股、后股、束股八部分组成。八股文的体式直接影响了《文选》的评点，或者说，正是因为八股时文写作的需求，才造成了《文选》评点的繁荣。四库馆臣评价《文选瀹注》时说："是书以六臣注本删削旧文，分系于各段之下，复采孙矿评语，列于

上格，盖以批点制艺之法施之于古人著作也。"① 所谓"批点制艺之法"，即八股时文的写作方法。其实，不单《文选瀹注》，从大多数《文选》评点本中都能清晰可见时文技艺的渗透，即使文人自娱自乐的《文选》评本也在所难免。这种现象不难理解，经过反复训练习得时文技艺的文人，在评点《文选》时即便有意避开时文的术语，也难免受到已经熟稔的时文写作范式的深层影响，不自觉地将时文写作技艺浸润于《文选》评点之中。

此种影响，普遍存在于对《文选》文本章法结构的提点、突显等方面，此点前已言及，尤其明显的是，在具体的评点中，亦经常出现直接用时文技法的术语，如"破""承""起""人""束""接""比"等，进行评点的现象。这貌似是一种浅层次影响，不过是用了一些时文术语而已，但从另一方面看，当时文写作的专业术语以无缝对接的方式移入《文选》评点且被广为接受的时候，这未尝不是一种深层且广泛的影响。下面略举几例。

1. 诸葛亮《出师表》：臣亮言：先帝创业未半，（山晓阁旁）起得剀切。而中道崩殂。今天下三分，益州疲弊，此诚危急存亡之秋也。（孙本眉）起数语剀切有精神。欲报之于陛下也。（孙本眉）唤得醒，承上最有力。②

2. 庾元规《让中书令表》：然世之丧道，有自来矣。（山晓阁旁）先作一顿，最是婉折。皆非姻党，各以平进，纵不悉全，

① 永瑢等：《四库全书总目》卷一九一，中华书局1965年版，第1734页。
② 赵俊玲：《文选汇评》，凤凰出版社2017年版，第1227页。

决不尽败。（孙本眉）转折处最道劲有力，此是笔力高。至于外
戚，凭托天地，势连四时，根援扶疏，重矣大矣。（孙本眉）上
面文势太紧，故此两比放松，亦是步骤法。①

3. 桓元子《荐谯元彦表》：陛下圣德嗣兴，（山晓阁旁）入
穆帝。窃闻巴西谯秀，（山晓阁旁）入谯秀。②

4. 任彦升《为范尚书让吏部封侯第一表》：先志不忘，愚
臣是庶。（山晓阁旁）束住。③

5. 李斯《上秦始皇书》：臣闻吏议逐客，窃以为过矣。（钱
本眉）通篇三大段，末四句收，第一段破的，第二段折难，第
三段取喻。（山晓阁旁）一句揭开面的，通篇纯用反法。④

因为八股时文在写作中形成了一套明确的规范，并为一般
知识阶层所熟知，利用这些术语对《文选》文本进行评点，一
方面可以有效证明《文选》文本对于时文写作的有效性，另一
方面保证了读者顺利接受《文选》文本时的"不隔"，这些均
是明代文选学"与时俱进"的表征，其着力与聚焦之处都体现
了显著的世俗化特征。

（二）艺术通感式评点

艺术的门类包括多个方面，文学、书法、音乐、舞蹈、绘
画、戏剧、建筑等均隶属于艺术。此处所言"艺术通感"，是指
借助其他艺术门类的感悟、理论、术语等，对文学文本进行评

---

①　赵俊玲：《文选汇评》，凤凰出版社2017年版，第1266－1267页。
②　赵俊玲：《文选汇评》，凤凰出版社2017年版，第1270页。
③　赵俊玲：《文选汇评》，凤凰出版社2017年版，第1283页。
④　赵俊玲：《文选汇评》，凤凰出版社2017年版，第1294页。

点。古代文人的身份具有多重性，换言之，古代不少人通晓、精通多种艺术门类，而且各种艺术门类间有不少共通的技艺，因此，明代的《文选》评点中，经常出现以其他艺术门类作比、借其他艺术门类术语进行评点的情况①。

1. 以绘画评点《文选》。

"绘"的本意是"会五色绣也"，最初也不是专指绘画，因为聚合多种颜色，所以后来成为绘画的术语，再后来，绘、画被移植到文学批评中，用以表现书写内容的绚烂多彩。与此相关，与绘画有关的各种术语，如色彩的"浓""淡""本色"，绘画技法的"点染""五色笔"等，也一并进入到文学文本的评点之中。如：

（1）班孟坚《西都赋》：发五色之渥彩，光焰朗以景彰。（孙本眉）宫室是地上实境，赋京都而绘写宫室壮丽，亦是本色。第如此铺叙，亦觉太多。（见赵俊玲《文选汇评》第11页，下引该书，不再标注书名，仅随文标注页码）

（2）张平子《西京赋》：若其五县游丽，辩论之士。（鼎雕眉）茅坤曰："此段文字错落分明，画出一幅西京图，与《阿房赋》同一奇丽。"（第49页）

（3）傅武仲《舞赋》：罗衣从风，长袖交横。（孙本眉）绘写工绝。（第458页）纤形赴远，漼似摧折。（孙本眉）写意状入神，画工丽指。（第459页）

（4）张平子《归田赋》：（选赋眉、卢本眉、孙本眉）笔气固自苍然，第聊且点注，无深味浓色，殊觉寂寥。（第388页）

---

① 郝倖仔：《明代〈文选〉学研究》，北京大学2011年博士学位论文，第87页。

（余本手眉）周曰："娟洁明秀，其可喜亦至矣。但恐色太俊，得非赋道之始衰耶？"（第389页）

（5）左太冲《咏史八首》：冠盖荫四术，朱轮竟长衢。（孙本眉）平常意而写来如此浓至，则以炼得无率语、无闲字，故太白"咸阳二三月"亦从此翻出。（第587页）

（6）江文通《别赋》：（选赋眉、卢本眉）胡云："往往于景色处点染，真足使人销魂。"（第424页）

因为图画是可见的，是通过视觉作用于接受者的，所以更为直观。文学文本包括三个层面，即言、象、意，借用绘画的术语，直接将文学文本的"言"以"象"的层面展现，理解起来就更为直观、生动。正如余本评点《舞赋》时所云："诗不如声，声不如形，是即所谓丝不如竹，竹不如肉，盖渐使之然也。"（第455页）

2. 以音乐评点《文选》。

古人认为，音乐在潜移默化地教化方面是有重要作用的，而且较早的文学艺术形式是诗乐舞三位一体的，所以音乐、舞蹈等方面的术语很自然地能够被移植到文学批评中，如"一唱三叹""曲尽其妙""曼声""节奏""击节""绝唱""绝调"等。举例如下：

（1）张平子《思玄赋》：长于佩之参参。（尤绿眉）九成按律，五色凝华。（第385页）

（2）潘安仁《寡妇赋》：奉虚坐兮肃清，愬空宇兮旷朗。廓孤立兮顾影，块独言兮听响。（余本手眉）顾曰："一唱三叹，有遗音者矣。"（第418页）

（3）傅武仲《舞赋》：蹈不顿趾。（孙本眉）急节。（第459

页）

（4）司马长卿《喻巴蜀檄》：触白刃，冒流矢，议不反顾，计不旋踵，人怀怒心，如报私仇。（尤绿眉）宝剑分辉，似《韶》流响。（第1479页）

3. 以舞蹈、戏剧评点《文选》。

（1）潘安仁《闲居赋》：虽通塞有遇，抑亦拙者之效也。（俞本眉）叙事简到，一总得力，"拙"字一顿，笔法敏妙，有飞舞之致矣。（第392页）

（2）傅武仲《舞赋》：或有宛足郁怒，盘桓不发。（山晓阁旁、卢本眉）写马状亦绝似舞态，此文字意外着神。（第461页）

（3）孔德璋《北山移文》：请回俗士驾，为君谢逋客。（山晓阁旁）意则深严，笔则飞舞。（第1475页）

（4）班孟坚《西都赋》：九市开场，货别队分。（孙本眉）此等铺张处虽不全袭《子虚》《上林》，却是就其意演出步骤。（第8页）

（5）陈孔璋《檄吴将校部曲文》：（余本眉）唐顺之曰："陈琳草檄，其间论人处反覆明快，只将祸福字面演出千古确论……"（第1489页）

此外，其他一些批评术语也是借用了其他门类，如"局""棋局"之类是借用棋艺或堪舆术语，"细针绵密"之类是借用刺绣的术语，"雕琢""镂刻"之类是借用雕刻的术语，等等，此不再一一赘述。

概括言之，明代的文选学虽然在考据方面并非空白，如杨慎、胡应麟等人的著作中都涉及了《文选》的部分考据内容①，但明代的《文选》考据的确是不够发达的。明代的文选学更多地呈现出世俗化的倾向，大量的《文选》著作主要集中在对《文选》的删述及评点方面。此种状况与明代的社会文化，尤其是科举考试中八股文的确立密切关联。八股时文催动了明代文选学的繁荣，使一般知识阶层在聚焦于《文选》的同时，着意于《文选》文本写作范式、文本语汇对时文写作的直接辅助层面，而忽略了对《文选》注释的深层考据与研读，后人眼中的明代文选学的衰落主要是指此方面。不过，也正是因为明代文选学的世俗化，世人再次聚焦于《文选》文本，回归到《文选》这部总集编纂时的意图。"评点的批评注重细微的分析剖判，从局部着眼衡量，未免'识小'之讥。但放在整个中国文学批评的体系中看，评点所最为倾心的是文本本身的优劣……中国文学批评在这一方面的贡献，是值得我们作进一步抉发的。"② 因此，不妨如此认识，明代的文选学看似衰弱，在对注释的研读方面的确落后，但它在评点方面是发达的，是真正意义地将《文选》归位，回归到文本本身，回归到文学，而且在"术"而非"学"的层面确立了明代文选学在历史中的地位。

---

① 王书才：《〈昭明文选〉研究发展史》，学习出版社 2008 年版，第 184—191 页。
② 张伯伟：《中国古代文学批评方法研究》，中华书局 2002 年版，第 591 页。

第六章

何以“妖孽”：登峰造极的清代文选学

清代学术兴盛，汉学家、小学家、骈文家皆着力于《文选》，文选学因此复兴。无论从传统文选学的视角，还是从现代文选学的视角来看，清代的文选学在《文选》校勘出版、著作著述、研究队伍、研究范围等层面全面开花，既超越前代，又令后人仰视，成为文选学史上毋庸置疑的顶峰。

据《北京图书馆善本书目》《中国图书古籍善本书目》所录，清代所出版印刷的《文选》版本以及有跋语、批校、评点的《文选》本子，超过百种，从事《文选》研究并卓有成就者超过一百六十人，清代的文选学著作也有七十多种，涉及《文选》校勘、音韵训诂、删注评点、选诗、选赋、摘词编纂类书以及综合研究。因此，对清代文选学的成就进行全面详细的评估是一件极其困难的事情。所幸的是，已有王书才《明清文选学述评》《〈昭明文选〉研究发展史》、王小婷《清代〈文选〉学研究》等著作出版，对清代《文选》研究的实绩做了比较细致全面的研究。为避免重复，本章主要从两个方面作一管窥：一是考察胡克家的《文选考异》，这足够代表清代《文选》校勘的最高成就；二是立足长时段，考察清代骈文与古文争斗中《文选》派的理论及沉浮，并略微轶出朝代的断限，理清选学成为“妖孽”的过程。当一个新时代将选学视为“妖孽”的时候，也无意中透露了选学在当时的巨大影响力。

《文选考异》：清代《文选》校勘的最高成就

在《文选》刊刻史上，嘉庆十四年（1809）是值得大书特书的。此年，鄱阳胡克家以南宋淳熙本的一个递修本为底本，借顾千里、彭甘亭之手校勘审定，依宋版行款重新刊刻。顾、彭二氏的校勘成果《文选考异》十卷，冠以胡克家之名附于重刊《文选》之末。此本"雕造精致，勘对严审"①，后之诸本多从之出。1977年中华书局将此书缩小影印出版，1986年上海古籍出版社又将此书标点铅印重排，于是此本成为目前《文选》学习与研究中最为通行的一个本子。

《文选考异》出于校勘大家之手，代表着有清一代乃至此前《文选》校勘的最高成就。然而，由于时代之限制，其所据底本为淳熙本的递修本，其所据《文选》校本又仅限于李善、五臣二家合并的袁本与茶陵本，因此难免精粗并存：校勘有极为精审者，亦有厚诬尤袤诸前贤者。下面以辩证为名，在全面详细

---

① 《重刻宋淳熙本〈文选〉序》，见萧统编，李善注：《文选》，中华书局1977年版，第1页。

比较的基础上, 从两个方面对《文选考异》作一平议。一则证其是, 通过新时期新发现的《文选》诸版本, 证明《文选考异》是在版本缺乏的情况之下作出的精审判断; 一则辨其非, 辨别《文选考异》在依据底本以及所见版本缺失情况下的疏误之处, 由此试图作出较为公允之评判。

一、《文选考异》证

《文选考异》(以下简称《考异》) 所据之校本有二: 茶陵本、袁本。茶陵本《文选》, 在历代目录题跋中多称宋本, 是因为刊刻者陈仁子是由宋入元之人, 入元未仕, 故有此称, 实则其刊于元代大德年间。此本李善注居前、五臣注在后, 属赣州本系统的六臣本。袁本《文选》, 乃明代袁褧于嘉靖二十八年 (1549) 以"匡郭字体, 未稍改易"的方式仿广都裴氏本刊刻的, 此本为五臣注居前、李善注于后的六家本。此外,《考异》尚参阅了清人陈少章、何义门诸人的校勘成果, 然陈、何二氏所见《文选》诸本亦颇有限。虽然如此,《考异》"参而会之""审相剖析""反覆详论", 其校雠之精审处处可见, 与今日所能见而顾、彭二氏其时未见之敦煌本、集注本、国子监本、奎章阁本颇有相合之处, 诚不愧为清代校勘大家! 下举例以明其然。

(一)《考异》校勘有与敦煌本暗合者

敦煌本《文选》有白文本, 有李善注本, 有李善、五臣外他家注本。可以确定为李善注本的有二: 张平子《西京赋》残卷 (法藏 P. 2528), 东方曼倩《答客难》残卷与扬子云《解嘲》

残卷（法藏 P. 2527）。敦煌本《文选》的面世，是 19 世纪末 20 世纪初的事情。顾千里、彭甘亭、胡果泉未能见到，然其《考异》中之校语，竟多有与之暗合者。今举例如下，引文后面以括号标注中华书局影印胡刻本页码及上下位置，以便查核。

1. 卷二《西京赋》：廛里端直，甍宇齐平。注：……善曰：《周礼》曰：以廛任国中之地。（四二上）

《考异》：注"以廛任国中之地"　案："廛"下当有"里"字。各本皆脱。此载师职文也。

证：永隆本正有"里"字，同《周礼》，《考异》是。国子监本、奎章阁本均误。尤误源自国子监本，国子监本误，秀州本遂误，奎章阁本遂沿误。

2. 程巧致功，期不陁陊。注：……善曰：《方言》曰：陁，坏也。陁，式氏切。《说文》曰：陁，落也。直氏切。（四二下）

《考异》：注"说文曰陁落也"　案："陁"当作"陊"。各本皆误。

证：永隆本正作"陊"，《说文》作"陊，落也"。《说文》无"陁"字，有"陀"，亦不释为"落"。国子监本、奎章阁本均误。善注既前引《方言》释"陁"，不应再引《说文》复释，《考异》与永隆本合，甚是。

3. 若夫翁伯浊质，张里之家。系钟鼎食，连骑相过。东京公侯，壮何能加。注：……晋灼曰：今大官以十日作沸汤。（四三上）

《考异》：注"今大官以十日作"　案："日"当作"月"。各本皆讹。

证：永隆抄本正作"月"字，《汉书》晋灼注亦作"月"

字,《考异》良是。国子监本此处漫漶不清,奎章阁本作"日",形近而讹。

4. 缭垣绵联,百四余里。植物斯生,动物斯止。(四三下)

《考异》:缭垣绵联　陈云善曰今并以"亘"为"垣"。案:据此则正文及薛注中"垣"皆当作"亘"。案:所说是也。善但出"垣"字于注,其正文必同。薛作"亘",至五臣铣注直云"垣墙",是其本乃作"垣",各本所见非。

证:永隆本作"缭亘",善注云"亘当为垣",国子监本作"缭垣",善注"今并以亘为垣",奎章阁本作"缭垣",五臣、薛综、李善注具用"垣"字。据此,则薛综及善注本作"亘",薛注文亦当如此,善注有校语,其注自可用垣;五臣本正文、注释俱作"垣"。永隆本保存了善注的较早形态。《考异》所言甚是。

5. 日月于是乎出入,象扶桑与濛汜。注:善曰:言池广大,日月出入其中也。《淮南子》曰:日出旸谷,拂于扶桑。《楚辞》曰:出自阳谷,入于濛汜。汜音似。(四四上)

《考异》:注"日出旸谷"　案:"旸"当作"汤"。下"出自阳谷","阳"亦作"汤"。各本皆讹。

证:永隆本此两处俱作"汤",国子监本前处作"汤",后者作"阳",奎章阁本前处作"汤",后处作"旸"。今本《淮南子·天文训》作"旸谷",刘叔雅按《文选》潘安仁《西征赋》"且似汤谷,夕类虞渊"注、张景阳《杂诗十首》"朝霞迎白日,丹气临汤谷"注引,"旸谷"并作"汤谷"。又《史记·五帝本纪索隐》引,亦作"汤谷"。以此而言,《淮南子》旧本当作"汤谷"。今本《楚辞·天问》云"出自汤谷,次于濛汜"。《考异》与永隆本合，良是。

6. 其中则有鼋鼍巨鳖，鱣鲤鲂鲖。鲔鲵鲿鲨，脩额短项。大口折鼻，诡类殊种。注：……郭璞《山海经》曰：鼍似蜥蜴。徒多切。郭璞《尔雅注》曰：鱣似鲟。知连切。（四四下）

《考异》：注"郭璞山海经曰" 何校"经"下添"注"字，陈同，是也。各本皆脱。

证：永隆本有"注"字，郭景纯曾为《山海经》作注，仿之下言"郭璞《尔雅注》"例，此亦当有"注"字为是。国子监本、奎章阁本均脱"注"字，遂致尤误。《考异》良是。

7. 焚莱平场，柞木剪棘。注：……贾逵《国语》曰：槎，斫也。柞与槎同。（四五上）

《考异》：注"贾逵国语曰" 何校"语"下添"注"字，陈同，是也。各本皆脱。

证：此条讹误悉同上条。永隆本有"注"字，是。国子监本脱，遂致奎章阁本、尤刻本均脱。

8. 弧旌枉矢，虹斾蜺旍。注：……《周礼》曰：弧旌枉矢，以象牙饰。（四五上）

《考异》：注"弧旌枉矢以象牙饰" 案："牙饰"当作"弧也"。各本皆无。

证：永隆本作"弧旌枉矢以象狐"，国子监本作"弧旌矢以象牙饰"，奎章阁本同尤刻本。此引《周礼》文，作"弧旌枉矢以象弧"。永隆抄本写作"狐"，是手民所误。据永隆本及《周礼》，"也"字亦不当有。国子监本、奎章阁本均误，唯永隆本最为近之。

9. 于是蚩尤秉钺，奋鬛被般。注：……《仓颉篇》曰：

钺，斧也。毛苌曰戬。（四五下）

《考异》：注"毛苌曰戬" 案："苌"当作"长"。各本皆讹。以四字为一句也。

证：国子监本、奎章阁本具同此。永隆本作"长毛曰戬"，或善注本作"长毛"，倒作"毛长"，又讹为"毛苌"，总之当为"长"。《考异》甚是。

10. 缇衣韎韐，睢盱拔扈。注：……毛诗曰：无然畔援。郑玄曰：畔换，犹拔扈。拔与跋，古字通。（四五下）

《考异》：注"犹拔扈也" 袁本、茶陵本"扈"下有"也"字，是也。"拔"疑"跋"之误，正文作"拔"，下云"拔"与"跋"古字通，似善引《笺》作"跋"也。否则正文作"跋"，为与五臣无异。乃与此注相应耳。

证：永隆本、国子监本、奎章阁本均有"也"字，是。"跋"与"拔"，国子监本、奎章阁本均同尤刻本。永隆本正文作"跋"字，是。善注引《笺》作"拔"，遂有二字古字通之说。后来者以此改善注正文为"拔"，因有二家之异文。总之，善注、五臣注正文本无异，《考异》第二种推测甚是。

11. 搏狒猬，批窳狻。注：类貙虎，亦食人。（四六下）

《考异》：注"虎亦食人" 案："亦"当作"爪"。各本皆误。

证：国子监本、奎章阁本均同尤刻之讹。永隆本作"虎爪亦食人"，最是。"爪""亦"形近，后误为衍文，故删其一。此当为"虎"下脱"爪"字。

12. 割鲜野飨，犒勤赏功。注：……杜预《左氏传》曰：犒，劳也。（四七上）

《考异》：注"杜预左氏传曰" 何校"传"下添"注"字，是也。各本皆脱。

证：国子监本、奎章阁本同尤刻，夺"注"字。永隆本有"注"字，最是。

13. 炙炰臇，清酤敍。皇恩溥，洪德施。注：……《广雅》曰：敍，日多也。（四七上）

《考异》：注"敍日多也" 案："日"字不当有。各本皆衍。

证：国子监本、奎章阁本均有"日"字，误。永隆本无，今本《广雅》亦无。《考异》是。

14. 磻不特絓，往必加双。注：……《说文》曰：磻，似石着缴也。（四七下）

《考异》：注"似石着缴也" 何校"似"改"以"，陈同，是也。各本皆讹。

证：国子监本、奎章阁本均作"似"，永隆本作"以石缴也"。今本《说文》云"以石箸隹缴也"，故此当作"以"，《考异》是。

15. 乌获扛鼎，都卢寻橦。（四八上）

《考异》：乌获扛鼎 案："扛"当作"舡"。善注云"扛"与"舡"同，谓引《说文》之"扛"与正文之"舡"同也。盖善"舡"、五臣"扛"，而各本乱之。

证：国子监本、奎章阁本均作"扛"，永隆本作"舡"。《考异》是。

16. 洪涯立而指麾，被毛羽之襳襹。注：洪涯，三皇时伎人，倡家托作之，衣毛羽之衣。襳衣，毛形也。

《考异》：注"襳衣毛形也" 案："衣"当作"襹"。各本

皆误。（四八下）

证：国子监本、奎章阁本均同此，误。永隆本作"襳襹衣毛形也"，最是。《考异》依据上下文推测脱"襹"字，甚是，然非"衣"字为"襹"。

17. 然后历掖庭，适驩馆。注：掖庭今官，主后宫，择所驩者，乃幸之。（四九上下）

《考异》：注"掖庭今官"　陈云"今"当作"令"，是也。各本皆讹。

证：国子监本、奎章阁本均亦误作"今"，永隆本作"令"，二字形近而误。《考异》是。

18. 自君作故，何礼之拘。注：善曰：《国语》鲁侯曰：君作故事。韦昭曰：君所作则为故事也。（五十上）

《考异》：注"君作故事"　案："事"字不当有，各本皆衍。

证：国子监本、奎章阁本均同尤刻本，有"事"字。永隆本无，是。此引《国语·鲁语》，今本亦无"事"字，衍此字之缘由在于下接韦昭注之"韦"字，与"事"形近而错连，又韦昭云"故事"云云所致。《考异》是。

19. 此何与于殷人屡迁，前八而后五。居相圮耿，不常厥土。盘庚作诰，帅人以苦。注：……孔安国曰：河水所毁曰圮。盘庚迁于殷，殷人弗适有居。（五十下）

《考异》：注"盘庚迁于殷"　陈云"盘"上脱"尚书曰"三字，是也。各本皆脱。

证：永隆本不脱，《考异》甚是。

20. 卷四十五杨子云《解嘲》：杨子笑而应之曰：客徒朱丹吾毂，不知一跌将赤吾之族也。（六三〇上）

《考异》：客徒朱丹吾毂　何校"徒"下添"欲"字。袁本、茶陵本云善无"欲"字。案：《汉书》有。此传写脱，校语非。

证：敦煌本有"欲"字，《考异》是。

上述 20 例，《考异》或据善注所引书目，或据陈、何二家校语，或据正文与注文，在无其他《文选》版本的情况下，言之凿凿。今以敦煌本核之，《考异》所言甚确，《考异》之精审由此一斑可见。

（二）《考异》校勘有与集注本暗合者

《文选集注》所据诸家注本为唐钞本无疑。顾广圻、彭兆荪没有见到此本，但其中有大量的校雠条目与《文选集注》暗合，由此可以证明《考异》之确凿。下举例明之。

1. 卷四《蜀都赋》：孔翠群翔，犀象竞驰。白雉朝雊，猩猩夜啼。金马骋光而绝景，碧鸡儵忽而曜仪。火井沈荧于幽泉，高爓飞煽于天垂。注：……群翔兴古十余，白雉出永昌。（七五下）

《考异》：注"群翔兴古十余"　陈云"余"下疑脱"日"字，是也。各本皆脱。

证：集注本此处注作"兴古十余日，复去焉。白雉出永昌"云云。《考异》在无版本依据的情况下，认定陈景云所校为是，是也。依据集注本，此下尚脱"复去焉"三字。

2. 紫梨津润，榙㯖鳀发。蒲陶乱溃，若榴竞裂。甘至自零，芬芬酷烈。（七八上）

《考异》：袁本、茶陵本下"芬"字作"芳"，是也。案：

此尤本讹字。

证：集注本正作"芳"字。

3. 卷二十四曹子建《赠徐幹》：弹冠俟知己，知己谁不然。注：言欲弹冠以俟知己，知己谁不同于弃宝，而能相万乎？……（三三九上）

《考异》：何校"万"改"荐"，陈同。各本皆讹。

证：集注本正作"荐"。繁体"薦"与"萬"二字形近而讹。

4. 卷二十四潘正叔《赠陆机出为吴王郎中令》：婆娑翰林，容与坟丘。注：……《左氏传》楚左史倚相趋过。王曰：是史也。能读三坟、五典、八索、九丘。（三五一上）

《考异》：注"是史也"　何校"史"上添"良"字，陈同。各本皆脱。

证：集注本有"良"字，无误。

5. 卷二十八陆士衡《挽歌诗》：昔居四民宅，今讬万鬼邻。注：……《海水经》曰：东海中有山焉，名度索，上有大桃树，东北瓏枝，名曰鬼门，万鬼所聚。（四〇七上）

《考异》：注"海水经曰"　何校"水"改"东"，陈同。今案：各本皆作"水"，"水"疑"外"字形近之讹。但今《山海经》未见此文，无以决定也。

证：集注本正作"外"，陈、何二氏皆误。《考异》虽未见今本《山海经》此文，但其推测甚确。

6. 卷二十八刘越石《扶风歌》：我欲竟此曲，此曲悲且长。（四〇八上）

《考异》："我欲竟此曲"　陈云"竟"疑"竟"误，注同。

案：所校是也。袁本云善作"竞"。茶陵本云五臣作"竞"。各本所见皆非。"竞"即"竟"传写误，非善如此。

证：集注本正文与注文均作"竟"字，非五臣与善本有异，二本本同，传写遂误。《考异》诚是。

7. 卷三十王景玄《杂诗》：日暗牛羊下，野雀满空园。注：……古《猛虎行》曰：日暮不从野雀栖。（四二八上）

《考异》：注"日暮不从野雀栖" 案："日"字不当有。各本皆衍。

证：集注本无"日"字，是。此或承上"曰"字而衍。又此篇"箕帚留江介，良人处雁门"句下注引"刘渠曰"，《考异》云"渠"当为"熙"，亦与集注本同。

8. 卷三十鲍明远《数诗》：二年从车驾，斋祭甘泉宫。注：《汉书》曰：行幸甘泉。《赋》曰：正月，从言车驾。（四二八下）

《考异》：注"行幸甘泉赋曰" 案："甘泉"当重。各本皆脱。

证：集注本作"行幸甘々泉々赋曰"，有重文符号。《考异》甚是。

9. 卷三十沈休文《应王中丞思远咏月》：网轩映珠缀，应门照绿苔。注：……《汉书》曰：班婕妤《自伤赋》曰：潜玄宫兮幽以清，应门闭兮禁闼扃，华殿尘兮玉陛苔，中庭萋兮绿草生。（四三三下）

《考异》：注"楚闼扃" 案："楚"当作"禁"。各本皆讹。所引《外戚传》文。

证：集注本正作"禁"，《考异》是。

10. 卷三一袁阳源《劝古》：寒燠岂如节，霜雨多异同。注：毛诗传曰：燠，煖也。（四四一上下）

《考异》：注"毛诗传曰" 案："毛"下当有"苌"字。各本皆脱。

证：集注本有"苌"字。

11. 卷三一鲍明远《代君子有所思》：蚁壤漏山河，丝泪毁金骨。注：傅玄《口铭》曰：勿谓不然，变出无闻，蚁孔溃河，溜穴倾山。（四四三下）

《考异》：注"变出无闻" 案："闻"当作"间"。各本皆讹。

证：集注本作"间"。

12. 卷三一江文通《杂体诗三十首·潘黄门岳》：青春速天机，素秋弛白日。注：楚诗曰：青春爱谢。（四四七上）

《考异》：注"楚诗爱谢" 何校"诗"改"词"，陈同，是也。"爱"当作"受"。各本皆讹。

证：集注本作"楚辞"，"爱"作"受"。

13. 卷三一江文通《杂体诗·刘太尉琨》：皇晋遘阳九，天下横雾雾。注：……班固《汉书》曰：阳九日初入，百六阳九。（四四八下）

《考异》：注"阳九日" 案："九"下当有"厄"字，"日"当作"曰"。各本皆讹。

证：集注本"九"下有"厄"字，"日"正作"曰"，与《考异》合。

14. 卷三三宋玉《招魂》：刻方连些。注：……雕镂绮木，使方好也。（四七四上）

《考异》："雕镂绮木使方好也" 案："绮"当依《楚辞》

作"连",各本皆讹。

证:集注本正作"连"。《考异》依据《楚辞》正文及其注释,所作校勘,大都与集注本暗合。此类例证在《离骚》里亦复不少。

15. 卷三六任彦昇《宣德皇后令》:文擅雕龙,而成辄削藁。注:……《七略》曰:邹赫子,齐人。齐人为之语曰:雕龙赫。赫言邹衍之术。(五〇四下)

《考异》:"赫言邹衍之术" 案:"赫言邹"当作"言赫修",《史记集解》所引《别录》如此,可证也。各本皆讹。

证:集注本正作"言赫修",《考异》是。

16. 傅季友《为宋公修张良庙教》:若乃交神圯上,道契商洛。注:《答宾戏》曰:齐宁激声于康衢,汉良受书于邳圯,皆俟命而神交,匪词言之所信。(五〇六上)

《考异》:注"汉良受书于坏圯" 案:"圯"当作"垠"。各本皆讹。《汉书》作"沂"。

证:集注本作"垠"字,《文选》卷四五班孟坚《答宾戏》亦作"垠"字。

17. 卷三七曹子建《求自试表》:今陛下以圣明统世,将欲卒文武之功,继成康之隆。注:……《春秋历序》曰:成康之隆,沣泉涌。(五一八上下)

《考异》:注"春秋历序曰" 案:"历"上当有"命"字。各本皆脱。又《劝进表》注引《春秋历序》,亦脱"命"字。

证:集注本正有"命"字,国子监本无,尤刻遂误。

18. 此二臣岂好为夸主,而耀世俗哉。志或郁结,欲逞才力……(五一八下)

《考异》：志或郁结　袁本、茶陵本云善无"志"字。案：《魏志》有，二本所见或传写脱，尤添之，是也。

证：集注本正有"志"字，国子监本无。

19. 使名挂史笔，事列朝荣……（五一九上）

《考异》："事列朝荣"　何校云《魏志》"荣"作"策"。陈云作"策"为是。各本皆形近之讹字耳。

证：集注本作"筞"字，是"策"之异体字。国子监本亦误作"荣"字，遂致淳熙本误。

20. 卷四七陆士衡《汉高祖功臣颂》：韩王窘执，胡马洞开。注：《汉书》曰：人有上书告楚王韩信反。陈平曰：陛下第出，伪游云梦，信闻天子以好游出，其势必郊迎谒，陛下因禽之，此特万世之事也。（六六四上）

《考异》：注"此特万世之事也""万世"当作"一力士"三字。各本皆讹。《汉书》《史记》可证。

证：集注本作"一刀士"，"刀"字乃形近之讹。

21. 卷四七袁彦伯《三国名臣序赞》：汉之得材，于斯为贵。高祖虽不以道胜御物，群下得尽其忠；萧曹虽不以三代事主，百姓不失其业。静乱庇人，抑亦其次。注：《左氏传》，宰孔谓晋侯曰：君务静乱，无勤于行。又，刘子谓赵孟曰：盍远续禹功，而大庇民。（六七〇上）

《考异》：注"盍远续禹功"　案："续"当作"绩"。各本皆误。又案："禹"字不当有，见前，疑不知者添之也。

证：集注本作"绩"，无"禹"字，《考异》是。

22. 卷四九干令升《晋纪总论》：世宗承基，太祖继业。注：干宝《晋纪》曰：世宗景皇，高祖崩，以抚军大将军辅政。

又曰：太祖，文皇帝，母弟也。（六八八上）

《考异》："世宗承基太祖继业"　袁本、茶陵本此二句在"大象始构矣"下。袁有校语云善在"军旅屡动"上。茶陵失著校语，详注中次序，所见与袁、尤无异。何校乙转，陈同。案：依文义是也。各本所见，盖并注误倒一节。《晋书》所载正在下。

注"太祖文皇帝母弟也"　案："母"上当有"景皇帝"三字。各本皆脱。

证：集注本"世宗承基太祖继业"句正在"大象始构矣"句下，注文"母"上有"景帝"二字，此虽未与《考异》全同，却亦见《考异》之绩。

23. 卷五七《马汧督诔》：惟元康七年秋九月十五日，晋故督守关中侯扶风马君卒。呜呼哀哉！初雍部之内，属羌反。未弭，而编户之氓又肆逆焉。注：傅畅《晋诸公赞》曰：惠帝元康五年，武库火。北地卢水胡、兰羌因此为乱，推齐万年为主。（七八五下）

《考异》：注"兰羌"　案："兰"上当有"马"字。《关中诗》注引有。各本皆脱。今《晋惠帝纪》可证也。

证：集注本正有"马"字。

（三）《考异》校勘有与国子监本暗合者

今存国子监本《文选》刊于天圣七年（1029），是现存最早的《文选》刻本。此本今仅存残卷，分藏大陆、台湾两处，合有三十余卷，且每卷多有残缺与漫漶不清之处。尽管如此，因为是现存最早的李善刻本，其在版本演变史上的地位自不待言。

此本的存世，对考察《文选》李善注的变迁有重要的参照价值；它也是考察从抄本到刻本转变的重要依据，对于考察尤刻本的来源、合并本的来源都有重要价值；同样，对于考察《文选考异》校雠的正确与否，它也是重要的版本依据。彭、顾诸人在没有经眼国子监本的情况下，做出的大量校雠判断依然与之相合。下取卷三七（因此卷存全帙）举例明之。

1. 孔文举《荐祢衡表》：弘羊潜计，安世默识，以衡准之，诚不足怪。注：《汉书》曰：桑弘羊，洛阳贾人子，以心计，年十三拜侍中。又曰：张安世，字少孺，为郎。上行幸河东，尝亡书三箧，诏问莫能知，唯安世识之，具作其事。后复购得书以相校，无所遗失。上奇其能，擢为尚书令。（五一五下）

《考异》：注“具作其事”　陈云“作”，“上”误。今案：王文盛刻班《书》是“作”字，章怀注范《书》引亦是“作”字，陈所说非也。

注“无所遗失”　袁本“失”下有“也”字。茶陵本无。此初有而修去之。

证：国子监本正作“具作其事”，陈景云以“作”为“上”，误。后条“失”下有“也”字。《考异》云“也”字初有而修去之，诚是。尤刻淳熙本“遗失”占据三字空间，显然为修改所致。

2. 若衡等辈不可多得。激楚阳阿，至妙之容，掌技者之所贪。（五一六上）

《考异》：“掌技者之所贪”　茶陵本“技”作“伎”，云五臣作“技”。袁本作“技”，无校语。案：袁用五臣也。范《书》作“台牧”，章怀注诸本并作“台牧”，未详其义。融

《集》作"堂牧"。王文盛刻范《书》如此，其实"堂牧"即"掌技"之讹耳。"伎""技"同字，或《选》所据融《集》作"伎"也。

证：国子监本正作"伎"，《考异》推测诚是，以此则知，李善作"伎"，五臣作"技"。茶陵本、袁本分属不同系统，均无误。

3. 诸葛孔明《出师表》：臣亮言：先帝创业未半而中道崩徂。（五一六下）

《考异》："而中道崩徂"　袁本、茶陵本"徂"作"殂"。案：此尤改之也。二本是，《蜀志》正作"殂"。

证：国子监本正作"殂"，《考异》是。

4. ……先帝在时，每与臣论此事，未尝不叹息痛恨于桓灵也。注：桓灵，后汉二帝。用阉竖所败也。（五一七上）

《考异》：注"桓灵后汉二帝用阉竖所败也"　袁本无"用阉竖所败也"六字。茶陵本并善入五臣有之。尤所见同茶陵本而误衍。

证：国子监本无此六字，无者最是，《考异》所言是。

5. 三顾臣于草庐之中，咨臣以当世之事。注：……《荆州图副》曰：……（五一七上）

《考异》：注"荆州图副曰"　袁本、茶陵本无"副"字，是也。

证：国子监本无"副"字，无者是。

6. 今南方已定，兵甲已足。当奖帅三军，北定中原。注：《尔雅》曰：奖，劝也。（五一七上）

《考异》：注"尔雅曰奖"　袁本、茶陵本"尔"作"小"

字，是也。

证：国子监本正作"小"字，今《尔雅》亦无此条，《小尔雅·广诂》有"奖、率、厉，劝也"，正与此合。《考异》是。

7. 曹子建《求自试表》：是以上惭玄冕，俯愧朱绂。（五一八上）

《考异》："俯愧朱绂"　茶陵本"愧"下校语云五臣从"忄"。袁本云善从"女"。此亦以五臣乱善。下文"以灭终身之愧"，二本所见亦当善作"媿"，失著校语，非。《魏志》皆作"愧"。

证：国子监本、集注本均作"媿"，善本不必与《魏志》同。

8. 故启灭有扈，而夏功昭。注：《尚书》曰：启与有扈战于甘之野。（五一八上）

《考异》：注"尚书曰启"　袁本、茶陵本"曰"上有"序"字。此初有而修去之。案：有者是也。下"尚书曰武王崩"，各本皆脱"序"字。

证：国子监本有"序"字。尤刻本"尚书"二字字疏，占据三字之空间，似后来修改者。《考异》推测良是。

9. 若此二子，岂恶生而尚死哉。诚忿其慢主而陵君也。夫君之宠臣，欲以除害兴利。（五一八下）

《考异》："欲以除害兴利"　袁本、茶陵本"害"作"患"。案：《魏志》作"患"。二本是也。

证：国子监本正作"患"，《考异》是。

10. 若东属大司马，统偏师之任。注：……臣瓒《汉书注》

曰：统由总览也。（五一九上）

《考异》：注"统由总览也" 袁本、茶陵本"由"作"犹"，是也。

证：国子监本正作"犹"字，《汉书》卷五十八《公孙弘卜式兒宽传》"陛下躬发圣德，统楫群德"句下臣瓒注正作"犹"字。《考异》是。

11. 冀以尘露之微，补益山海。注：谢承《后汉书》，杨乔曰：犹尘附泰山，露集沧海，虽无补益，款诚至情，犹不敢嘿也。（五二〇下）

《考异》：袁本、茶陵本重"嘿"字，是也。

证：国子监本正作"嘿嘿"。

12. 曹子建《求通亲亲表》：昔周公吊管蔡之不咸，广封懿亲，以藩屏王室。（五二一上）

《考异》："以藩屏王室" 茶陵本"藩"作"蕃"，注同。校语云五臣作"藩"。袁本作"藩"，无校语。案：袁本用五臣也，此以五臣乱善。《魏志》作"藩"。"藩""蕃"通用耳。

证：国子监本、集注本均作"蕃"，此当善本作"蕃"，五臣作"藩"。

13. 齐义于贵宗，等惠于百司。如此，则古人之所叹，风雅之所咏，复存于圣世矣。臣伏自思惟，岂无锥刀之用。注：《东观汉记》，黄香上疏曰：以锥刀小用，蒙见宿留。（五二一下）

《考异》：注"东观汉记"下至"蒙见宿留" 袁本此十八字作"锥刀之用已见上文"八字，是也。茶陵本复出，同此，非。

证：国子监本正同袁本作"已见"云云，《考异》是。

14. 羊叔子《让开府表》：诚在宠过，不患见遗，而猥超然降发中之诏，加非次之荣。（五二二下）

《考异》："诚在宠过"　袁本、茶陵本"宠过"作"过宠"。案：《晋书》正作"过宠"，此尤误倒耳。

证：国子监本正作"过宠"，《考异》是。

15. 李令伯《陈情事表》：祖母刘，愍臣孤弱，躬亲抚养。（五二三下）

《考异》："躬亲抚养"　袁本、茶陵本"亲"下校语云：善作"见"。案：此以五臣乱善。《蜀志注》《晋书》皆作"见"。"见"是，"亲"非。

证：国子监本正作"见"，《考异》是。

16. 茕茕独（注：一作子）立，形影相吊。（五二四上）

《考异》：注"一作子"　案：此校语错入也，即谓五臣作"子"，观袁、茶陵二本校语皆可见。如《谢平原内史表》"岐"下云一作"崎"，亦即谓五臣作"崎"也。《蜀志注》《晋书》皆作"子"。

证：国子监本此注无，《考异》所言甚是，此确为校语之阑入善注。以此亦可证明尤刻本非纯粹来自李善单注本，亦有合并本。

17. 陆士衡《谢平原内史表》：入朝九载，历官有六，身登三阁，官成两宫。注：……两宫，东宫及上台也。（五二五上）

《考异》：注"两宫东宫及上台也"　袁本无此八字，所载五臣向注有之。茶陵本并善入五臣，尤盖因此错混耳。袁本是也。

证：国子监本亦无此八字。《考异》是。

18. 臣之微诚，不负天地，仓卒之际，虑有逼迫，乃与弟云及散骑侍郎袁瑜。注：王隐《晋书》曰：袁瑜，字世都。（五二五上）

《考异》：注"王隐晋书曰袁瑜" 袁本、茶陵本"袁"作"爰"。案：二本是也。爰，姓，见《广韵》"爰"字下。

证：国子监本正作"爰"字。

19. 刘越石《劝进表》：三月癸未……司牧黎元。注：……《孝经钩命决》曰：天有顾盼之义，授图于黎元。（五二六上）

《考异》：注"授图于黎元" 袁本、茶陵本"于"作"子"，是也。

证：国子监本正作"子"，淳熙本形近而讹。

20. 深谋远虑，出自胸怀。注：《过秦论》曰：深谋远虑，行军用兵之道，不及曩时之士也。（五二九上）

《考异》：注"不及曩时之士也" 袁本、茶陵本"曩"作"嚮"，是也。《汉书》作"曩"，后五十一卷同。《史记》作"郷"，"郷"即"嚮"字，与此同。各有所出，不妨两见。善例每如此。

证：国子监本作"嚮"字，《考异》是。

（四）《考异》校勘有与奎章阁本暗合者

韩国奎章阁所藏六臣注本《文选》属六家本系统，成于朝鲜世宗时期，时当中国明代宣德年间。此本虽晚，然其底本乃成于北宋哲宗元祐九年（1094）的秀州州学本，依据其卷末所附跋语知，此本李善注即依据天圣年间国子监本。因此，在国子监本目前残缺不全的情况下，奎章阁本在很大程度上能够代替监本。《考异》校勘与国子监本残卷暗合者甚多，至于监本不存的卷帙如何，这就需要依据奎章阁本比对。下以《文选》卷十二举例明之。

1. 木玄虚《海赋》：长波涾（徒苔）涺（杜我），迤（羊氏）涎（延）八裔。（一七九下）

《考异》：注"延"　袁本、茶陵本作"涎音延"三字，在注末，是也。

证：李善注音注本不在正文中，均随注作音注。合并本的出现，混淆了李善与五臣的音注。先有六家本，正文以五臣为主，五臣音注随正文而出，遂删减了部分李善注释中的音注。从合并本再到李善单注本，遂导致音注混乱，此即明显一例。《文选》卷十二中，这种情况比比皆是。所幸的是，最早的六家本，即奎章阁本的底本秀州本，还在不同程度上保留了一些善注的音注。此例奎章阁本尚保存了李善的音注，在注文末作"涎音延"，正可证《考异》之言确凿无误。

《文选》卷十二中，此种现象以《考异》所提及者尚有：木玄虚《海赋》注"旷远之貌"条（一八〇上），注"彼苗"条（一八〇上），注"不平貌"条（一八〇下），注"乙于"条（一八〇下），注"答"条（一八〇下），注"奴冷"条（一八〇下），注"波相吞吐之貌"条（一八〇下），注"充制反"条（一八一下），注"劳"条（一八一下），注"镂"条（一八一下），注"七邓"又注"邓"条（一八二下），注"卢"条（一八二下）；郭景纯《江赋》注"潏渤水声也"条（一八五上），注"鯠似绳"条（一八五下），注"郭璞曰"条（一八五下），注"曜也"条（一八五下），注"呼甘"条（一八六上），注"併船也"条（一八八下）。

2. 于是乎禹也，乃铲临崖之阜陆，决陂潢而相沃。（一七九下）

《考异》："决陂潢而相沃"　案："沃"当作"沃"，注"沃灌也"同。茶陵本云善作"沃"，袁本云善作"沃"，所见皆误也。"沃"与下句"凿"协，字讹而失其韵。

证：奎章阁本正文悉依五臣，作"浚"，此或有误，然其有校语云"善本作沃"，此正可明《考异》所言为是。

3. 盘盂（乙于）激而成窟，溯（七笑）溯（土含）濼（桀）而为魁。注：……毛苌《诗传》曰：傑，特立也。濼与傑同。……（一八〇下）

《考异》：注"濼与傑同"　袁本、茶陵本无此四字。案：所见不同也，似有者是矣。

证：诸合并本中，奎章阁本最能保存原貌，此本正有此四字，考之所引《毛传》之文，亦当有此四字。《考异》推测是。

4. 或擎（充制）擎洩（余制）洩于裸人之国，或汎汎悠悠于黑齿之邦。注：……《淮南子》曰：自西南至东南，有裸人国，黑齿民。许慎曰：其民不衣也，其人黑齿也。（一八一下）

《考异》：注"其人黑齿也"　茶陵本"黑齿"作"齿黑"，无"也"字。案："齿黑"是也。袁本亦误与此同。

证：奎章阁本正作"齿黑"，可证《考异》为是。

5. 芒芒积流，含形内虚。注：班彪《览海赋》曰：余有事于淮浦，观沧海于茫茫。（一八三上）

《考异》："芒芒积流"　袁本、茶陵本"芒芒"作"茫茫"，是也。

证：奎章阁本正作"茫茫"，且善注引班彪《览海赋》语作"茫茫"，又无说明，亦可证正作为"茫茫"。《考异》是。

6. 郭景纯《江赋》：惟岷山之导江，初发源乎滥觞。注：惟，发语之辞也。岷山导江，东别为沱。……（一八三下）

《考异》：注"东别为沱"　袁本作"已见上文"，是也。茶陵本复出，与尤同误。

证：奎章阁本作"已见上文"。已见例中，尤本多有复出者。

7. 若乃曾潭之府，灵湖之渊。注：郑玄《毛诗笺》曰：曾，重也。王逸《楚辞注》曰：楚人名渊曰潭府。（一八五上）

《考异》：注"楚人名渊曰潭府"　袁本"府"下有"已见上文"四字。案：此尤误删也。潭，句绝，"府已见上文"五字为一句，谓《海赋》"水府之内"引刘劭《赵都》为注也。茶陵本亦误与此同。

证：奎章阁本同袁本，《考异》云"潭"句绝，诚是，下又有"府"字，显然有脱文。

8. 类肧（普抔）浑之未凝，象太极之构天。注：言云气杳冥，似肧胎浑混，尚未凝结，又象太极之气，欲构天也。《淮南子》曰：孕妇三月而肧胎。（一八五上）

《考异》：注"似肧胎浑混"　袁本、茶陵本"混"作"沌"，下皆同，是也。陈云当作"沌"。

注"孕妇三月肧胎"袁本、茶陵本无"胎"字。案：此《精神训》文也。今本作"三月而胎"，必善所引者作"肧"字，尤袠校改，遂误两存。

证：前者奎章阁本作"沌"字，后者作"孕妇三月肧"，由此可证《考异》之确。

9. 蜦（伦）蟳（团）鲎（候）蝐（媚）……。注：……生乳海边曰沙中，肉极好，中啖。（一八五下）

《考异》：注"生乳海边曰沙中" 袁本、茶陵本无"曰"字，是也。

证：奎章阁本无"曰"字。

10. 紫菜荧晔以丛被，绿苔鬖（所咸）髿（沙）乎研上。注：……《说文》曰：研，滑石也，研与砚同，五见切。（一八六下）

《考异》：注"说文曰研" 袁本"研"作"砚"，是也。茶陵本亦误作"研"。

证：奎章阁本作"砚"字，今本《说文》作"砚，石滑也"，且善注又云"研与砚同"，由此可证当为"砚"字。《考异》是。

11. 或颎（古迥）彩轻涟，或焆（涓）曜崖邻。注：焆，已见上文。《说文》曰：邻，水崖间邻邻然也。力因切。（一八六下）

《考异》：注"邻水崖间邻邻然也" 袁本三"邻"字皆作"瞵"。案：此"邻"之别体字，最是。茶陵本亦皆作"邻"，与此同误。

证：奎章阁本写作"瞵"，又《说文》曰"邻，五家为邻"，"瞵，水生厓石间，瞵瞵也"。以此而证，三"邻"字均当为"瞵"，瞵为其别体。《考异》是。

12. 濯翯疏风，鼓翅翻（许聿）閖。注：……《礼记》曰：凤以为畜，故鸟不猹；麟以为畜，故兽不狘。郑玄曰：猹狘，

飞走之貌。翾与獝同。(一八七上)

《考异》:注"翾与獝同" 案:当作"翾翄与獝狘同",各本皆脱。

证:奎章阁本不脱,正作"翾翄与獝狘同",《考异》是。

13. 扬皞(杲)耗(二),擢紫茸。注:而容反。皞,白也。耗与茸,皆草花也。(一八七上)

《考异》:注"耗与茸"袁本、茶陵本无"与"字,是也。

证:奎章阁本无"与"字。

14. 涯灌芊(千见)莱(力见),潜荟(乌外)葱茏(郎公反)。注:涯灌则丛生也。……(一八七上)

《考异》:注"涯灌则丛生也" 袁本、茶陵本"则"作"厓侧"二字,是也。

证:奎章阁本正作"厓侧"二字。

15. 舟子于是搦(女角)棹,涉人于是攁(鱼绮)榜。(一八八下)

《考异》: "涉人于是攁榜" 袁本、茶陵本"攁"作"樣",是也。注同。

证:奎章阁本正作"樣"。

16. 飞廉无以睎其踪,渠黄不能企其景。注:……《毛诗》曰:跂予望之。郑玄曰:举足,则望见之。企与跂同。(一八八下)

《考异》:注"企与跂同" 袁本、茶陵本"同"作"通",是也。

证:奎章阁本作"通"。

17. 经纪天地,错综人术。注:言以综为喻也。……(一八九下)

《考异》：注"言以综为喻也" 袁本、茶陵本"综"作"织"，是也。（一八九下）

证：奎章阁本作"织"。

18. 妙不可尽之于言，事不可穷之于笔。若乃岷精垂曜于东井，阳侯遁形乎大波。注：……《史记》曰：五星聚于东井。阳后，阳侯也。高诱《淮南子注》曰：杨国侯溺死于水，其神能为大波。……（一八九下）

《考异》：注"杨国侯" 案："杨"当作"阳"。各本皆讹。此《览冥训》注也。今本云"阳侯，陵阳国侯也"。盖善节引之。

证：奎章阁本正作"阳"字。

（五）对《文选考异》校勘精审的分析

有清一代，崇尚汉学，治学从文字音韵始，审定文献，辨别真伪，重校勘，正谬误，讲求无征不信。其先始于经学，遂波及四部，对《文选》之校勘即产生于此种学术氛围中。清代选学兴盛，名家辈出，大都始于校勘。《文选考异》既代表着清代《文选》校勘的最高成就，又是在时人《文选》校勘成就之上的精益求精，虽《考异》序中云"何义门、陈少章断断于片言只字，不能絜其纲维"，然其对二家校勘之成就颇多吸收。何焯为学长于考订，《清代朴学大师列传》将其归于校勘目录学家，云"先生精于校书，所蓄数万卷；又多见宋元旧本，点勘讹脱，分别丹黄，藏书得何氏校本，以为至宝"[1]。何义门《读

---

① 支伟成：《清代朴学大师列传》卷十九，上海泰东图书局1925年版，第525页。

书记》中有关《文选》者凡五卷，多有发明。陈少章少从何焯
游，博通经籍，有《文选校正》三卷。《考异》中每每言"陈
云""何云"，对二家《文选》之校勘，或证其是，或辨其非，
皆随文而出。故《考异》虽仅参校袁本、茶陵二本，而何、陈
亦曾参校他本，《考异》之成，亦可言之广校众本。此为《考
异》校勘精审的原因之一。

　　《考异》的校本为合并本的袁本、茶陵本。此二本后出，袁
本刊刻于明代嘉靖年间，陈本刊刻于元代大德年间，虽然有以
后起之本校前本的嫌疑，然二本自有其传承系统，有其作为校
勘尤刻的依据。袁本属六家本系统，其以宋代广都裴氏本为底
本进行覆刊，所以在很大程度上保存了广都本的原貌，也正因
为如此，后来的伪宋本多以其进行改装打扮。广都裴氏本一般
认为刊于北宋末年的正和年间，笔者虽存疑义，然其刊于淳熙
尤本之前是可以肯定的，因此，袁本具备了校勘淳熙本的价值。
茶陵本属于六臣本系统，其来源于赣州本。赣州本初刊于南宋
初年的绍兴年间，亦早于尤袤的淳熙本，且淳熙本与赣州本有
密切的亲缘关系，袁本以此亦具备了校勘淳熙本的价值。袁本
与茶陵本本身的传承系统使其在很大程度上保存了尤刻本之前
的《文选》实际面貌，不仅使其具备了校勘尤刻本的价值，而
且亦是《考异》校勘精审的重要原因之二。

　　《文选考异》有明显的崇李善、轻五臣的趋向，这是清代学
术大势决定的。李善注《文选》的重要特征在于广征博引，讲
求"无一字无来历"，遂成其"淹贯该恰，号为精详"（尤本
序）的特色。李善旁征博引的大量典籍，成为《文选》校勘的
重要依据。尽管李善注《文选》不尽全引，其所引之典籍仍能

承担《文选》校勘的责任。历史上几次重要的《文选》刊刻，也大多以此种方式进行校勘梳理。《考异》在《文选》刊本难觅的情况下，采取了检核善注所引典籍的办法。此以李善成书所引文献作为参校的方法，不仅能解决不少由于形近而讹、传抄造成的衍文、脱字以致难通者，甚至能够发现善注存在的个别谬误。此为《考异》精审的原因之三。

顾广圻、彭兆荪为有清一代的校勘名家，具有渊博的学识。顾广圻读书广博，时人称之为"万卷书生"，当其时，孙星衍、秦恩复、黄丕烈、吴鼒、张敦仁等，"莫不推重，延之刻书"。他先后校刻过《说文》《古文苑》《广律义疏》《通鉴》《扬子法言》《骆宾王集》《吕衡州集》《国语》《国策》《晏子》《韩非子》《礼记》《仪礼》等①，校刻之书，均称善本。彭兆荪曾为胡克家幕僚，与顾广圻同校《通鉴》诸书。顾、彭二氏涉猎的广泛、学识的渊博以及长期校勘的经验，使其具备了精湛的识见。《考异》中无版本依据而断其是非者，考之今之所见诸《文选》版本，多有暗合，诚叹二人校雠之识见。此为《考异》精审的原因之四。

《文选考异》综合运用了多种校勘方法：对校、本校、他校、理校。最能体现《考异》精审之处，则在本校与理校方面。比如，以注文改正文例，在《考异》中比比皆是，而这些地方正是李善与五臣混淆之处，《考异》的意图则在尽力恢复"崇贤旧观"，此类校勘能够在很大程度上厘清李善本与五臣本的《文

---

① 支伟成：《清代朴学大师列传》卷十九，上海泰东图书局 1925 年版，第 535—536 页。

选》正文之本来面目。又如，《考异》中以理校的方法进行的校雠，大多能合前本，这最能体现顾、彭二人的精湛识见，如《考异》中以校语错入注文的条目，切中肯綮，且暗合此前诸本，这是《考异》的一大发明。再如，李善引书传抄中脱"注""序"之类，李善音注随注出现而并不随正文夹音，等等，大都与诸本相合。多种校勘方法的综合运用，是促成《考异》精审的原因之五。

《文选考异》虽然大都言必有据，切中肯綮，但毕竟受到参校本的限制，更严重的是其依据的底本是一个淳熙本之后的本子，不是初刻，因此底本与尤刻本之间已经存在了距离。在此种情况之下，《考异》中也出现了一些不尽如人意之处，下面分类举例辨正。

二、《文选考异》辨

（一）前本已如此，误诬尤袤改者

《考异》依据袁本、茶陵本校尤刻本的一个后起本，每遇与二本不合者，或认为有问题之处，多认为为尤袤编纂时增减。其实，有不少地方，并非尤氏所为，尤本之前诸本就已如此。以卷二为例明之。

1. 于前则终南太一。注：二山名也。善曰：《尚书》曰：终南惇物，至于鸟鼠。《汉书》曰：太一山，古文以为终南。《五经要义》曰：太一，一名终南山，在扶风武功县。此云终南、太一，不得为一山明矣。盖终南，南山之总名；太一，一山之别号耳。（三七下）

《考异》：注"二山名也"　袁本、茶陵本作"终南太一二名也"七字。案：二本是也。"二名也"者，谓一山有二名，观下注可见，尤校改非。

辨：奎章阁本亦同袁本、茶陵本，有此七字。然此非尤袤校改，国子监本已作"二山名也"。梁章钜、胡绍煐均辨"终南太一"为二山①，合其所列证据有三：一是《文选》卷十潘岳《西征赋》云"面终南而背云阳"，下又云"太一巃嵷"，则显然视为二山；二则据秦氏《三秦记》"其山从长安西向可二百里，中有石室。尝有一道士，自言太乙之精"，疑太乙山因此得名，"太一在骊山西，去长安二百里，中有石室、灵芝"，既在长安西，似非终南山矣；三是傅玄赋云"终南郁以巍峨，太乙凌乎苍昊"，二山并举。因此而言，《考异》所言两点均非是。

又《考异》：注"此云终南太一不得为一山明矣"　袁本、茶陵本无"不得为一"四字。案：二本有脱文，今无以补之。尤所校添，未必暗同善旧也。

辨：奎章阁本同袁本、茶陵本。国子监本此处略漫漶不清，然尚能辨清其有此四字，故可以肯定，此四字绝非尤刻校添，有者为善注较早形态。

2. 隆崛崔崒，隐辚郁律。注：山形容也。善曰：《埤苍》曰：崛，特起也，鱼勿切。崔，徂回切。崒，情律切。辚，怜轸切。（三七下）

《考异》：注"山形容也"　袁本、茶陵本"山"上有"隆

---

① 梁章钜撰，穆克宏点校：《文选旁证》卷二，福建人民出版社2000年版，第45页。胡绍煐撰，蒋立甫校点：《文选笺证》卷二，黄山书社2007年版，第37—38页。

崛之类皆"五字。案：尤校删，非。

辨：奎章阁本同袁本、茶陵本。国子监本同尤刻本，因此，绝非尤袤所校删者。从此例以及上面几例来看，尤刻淳熙本时一定是参考了国子监本。《考异》以此处为尤氏删减，非是，国子监本已如此。

3. 爰有蓝田珍玉，是之自出。注：蓝田，弘农县也。善曰：《尔雅》曰：爰有寒泉。范子计然曰：玉英出蓝田。是之自出，谓玉出自蓝田之中也。（三七下）

《考异》：注"善曰尔雅曰爰有寒泉"　袁本、茶陵本无"善曰"二字。案：各本皆有，误也。"尔雅曰"与"爰有寒泉"，不相承接，今无以订之。尤校添"善曰"，仍未得善旧也。

辨：奎章阁本亦有"善曰"二字。明州本为"综曰"，"综曰"涵此句下"范子计然曰"云云。国子监本与尤刻本同，故此绝非尤校添者。至于"尔雅曰"与"爰有寒泉"不相承接，盖国子监编纂者所误。"爰有寒泉"出自《诗经·邶风·凯风》，非《尔雅》中语，《尔雅》或为《毛诗》之讹。梁章钜认为：此注疑在下节"九崚甘泉，涸阴沍寒"之下。薛综注"其处常阴寒"之语，可见或误以承"爰有"之文耳。《尔雅》亦当为《毛诗》之讹。[1] 此仅备一说。

4. 奋隼归凫，沸卉耕旬。注：奋，迅声也。隼，小鹰也。善曰：《周易》曰：射隼高墉之上。耕，芳耕切。旬，火宏切。（四四下）

---

① 梁章钜撰，穆克宏点校：《文选旁证》卷二，福建人民出版社 2000 年版，第 45 页。

《考异》：注"奋迅声也"　袁本、茶陵本无此四字。案：无者最是。详袁、茶陵所载五臣注有"沸卉砰訇，鸟奋迅声"之语，既不得于"奋"字读断，亦不得移作上句之解。尤不察所见正文"奋"为"集"之误，乃割取五臣增多薛注以实之，斯误甚矣！

辨：《考异》此条大误。此五字非来自五臣，亦非尤氏割取五臣而成，此为薛综注。永隆抄本有此四字，时五臣注尚未问世，何来割取五臣注之说。此四字正是导致善本正文讹误的源头。薛注：奋迅声也。后人断为"奋，迅声也"，遂改"集"为"奋"。其实，此薛综释"沸卉砰訇"四字，于其下云"奋迅声也"，不当读断。"奋迅"为古成语，如《尔雅》郭璞注云"振者，奋迅"，《后汉书·耿纯传》云"奋迅拔起"，《后汉书·范滂传》云"天下之士奋迅感慨"，《晋书·五行志中》云"有赤龙奋迅而去"。《文选》卷十潘安仁《西征赋》云"奋迅泥滓"，善注引《东观汉记》云"赵憙奋迅行伍"。卷十三祢正平《鹦鹉赋》云"顾六翮之残毁，虽奋迅其焉如"，卷四八扬子云《剧秦美新》云"会汉祖龙腾丰沛，奋迅宛叶"。诸如此类，均视其为一成语。五臣注来自薛注，易解。《考异》云正文"奋"为"集"诚是，其余之言则全非。今人伏俊琏亦力主此说。①

（二）据善注例、校雠例而误判者

《考异》之精审，亦源于其校雠方法之精审。《考异》每于

---

① 伏俊琏：《敦煌唐写本〈西京赋〉残卷校诂》，载于《敦煌文学文献丛稿》，中华书局 2004 年版，第 214—215 页。

善注之中总结体例，再用于尤本之校雠，此循环论证式的内证，的确解决了不少注文多寡等异同问题。又《考异》校雠中发明的校语误入注文的体例，亦颇高明。又《考异》以正文与注文互证，或改正文，或改注文，亦多有与前本相合者。然在具体的校雠过程中，亦偶有不审而误用者，如：

1.《西京赋》：青骹挚于韝（沟）下，韩卢噬于继末。注：……善曰：《说文》曰：骹，胫也。《战国策》淳于髡曰：韩国卢者，天下之骏狗也。骹，苦交切。继，音薛。《礼记》曰：犬则执绁。郑玄注曰：绁、纠、靮，皆所以系制之者。守犬、田犬问名，畜养者当呼之名，谓若韩卢、宋鹊之属。（四六上）

《考异》：注"战国策"下至"天下之骏狗也"　案：依善例，当作"韩卢已见上文"，此十七字不当有。各本皆误。此类不尽出。

辨：永隆本、国子监本、奎章阁本均如此。此非复出，前释"东郭"，此释"韩卢"，引文相同，详略不同，释者非一。否则，二处位置如此接近，仅隔一个注释群，善注定不会复出违背已见体例。此误判源于对善注已见体例的先入为主，没有仔细分析善注之意图。

2.《西京赋》：擿漻澥，搜川渎。布九罭，设罜麗。注：漻澥，小水别名。擿、搜，谓一一周索也。善曰：《毛诗》曰：九罭之鱼鳟鲂。《尔雅》曰：九罭，鱼网。《国语》里革曰：罝罜罜麗。韦昭曰：罜麗，小网也。……（四七下）

《考异》：注"罝禁罜麗"　案："罝"字不当有。各本皆衍。此盖有依《国语》记"罝"与"罜"旁者，而误在"禁"

上也。

辨：永隆本作"禁罝罔罴"，是。此《考异》过分依赖其校雠义例而误判。伏俊琏云：今本《国语·鲁语上》"鸟兽成，水虫孕，水虞于是禁罝罔罴"韦昭注"罔罴，小网也"，《荀子·成相篇》杨倞注引《国语》作"禁罝罔罴"，宋明道本《国语》亦作"禁罝罔罴"。至如此处善注引"韦昭曰"云云，误，王引之《经义述闻》已辨之。①《考异》所言非。

3. 丧精亡魂，失归忘趋。投轮关辐，不邀自遇。注：言禽兽亡失精魂，不知所当归趋也。反关入轮辐之间，不须邀逐，往自得之。趋，向也。邀，遮也。（四五下）

《考异》：注"趋向也"　案："趋"当作"趋"。各本皆讹。

辨：因尤刻本正文作"趋"，《考异》遂如是说。永隆本正文作"趋"，国子监本漫漶，奎章阁本亦作"趋"，且无校语。永隆本无此条注。正文既已作"趋"，注文亦当作"趋"。尤刻讹在正文，注不误。《考异》非。

（三）强调李善、五臣二家正文之异而误判者

对于此种情况，《考异》多云五臣乱善，事实是善本与五臣本原本本无差异，后因过分强调李善、五臣之异，遂有区分。如：

1. 属车之篸，载猃獢猇。注：大驾最后一乘，悬豹尾，以前为省中侍御史载之。篸，副也。善曰：《古今注》曰：豹尾

---

① 伏俊琏：《敦煌唐写本〈西京赋〉残卷校诂》，载其《敦煌文学文献丛稿》，中华书局 2004 年版，第 227 页。

车,同制也,所以象君豹变。言尾者谨也。属车,已见《东都赋》。《毛诗》曰:輶车鸾镳,载猃猲獢。毛苌曰:猃、猲獢,皆田犬也。长喙曰猃,短喙曰猲獢。篷,初遘切。猃,吕验切。獢,许乔切。(四五上)

《考异》:"载猃獥獢" 案:"獥"当作"猲"。茶陵本作"猲",校语云五臣作"獥"。袁本作"獥",用五臣也。二本注中字,善"猲"五臣"獥",皆不误。袁但正文失著校语。尤注中上二字"猲",末一字并改为"獥",歧出,非也。 "獥""猲"同字。凡善、五臣之异,不必其字不可通也。各还所本来,而同字亦较然分别矣。全书例如此。

辨:《考异》以为此处善本作"猲",五臣作"獥"。然永隆本、国子监本、奎章阁本俱作"猲",李善、五臣此处正文本无差别,注文亦与正文写法合,唯永隆本注中作"短喙作歇",永隆本多用俗字。此李善、五臣原本同而后纷扰者,或尤氏所为发端。《考异》误。

2. 摘潫瀣,搜川渎。布九罭,设罜麗。注:潫瀣,小水别名。摘、搜,谓一一周索也。善曰:《毛诗》曰:九罭之鱼鳟鲂。《尔雅》曰:九罭,鱼网。《国语》里革曰:罜禁罜麗。韦昭曰:罜麗,小网也。摘,土狄切。潫,音了。瀣,音蟹。罭与緎,古字通。罭音域。罜音独。麗音鹿。(四七下)

《考异》:"布九罭" 案:"罭"当作"緎"。善注"罭"与"緎"古字通,谓引《毛诗》《尔雅》之"罭"与正文之"緎"通也。盖善"緎"、五臣"罭",而各本乱之。

辨:永隆本、国子监本、奎章阁本俱作"罭"字,作"罭"字不误。永隆本引《毛诗》作"九域",引《尔雅》作

"九罭"，下注云："罭与域古字通"，则是牵合牵《毛诗》以合正文、《尔雅》。故正文为"罭"，注文"緎"则当为"域"，传抄错讹，遂至段玉裁、《考异》如是说，《考异》误。

3. 含利飔飔，化为仙车。骊驾四鹿，芝盖九葩。注：含利，兽名。性吐金，故曰含利。飔飔，容也。骊，犹罗列骈驾之也。以芝为盖，盖有九葩之采也。善曰：飔，呼加切。（四八下）

《考异》："骊驾四鹿"　案："骊"当作"丽"，薛注云"骊犹罗列骈驾之也"。"骊"亦当作"丽"。唯薛正文作"丽"，故如此注之。若作"骊"不可通。善必与薛同。袁、茶陵二本所载五臣济注云"仍以骊马驾之"，是其本乃作"骊"。各本以之乱善而失著校语，又并薛注中字改为"骊"，甚非。

辨：永隆本、国子监本、奎章阁本俱作"骊"。此绝非五臣乱善，善于五臣本无异，永隆本可证，其时五臣注尚未问世。《考异》非。

（四）因所据底本有误而误判者

胡刻本的底本虽亦属尤刻本系统，然而，它显然是一个屡经修补的本子，与淳熙本之间已经存在差异，依据这样的本子作为底本进行的校雠，难免出现诬尤之处。如：

《西京赋》：礔砺激而增响，磅磕象乎天威。增响，委声也。磅磕，雷霆之音，如天之威怒。善曰：礔，敷赤切。磅，怖萌切。磕，古盖切。（四八下）

《考异》：注"委声也"　袁本、茶陵本"委"作"重"，是也。案：此与上注"重声也"可互证，皆又校改之而误。

辨：此非尤袤校改，因为淳熙本正作"重"，本不误，永隆本、国子监本、奎章阁本亦均作"重"，此胡刻本之底本误。

中华书局影印尤刻淳熙本的《影印说明》云："这个本子，目录和《李善与五臣同异》中有重刻补版，正文六十卷中除第四十五卷第二十一页记明为'乙丑重刊'外（在影印本中这一页已改用北京大学图书馆中的初版），其余部分还是尤刻的初版。"依据此说明，此本正文部分当全是初版，然而，在笔者的检阅中，却发现多处补版、修版处存在，这些地方字体、字数等方面均迥异于他处。更为值得注意的是，这些地方，恰恰是有问题的地方，《考异》中对这些地方均作了校雠。由此可以推测：这些行款明显异于他处者，乃淳熙本的递修增补所为，从其字距方面看，补版之处与初刻本之间显然不同。易言之，淳熙本的这个递修本的补版修版并没有依据其初版的本子，而是依据了一个合并本，并且很有可能属于赣州本系统。

之所以如此推定，首先在于一些修版的地方明显保存了修补的痕迹，如某一行为全部修补，上下板框处尚能清晰看到与板框相接处的痕迹。中华书局的这个影印本，明显是淳熙本的一个递修本，且根据我们与胡刻本的对校来看，胡刻本显然是承此本的后来本所刻，因为在行款方面均模仿之。

如果推测无误，那么《考异》中的不少条目可能并不是尤袤所为而代人受诬者，仅以卷二为例，此种情况包括：注"言帝王必欲顺阳时"条（三七上），注"夫筋之所由惨恒由此作"条（三七上），注"于陈仓北坂城祠之"条（三七下），注"云野鸡夜鸣"条（三七下），注"至于鸟鼠"条（三七下），注"尚书曰肆予敢求尔于天邑商"条（三八上），注"弥竟也言望之极目"条（四一下），注"水潦瀎也"条（四一下），注"夷

坚闻而志之"条（四三下），注"小说家者流盖出于稗官"条
（四五上下），注"礼记曰犬"下至"谓若韩卢宋鹊之属"条
（四六上），皇恩溥洪德施注"皇，皇帝。普博施也"条（四七
上）等，此类情况在中华书局影印淳熙本中不为少见，应该引
起我们的重视。

（五）《文选考异》疏误的原因分析

《考异》代表着清代《文选》校勘的最高成就，然而由于
时代限制等原因，难免白璧微瑕，不可避免地存在着误判的条
目。追溯造成疏误的原因，对《文选》的校雠当有所借鉴。

首先，在底本方面，《考异》使用的不是南宋淳熙八年的尤
袤初刻本，而是一个后起本，而这个后起本虽然在版式行款方
面与淳熙本基本相同（这从胡刻本与淳熙本的对照中可以看
出），但显然经过了不止一次的修补。并且，从现存的所谓淳熙
本（中华书局 1974 年影印）来看，这个本子也经过不止一次的
局部修补，而且修补的意图似乎并不是恢复淳熙本的面貌，而
是有意识地做了一些改动，因此造成修补字体、每行字数与他
处迥然不同。通过这种方式推测，胡刻所用底本的变化或许会
更大，因此，在尤刻本系统内部，已经存在着不少变异。如果
再用此出现变异的本子推测尤袤的更动问题，自然会造成一些
误判，会出现本非尤氏所为而强加其罪的可能。这是《考异》
存在问题的一个客观因素。

其次，《考异》所用校本仅限袁本、茶陵本两种。严格而
言，这根本不属于统一版本系统。尤刻为李善单注本，校本为
合并本，且一为六家本，一为六臣本。在此种状况下，意欲取

底本之前版本作对校的可能就不存在,而六家与六臣本异同互出,有时就难以作出肯定结论。《考异》中有不少存疑之处,一则体现了顾千里、彭甘亭校雠之谨慎,另外也在某种程度上降低了《考异》的价值。进一步而言,《考异》参阅了陈景云、何义门的一些校勘成果,此二人的校本中存在李善单注本,如毛氏汲古阁本。但这是一个后起的本子,并且存在不少问题。校本的严重缺失,是《考异》出现失误的第二个客观因素。

第三,《考异》在校雠中,经常以李善注所引诸书作为参校本,这在一定程度上能够弥补校本缺失的局限。不过,李善注在引书时,并没有今日所要求的严谨,或者节引,或者改编,甚至在释义时有改动字书以适应正文文字的不少地方,李善多随文而注,并没有严格的引征原则与标准。此种状况的存在,有时难免会造成误判,尽管《考异》已经有意识地注意到了此问题。这是《考异》出现失误的第三个客观因素。

第四,《考异》取得突出成就的原因之一在于从善注中提出义例,再以此绳墨注释。李善注例的贯穿是否整齐划一,这很难作出判断。再者,《考异》在运用善注体例时,有时也不够一贯,有时也出现误判:或者过分依赖注例,或者运用注例不够谨慎,忽略具体的注释语境。这是造成《考异》疏误的主观原因之一。

第五,《考异》产生于朴学兴盛时期,具备明显的崇尚李善注、轻视五臣注的问题。因此,在校雠中,每有善注本与五臣本文字相异之处,多称之为五臣乱善。事实上,李善注与五臣注既已合并,二本的相互阑入在所难免。且通过对较早版本的复检,发现李善与五臣原本在不少地方的正文文字是一致的。

继之者强分善注与五臣之异，遂致异路途分。《考异》先入为主地崇善注、轻五臣的潜意识，使得一些条目作出了不够客观的判断。这是《考异》存在缺陷的主观原因之二。

底本选择的限制、校本的严重缺失、参校本与底本之间的差异，造成了《考异》的先天不足。尚善注、轻五臣的情感因素、对善注义例的过分依赖与无意疏略，造成了《考异》的后天缺陷。因此，《文选考异》在校勘上精粗并存。大致言之，精审者多，粗疏者少。时至今日，《考异》仍然是研究《文选》必须参阅的重要典籍，然而对其进行条分缕析的辨证事宜似乎也应该提到《文选》学的研究日程上来。

相争相成：清代、民初《文选》
派的一个考古学考察

清代文选学的发达，与骈文复兴密切关联，骈文与古文又相争相成，几乎贯穿了有清一代，其背后则是汉学与宋学之争，而最终的结果是不仅文选学成了"妖孽"，桐城古文也成了"谬种"。因此，考察桐城古文与骈文辩论争斗的过程，是考察清代学术演变的典范样本，更是考察文选学何以成为"妖孽"、桐城何以成为"谬种"的过程。

一、天下文章出桐城

乾隆四十二年（1777）五月二十七日，戴震去世。此前 12 天是刘大櫆 80 岁生日，远在扬州主持梅花书院的姚鼐未能亲临枞阳祝贺业师刘大櫆的八秩寿辰，只得寄书《刘海峰先生八十寿序》祝贺，其书云：

> 曩者鼐在京师，歙程吏部、历城周编修语曰："为文章者，有所法而后能，有所变而后大。维盛清治迈逾前古千百，独士能为古文者未广。昔有方侍郎，今有刘先生，天

下文章，其出于桐城乎?"鼐曰:"夫黄、舒之间，天下奇山水也。郁千余年，一方无数十人名于史传者。独浮屠之儁雄，自梁、陈以来，不出二三百里，肩背交而声相应和也。其徒遍天下，奉之为宗。岂山川奇杰之气有蕴而属之邪? 夫释氏衰歇，则儒士兴，今殆其时矣!"既应二君，其后尝为乡人道焉。

鼐又闻诸长者曰:"康熙间，方侍郎名闻海外。刘先生一日以布衣走京师，上其文侍郎。侍郎告人曰:'如方某何足算邪? 邑子刘生，乃国士尔!'闻者始骇不信，久乃渐知先生。"今侍郎没而先生之文果益贵。然先生穷居江上，无侍郎之名位交游，不足掖起世之英少。独闭户伏首几案，年八十矣，聪明犹强，著述不辍，有卫武《懿》诗之志，斯世之异人也已。

鼐之幼也，尝侍先生，奇其状貌言笑，退辄仿效以为戏。及长，受经学于伯父编修君，学文于先生。游宦三十年而归，伯父前卒，不得复见。往日父执往来者皆尽，而犹得数见先生于枞阳，先生亦喜其来，足疾未平，扶曳出与论文，每穷半夜。

今五月望，邑人以先生生日为之寿。鼐适在扬州，思念先生，书是以寄先生，又使乡之后进者闻而劝也。①

这是一篇寿序。撰写寿序总得要竭力表彰过寿之人，故容易落入俗套，但这篇寿序却写得很不平凡，"摇曳多姿""确实是绝

---

① 姚鼐:《惜抱轩诗文集》，上海古籍出版社1992年版，第114—115页。

佳礼品"。① 其不平凡处至少有二：一是为桐城文章立派，构建了桐城派的传承系统；二是在文统的建构上颇具"心机"，均借他人之口选定桐城派的传承代表。姚鼐借周永年、程晋芳之口凸显方苞、刘大櫆，借方苞之口凸显刘大櫆，借刘大櫆凸显自己，且隐然含有一代更比一代强、桐城派必将发扬光大之意味。

姚鼐祝词之中更富意外之意。虽不甚清楚程晋芳、周永年"天下文章，其出于桐城乎"的具体语境，然其略含疑问的语气是可以感知的。此或为三人闲谈时的脱口之语，极有可能是随意说说而已。李详《论桐城派》云："乾隆中程鱼门与姚姬传先生相习，谓：'天下之文章，其在桐城乎？'此乃一时兴到之言，姬传先生犹不敢承。"② 后李详将此文收入文集时有所修订："乾隆中程鱼门与姚姬传先生善，谓：'天下之文章，其在桐城乎？'姬传至不敢承。"③ 虽然李详写此文的时间距姚鼐撰写《寿序》的时间百有余年，文章后来亦有所修订，然其所言，似颇有道理。郭绍虞亦承袭此说，认为"'桐城派'之名称，起于程晋芳、周永年诸人之戏言"④。

不过，五六年前的一次闲聊以及当时姚鼐对桐城人杰地灵之底蕴、学术盛衰演变的回应，经过姚鼐郑重其事的回忆，反而彻底坐实了这样的结论：天下文章出桐城。此语的言外之意即：舍桐城外无文章，只有桐城派的文章才允称文章正宗。姚

---

① 陈平原：《从文人之文到学者之文》第八讲《文选、文派与讲学——姚鼐的为人与为文》，三联书店2004年版，第202—209页。
② 李详：《论桐城派》，《国粹学报》1908年第12号（总第49期）。
③ 李详著，李稚甫编校：《李审言文集》下册，江苏古籍出版社1989年版，第887页。
④ 郭绍虞：《中国文学批评史》下卷，百花文艺出版社1999年版，第311页。

鼐为什么会借此提出如此"狂妄"的断语呢？

重中之重，就是意欲姚鼐通过桐城文统的构建，证实两个相互关联的命题：一是华夏千古文章正宗在桐城，二是华夏千古圣道之传在桐城①，而后者从较早的方苞就开始申述之。方苞为文讲"义法"，标榜"学行继程、朱之后，文章介韩、欧之间"②，但他并未有为桐城文章树派的强烈意图。姚鼐辞却四库编修南归主持书院不久，即借为业师祝寿之机构建了桐城文派的传承系统，这个系统通过他两年后编纂的《古文辞类纂》《祭刘海峰先生文》《刘海峰先生传》等文得到了强化。虽然姚鼐构建的桐城文统，未免含有牵强、夸张与虚饰之处，因为姚鼐在构建桐城文派之前，对方苞并无多大敬意，二人的文学趣味、治经范式也颇有差异。而刘大櫆的学问与方苞是否相干，该不该在桐城文统中占据一席之地，即使在当时桐城派内部也是很有争议的。③ 但他构建的韩愈—欧阳修—方苞—刘大櫆—姚鼐的文统，为确立桐城派的正统地位奠定了初始化根基。桐城派能够成为有清一代规模最大、影响深远的一个文派，与姚鼐的文派意识及其构建努力是分不开的。

"既很好地表达了自己的文学理想，又不太得罪人——给我老师祝寿，多说两句好话，总不要紧吧？"④ 将文人闲谈的私人话语移入公共空间，并以寿序的得体形式，姚鼎似乎在不经意间就构建了一个流派——代表天下文章正宗的桐城派。然而，

---

① 王达敏：《姚鼐与乾嘉学派》，学苑出版社 2007 年版，第 106 页。
② 方苞：《方望溪全集》王兆符《序》，中国书店 1991 年版，第 2 页。
③ 王达敏：《姚鼐与乾嘉学派》，学苑出版社 2007 年版，第 107—113 页。
④ 陈平原：《从文人之文到学者之文》第八讲《文选、文派与讲学——姚鼐的为人与为文》，三联书店 2004 年版，第 208 页。

进一步考察就会发现，姚鼐的看似不经意，其实"颇为经意"。他出京不久，就汲汲营营地在程朱之学的旗帜下构建桐城文统的背后，隐然有与汉学派抗衡的直接动机。

二、汉学、宋学不两容

从稍长的历史时段考察，清代学术史上的乾隆十九年（1754）可以视为一个标志。[①] 这一年三月，早以辞章知名的姚鼐第三次礼闱报罢。而这次礼部会试，在清代科举史上"最号得人"[②]，此榜录取了 18 世纪的五大汉学家：王鸣盛、钱大昕、王昶、纪昀、朱筠，其中王鸣盛为一甲第二，纪昀为二甲第四，王昶为二甲第七，朱筠为二甲第十八，钱大昕为二甲第四十。[③] 此时秦蕙田寓居京师，主持编纂《五礼通考》，嘱王昶修《吉礼》；卢文弨、翁方纲等任职京师；钱大昕、王鸣盛、王昶曾从学于惠栋之门；戴震也于此年避仇入都，王鸣盛、钱大昕、朱筠、纪昀、卢文弨、王昶，皆折节与戴震交。这些后来以汉学著称的乾嘉学派代表人物，同时云集于京都，成为较长历史时段中宋学向汉学转变的一个标志。

此前以辞章知名的姚鼐，敏锐地触摸到了时代学术转变的脉动，深受礼部初试时结识的挚友朱筠的影响与劝勉，自觉地开始学术转型。最能昭示姚鼐学术自觉转向者，当属他意欲师从戴震、乞列门墙之事。

---

① 王达敏：《姚鼐与乾嘉学派》，学苑出版社 2007 年版，第 12 页。
② 纪昀著，孙致中等校点：《纪晓岚文集》第一册卷十六，河北教育出版社 1991 年版，第 346 页。
③ 王庆柏：《清朝进士题名录》，中华书局 2007 年版，第 520—521 页。

乾隆二十年（1755）秋九月①，姚鼐呈书戴震，表达拜师之意。没想到的是，戴震婉拒了他的请求：

日者，纪太史晓岚欲刻仆所为《考工记图》，是以向足下言欲改定。足下应词非所敢闻，而意主不必汲汲成书。仆于时若雷霆惊耳。自始知学，每憾昔人成书太早，多未定之说。今足下以是规教，退不敢忘，自贺得师。何者？凡仆所以寻求于遗经，惧圣人之绪言暗汶于后世也。然寻求而获，有十分之见，有未至十分之见。所谓十分之见，必征之古而靡不条贯，合诸道而不留余议，巨细必究，本末兼察。若夫依于传闻以拟其是，择于众说以裁其优，出于空言以定其论，拘于孤证以信其通，虽溯流可以知源，不目睹渊泉所导，寻根可以达杪，不手批枝肆所歧，皆未至十分之见也。以此治经，失不知为不知之意，而徒增一惑，以滋识者之辨之也。

……

仆于《考工记图》，重违知己之意，遂欲删取成书，亦以其义浅，特考核之一端，差可自决。足下之教，其敢忽诸？至欲以仆为师，则别有说。非徒自顾不足为师，亦非谓所学如足下，断然以不敏谢也。古之所谓友，固分师之半。仆与足下无妨交相师，而参互以求十分之见。苟有过则相规，使道在人不在言，斯不失友之谓，固大善。昨辱简，自谦太过，称夫子，非所敢当之，谨奉缴。承示文论

① 王达敏：《姚鼐与乾嘉学派》，学苑出版社2007年版，第14—15页。

延陵季子处识数语，并《考工记图》呈上，乞教正也。①

姚鼐拜师的书信虽不见，但通过戴震的回书，约略可以推知姚鼐书信的大体内容：一言戴东原不必急于刊刻《考工记图》，推测应该会讲一些理由；二言拜师之意，自然要先表达对东原先生学术崇拜之意；三附自己的作品上呈东原，请求赐正，实亦有向戴震略微展示自己的才学之意。

姚鼐满腔热情地向戴震拜师被婉拒后，对双方，尤其是姚鼐，到底产生了怎样的影响？王达敏先生对此作过考索，认为"拜师见拒不但没有中断他与戴震之间的学术交往，甚至毋宁说，此事坚定并推动了他从辞章向考据的转移"②。需进一步申述的是，虽然姚鼐、戴震之间的学术交往没有中断，姚鼐对此"心存芥蒂"的可能不是没有：他的拜师书信未见遗存，或为姚鼐有意销毁；他从此再没提及拜师之事，而且坚定地转向考据。戴震治地学，姚鼐亦治地学；戴震研礼学，姚鼐亦研礼学；戴震发明一条，姚鼐亦补充证据。这当然可以理解为姚鼐对戴震学问的崇拜与踵武，背后未尝没有被拒后与之"较胜"的心理因素。

随着姚鼐对考据之学的深入了解与实践，加之当时汉学家尤其是戴震釜底抽薪"诋毁"程朱理学的研究及深广影响，如戴震在给段玉裁的书信中说：

---

① 戴震：《与姚孝廉姬传书》，《戴震全书》（修订本）第 6 册，黄山书社 2010 年版，第 370—371 页。

② 王达敏：《姚鼐与乾嘉学派》，学苑出版社 2007 年版，第 17 页。

> 仆自十七岁时，有志闻道，谓非求之六经、孔、孟不
> 得，非从事于字义、制度、名物，无由以通其语言。宋儒
> 讥训诂之学，轻语言文字，是欲渡江河而弃舟楫，欲登高
> 而无阶梯也。为之卅余年，灼然知古今治乱之源在是。①

戴震显然有"欲夺朱子之席"② 之势，姚鼐对此深有警惕与反思。乾隆三十八年（1773）清廷开四库馆，戴震、姚鼐均任纂修官。时汉学已如日中天，宋学背景的姚鼐尽管也有经学考证之作，但不为当时汉学界认可。他对馆臣极力表彰汉学、排诋宋学深为不满，与以戴震为首的汉学派的论争就不可避免。姚鼐后来回忆说，"然今世学者，乃思一切矫之，以专宗汉学为至，以攻驳程、朱为能，倡于一二专己好名之人，而相率而效者，因大为学术之害……鼐往昔在都中，与戴东原辈往复，尝论此事"③，其尊宋排汉，独立不惧，"明末至今日，学者颇厌功令所载为习闻，又恶陋儒不考古而蔽于近，于是专求古人名物、制度、训诂、书数，以博为量，以窥隙攻难为功。其甚者欲尽舍程、朱而宗汉之士。枝之猎而去其根，细之蒐而遗其巨，夫宁非蔽与"④ 四库馆内姚鼐与戴震诸人的这场论争，从一开始就处于一种不对等的地位。从清廷来讲，乾隆皇帝是尊崇汉学的；四库馆内汉学家云集，姚鼐在心理上是孤独的。因此，姚鼐处于一种被边缘化、受排挤的窘境。姚鼐的孙辈姚莹书写姚鼐当

---

① 戴震：《戴震全书》（修订本）第 6 册，黄山书社 2010 年版，第 531 页。
② 王国维：《聚珍本戴校水经注跋》，《观堂集林》卷十二，中华书局 1959 年版，第 580 页。
③ 姚鼐：《惜抱轩诗文集》，上海古籍出版社 1992 年版，第 95—96 页。
④ 姚鼐：《惜抱轩诗文集》，上海古籍出版社 1992 年版，第 111 页。

时的处境云："纂修者竞尚新奇，厌薄宋元以来儒者，以为空
疏，掊击讪笑之不遗余力。公往复辨论，诸公虽无以难而莫能
从也。"① 其撰写之提要《惜抱轩书录》亦被大为删改，刊行之
时李兆洛识语云："颁刊之本时有差异，盖进呈乙览时总裁官稍
润色之，令与他篇体裁画一焉。先生刊文集时不以此入录，当
以各书所编订业见采于总目。"② 叶昌炽曾以他本校四库本，发
现"十仅采用二三"③。

乾隆三十九年（1774）秋，在四库馆内孤立无助的姚鼐，
借口疾病辞馆出都。他在《登泰山记》中云："余以乾隆三十九
年十二月，自京师乘风雪，历齐河、长清，穿泰山西北谷，越
长城之限，至于泰安。是月丁未，与知府朱孝纯子颍由南麓登。
四十五里，道皆砌石为磴，其级七千有余。"在《游灵岩记》
云："泰山北多巨岩，而灵岩最著。余以乾隆四十年正月四日自
泰安来观之。"④ 从辞馆不久即长途跋涉至泰安，并于除夕夜登
泰山、正月初四游灵岩诸情形来看，姚鼐身康体健，因病离
馆，纯属借口而已。又有《送姚姬川郎中归桐城序》，是同馆
翁方纲送别之文，中云姚鼐以"养亲去"，察其行踪，亦是借
口。翁方纲文中尚云："窃见姬川之归，不难在读书，而难在
取友；不难在善述，而难在往复辨证；不难在江海英异之士造
门请益，而难在得失毫厘悉如姬川意中所欲言。姬川自此将日
闻甘言，不复闻药言，更将渐习之久，而其于人也，亦自不发

① 姚莹：《姚氏先德传》卷四《儒术》，《中复堂全集》第28册，同治六年刊本。
② 姚鼐：《惜抱轩遗书三种》，光绪五年刊本。
③ 叶昌炽：《缘督庐日记》第2册，江苏古籍出版社2002年影印本，第1178页。
④ 姚鼐：《惜抱轩诗文集》，上海古籍出版社1992年版，第220—222页。

药言矣。①"姬川，即姬传。由此段文字，亦能约略了解姚鼐当时在四库馆时的处境。

乾隆四十一年（1776）秋，应淮南转运朱孝纯之邀，姚鼐到扬州主持梅花书院。第二年五月，戴震去世。戴震离世虽早于姚鼐的《刘海峰先生八十寿序》十余天，但二者时间节点相近，因此从桐城文派的构建层面而言，戴震的离世也具备了某种强烈的象征意义。就在戴震去世之前十二天，姚鼐借给刘大櫆祝寿的时机，提出了"天下文章出桐城"的口号，两年后又编纂了《古文辞类纂》，先后在扬州、安庆、南京等地致力于书院讲学，通过此后的一系列文章，全面建构韩愈—欧阳修—归有光—方苞—刘大櫆—姚鼐的桐城古文文统，孔、孟、韩、欧、程、朱以来之道统，为确立古文为文章正统的观念提供了两点理论支撑。

如果说姚鼐拜师戴震前后对汉学尚心存仰慕，欲自觉地由宋学转向汉学，那么他拜师被拒后的考据实践不被当时学界主流认可、四库馆臣时期与汉学家有关程朱之学的严重分歧以及被排挤出馆的不堪经历，促使他重新反思汉学、宋学，将自己的学术再次转向辞章，并竭尽所能地对汉学猛烈开火，甚或谩骂诅咒不遗余力：

> 儒者生程、朱之后，得程、朱而明孔、孟之旨，程、朱犹吾父师也。然程、朱言或有失，吾岂必曲从之哉？程、

---

① 翁方纲：《复初斋文集》卷十二，《清代诗文集汇编》第382册，上海古籍出版社2010年版，第124页。

朱亦岂不欲后人为论而正之哉？正之可也，正之而诋毁之，讪笑之，是诋讪父师也。且其人生平不能为程、朱之行，而其意乃欲与程、朱争名，安得不为天之所恶。故毛大可、李刚主、程绵庄、戴东原，率皆身灭嗣绝，此殆未可以为偶然也。[①]

被耻笑、被边缘化、被无视的姚鼐起而辩争、抵抗、攻击、谩骂，亦成为他亲立门户的直接动力。正是因为姚鼐与戴震诸汉学家的分歧与论辩的经历，促使他重新梳理桐城文章，汲汲为桐城文章扛旗立派，建门立户，以抗衡汉学；正是因为姚鼐从辞章到考据，再从考据复归辞章的学术实践经历，促使他修正桐城前辈的理论疏忽，完善桐城文章的创作理论，提出义理、考据、文章三结合的古文理论，给桐城古文创作注入了新鲜血液，为嘉道时期的古文繁盛奠定了基础。

三、除却骈体不是文

汉学、宋学之争为学术之争，在文章上则表现为骈文、散文之争。桐城派早期代表方苞曾明确提出古文必须雅洁，"不可入语录中语，魏晋六朝人藻丽俳语，汉赋中板重字法，诗歌中隽语，南北史佻巧语"[②]。其中的"魏晋六朝人藻丽俳语"，说的就是骈文。在清初的文坛上，古文因其依附的程朱理学与朝廷倡导的思想契合，被视为文章正宗。不过，随着汉学的崛起

---

① 姚鼐：《惜抱轩诗文集》，上海古籍出版社 1992 年版，第 102 页。
② 沈廷芳：《隐拙斋集》卷四十一《方望溪传》，《清代诗文集汇编》第 298 册，第 539 页。

及乾嘉学者精审研究的不断深入，宋学的缺陷愈益明显，依附于宋儒的这种散行单句之文也因此成为被抵制的对象，于是乾嘉学者倡导骈文，以与古文抗衡。一般而言，骈文需要征典，汉学家在此方面有其知识特长；古文多发议论，而一归于程朱，故容易蹈入虚空。所以说，汉宋之争与骈散之争，其实就是一回事，是一种冲突在不同领域的体现。

如前所言，在汉学成为时代学术主流后，姚鼐自觉地从辞章转向考据，这一时期他创作的古文数量很少。但是，随着姚鼐被排挤出当时的精英主流学术圈又重新回归辞章之后，他致力于在各地书院讲学，严别骈散，倡导古文，并培育了一批有影响的古文后劲，加之嘉道以后朝廷政治思想的转移，桐城派及其古文影响甚巨，"嘉庆季年，一个以姚鼐为核心的桐城学人群体终于形成。姚鼐意欲捍卫宋学，抗衡汉学，并在辞章领域自成一宗的愿望，庶几实现"①。王先谦在梳理这一时期的古文发展脉络时说：

> 自桐城方望溪氏以古文专家之学，主张后进，海峰承之，遗风遂衍。姚惜抱禀其师传，覃心冥追，益以所自得，推究阃奥，开设户牖，天下翕然号为正宗。承学之士，如蓬从风，如川赴壑。寻声企景，项领相望。百余年来，转相传述，遍于东南，由其道而名于文苑者，以数十计。呜呼！何其盛也！②

---

① 王达敏：《姚鼐与乾嘉学派》，学苑出版社2007年版，第197页。
② 王先谦：《虚受堂文集》卷三，《清代诗文集汇编》第749册，第395页。

在此背景下，汉学家，尤其是写作骈文的汉学家，自然不会对古文的繁荣与桐城派的自是正宗无视，除在学术领域与宋学持续辩争外，在辞章领域也奋起与古文叫板，与桐城学人争夺文章正宗。

王达敏的研究认为，乾隆五十四年（1789）在姚鼐建构桐城派的历程中具有特别的意义，因为从这一年起，59 岁的姚鼐设帐于江宁钟山书院。此前，卢文弨、钱大昕先后执教于此。姚鼐主持钟山书院长达23 年，学风由汉学渐归宋学与辞章，以姚鼐为中心的桐城派文人团体，也主要形成于此期。① 颇有意味的是，后来为骈文正宗建立理论支持的 25 岁的阮元，也在这一年进士及第，入翰林院。

姚鼐书院讲学的主要教材《古文辞类纂》，是代表姚鼐桐城派古文思想的经典选本。该书序中有云："昭明太子《文选》，分体碎杂，其立名多可笑者，后之编集者，或不知其陋而仍之。余今编辞赋，一以《汉·略》为法。古文不取六朝文，恶其靡也。独辞赋则晋、宋人犹有古人韵格存焉。惟齐、梁以下，则辞益俳而气益卑，故不录耳。"② 这说明姚鼐是厌恶六朝骈文的，对深受骈文影响的齐梁以后的辞赋也摒弃不录。陈平原说，姚鼐是位好老师，不仅因为他编纂了一本可以师范的经典教材，更是借此提供了一种由粗而精、循序渐进的可行的规矩与方法。③ 姚鼐尊宋抑汉，严辨骈散，且教学有方，故其弟子大都谨

---

① 王达敏：《姚鼐与乾嘉学派》，学苑出版社 2007 年版，第 197—198 页。
② 姚鼐：《古文辞类纂》，崇文书局 2017 年版，第 3 页。
③ 陈平原：《从文人之文到学者之文》第八讲《文选、文派与讲学——姚鼐的为人人与为文》，三联书店 2004 年版，第 220—226 页。

遵姚氏辄轨，蔑弃骈文，以古文为正宗。如姚椿、梅曾亮初好骈文，拜入姚门后，弃骈学散，潜心古文。梅曾亮《复陈伯游书》云："某少喜骈体之文，近始觉班、马、韩、柳之文为可贵。盖骈体之文如俳优登场，非丝竹金鼓佐之，则手足无措，其周旋揖让非无可观，然以之酬接，则非人情也。"① 此种现实的影响是极大的。

此前的一些汉学家虽推重骈文，但并不彻底否定古文，或者调和折中，这主要是因为汉学以及与之密切关联的骈文一直处于上风，居高临下，在与桐城派的交锋中占有绝对优势。嘉道以后，此消彼长，当然消长背后总是因为存在一个"终极性的权力"。桐城派影响日剧，以阮元为代表的汉学家终于忍耐不住，开始从根基上彻底否定古文的正统地位，为骈文争取正统。

阮元，江苏仪征人，自 8 岁开始研读《文选》，他在《定香亭笔谈》中云："甘泉老儒胡西琴年逾八十而精神强固，为里中诸老之最。余八岁时初能诗，有'雾重疑山远，湖平觉岸低'之句。先生亟赏之，即以《文选》授余，因以成诵。"② 又在《胡西琴先生墓志铭》中云："元幼时以韵语受知于先生，先生受元以《文选》之学。"③ 阮元长年浸淫于此，熟精《选》理，后与汪中、凌廷堪、孙梅等人交游，提倡经学，倡导骈文，成为清代嘉道之际骈文派的中坚，仪征骈文渐有与桐城古文抗衡之势。

---

① 梅曾亮：《柏枧山房文集》卷二，《清代诗文集汇编》第 552 册，上海古籍出版社 2010 年版，第 483 页。

② 阮元：《定香亭笔谈》卷三，《文选楼丛书》本，扬州阮氏藏版。

③ 阮元：《揅经室集》，中华书局 1993 年版，第 399 页。

阮元建构骈文理论是有一个过程的，他以此对抗桐城古文亦经历了一个由不自觉到自觉的发展。乾隆五十三年（1788），阮元在为业师孙梅《四六丛话》所作的序中就表达了对骈文发展脉络的清晰认识，但对唐宋古文尚未加诋斥。他说："自周以来，体格有殊，文章无异。若夫昌黎肇作，皇、李从风；欧阳自兴，苏、王继轨。体既变而异今，文乃尊而称古。综其议论之作，并升荀、孟之堂；核其叙事之辞，独步班、马之室。拙目妄讥其纰缪，俭腹徒袭为空疏：实沿子史之正流，循经传以分轨也。"① 阮元对唐宋古文，以韩愈、皇甫湜、李翱、欧阳修、苏轼、王安石为纲梳理其脉络，评论甚高。这一句"拙目妄讥其纰缪，俭腹徒袭为空疏"，似有批评当时部分汉学家对唐宋古文的指责、部分无知的古文家对唐宋古文学习不到的意味。总体而言，阮元的评骘较为客观。究其原因，大约有三：一则其业师孙梅《四六丛话》有调和骈散、骈散合一的倾向；再则阮元时年二十五，虽结交已多，然尚未"主持风会"②；三则汉学正兴，骈文复兴，桐城派之影响声势尚未真正成型。

时移世易，变化亦宜。嘉庆十八年（1813）九月，阮元撰《文言说》，正式为骈文张目。阮元以"言之无文，行而不远"为理论前提，对何谓"文"作了考据上的追究、界定：

　　孔子于《乾》《坤》之言，自名曰"文"。此千古文章

---

① 阮元：《后序》，孙梅著，李金松点校：《四六丛话》，人民文学出版社2010年版，第3页。
② 赵尔巽等：《清史稿》卷三六四《阮元传》，中华书局1977年版，第38册，第11424页。

之祖也。为文章者，不务协音以成韵，修词以达远，使人易诵易记，而惟以单行之语，纵横恣肆，动辄千言万字，不知此乃古人所谓直言之言，论难之语，非言之有文者也，非孔子之所谓文也，《文言》数百字，几于句句用韵……不但多用韵，抑且多用偶……凡偶皆文也。于物两色相偶而交错之，乃得名曰"文"。文即象其形也。然则千古之文，莫大于孔子之言《易》。孔子以用韵比偶之法，错综其言，而自名曰"文"。何后人之必欲反孔子之道；而自命曰"文"，且尊之曰"古"也？①

骈文、散文，一骈一散，均缀以"文"，那么如何从根本上瓦解古文的正统地位？阮元从"文"入手，证明什么才是真正的"文"，可谓抓住了关键。其推理逻辑是：千古文章之祖是孔子的《文言》（旧称孔子所作。为什么这是文章之祖，因为孔子称之为"文"。这没人敢质疑，尤其是以道统自居者），这是大前提；《文言》不但用韵，而且多用偶（用韵、用偶，是为了易诵易记，传之久远），这是小前提；故用韵、用偶者才有资格名曰文，这是结论。利用这个结论，可证明单行之语、纵横恣肆、千言万语者不是文，是违反孔子之道的，不但不能称为"文"，更不能称为"古文"。阮元在证明何谓文这个问题上，使用的还是乾嘉学者惯用的考据方法，从训诂入手，追根求源，可谓釜底抽薪。论据既征圣，又宗经，让以道统自居的古文学者哑口无言。

---

① 阮元：《揅经室集》，中华书局1993年版，第605—606页。

为了彻底证明这个问题，阮元还将历史上影响深远、古文派曾经非议的《昭明文选》这部经典选本搬出来，以昭明太子的《序》为依据，进一步申述什么是"文"的问题。

> 昭明所选，名之曰"文"。盖必文而后选也，非文则不选也。经也，子也，史也，皆不可专名之为文也，故《昭明文选序》后三段特明其不选之故。必沉思翰藻，始名之为文，始以入选也。①

桐城派先以唐宋八家文为典范，待姚鼐《古文辞类纂》编纂后，则以之为不二经典。故阮元以《文选》为依据，特明萧统选文之标准。昭明太子编纂的选本名为《文选》，则非"文"不选，这是一个基本的立论前提。昭明太子确立的标准是沉思、翰藻，此标准就一定正确吗？事当求始，于古有征。阮元再次将孔子奇偶相生、音韵相和的《文言》搬出，此即为沉思翰藻之文，"非清言质说者比也，非振笔纵书者比也，非佶屈涩语者比也"②。三个"非某某"者，机锋即指桐城派的古文，三者历史中有专有称呼"子、史、经"，总之不能称之"文"，更不能名之为"古文"。该文最后云：

> 或问曰：子之所言，偏执己见，谬托古籍。此篇《书

---

① 阮元：《书梁昭明太子文选序后》，《揅经室集》，中华书局1993年版，第608页。
② 阮元：《书梁昭明太子文选序后》，《揅经室集》，中华书局1993年版，第608页。

后》，自居何等？曰：言之无文，子派杂家而已。①

此数语不仅能说明阮元严别骈散、区划《文选》派与桐城派的界域之意，而且能展示阮元骈文理论的深入思考以及对抗桐城古文的自觉。

> 元四十余载，已刻文集二三卷，心窃不安曰："此可当古人所谓文字乎？僭矣，妄矣！"一日读《周易·文言》，恍然曰："孔子所谓文者，此也。"著《文言说》。乃屏去所刻之文，而以经、史、子区别之，曰："此古文所谓笔也，非文也。除此，则可谓文者亦罕矣。"六十岁后，乃据此削去"文"字，只名曰集而刻之。②

阮元的集子最初名为《揅经室文集》，此时的阮元对于何谓文的问题尚未进行深入思考，或者说他对桐城派及其古文尚未正视起来，当时势促使他思考此问题的时候，他要做的不仅是理论的思考，同时还要面对自己已有的实践成果，因此他将个人已结集的文集中的"文"字去掉，而分类归之于经、史、子、文。此举不仅是阮元建构《文选》派理论的现实需求，也是对抗桐城的必要策略。故道光三年（1823）阮元重刊《揅经室集》时自序说："余三十余年以来，说经记事，不能不笔之于书，然求其如《文选序》所谓'事出沉思，义归翰藻'者甚鲜，是不得

---

① 阮元：《书梁昭明太子文选序后》，《揅经室集》，中华书局1993年版，第609页。
② 耿文光：《万卷精华楼藏书记》卷一三一，北京图书馆出版社1997年版，第4312页。

称之为文也。①"因此重编写之，分为四集：说经之作、近于史之作、近于子之作、近于文者。

骈文可谓之文，古文则没资格。阮元以此为骈文争取正统，消解桐城古文的正统地位。古文不能称为文，只能归属经、史、子，而总名为"笔"。刘勰《文心雕龙》中对文与笔的界定为"无韵者笔也，有韵者文也"，而《文选》中不押韵脚者甚多，为什么还要收入，还名之曰"文"？必须解决这个矛盾，才能使其理论真正成为对抗古文的有力工具。为此，阮元通过与其子阮福的问答，对何谓"有韵"进行了重新阐释："梁时恒言所谓韵者，固指押脚韵，亦兼谓章句中之音韵，即古人所言之宫羽，今人所言之平仄也""昭明所选不押韵脚之文，本皆奇偶相生有声音者，所谓韵也"。② 这就从根基上解决了骈文理论建构中的矛盾。

其实，阮元的逻辑很简单，但他抓住了关键，其核心便在于"文"，通过对什么是文的重新界定，意欲从根本上将桐城古文驱逐出"文"的圈子，从而确立了骈文为文章正宗的理论。

以阮元为代表的扬州学派，深受《文选》传统之影响，在为骈文谋取文章正宗地位的时候，又将《文选》推向前台与中心，如要标宗立派的话，此即名副其实的《文选》派。因阮元的政治地位与文化影响，他为骈文争取文章正统的理论，通过书院、科举的传播，产生了持久而深远的影响，一直持续到民国初期。

---

① 阮元：《揅经室集》，中华书局 1993 年版，第 1 页。
② 阮元：《文韵说》，《揅经室集》，中华书局 1993 年版，第 1064—1065 页。

四、《文选》"桐城"皆去也

嘉道以降，骈文与古文之间的论争依旧往复激烈，双方都没有也不可能将对方彻底取缔，双方也都在争辩中不断吸取、完善自己的理论。这也是桐城古文、骈文能够持续发展并存的重要原因。从清季的京师大学堂到民初的北京大学，是桐城派、《文选》派斗争的又一个重要阵地。

最先占领大学讲堂的是桐城派，"湘乡曾国藩以雄直之气，宏通之识，发为文章，而又据高位，自称私淑于桐城，而欲少矫其懦缓之失……一时流风所被，桐城而后，罕有抗颜行者"①。桐城古文有所变而后大，一时有复兴之势。清末进行教育改革，时管学大臣张百熙奏请吴汝纶出任京师大学堂总教习，因吴氏不久病故，无果。继之者为张筱甫，属阳湖派领袖，阳湖派与桐城派血缘颇近。京师大学堂下设译书局总办、副总办，严复、林纾分任之。民国改元，严复出任北京大学校长，姚永朴与姊夫马其昶、弟姚永概、林纾均以绍述桐城任教北大文科讲席，姚永概还出任文科教务长。因此，从清季的京师大学堂到民初的北京大学，桐城派及其古文一统天下，占据绝对优势，在大学教育中遂举足轻重，一时主宰北大文风，影响整个世风。美国学者魏定熙云："从 1902 年，吴汝纶作了文科学长后，国立大学中的文科领域就一直被精通桐城文学的学者把持着。由于第一任大学校长——严复是吴汝纶的一个亲密朋友，而且他本人也是桐城派的创始人之一，所以改革后这种局面并没有得到

---

① 钱基博：《现代中国文学史》，华中师范大学出版社 2011 年版，第 26 页。

立即改变。在 1912 到 1914 年间，姚永概——吴汝纶的门生，桐城派的领导人之一，文科中最有权威的学者之一——和另一位桐城派代表林纾也都就任重要的职位。由于章太炎曾激烈批评过桐城派，尤其是批评了林纾翻译的西方文学作品，所以他的门生只有不对桐城派抱有偏见才能在大学中取得一席之地。"[①] 或因是西方学者，或受翻译因素影响，其中官职与表述不尽准确，然大体符合实情。

1912 年，严复辞却北大校长，继任者广引太炎弟子，马裕藻、沈兼士、钱玄同、黄侃、刘文典诸人，以及沈尹默、刘师培陆续进入北大，"太炎先生门下大批涌入北大以后，对严复手下的旧人则采取一致立场，认为那些老朽应当让位，大学堂的阵地应当由我们来占领。我当时也是如此想的"[②]。桐城派、《文选》派遂势若水火。朱希祖 1917 年 11 月 5 日的日记说："近来北京大学文科教授主持文学者，大略可分为三派：黄君季刚与仪征刘君申叔主骈文，而刘与黄不同者，刘好以古文饰今文，古训代今义，其文虽骈，佶屈聱牙，颇难诵读；黄则以音节为主，间饰古字，不若刘之甚，此一派也。桐城姚君仲实、闽侯陈君石遗主散文，世所谓桐城派者也。今姚、陈二君已辞职矣。余则主骈散不分，与汪先生中、李先生兆洛、谭先生献，及章先生（太炎）议论相同。此又一派也。"[③]

---

① 魏定熙：《北京大学与中国政治文化（1898—1920）》，北京大学出版社 1998 年版，第 81 页。
② 沈尹默：《我和北大》，《文史资料选辑》第六十一辑，文史资料出版社 1982 年版，第 225 页。
③ 朱偰：《五四运动前后的北京大学》，《文化史料丛刊》第五辑，文史资料出版社 1983 年版，第 162 页。

刘师培字申叔，江苏仪征人，家学深厚，又深受其乡先贤汪中、凌廷堪、阮元诸人影响，服膺《文选》，推崇骈文。他1917年进北大，讲授古代文学、中古文学史等课程。在对抗桐城古文方面，他的骈文理论最具建树，且大多发表于进入北大之前，其所持论见于《文说》《广阮氏文言说》《论文杂记》《文章原始》诸文，诸种理论亦处处体现于其北大讲义《中国中古文学史讲义》中。

刘师培的骈文理论与阮元一脉相承，简言之，其理论主要体现在两个层面：一是何谓文；二是文、笔之别。阮元《文言说》，以孔子《文言》为证，证明有韵、多偶者才能称为文。刘师培《广阮氏文言说》，从小学训诂入手，引征《说文》《广雅》《释名》等书，证明作为文体的文，需"功施藻饰，始克被以'文'称"①，凸显了文"饰"的特质。在《中国中古文学史讲义》中，刘师培通过引征六朝时有关文笔的文献记载，以类相从，加以案词，以明文轨，力证"偶语韵词谓之文""文以韵词为主，无韵而偶，亦得称文"②。因立足于具体时代发展，故刘氏所言虽亦片面，然较阮元已更为融通。刘师培以小学为文章之根基，力证骈文为文章正宗，"于是仪征阮氏之《文言》学，得师培而门户益张，壁垒益固"③。

刘师培虽主北大文科讲席时间略晚，然其高扬骈文正宗、力诋桐城古文，实则继扬州学派之传统，由来已久，故其批驳

---

① 刘师培：《广阮氏文言说》，《仪征刘申叔遗书》第9册，广陵书社2014年版，第3960页。
② 刘师培：《中国中古文学史讲义》第二课《文章辨体》，《仪征刘申叔遗书》第15册，广陵书社2014年版，第6836—6837页。
③ 钱基博：《现代中国文学史》，华中师范大学出版社2011年版，第109页。

桐城派及其古文不遗余力，说"近代文学之士，谓天下文章，莫大乎桐城，于方、姚之文，奉为文章之正轨。由斯而上，则以经为文，以子、史为文。（如姚氏、曾氏所选《古文》是也。）由斯以降，则枵腹蔑古之徒，亦得以文章自耀，而文章之真源失矣"①，"其墨守桐城文派者，亦囿于义法，未能神明变化。故文学之衰，至近岁而极"②。在褒扬《文选》派及骈文上他亦竭其所能，说："惟歙县凌次仲先生，以《文选》为古文正的，与阮氏《文言说》相符。而近世以骈文名者，若北江、容甫，步趣齐、梁；西堂、其年，导源徐、庾。即彝轩、穉威诸公，上者步武六朝，下者亦希踪四杰。文章正轨，赖此仅存。而无识者流，欲别骈文于古文之外，亦独何哉？"③

　　刘师培 1917 年秋入主北大文科讲席之时，桐城派的另一代表姚永朴宣布辞职，这象征着桐城派从北大的最终退出。故严格而言，在北大的教学中，刘师培并未真正与北大的桐城派代表直接交锋，然其文学思想与理论主张对清除桐城派的影响仍具备重要意义。从某种程度而言，刘师培进入北大讲坛，亦标志着《文选》派彻底在北大站稳脚跟，可视为近代学术转变的一个关节缩影。

　　黄侃到北大任教，是在 1914 年秋天，推荐人是当时的文科学长夏锡祺，时桐城派代表人物姚永概、马其昶、林纾已于上

---

① 刘师培：《文章原始》，《仪征刘申叔遗书》第 11 册，广陵书社 2014 年版，第 4927 页。

② 刘师培：《论近世文学之变迁》，《仪征刘申叔遗书》第 11 册，广陵书社 2014 年版，第 4932 页。

③ 刘师培：《文章原始》，《仪征刘申叔遗书》第 11 册，广陵书社 2014 年版，第 4927 页。

一年离开北大。据姚永概日记记载，1913 年初他就未开课，也基本不去学校，在 11 月 4 日，"大学校行毕业式，往会，午后归"，从此他便辞去了北大讲席一职。① 林纾则在 4 月即辞去北大讲席职务。姚永概欲南归桐城，林纾先后有《送姚叔节归桐城序》《与姚叔节书》，后者云："庸妄巨子，剽袭汉人余唾，以捃摭为能，以钉饾为富，补缀以古子之断句，涂垩以《说文》之奇字，意境、义法概置弗讲，侈言于众，吾汉代之文也。伧人入城，购揩绅残敝之冠服，袭之以耀其乡里人……其徒某某腾噪于京师，极力排娼姚氏，昌其师说，意可以口舌之力挠蔑正宗，且党附于目录之家，矜其淹博，谓古文之根柢在是也。"② "庸妄巨子"，多认为指的是章太炎，这似乎没有问题。"其徒某某"，很多人认为是黄侃。不过从时间上考察，此时黄侃尚未入京。因此，若从时间上考察，黄侃与姚永朴在北大的讲坛上确有交集。

姚永朴在北大的讲义为《文学研究法》，凡 25 篇，是桐城派文论的系统专著。其门人张玮在该书中的识语云："先生论文大旨，本之姜坞、惜抱两先哲。然自周秦以迄近代通人之论，莫不考其全而撷其精。故虽谨守家法，而无门户之见存……其发凡起例，仿之《文心雕龙》。自上古有书契以来，论文要旨，略备于是。后有作者，蔑以尚之矣。"③ 此言虽出自门人，但无虚美之嫌。此书体例仿《文心雕龙》，引用《文心雕龙》数量颇夥，单此一点，即能发现姚永朴意欲改造桐城派文论的努力

① 姚永概：《慎宜轩日记》下册，黄山书社 2010 年版，第 1251 页。
② 林纾：《林琴南文集·畏庐续集》，中国书店 1985 年版，第 16 页。
③ 姚永朴：《文学研究法》，商务印书馆 1933 年版，第 3—4 页。

与实践。有学者研究表明，姚永朴的文论与刘师培、黄侃并非针锋相对，反而颇有相合之处，比如有意向汉学靠拢，论文重视小学基础，对《文选》及骈体并不像某些古文家那样愤激，对于《文选》学及历代骈文高手丝毫没有蔑视之意，有意统合文笔，消弭古文与骈文之间的对垒，等等①。

姚永朴对桐城文论的改造，有主动适应文学思想发展、"有所变而后大"的意图，亦与《文选》派尤其是黄侃诸人的咄咄逼人有关。毕竟，姚永朴是地道的桐城古文代表，故黄侃恐并不曾认真读过姚氏的著作，即视姚氏为桐城余孽，集矢于姚氏②，对其竭力贬斥。冯友兰后来回忆道，"在当时的文学界中，桐城派古文已经不行时了，代之而起的是章太炎一派的魏晋文（也可称为'文选派'，不过和真正的'文选派'还是不同，因为他们不作四六骈体）""当时北大中国文学系，有一位很叫座的名教授，叫黄侃。他上课的时候，听讲的人最多，我也常去听讲。他在课堂上讲《文选》和《文心雕龙》，这些书我从前连名字都不知道"③。

黄侃在北大讲授词章学、文学概论等课程，讲义为《文心雕龙札记》④。《文学研究法》是桐城派的文论代表，《文心雕龙札记》则是《文选》派的文论代表。

---

① 汪春泓：《论刘师培、黄侃与姚永朴之〈文选〉派与桐城派的纷争》，《文学遗产》2002 年第 4 期，第 25—28 页。
② 汪春泓：《论刘师培、黄侃与姚永朴之〈文选〉派与桐城派的纷争》，《文学遗产》2002 年第 4 期，第 25 页。
③ 冯友兰：《三松堂自序》，三联书店 1984 年版，第 316、317 页。
④ 栗永清：《学科史视野下的中国古代文论研究——从黄侃在北京大学开设的课程谈起》，《东方丛刊》2008 年第 3 期。

周勋初先生总结黄侃《文心雕龙札记》的成就说:"季刚先生因师承的缘故,和后面两派(刘师培代表的《文选》派、章太炎代表的朴学派)关系深切。他是《文选》学的大师,恪守《文选序》揭櫫的宗旨而论文,这就使他的学术见解更接近刘氏一边。但他汲取前人的创作经验,参照《文心雕龙》和本师章氏的'迭用奇偶'之说,克服了阮、刘等人学说中的偏颇之处,则又可说是发展了《文选》派的理论。"①

黄侃讲授《文心雕龙》,撰写《文心雕龙札记》,虽为大学讲堂之用,但其中明确寓含着抵御桐城派及古文的意图,故其于《文心雕龙札记》中,常借题发挥,在细致入微地申述刘勰《文心雕龙》用意的同时,随时指向"当下"。该书《题辞及略例》中云:

> 自唐而下,文人踵多,论文者至有标櫫门法,自成部区,然细察其善言,无不本之故记。文气、文格、文德诸端,盖皆老生之常谈,而非一家之眇论。若其悟解殊术,持测异方,虽百喙争鸣,而要归无二。世人忽远而崇近,遗实而取名,则夫阳刚阴柔之说,起承转合之谈,吾侪所以为难循,而或者方矜为胜义。②

此数语虽未有一言直言桐城,然文气、文格、文德、阴阳刚柔、起承转合之语,则处处指向桐城派。章太炎评论此段争

---

① 周勋初:《黄季刚先生〈文心雕龙札记〉的学术渊源》,黄侃:《文心雕龙札记》,上海古籍出版社2000年版,第8页。
② 黄侃:《文心雕龙札记》,上海古籍出版社2000年版,第3页。

斗时说："余弟子黄季刚初亦以阮说为是，在北京时，与桐城姚仲实争，姚自倚老髦，不肯置辩，或语季刚，呵斥桐城，非姚所惧，诋以末流，自然心服。"①　看来，黄侃对桐城派的批判是接受了"某人"的意见的。呵斥自然不免，此黄季刚个性使然；以"末流"攻之，真可谓抓住了关键。

"末流"一词，其意至少有二：一曰末期，二曰下流。桐城派从姚鼐开始着意立派，上溯至刘大櫆、方苞，甚至戴名世，迄至民国，已二百余年，虽有中兴、繁盛之时，然以今审之，此确为桐城派之末期，大有"冲风之衰不能起毛羽"之势。对当事人而言，此别无选择。所可批者，唯有变与不变层面。故黄侃于《文心雕龙·通变》篇札记云：

　　　文有可变革者，有不可变革者。可变革者，遣辞捶字，宅句安章，随手之变，人各不同。不可变革者，规矩法律是也，虽历千载，而粲然如新，由之则成文，不由之而师心自用，苟作聪明，虽或要誉一时，徒党猥盛，曾不转瞬而为人唾弃矣。拘者规摹古人，不敢或失，放者又自立规则，自以为救患起衰。二者交讥，与不得已，拘者犹为上也……自世人误会昌黎韩氏之言，以为文必己出；不悟文固贵出于己，然亦必合于求古人之法，博览往载，熟精文律，则虽自有造作，不害于义，用古人之法，是亦古人也。若夫小智自私，訐言欺世，既违故训，复背文条，于此而

---

① 　章太炎：《文学略说》，《章太炎全集·演讲集》，上海人民出版社2015年版，第1039页。

欲以善变成名，适为识者所嗤笑耳。①

如果单纯从文意上看，未尝不可理解为黄侃纯粹从总体上阐述文之发展进程中的变与不变问题，但如果留意此篇札记末所录《钱晓徵与友人书》一首，则黄侃的意图就彻底清晰了。钱大昕的这封书信是对桐城古文的激烈批判，其中云："方所谓古文义法者，特世俗选本之古文，未尝博观而求其法也。法且不知，而义于何有……若方氏乃真不读书之甚者……予以为方所得者，古文之糟魄，非古文之神理也。"此数语足以与此篇札记相发明，故黄侃云钱大昕此文足以"解拘挛，攻顽顿"②。所谓"拘挛""顽顿"者，非桐城其谁？

下流即下等。黄侃批判桐城派，主要从此层面入手。一则批桐城古文执泥于法度，关注阳刚阴柔、起承转合等低级技术层面的方法，损害文章自然之美。他说，"蔽者不察，则谓文章格局皆宜有定，譬如案谱着棋，依物写貌，戕贼自然以为美，而举世莫敢非之"③，"拘一定之势，驭无穷之体"，"矜言文势，拘执虚名，而不究实义"④。二则批桐城派不足以立派，因其所言皆老生常谈，并无新意，不足以成一家之言。黄侃常于《文心雕龙札记》中申述刘勰的观点时，联系"后世""近世"有人宣称的文章作法，指出其出于刘勰却矜为己有云云。在《文心雕龙·原道》篇札记中，他对桐城派所标榜的"文以载道"

---

① 黄侃：《文心雕龙札记》，上海古籍出版社 2000 年版，第 104 页。
② 黄侃：《文心雕龙札记》，上海古籍出版社 2000 年版，第 108 页。
③ 黄侃：《文心雕龙札记》，上海古籍出版社 2000 年版，第 115 页。
④ 黄侃：《文心雕龙札记》，上海古籍出版社 2000 年版，第 110 页。

多有不屑，说"今曰文以载道，则未知所载者即此万物之所由然乎？抑别有所谓一家之道乎？如前之说，本文章之公理，无庸标榜以自殊于人；如后之说，则亦道其所道而已，文章之事，不如此狭隘也"①。三则讥桐城派学无根柢，文无丽词。他说，"尝谓文章之功，莫切于事类，学旧文者不致力于此，则不能逃孤陋之讥，自为文者不致力于此，则不能免空虚之诮"②，"然自小学衰微，则文章痈削，今欲明于练字之术，以驭文质诸体，上之宜明正名之学，下亦宜略知《说文》《尔雅》之书，然后从古从今，略无蔽固，依人自撰，皆有权衡，厘正文体，不致陷于卤莽，传译外籍，不致失其本来"③，"奈之何后人欲去华辞而专崇朴陋哉"？④

总之，在20世纪初北大的讲坛上，以黄侃、刘师培为代表的《文选》派，借助《文选》《文心雕龙》诸书，通过课堂讲学，对桐城派之末流猛烈开火。虽然《文选》派比姚永朴持论更偏颇，"黄侃起而攻击北大桐城派同事，在尚未知己知彼情况下，显得无的放矢、捕风捉影，他对于姚永朴的批评是站不住脚的"⑤，但是，黄侃借《文心雕龙札记》对整个桐城派的颓弊揭示与攻诋大致是符合事实的。正因为此，桐城派在北大的最后一位代表姚永朴黯然离去，桐城派及其古文彻底退出了北大舞台。

据以往的研究及学者回忆，大都认为桐城派及其古文最终

①　黄侃：《文心雕龙札记》，上海古籍出版社2000年版，第6页。
②　黄侃：《文心雕龙札记》，上海古籍出版社2000年版，第189页。
③　黄侃：《文心雕龙札记》，上海古籍出版社2000年版，第194页。
④　黄侃：《文心雕龙札记》，上海古籍出版社2000年版，第14页。
⑤　汪春泓：《论刘师培、黄侃与姚永朴之〈文选〉派与桐城派的纷争》，《文学遗产》2002年第4期，第28页。

放弃北大讲坛，是受了刘师培、黄侃等《文选》派的猛烈攻击、无力招架才黯然离去的。其实，如果从时间上仔细考究，桐城派之离去，尚有新文化运动先驱者猛烈攻击的原因。据沈尹默回忆说："太炎先生的门下可分三派。一派是守旧派，代表人物是嫡传弟子黄侃，这一派的特点是：凡旧皆以为然。第二派是开新派，代表人物是钱玄同、沈兼士，玄同自称疑古玄同，其意可知。第三派姑名之曰中间派，以马裕藻为代表，对其他两派依违两可，都以为然。"① 章氏弟子虽内部有分歧，但在对旧文学之代表桐城派的抵制上却比较一致。在新旧文化的交锋中，不仅桐城派落荒而逃，《文选》派亦未能幸免。对《文选》派起而攻击最力者，竟是与黄侃师出同门的钱玄同。

新文化运动者将中国古代文化概括为"选学妖孽"与"桐城谬种"，是对清中叶至民国一段时期内中国文化的现状做出的反动。这"八字纲领"相当准确地囊括了中国旧文化，理所当然地成为新文化运动的响亮口号与得力武器。在追忆20世纪初的这场中国文化的新旧转型中，"选学妖孽、桐城谬种"口号对这场运动所产生的巨大作用，已成为显而易见的共识。

---

① 沈尹默:《我和北大》,《文史资料选辑》第六十一辑，文史资料出版社1982年版，第225页。

第七章
回风生澜：“妖孽化”以后的文选学

新文化运动提出“选学妖孽”与“桐城谬种”的口号，旗帜鲜明地将《文选》代表的骈文与桐城派代表的古文作为旧文学的靶子进行批判与清算，由此宣告了古典时代的终结。已有的研究主要集中在“选学妖孽”口号生成之后对新文化运动所产生的巨大推动效果层面，认为这两大口号对古典文学、文化的冲击是巨大的，甚至是致命的，而忽略了“选学妖孽”本身。事实上，从根本上厘清“选学妖孽”这一经典口号是如何生成的，其真实内涵是什么，对于重新认识新文化运动、新旧文化转型都有重要的意义。古典时代虽然终结，但作为传统文学代表的《文选》并未跟随这个时代一道而去，它仍具备极强的生命力，按照自身的惯性，在被“妖孽化”以后，仍持续展现着其自身的多重功能。

"选学妖孽" 口号的生成

一、"选学妖孽" 口号的出炉

在近现代文化史上，"胡适的'暴得大名'最初完全是由于他提倡文学革命"[①]。胡适提倡文学革命的第一篇文字是中国现代文学史上必须被提及的《文学改良刍议》，此文写于 1916 年 11 月，当时的胡适尚在美国，"为考虑那无可怀疑的老一辈保守分子的反对"，他用了"改良而非革命"，"把这一文题写得温和而谦虚"[②]。胡适把文章寄给了国内陈独秀主编的《新青年》，刊发在了 1917 年 1 月 1 日发行的第 2 卷第 5 号上。

在《文学改良刍议》中，胡适提出了他认为当时文学改良需要做的八件事：一曰言之有物；二曰不摹仿古人；三曰须讲求文法；四曰不作无病之呻吟；五曰务去烂调套语；六曰不用典；七曰不讲对仗；八曰不避俗字俗语。胡适云："在一九一六

---

① 余英时：《中国近代思想史上的胡适》，联经出版事业公司 1984 年版，第 29 页。
② 唐德刚译：《胡适口述自传》，华文出版社 1992 年版，第 167 页。又《文学改良刍议》文末云："故草成此论以为海内外留心此问题者作一草案。谓之刍议，犹云未定草也。伏惟国人同志有以匡纠是正之。"《新青年》第 2 卷第 5 号，上海群益书社，1917 年 1 月。

年的十一月,我开始把我们一整年非正式讨论的结果,总结成一篇文章在中国发表,题目叫做《文学改良刍议》。"① 这是1916 年胡适一年来与梅光迪、任鸿隽诸人关于白话文非正式讨论、辩论的总结与思考。

提倡文学革命的高一涵后来回忆说,"胡适对于文学改革,曾发生一点作用。但他根本不是一个革命家,只能算是一个文学改良派""胡适最初提出的,只是'文学改良刍议',并没有提出'文学革命'这个名词"。② 可能正是因为胡适这篇有关"文学革命"的文字写得太过温和,主编陈独秀对这个改良刍议最初并没有给予最高规格的礼遇。此期《新青年》的刊首文章是陈独秀本人的《再论孔教问题》,接下来是此前一号未刊发完成的杨昌济的《治生篇》后半部分,继之以高一涵的《一九一七预想之革命》,然后插了三页书目广告,这才轮到胡适的《文学改良刍议》。不过,在文章之末,陈独秀还是写了一小段识语:

> 余恒谓中国近代文学史,施曹价值,远在归姚之上。闻者咸大惊疑。今得胡君之论,窃喜所见不孤。白话文学,将为中国文学之正宗。余亦笃信而渴望之。吾生倘亲见其成,则大幸也。元代文学美术,本蔚然可观。余所最服膺者,为东篱。词隽意远,又复雄富,余尝称为'中国之沙

---

① 唐德刚译:《胡适口述自传》,华文出版社 1992 年版,第 167 页。
② 高一涵:《漫谈胡适》,《文化史料丛刊》第五辑,文史资料出版社 1983 年版,第 192 页。

克士比亚'。质之胡君及读者诸君以为然否。①

在这则简短的识语中，陈独秀不仅表达了他本人所思所想与胡文所言不谋而合之意，而且还借此"炫耀"了一下他对元代文学美术尤其是将马致远与莎士比亚等同起来的看法。

不过，到了《新青年》下一期即第六号中，陈独秀在刊首刊发自己的《文学革命论》，不仅将"首举义旗"号召文学革命的"急先锋"归名"吾友胡适"②，而且对胡文作了高度评估。与此相关，该刊《通信》栏目集中刊登了陈独秀与程演生、陈丹崖、钱玄同等人有关"文学革命"的来往通信，尤以钱玄同的来信最为激烈：

> 独秀先生左右：顷见六号《新青年》胡适之先生《文学刍议》，极为佩服。其斥骈文不通之句，及主张白话体文学，说最精辟。公前疑其所谓文法之结构为讲求 Gramma，今知其为修辞学，当亦深以为然也。具此识力，而言改良文艺，其结果必佳良无疑。惟选学妖孽、桐城谬种，见此又不知若何咒骂。虽然得此辈多咒骂一声，便是价值增加一分也。

继之以陈独秀的回复："惠书谨悉。以先生之声韵训诂学大家，而提倡通俗的新文学，何忧国之不景从也。可为文学界浮一大

---

① 胡适：《文学改良刍议》，《新青年》第 2 卷第 5 号，上海群益书社，1917 年 1 月。
② 陈独秀：《文学革命论》，《新青年》第 2 卷第 6 号，上海群益书社，1917 年 2 月。

白。”钱玄同这封信中的“六号”当为“五号”之误。陈独秀对胡适之文的“再回首”，极有可能是受钱玄同此文触发的。陈独秀看重的是一个研究古代音韵训诂的学者提倡白话文“不同凡响”的意义，而他这简短的几个字，无意之中强化了钱玄同此信的地位。在胡适列举的文学改良八事之中，钱玄同仅仅强调其中两点，即骈文不通、主张白话体文学。主张白话体文学主要对应胡适改良文学之第八事，而“斥骈文不通”之句则见诸“三曰须讲文法”中，八事之中，此条胡适阐释最简，仅五十二字：

> 今之作文作诗者，每不讲求文法之结构。其例至繁，不便举之，尤以作骈文律诗者为尤甚。夫不讲文法，是谓“不通”。此理至明，无待详论。

钱玄同于此封信中仅拈出此二事，且是胡适认为“此理至明，无待详论”的有关骈文的批评，这不单是读者的接受选择问题，隐然已有明确的现实指向。果不其然，接着钱玄同就水到渠成地拈出了其确指：“选学妖孽”与“桐城谬种”，后来被视为文学革命的靶子与口号的八个字就这样出炉了。

二、到底谁是“选学妖孽”

“选学妖孽”与“桐城谬种”近乎咒骂的八字口号，是钱玄同的个人发明。此后新文化运动的斗士尤其是钱玄同，曾不止一次地用这八个字讨伐旧文学，然而，对于这八个字内涵的理解，不管当时人，抑或后人，却不尽相同。

与钱玄同此信同期的《新青年》刊首文章是陈独秀的《文学革命论》，此文亦是深受胡适《文学改良刍议》而发，文中"革命"的对象是当时文坛的三派：桐城派、骈体文派、江西派："所谓桐城派者，八家与八股之混合体也。所谓骈体文者，思绮堂与随园之四六也。"思绮堂是章藻功的书斋名，章氏为清初与陈维崧、吴绮并称的骈文名家，善四六；随园是袁枚在江宁的宅第，其自号随园主人、随园老人，是清代骈文八大家之首。由于陈独秀此文影响很大，所以时人、后学多理所当然地将"桐城谬种"等同于桐城派，将"选学妖孽"等同于骈体文派。

鲁迅在 1935 年的一篇杂文中则说："五四时代的所谓'桐城谬种'和'选学妖孽'，是指做'载飞载鸣'的文章和抱住《文选》寻字汇的人们的，而某一种人确也是这一流，形容惬当，所以这名目的流传也较为永久。"[1] 鲁迅将钱玄同的八个字解作"桐城派"与"文选派"。"做'载飞载鸣'的文章"，指的是严复，严复多被视为桐城派末期的代表，章太炎在《〈社会通诠〉商兑》中评论严复翻译的《社会通诠》之文笔说："严氏固略知小学，而于周、秦、两汉、唐、宋儒先之文史，能得其句读矣。然相其文质，于声音节奏之间，犹未离于贴括。申夭之态，回复之词，载飞载鸣，情状可见。盖俯仰于桐城之道左，而未趋其庭庑者也。"[2] 但"抱住《文选》寻字汇的"，则

----

① 鲁迅：《五论"文人相轻"——明术》，《鲁迅全集》第 6 卷《且介亭杂文二集》，人民文学出版社 2005 年版，第 396 页。
② 章太炎：《章太炎全集·太炎文录初编》卷二，上海人民出版社 2014 年版，第 336 页。

是鲁迅用来影射施蛰存的(详见本章第三节),均非八字产生之时所指。

当代学者舒芜在2006年的博客文章《选学》中,也探讨过这个问题:

> “选学”,本来指的是对于梁昭明太子萧统主持编选的《文选》进行注释研究之学,后来因为《文选》中多有唐代以前的骈体文,骈体文作家多以此书标榜,故亦称骈体文家为“选学家”。清末民初骈体文家代表如易顺鼎、樊增祥等,用了浮艳的骈体文写出许多捧优伶、赞媚妓的肉麻文字,故钱玄同称之为“妖孽”。

舒芜将骈体文派约略为选学派,而将钱玄同所言的“文选妖孽”确指为清末民初的易顺鼎、樊增祥等人。

陈独秀、鲁迅、舒芜诸人对“选学妖孽”的理解与阐释可约略为骈体文派、文选学派,骈体文派者一指清初的章藻功、袁枚诸人,一指清末民初的易顺鼎、樊增祥诸人。大略而言,无论哪种解说,都没有偏离钱玄同的文学革命的思想,但具体而言,与钱氏所言又有差异。

钱玄同所言之“选学妖孽”是指代一个学派还是具体的某个人或几个人,是当时的人还是已经作古者?这必须回归钱氏的具体文本语境去考察。钱氏云“惟选学妖孽、桐城谬种,见此又不知若何咒骂”,既然能够“见此”,则非时人不能如此;既然能够“不知若何咒骂”,则似有特指,并非指代整个文选派甚或骈体文派。此推测可通过当时的具体语境得到进一步证实。

1917 年 3 月 1 日发行的《新青年》第 3 卷第 1 号《通信》，首刊钱玄同与陈独秀的通信，钱氏再次借胡适《文学改良刍议》，阐发对"文学革命"的看法，此次他聚焦的则是胡适的"不用典"一事。胡适虽主张不用典，但又云"工者偶一用之，未为不可"，钱氏则以为"凡用典者，无论工拙，皆为行文之病"，至于"一文之中"，用骈还是用散，"悉由自然"，"凡作一文，欲其句句相对，与欲其句句不相对者，皆妄也"。继之云：

> 阮元以孔子《文言》为骈文之祖，因谓文必骈俪（近人仪征某君即笃信其说，行文必取骈俪，尝见其所撰经解，乃似墓志。又某君之文，专务改去常用之字，以同训诂之隐僻字代之，大有"夜梦不祥开门大吉"改为"宵寐匪祯辟札洪庥"之风。此又与用僻典同病），则当诘之曰：然则《春秋》一万八千字之经，文亦孔子所作，何缘不作骈俪，岂文才既竭，有所谢短乎？①

此借孔子《文言》与《春秋》一骈一散论证行文之骈散皆由自然之意，批评阮元倡导文必骈俪的根基。其尤可关注者，钱氏括号中的这段话，虽未指名道姓，实已明指，"仪征某君"，指刘师培无疑，而"某君"则似指黄侃。据朱希祖 1917 年 11 月 5 日的日记："近来北京大学文科教授主持文学者，大略可分为三派：黄君季刚与仪征刘君申叔主骈文，而刘与黄不同

---

① 《新青年》第 3 卷第 1 号，1917 年 3 月。

者,刘好以古文饬今文,古训代今义,其文虽骈,佶屈聱牙,颇难诵读;黄则以音节为主,间饬古字,不若刘之甚,此一派也。"① 朱希祖对刘、黄二人之别,大体正确,此为分言之,若浑言之,则二人均有以古训代今义之习,且黄侃小学功底甚深,又师从章太炎,章氏行文亦喜用古字古义,黄侃行文此特点甚明。那么,钱玄同所言之"选学妖孽"是否即暗指刘师培、黄侃二人?

《新青年》第4卷第2号刊发了钱玄同为胡适《尝试集》所写的序,其中论及,中华的文字本言文一致,然两千年来,语言与文字相距甚远,其原因有二,一是给那些独夫民贼弄坏的,二是给那些文妖弄坏的,由此批判了两种文妖:文选派、桐城派。在论到文选派的弊端时,文章说:"直到现在,还有一种妄人说:'文章应该照这样做','《文选》文章为千古文章之正宗'。"② 这是影射刘师培的。

"《文选》文章为千古文章之正宗",是刘师培说的,且说过不止一次。刘师培为仪征人,继承并发展了乡先贤阮元的文学思想,多次阐述过骈文(《文选》)为文章正宗的思想。1905年(2月23日)刘师培在《国粹学报》第1期发表《文章原始》,云:"故昭明之辑《文选》也,以沉思翰藻者为文,凡文之入《选》者,大抵皆偶词韵语之文……则骈文一体,实为文体之正宗。"③《国粹学报》第1期至第10期(2月23日—11月

---

① 朱偰:《五四运动前后的北京大学》,《文化史料丛刊》第五辑,文史资料出版社1983年版,第162页。
② 钱玄同:《尝试集序》,《新青年》第4卷第2号。
③ 刘师培:《刘申叔遗书》,凤凰出版社1997年版,第1646页。

16 日）连载刘师培《论文杂记》24 则，其中有云："夫文字之训既专属于文章，则循名责实，惟韵语俪词之作稍与缘饰之训相符。故汉魏六朝之世，悉以有韵偶行者为文，而昭明编辑《文选》亦以沉思翰藻者为文，文章之界至此而大明矣。"[①] 此虽未直言，而实含《文选》为文章正宗之意。《国粹学报》第 11 期至 15 期（1905 年 12 月 16 日至 1907 年 4 月 13 日）连载刘师培《文说》五篇，其《耀采篇》中有云："由古迄今，文不一体。然循名责实，则经史诸子，体与文殊。惟偶语韵词，实与文合……故《文选》勒于昭明，屏除奇体，《文心》论于刘氏，备列偶词。体制谨严，斯其证矣。厥后《选》学盛行，词华聿振。……是则骈文之一体，实为文类之正宗。"[②] 对此观点，刘师培在其 1917 年北京大学讲授中国文学的讲稿《中国中古文学史讲义》中也多次重申。

此外，1918 年 3 月 15 日发行的《新青年》第 4 卷第 3 号刊发了胡适的《旅京杂记》，其中有云：

> 有许多人说我们提倡的白话文学是狠没有价值的，是狠失身份的。我有一天走到琉璃厂，买了一部《中国学报》，看见内重有一篇刘申叔先生的《休思赋》，我拿回来，读了半天，查了半天的字典，还不能懂得百分之一二。我惭愧得狠，便拿到国立北京大学去，请一位专教声音训诂的教授讲给我听。不料这位专教声音训诂的教授读了一遍，

---

① 刘师培：《刘申叔遗书》，凤凰出版社 1997 年版，第 715 页。
② 刘师培：《刘申叔遗书》，凤凰出版社 1997 年版，第 707—708 页。

也有许多字句，不能懂得。我想这篇赋一定是狠（今作很）
有身份，狠有价值的了。所以我便把这篇赋抄了下来，给
（原讹作结）大家见识见识。①

文中"专教声音训诂的教授"即钱玄同，据《北京大学日刊》
第38号（1918年1月5日）第2版《文本科第二学期课程表》，
国文学门一年级、二年级、三年级均开设《文字学》，授课教师
为钱玄同。该刊第40号（1918年1月8日）第3版还刊发了钱
玄同关于本学期上课讲义问题的说明，其中三年级油印讲义为
《声韵学》《古音》《说文段注小笺》，二年级用《声韵学》《古
音》《六书论》，一年级用《今音》、《古音》②。《北京大学日
刊》本学期课程表及授课教师以及有关授课讲义的意见，均可
证实此点。虽然胡适这里没有说一句直接批评的话，但话里话
外，浓厚的讥讽意味是毫无疑义的。再者，胡适与钱玄同对
《休思赋》未必真的不懂，但对一般读者而言，要真正读明白，
还真是比较困难，故二人拿出来"给大家见识见识"，似乎胡适
借此做文章的可能性或更大。

　　以上几点似乎可以证明，钱玄同所云之"选学妖孽"当包
含刘师培，然此又与钱氏所言之"见此又不知若何咒骂"之
"善骂"特征不符。

　　刘师培于1917年秋进入北京大学，杨亮功回忆刘师培在北
京大学的情景时说："刘先生在北大授课时肺病已到第三期，身

---

① 胡适：《旅京杂记·记刘申叔休思赋》，《新青年》第4卷第3号，上海群益书
　　社，1918年3月。
② 《北京大学日刊》第一分册，人民出版社1981年影印。

体虚弱，走起路来摇摇欲倒，真是弱不禁风。"① 蔡元培《刘君申叔事略》中亦云："君是时病瘵已深，不能高声讲演。"② 或许是吸取了以往从政的一些教训，加之身体的原因，刘师培仅"讲学而不论政"，尽管他此时变得保守，以《文选》为旨归，但对白话文的态度，还是相对温和的。即便如此，他还是受到了一些攻击。1919年1月26日刘师培与黄侃诸人成立国故月刊社并与黄侃被推为《国故》月刊总编辑。同年2月18日，《公言报》刊发《请看北京学界思潮变迁之近状》，将北京学界分为新旧两派，互相对峙，"旧派中以刘师培氏为首。其他如黄侃、马叙伦等，则与刘氏结合，互为声援者也……顷者刘、黄诸氏，以陈、胡等与学生结合，有种种印刷物发行也，乃组织一种杂志，曰《国故》。组织之名义出于学生，而主笔政之健将，教员实居多数。"③ 刘师培为此专门致函《公言报》云："读十八日贵报《北京学界思潮变迁》一则，多与事实不符。鄙人虽主大学讲席，然抱疾岁余，闭关谢客，于校中教员素鲜接洽，安有结合之事？又《国故》月刊由文科学员发起，虽以保存国粹为宗旨，亦非与《新潮》诸杂志，互相争辩也。祈即查照更正，是为至荷！"④ 刘师培的尽力解释与辨清，亦反映了其时对政治谨慎之态度。后来学者回忆说刘师培"写了一些文章，但是他

---

① 杨亮功：《早期三十年的教学生活》，黄山书社2008年版，第20页。
② 刘师培：《刘申叔遗书》，凤凰出版社1997年版，第18页。
③ 陈奇：《刘师培年谱长编》卷九，贵州人民出版社2007年版，第351页。
④ 《北京大学日刊》第340号（1919年3月24日）附张第六版《刘师培致公言报函》，人民出版社1981年影印。

只谈旧学，却未还击”[1]，“在课堂上绝少批评新文学，他主张不妨用旧有的文章体裁来表达新思想，这是用旧瓶装新酒的办法”[2]。总之，刘师培尽管反对白话文，但态度温和，亦从未采取谩骂之方式。再者，刘师培殁后，钱玄同亲为搜辑、编纂《刘申叔遗书》，故钱氏所云“又不知如何咒骂”者，当不会是刘师培。退一步讲，刘师培非其首要讨伐之人。

黄侃与钱玄同同出太炎先生之门，汪东《寄庵谈荟》云：章太炎还曾戏封其得意弟子为“四王”，“曰：季刚尝节《老子》语‘天大，地大，道亦大’，丐余作书，是其所自命也，宜为天王。汝为东王。吴承仕为北王。钱玄同为翼王。余问：钱何以独为翼王？先生笑曰：以其尝造反耳。越半载，先生忽言：以朱逷先为西王。……一时诙嘲，思之腹痛”！“四王”即天王黄侃，东王汪东，北王吴承仕，翼王钱玄同。后因钱玄同在新文化运动中改革激烈，曾主张废除汉字，章氏出钱入朱希祖（字逷先，又作迪先、逷先）。[3] 黄侃于 1914 年秋进入北京大学，时章门弟子已有多位进入北大。据沈尹默回忆，他是 1913 年进入北大教书的，当时的校长以为沈尹默为章太炎的弟子，和他同去的还有朱希祖，不久马裕藻、沈兼士、钱玄同也陆续被聘，“最后，太炎先生的大弟子黄侃（季刚）也应邀到北大教课……太炎先生的门下可分三派。一派是守旧派，代表人物是嫡传弟子黄侃，这一派的特点是：凡旧皆以为然。第二派是开新派，

① 朱偰：《五四运动前后的北京大学》，《文化史料丛刊》第五辑，文史资料出版社 1983 年版，第 163 页。
② 杨亮功：《早期三十年的教学生活》，黄山书社 2008 年版，第 19 页。
③ 庄华峰：《吴承仕研究资料集》，黄山书社 1990 年版，第 294 页。

代表人物是钱玄同、沈兼士，玄同自称疑古玄同，其意可知。第三派姑名之曰中间派，以马裕藻为代表，对其他两派依违两可，都以为然"①。章氏弟子虽内部分歧，但在对旧文学之代表桐城派的抵制上比较一致，不久，北大就成为《文选》派的天下。黄侃主要讲授中国文学，以《文选》《文心雕龙》为中心。据冯友兰回忆："在当时的文学界中，桐城派古文已经不行时了，代之而起的是章太炎一派的魏晋文（也可以称为'文选派'，不过和真正的'文选派'还是不同，因为他们不作四六骈体)""当时北大中国文学系，有一位很叫座的名教授，叫黄侃。他上课的时候，听讲的人最多，我也常去听讲。他在课堂上讲《文选》和《文心雕龙》，这些书我从前连名字也不知道"。②1917 年，刘师培进北大。刘师培深受阮元影响，阮元代表的扬州学派推崇《文选》，而阮元、汪中都是知名的骈文大家，故刘师培亦是地道的文选派。刘师培、黄侃二人携手讲授中国文学，二人年相若，黄侃服膺刘师培之经学，竟折节拜其为师，执弟子礼，此后文选派才真正占领北大讲坛。

与刘师培的谨慎不同，黄侃为人傲岸，"不慎于言"③，喜欢谩骂，"黄先生走起路来不是仰首窥天，就是俯首察地，绝少平视，实足以表现其傲慢态度"，对钱玄同等人提倡的白话文很不以为然，"他抨击白话文不遗余力，每次上课必定对白话文痛骂一番，然后才开始讲课。五十分钟上课时间，大约有三十分钟

---

① 沈尹默：《我和北大》，《文史资料选辑》第六十一辑，文史资料出版社 1982 年版，第 225 页。
② 冯友兰：《三松堂自序》，三联书店 1984 年版，第 316、317 页。
③ 朱希祖：《朱希祖日记》附《孟娶日记》1917 年 11 月 16 日，中华书局 2012 年版，第 1400 页。

要用在骂白话文上面。他骂的对象是胡适之、沈尹默、钱玄同几位先生。他嘲笑新诗，他讥评沈忘恩负义，他骂钱尤为刻毒"①，"教员中只有黄季刚在课堂内外对学生咒骂新派而已，但是他向不执笔"②。

刘半农在1932年岁末编了一本《初期白话诗稿》，在此书目录之后，他写了一大段类似序言的文字，其中说："在民国六年时，提倡白话文已是非圣无法，罪大恶极，何况提倡白话诗，所以适之诗中有了'两个黄蝴蝶'一句，就惹恼了一位黄侃先生，从此呼适之为黄蝴蝶而不名；又在他所编的《文心雕龙札记》中，大骂白话诗文为驴鸣狗吠。"③

黄侃对白话文的抨击，自然会对胡适、钱玄同等人有影响，他虽然不写文章抨击，但多次在公开场合叱责陈独秀、胡适、钱玄同等新文化提倡者。据周作人的回忆，"黄季刚谩骂章氏旧同门曲学阿世，后来有人都戏称蔡先生为'世'，往校长室为阿世"④，黄侃的脾气怪癖，和学问是成正比的，"这两者的旗帜分明，冲突是免不了的"：

  当时在北大的章门的同学做柏梁台体的诗分咏校内的名人，关于他们的两句，恰巧都还记得，陈仲甫的一句是"毁孔子庙罢其祀"，说的很得要领；黄季刚的一句则是

①　杨亮功：《早期三十年的教学生活》，黄山书社2008年版，第22—23页。
②　朱偰：《五四运动前后的北京大学》，《文化史料丛刊》第五辑，文史资料出版社1983年版，第163页。
③　刘半农：《初期白话诗稿》，北京出版社2010年影印1932年星云堂书店版，第6—7页。
④　周作人：《记蔡孑民先生的事》，《药味集》，新民印书馆1942年版，第60页。

"八部书外皆狗屁"，也是很能传达他的精神的。所谓八部书者，是他所信奉的经典，即是《毛诗》、《左传》、《周礼》、《说文解字》、《广韵》、《史记》、《汉书》和《文选》，不过还有一部《文心雕龙》，似乎也应该加了上去才对。他的攻击异己者的方法完全利用谩骂，便是在课堂上的骂街，它的骚扰力很不少……①

黄、钱均精通古代音韵，为小学名家。黄侃对自己的学问"自始冠已深自负"，"见人持论不合古义，即眙视不与言"，然因为白话文之分歧，多有龃龉。② 在黄侃去世的 1935 年，钱玄同在给潘景郑的书信中回忆道："弟与季刚己酉年订交，至今已廿有六载。平日因性情不合，时有违言。惟民国四、五年间商量音韵，最为契合。"③ 从钱玄同的记载来看，在 1915 年前后，二人关系还是不错的，这应该是在钱玄同进行比较激烈的白话文运动改革之前。此后，因意见不合，黄侃对钱玄同音韵之学亦颇轻视，据周作人的文章说，黄侃殁后，《立报》上登载总名为《黄侃轶事》的系列文章，第一则为《钱玄同讲义是他一泡尿》，"这事大概发生很早"，原文如下：

> 黄以国学名海内，亦以骂人名海内，举世文人除章太

---

① 周作人：《北大感旧录（二）》，《知堂回想录》，三育图书有限公司 1980 年版，第 483 页。
② 章太炎：《黄季刚墓志铭》，《章太炎全集·太炎文录续编》，上海人民出版社 2014 年版，第 292—293 页。
③ 钱玄同：《致潘景郑》，《钱玄同文集》第六卷，中国人民大学出版社 2000 年版，第 302 页。

炎先生，均不在其目也。名教授钱玄同先生与黄同师章氏，同在北大国文系教书，而黄亦最瞧不起，尝于课堂上对学生曰，汝等知钱某一册文字学讲义从何而来？盖余溲一泡尿得来也。当日钱与余居东京时，时时过从。一日彼至余处，余因小便离室，回则一册笔记不见。余料必钱携去。询之钱不认可。今其讲义，则完全系余笔记中文字，尚能赖乎？是余一尿，大有造于钱某也。此语北大国文系多知之，可谓恶毒之至。

周作人曾将此文寄给钱玄同，钱复信说：

> 披翁（按黄侃在旧同门中，别号披肩公）轶事颇有趣，我也觉得不是伪造的，虽然有些不甚符合，总也是事出有因吧。例如他说拙著是撒尿时偷他的笔记所成的，我知道他说过，是我拜了他的门而得到的。夫拜门之与撒尿，盖亦差不多的说法也。①

经钱玄同证实，黄侃的确说过类似的话。杨亮功的回忆文章也对此有所记录："他说：他一夜之发现，为钱赚得一辈子之生活。他说：他在上海穷一夜之力，发现古音二十八部，而钱在北大所讲授古文字学就是他一夜发现的东西。"② 黄侃精通小学，并在此前与钱玄同多有商讨，则钱玄同采纳他的见解并在课堂

---

① 周作人：《钱玄同的复古与反复古》，陈子善选编《知堂集外文·四九年以后》，岳麓书社 1988 年版，第 621—622 页。
② 杨亮功：《早期三十年的教学生活》，黄山书社 2008 年版，第 22 页。

上讲授是正常的，黄侃如此说，除个性因素之外，主要还是出于对钱玄同提倡白话文不满而发的。

　　黄侃不遗余力地抨击白话文，自然会引发钱玄同等人的回击。1918 年 7 月 15 日发行的《新青年》第 5 卷第 1 号《通信》栏目中，钱玄同在回复邓萃英四月十九日的信中说：

　　　　什么叫做"遗少"呢？现在有一班二三十岁的少年人，或学老前辈的样子，做什么书的"考证"，什么书的"札记"，或则想做大文豪，学蒲松龄的烂调文、王次回的肉麻诗。这两种人的文章里，照例用干支纪年、阴历纪月日，籍贯必须写满清时代的旧地名，神圣曾左而尽贼洪杨，追念满廷而咒诅民国。他的年纪"少"而未"老"，他的资格本不配"遗"而妄欲自命为"遗"，这便叫做遗少。

此信中钱玄同叱责之"遗少"，大有影射黄侃之意。时刚过而立之年的黄侃在北京大学教书，教授《文心雕龙》，编成《文心雕龙札记》讲义，深受学生欢迎。不久，钱玄同在《新青年》第 6 卷第 3 号《随感录》中，虽不点名实则明指地批评黄侃说：

　　　　昨天在一本杂志上，看见某先生填的一首词，起头几句道："故国颓阳，坏宫芳草，秋燕似客谁依？笳咽严城，漏停高阁，何年翠辇重归？"

　　　　我不是研究旧文学的，这首词里有没有深远的意思，我却不管。不过照字面看来，这"故国颓阳，坏宫芳草"两句，有点像"遗老"的口吻；"何年翠辇重归"一句，似乎有希望“复辟”的意思。我和几个朋友谈起这话，他们都说我没有猜错。照这样看来，填这首词的人，大概总是“遗老”“遗少”一流人物了。

可是这话说得很不对，因为我认得填这首词的某先生；某先生的确不是“遗老”“遗少”，并且还是同盟会里的老革命党。……不过他的眼界很高，对于一班创造民国的人，总不能满意，常常要讥刺他们。他自己对于“选学”工夫又用得很深，因此，对于我们主张国语文学的人，更是疾之如仇……①

在这则《随感录》中，钱玄同虽一再说明某先生非“遗老遗少”，但话里话外则分明指责某先生完全具备“遗老遗少”的作派，而且，因为有具体诗词为证，可以确定这位“某先生”就是黄侃。当然，黄侃见到此文，大怒。据黎锦熙的回忆文章说：

钱先生和黄侃先生的吵架问题，其远因实起于民七八间的“新文学”运动，《新青年》中常骂旧体诗词，曾批评黄先生《北海怀古》的词中一句：“何时翠辇重归？”说是有希望“复辟”的意思，黄先生大怒，骂为看词都看不通。

除此之外，黎锦熙的文章还记载了1926年黄侃任北师大国文教授，因与系主任吴承仕不合，作诗讽之，其中有“芳湖联蜀党，

---

① 钱玄同：《随感录》，《新青年》第6卷第3号，上海群益书社，1919年3月。

浙派起钱疯"句，"钱疯"指的就是钱玄同；又一二八事变后，章太炎于北平避难，黄侃、钱玄同遇于师处，与诸客共在客厅坐候，黄忽呼钱曰："二疯！"，钱已不悦；继曰："二疯！你来前！我告你！你可怜啊！先生也来了，你近来怎么不把音韵学的书好好的读，要弄什么注音字母，什么白话文……"钱先生顿时大怒，拍案厉声道："我就是要弄注音字，要弄白话文！混账！"双方吵起来，最终经章太炎劝解才止住。①

黎锦熙所记钱、黄二人斗口的事是真实的，尽管他回忆的时间可能有误，钱玄同、黄侃二人对此均有记录。钱玄同在黄侃殁后，曾回忆说："廿二年之春，于余杭师座中，一言不合，竟致斗口。岂期此别，竟成永诀。"② 黄侃则在当天（1922 年 3 月 12 日）的日记中记录了此事：

> 大风。亭午诣师。共餍或人所馈酒食。食罢，二凤至，予屈意询其近年所获，甫启口言新文学三字（意欲言新文学，且置不言），彼即面赤，謷謷争辩，且谓予不应称彼为二凤，宜称姓字。予曰："二凤之谑，诚属非宜。以子平生专为人取诨名，聊示惩儆尔！常人宜称姓字，子之姓为钱耶？为疑古耶？又不便指斥也。"彼闻言，益咆哮。其实畏师之责，故示威于予，以塞师喙而已。狡哉二凤！识彼卅年，知之不尽，予则浅矣。③

---

① 黎锦熙：《钱玄同先生传》，高勤丽编：《疑古先生——名人笔下的钱玄同　钱玄同笔下的名人》，东方出版中心 1999 年版，第 42—43 页。

② 钱玄同：《致潘景郑》，《钱玄同文集》第六卷，中国人民大学出版社 2000 年版，第 302 页。

③ 黄侃：《黄侃日记》，中华书局 2007 年版，第 783 页。

此事发生于1922年，从此二人再无往来。此虽距钱玄同“选学妖孽”口号出炉已五年之久，然此事亦能说明黄侃与钱玄同之间早有分歧，宿怨已深。而1919年的《公言报》将其划为两个对立的不同阵营，后虽有刘师培之辩白，然正亦说明钱玄同、黄侃双方之对立是不争共睹之事实。

总而言之，钱玄同发明的“选学妖孽”口号，有胡适《文学改良刍议》的引发，更多的则是其在新旧文学辩论中的感同身受，其最初所指实为黄侃。

三、“选学妖孽”内涵的暗中转换

再回到钱玄同“选学妖孽”“桐城谬种”这个最初的问题。“桐城谬种”指的是善骂的林纾，而“选学妖孽”显然是指同样善骂的黄侃。易言之，钱玄同第一次使用这八个字的时候，其指代范围是非常狭隘的。此后，钱玄同在《新青年》上屡次使用他发明的这个术语。

在1917年7月1日《新青年》第3卷第5号《通信》中，钱玄同再借胡适《文学改良刍议》，论应用文亟宜改良，列提纲十三条。第六条为不用典，钱氏尤重此条，并反复申明，其中有云：

> 今后童子入学，读的是教科书，其中材料，不外乎历史上重大之事件、科学上切要之智识，以及共和国民对于国家之观念、政治法律之大概而已。即国文一科，虽可选读古人文章，亦必取其说理精粹、行文平易者。彼古奥之

周秦文、堂皇之两汉文、淫靡之六朝文，以及摇晃摆尾之唐宋八大家，当然不必选读。此不过言其大概，其实所谓"说理精粹行文平易"者，固未尝不在周秦两汉六朝唐宋文中也。惟选学妖孽所尊崇之六朝文、桐城谬种所尊崇之唐宋文，则实在不必选读（学周秦两汉者，其人尚少。间或有之，亦尚无选学妖孽、桐城谬种之臭架子，故尚不甚讨厌。）……

玄同自丙辰春夏以来，目睹洪宪皇帝之反古复始，倒行逆施，卒致败亡也。于是大受刺激，得了一种极明确的教训，知道凡事总是前进，决无倒退之理。……故治古学实治社会学也，断非可张"保存国粹"之招牌，以抵排新知，使人人褒衣博带，做两千年前之古人。……

在此封通信中，"选学妖孽"仍暗有特指。一则钱氏云"选学妖孽"之"臭架子"，此虽可理解为选学派文章喜用典故摆弄词藻之意，亦与黄季刚先生恃才傲岸的旧派作风及其对白话文尤为鄙薄有关；再则钱氏云"治古学实治社会学"，不是用"保存国粹"的旗号抵御白话文。刘师培诸人于1918年夏天曾欲恢复《国粹学报》《国粹汇编》，后未果。鲁迅于当年7月5日致信钱玄同云："中国国粹、虽然等于放屁、而一群坏种、要刊丛编、却也毫不足怪。该坏种等、不过还想吃人、而竟奉卖过人肉的侦心探龙做祭酒、大有自觉之意。……但该坏种等之创刊屁志、系专对《新青年》而发……"[1] 此亦与黄侃、刘师培于北大教

---

[1] 鲁迅：《鲁迅全集》第11卷，人民文学出版社2005年版，第363—364页。

书时之宣扬"保存国粹"、反对白话的做法相合。

1917 年 8 月 1 日发行的《新青年》第 3 卷第 6 号《通信》栏目刊发了钱玄同写给胡适的一封信：

> 胡适之先生：玄同近年来从事教育，深慨于吾国文言之不合一，致令青年学子不能以三五年之岁月通顺其文理，以适于应用。而彼选学妖孽、桐城谬种，方欲以不通之典故、肉麻之句调，戕贼吾青年。

"彼选学妖孽"之"彼"，仍意有确指，"方欲""戕贼吾青年"的"现在进行时"，则确指"当下"。

1918 年 4 月 15 日发行的《新青年》第 4 卷第 4 号《通信》刊发了钱玄同给陈独秀的书信《中国今后之文字问题》：

> 除了那选学妖孽、桐城谬种，要利用此等文字，显其能做"骈文""古文"之大本领者，殆无不感现行汉字之拙劣，欲图改革以期便用。

此通信中，"那选学妖孽""现行汉字"之语，无不指明其"当下"，亦暗有所指。这种虽不指名道姓而确有所指的表述，在 1918 年 2 月 15 日发行的《新青年》第 4 卷第 2 号登载的《尝试集序》中也有明确表述，此文是钱玄同给胡适《尝试集》（中国第一本白话文诗集）写的序言，其中论及中华的文字本言文一致，然两千年来，语言与文字相距甚远，是由两种文妖弄坏的：文选派的文妖、桐城派的文妖。谈到文选派文妖之时，他还生怕他人不知，不失时机地说："直到现在，还有一种妄人说：'文章应该照这样做'，'《文选》文章为千古文章之正宗'。"批判完两种文妖之后，他总结道："这两种文妖，是最反对那老实的白话文章的。因为做了白话文章，则第一种文妖，便不能搬运他那垃圾的典故、肉麻的词藻；第二种文妖，便不能卖弄他那可笑的义法、无谓的格律。并且若用白话做文章，那么会做文章的人必定渐多，这些文妖，就失去了他那会做文章的名贵身份，这是他最不愿意的。"仔细品味钱氏的序言，"当下性""特指性"意味仍是十分明显的。

到了1918年6月15日发行的《新青年》第4卷第6号，钱玄同"选学妖孽""桐城谬种"的特指性开始产生暗中的改变，此期的《通信》中刊发了以"南丰美以美会基督徒悔"的名义写给陈独秀的信《文字改革及宗教信仰》，该信在对钱玄同关于应用文亟需改革的过激纲领提出了批评后，接着说："又余所望于钱君者，不赞成则可，谩骂则失之；如选学妖孽、桐城谬种是不免无涵蓄，非所以训导我青年者，愿先生忠告钱君，青年幸甚。"钱玄同对此信的回复紧跟其后，其语气、用词依然激烈，甚至怀疑是不是新文化倡导者又在唱"双簧戏"。在谈到"选学妖孽"与"桐城谬种"时，钱氏云：

> 至于"桐城派"与"选学家"，其为有害文学之毒菌，更烈于八股试帖，及淫书秽画。八股试帖，人人但以为骗"状元""翰林"之敲门砖，从没有人当他一种学问看待；淫书秽画，则凡稍具脑筋之人，无不痛斥为不正当之顽意儿，故虽有人中毒，尚易消除。至"桐城派"与"选学

家"，则无论何人，无不视为正当之文章，后者流毒已千余年，前者亦数百年。此等文章，除了谩骂，更有何术？鄙人虽不文，亦何至竟瞎了眼睛，认他为一种与我异派之文章而用相对的论调，仅曰"不赞成"而已哉？

此回复中尤可注意者有二：一是排序问题，在此前的数则文字中，钱氏总是将"选学"排在"桐城"之前，此处则将两者顺序颠倒，这应该不是无意为之，因为此种顺序在这段短短文字中就出现两次，且作者在表达此两派流毒时，行文中是先"后者"再"前者"，虽无不可，但颇不符行文习惯；二是将桐城派与文选派作为文学流派，而不是用其特指某个人或者某几个人来批判，且言"后者流毒已数千年，前者亦数百年"。

其实，这种转变发生的时间还要早一点，在1918年3月15日《新青年》第4卷第3号中已经出现，这就是现代文学史上著名的刘半农与钱玄同合演的"双簧戏"。在此期的《文学革命之反响》中，钱玄同模拟保守派文人写下《王敬轩君来信》一文，对新文学大家进行攻击，其中有云：

> 贵报对于中国文豪，专事丑诋，其尤可骇怪者，于古人则神圣施（耐庵）曹（雪芹）而土芥归（震川）方（望溪）；于近人则崇拜李（伯元）吴（趼人）而排斥林（琴南）陈（伯严），甚至用一网打尽之计。目桐城为谬种、选学为妖孽。对于易哭庵、樊云门诸公之诗文，竟曰烂污笔墨，曰斯文奴隶，曰丧却人格，半钱不值。呜呼，如贵报者，虽欲不谓之小人而无忌惮，盖不可得矣。

众所周知，此书虽然署名王敬轩，实则出自钱玄同之手，这不仅是钱氏自己以一个对立者的身份对自己的总结，更是对提倡白话文群体理论的宏观总结，此时如依然纠缠于这是对具体某人的谩骂与批评显然不合适，那样不仅显得太"小家子气"，而且与彻底推翻旧的封建的文化的宏大目标格格不入，故不可再将其局限于狭隘之范围。其中"目桐城为谬种、选学为妖孽"一句，不仅将"桐城"和"选学"的顺序进行了改变，而且已经不是单纯地针对林纾或者黄侃了，即批判的对象转变为"桐城派"与"选学派"了。桐城派代表的是古文，选学派代表的是韵文，二者指向的是全部的中国旧文化。到此为止，"桐城谬种、选学妖孽"的内涵被提升至极致，成为新文化运动批判一切旧文化的响亮口号，也正是在这个意义上，"桐城谬种、选学妖孽"的八字纲领具备了鲜明的文化史意义。

20世纪30年代"施鲁之争"
的文选学史意义

在现代文选学史上，20世纪30年代的"施鲁之争"是非常值得关注的，因此重新翻阅当时双方论争的阵地《申报·自由谈》以及相关报刊，以《文选》为中心，通过梳理双方论争过程及其周边，进而考察此次论争对《文选》的传播与接受造成的影响，对《文选》之研究仍然是很有必要的，对中国传统文化的继承发展也是有启示意义的。

一、为什么又是《文选》

论争缘于一件极其普通的事。当时《大晚报》的副刊《火炬》主编崔万秋给施蛰存寄去"读书季节"征答表格，表格是已经设计好的，需要填写的空间与内容均十分有限，共有两栏：第一栏是"目下所读之书"，第二栏是"欲推荐于青年之书"。在第一栏下，施蛰存填写了两本书：一本是英文书《文学批评之原理》，是从心理分析出发的主张实验批评的英国李却兹教授的著作；另一本书是《佛本行经》，是古印度一本以诗体叙述佛陀行迹、宣传佛教义理的传记。在第二栏下，施蛰存分两类填写了五本书：一类是《庄子》《文选》，附加说明"为青年文学修养之助"；一类是《论语》《孟子》《颜氏家训》，附加说明"为青年道德修养之根基"。施蛰存的这个表格刊发在 1933 年 9 月 29 日的《大晚报》副刊《火炬》上。

这是很普通的一件事。因为目录学是中国传统治学的门径，尤其是晚清民国以来，罗列书目更是盛行，著名者如张之洞《书目答问》、梁启超《要籍解题及其读法》、胡适《一个最低限度的国学书目》等。当时报纸副刊也经常邀请一些社会名人列举书目，如《京报》副刊 1925 年 1 月 4 日就曾经发起过征求"青年爱读书十部""青年必读书十部"的活动。1933 年施蛰存虽年仅 29 岁，但已发表了不少有影响的文学作品，并有小说集出版，还是文艺月刊《现代》的主编。以施蛰存当时的成就及社会身份，崔万秋邀请他推荐几本书也是很平常的事情。

不过，正是这看似普通不过的一个简短书目，竟然引发了一场持久激烈的论争。从 1933 年 10 月开始，直至 1936 年 10 月鲁迅去世，这三年时间，是鲁迅与施蛰存直接交锋争辩的时期。不过，"施鲁之争"并没有因为鲁迅的去世而尘埃落定，此后依旧有人时不时借此事一次次地对施蛰存进行人身的而非学术、学理的攻击。可以说，终其一生，施蛰存都没有逃离《庄子》《文选》论争事件的影响。这些姑且不论。本文关注的是《文选》及其相关问题。一是施蛰存推荐的区区五种书中，为什么会有《文选》？二是鲁迅从施蛰存推荐的五种书中，为什么单单挑出《庄子》《文选》两种，且以《文选》为中心进行驳斥？

新文化运动在讨伐旧文学方面高举的两面旗帜是"选学妖孽"与"桐城谬种"。"选学妖孽"代表的是《文选》派，或曰骈体文派，甚或连诗歌一起包括在内；"桐城谬种"代表的是古文，是散文，是一切非格律的旧文学。这两者就涵括了中国古典文学的全部。新文化运动的目的之一就是彻底推翻旧文学，重新建设新文学，批判清扫，必须有目标靶子，以《文选》派及桐城派在历史上与当时的地位而言，必然"中枪"。因此，钱玄同发明的这"八字纲领"不仅霸气，概括得也相当全面。而在新文学的构建方面，施蛰存持论与新文化运动先驱者相左，他一直坚持"每一个文学者必须要有所借助于他上代的文学"①。基于此种理念，他推荐《文选》是顺理成章的。尽管施蛰存自己说，推荐这个书目的时候有点随意②，其实应该是经过深思熟虑的。再者，施蛰存之所以推荐《文选》，是因为他发现当时的青年人文章写作中存在一些问题：

> 近数年来，我的生活，从国文教师转到编杂志，与青年人的文章接触的机会实在太多了。我总感觉到这些青年人的文章太拙直，字汇太少，所以在《大晚报》编辑寄来的狭狭的行格里推荐了这两部书。我以为从这两部书中可以参悟一点做文章的方法，同时也可以扩大一点字汇（虽然其中有许多字是已死了的）。③

---

① 施蛰存：《〈庄子〉与〈文选〉》，1933年10月8日《申报》第19版《自由谈》。

② 施蛰存：《致黎烈文先生书——兼示丰之余先生》："本来我当时填写《大晚报》编辑部寄来的那张表格的时候，并不含有如丰先生的意见所看出来的那样严肃。"1933年10月20日《申报》第18版《自由谈》，收录在《鲁迅全集》第5卷《准风月谈·答"兼示"》备考，人民文学出版社2005年版，第378—380页。

③ 施蛰存：《〈庄子〉与〈文选〉》，1933年10月8日《申报》第19版《自由谈》。

作为一部文学总集，《文选》收录了南朝萧梁之前 700 余篇 39 体优秀作品，文体众多，翰藻丰富，阅读研习该书，不仅可以领悟各类文章的作法，而且能够学到大量的词汇。在《文选》传播接受史上，从最浅的层次而言，《文选》主要发挥了后者的功能。故从宋代开始，就有对《文选》进行重新改编的类书出现，如《文选类林》《文选双字类要》《文选锦字》《选腴》《文选编珠》等，这些著作的出现，凸显了《文选》的词书功能。施蛰存以《文选》作为增加字汇的推荐书目，也是完全可以实现的。虽然反对者说扩大字汇"还不如去推荐为'群经总诂'的《尔雅》，比较更为'根基'的"①，这显然是帮腔者的胡搅蛮缠，完全背离了施蛰存的本意。

1933 年的施蛰存在新文学的创作方面已成就斐然，他从自身的经验出发来推荐《文选》，是有其创作实践基础的。施蛰存回忆说，他在十七八岁的时候，中英文阅读能力与写作能力已有相当好的基础。"中文是家学，我父亲教我从《古文观止》读到《昭明文选》"②，这些成为他后来从事文学创作的底子。施蛰存在文章中会自觉不自觉地运用《文选》中的语汇，自然得益于此。

总之，从中国古典文学的实情、推荐者的文学传承理念、推荐目的以及推荐者的实践经验诸方面来看，施蛰存在推荐书目中写上《文选》是毫不意外的，那为什么会引发鲁迅强烈的反应呢？

---

① 周木斋：《"文学"与"道德"》，1933 年 10 月 24 日《申报》第 15 版《自由谈》。
② 施蛰存：《我治什么"学"》，唐文一、刘屏主编：《往事随想：施蛰存》，四川人民出版社 2000 年版，第 34 页。

首先需要注意的是，施蛰存总共推荐了五种书：《庄子》《文选》《论语》《孟子》《颜氏家训》。鲁迅在其首次批判文章《感旧》里，仅拈出了其中两种：《庄子》与《文选》，在后来的《扑空》中，才偶涉《颜氏家训》。不过，一向在旧文学方面深有根柢的鲁迅，在解说《颜氏家训》的时候犯了一个知识性的错误。颜之推《颜氏家训》中对江南一些子弟学鲜卑语是持讥讽、否定态度的，鲁迅却说是颜氏支持弟子们如此。当然，如此的争辩就削弱了文章的力量，也给施蛰存的抗辩留下了把柄。事实正是如此。为此，鲁迅仍以"丰之余"的署名在1933年10月27日的《自由谈》刊发《〈扑空〉正误》。鲁迅在论战中没有提及《论语》《孟子》二书，围绕在鲁迅周边参与批判的其他诸人，也大致如此。鲁迅与施蛰存的争辩仅仅是由《庄子》《文选》二书引发的，而且《庄子》似乎是个陪衬，真正言及《庄子》相关内容的少之又少。

其实，论辩伊始，施蛰存是清楚"丰之余"就是鲁迅的。[①]不过他并没点破，还特意拿出鲁迅的例子证明十足的新文学家也难免不受旧文学的影响，此"以子之矛，攻子之盾"的抗辩是很有杀伤力的。对此，丰之余不公开表明自己的真实身份，而是轻轻一挑，将此事实转移，大事化小，小事化了，把一种深刻的影响转换成为旧文学中举目皆是的"之乎者也"几个虚词：

---

① 　杨迎平：《施蛰存与鲁迅的交往与交锋》，《中国现代文学研究丛刊》2000年第3期。

> 施先生还举出一个"鲁迅先生"来，好像他承接了庄
> 子的新道统，一切文章，都是读《庄子》与《文选》读出
> 来的一般。"我以为这也有点武断"的。他的文章中，诚然
> 有许多字为《庄子》与《文选》中所有，例如"之乎者
> 也"之类，但这些字眼，想来别的书上也不见得没有罢。①

言外之意，鲁迅的新文学不是学习《庄子》《文选》的，而是
从"别的书上"学来的。毫无疑问，鲁迅是深受旧文学影响的。
以《庄子》为例，鲁迅对《庄子》"其文则汪洋辟阖，仪态万
方，晚周诸子之作，莫能先也"②的经典论述众所周知，其新文
学创作也未尝没有《庄子》的影响。1941 年 4 月 20 日重庆《中
苏文化》第 8 卷第 3、4 期合刊刊登郭沫若的《庄子与鲁迅》：

> 我在日本初读的时候，感觉着鲁迅颇受庄子的影响，
> 在最近的复读上，这感觉又加深了一层。因为鲁迅爱用庄
> 子所独有的词汇，爱引庄子的话，爱取《庄子》书中的故
> 事为题材而从事创作，在文辞上赞美过庄子，在思想上也
> 不免有多少庄子的反映。

郭沫若此文撰写于 1940 年 12 月，但他对鲁迅深受庄子影响的感
受是从日本留学时期就有了的，而且，作为"施鲁之争"的局

---

① 丰之余：《"感旧"以后（上）》，1933 年 10 月 15 日《申报》第 21 版《自由
谈》，收录在《鲁迅全集》第 5 卷《准风月谈》，人民文学出版社 2005 年版，第
347—348 页。

② 鲁迅：《汉文学史纲要》第三篇《老庄》，《鲁迅全集》第 9 卷，人民文学出版
社 2005 年版，第 375 页。

外人，他的旁观者话语是颇堪玩味的。鲁迅的新文学中少不了《庄子》与《文选》的影子，但在论辩中，他拒绝承认这一点，说是从"别的书上"学来的。"别的书"自然包括旧文学。言外之意：说我学其他古书可以，说我学《庄子》《文选》，拒不接受。这又是什么原因呢？

这还得从新文化运动说起。新文化运动在反对旧文学方面以"选学妖孽"为两面旗帜之一，这是反对旧文化的利器，它以狂飙突进的"过激"方式与传统诀别，这一口号对实现与传统文化的决绝起了相当重要的作用。但是，五四运动以后，新文化的众多先驱者开始深入反思运动的激进问题，如胡适、钱玄同诸人开始重新审视国故旧学，思考到底应该如何对待传统文化的问题。1919 年 12 月 1 日出版的《新青年》（第 7 卷第 1号）刊载胡适的《新思潮的意义》，谈及对旧有的学术思想应当持有三种态度：反对盲从，反对调和，整理国故。国故包含国粹，也包含"国渣"："我们若不了解'国渣'，如何懂得'国粹'？"① 这是一种相对客观的态度，同时也说明新文化运动并没有从根本上——也不可能——实现与传统文化的彻底决绝，尤其是所谓的"选学妖孽"，则基本安然无恙。陈平原说："这里有人事的因素：五四新文化人中旧学修养好、有能力从学理上批判'选学'的，基本上都是章门弟子。章门弟子虚晃一枪，专门对付'桐城'去了，这就难怪'谬种'不断挨批，而所谓的'妖孽'则基本无恙。"② 易言之，新文化运动是很不彻底

---

① 胡适：《发刊宣言》，《国学季刊》1923 年第 1 卷第 1 号，第 7 页。
② 陈平原：《新教育与新文学——从京师大学堂到北京大学》，《中国大学十讲》，复旦大学出版社 2002 年版，第 130 页。

的，在《文选》学方面尤其如此。此种认识是否符合历史实情呢？先看几份书单，从中我们可以窥见一丝端倪。

胡适、钱玄同等人大力提倡白话文运动时，"选学妖孽"的真正代表黄侃就有"八部书外皆狗屁"的话①。这八部书是《毛诗》《左传》《周礼》《说文解字》《广韵》《史记》《汉书》《文选》，《文选》自然是其中必不可少的。1923年，胡适应即将到国外留学的清华学生胡敦元等四人邀请，为使普通青年人得到一点系统的国学知识，草创了《一个最低限度的国学书目》，列举书目约190种，其中"文学史之部"有"《文选》（萧统编），上海会文堂有石印胡刻李善注本最方便"②。3月11日，《清华周刊》记者给胡适写信，对前列书目的太专业、太深入问题提出意见，并请胡适列举一个《实在最低限度的国学书目》，于是胡适将前列书目精简为39种，又新增1种，共40部，并说这些书目"真是不可少的了"③。《文选》仍旧在列。可见，在胡适眼中，对各种专业的人而言，《文选》都是学习国学必不可少的。

梁启超对胡适所列书目存有异议，说"挂漏太多""博而寡要"④，故应《清华周刊》记者之邀，也列举了一个书目《国学入门书要目及其读法》，约160种，《文选》亦在其中。后来，

---

① 周作人：《北大感旧录（二）》，《知堂回想录》，三育图书有限公司1980年版，第483页。

② 此书目原载1923年2月25日《东方杂志》第20卷第4号，收入《胡适文集》第3册卷1《一个最低限度的国学书目》，北京大学出版社1998年版，第93页。

③ 胡适：《胡适文集》卷1《一个最低限度的国学书目》附录，北京大学出版社1998年版，第99页。

④ 梁启超：《梁启超全集》第14卷《国学入门书目及其读法》附录三《评胡适之的〈一个最低限度的国学书目〉》，北京出版社1999年版，第4245页。

"惟青年学生校课既繁，所治专门别有在，恐仍不能人人按表而读"，梁启超再列一《最低限度之必读书目》26 种，《文选》亦在其列，并云"以上各书，无论学矿、学工程学……皆须一读。若并此未读，真不能认为中国学人矣"①。

胡适、梁启超所列书目都是给青年学生看的，其中"最低限度的"书目是面向所有专业的学生。由此可见，《文选》并未因为"选学妖孽"的口号而销声匿迹，至少在知识阶层，它仍被视为最基本的必读之书。

如果认为胡适、梁启超所列书目太专业，针对阶层有限，或难免偏颇，不具备足够代表性的话，不妨看看另外一份书目。

1925 年 1 月 4 日的《京报》副刊刊首发出两大征求："青年爱读书"十部、"青年必读书"十部。"青年爱读书"十部是"希望全国青年各将平时最爱读的书，无论是哪种性质或哪一个方面只要是书便得，写出十部来"；"青年必读书"十部是"由本刊备券投寄海内外名流学者，询问他们究竟今日的青年有哪十部书是非读不可的"。启示发出之后，先后收到 308 位青年、78 位名流学者的答卷，这些答卷也在《京报》副刊刊出，这个数量虽不是很多，但相对而言，还是能够比较全面地反映当时真实阅读状况的。

"青年必读书"共收到 78 位名流学者的表格，其中没有填写的有三位：汪绍原、鲁迅、俞平伯。袁宪范填写了 5 部，徐旭生、刘奇各填写了 2 种，顾颉刚只针对中国历史研究者填写

---

① 梁启超：《梁启超全集》第 14 卷《国学入门书目及其读法》附录一《最低限度之必读书目》，北京出版社 1999 年版，第 4241 页。

了 10 种。去除这些不完全符合规范者 7 人，剩余 71 人中，填写《文选》者有 7 人，分别是：林玉堂（林语堂）、任昶、庄更生、赵哲存、秦蜕人、刘书韵、廖迪谦，约占全部学者的 10%。此统计显示：到 1925 年的时候，仍有接近 10% 的学者认为当时的青年必须阅读《文选》。这当然只是学者的想法，青年人到底爱不爱读呢？不妨看"青年爱读书"的征集结果。"青年爱读书"共收到 308 票，其中 2 份作废（因其所列全为淫秽之书），有一位只填写了 2 部书。其中，将《文选》列为"青年爱读书"的有 26 位，票数排在全部书目的第 18 位，以有效票 305 位统计，约占 8.5%。

除却以上统计，尚需留意者有三：一则因为书目限定为十部，故可肯定，如果数目增加，则《文选》出现次数肯定会增加。二则《文选》的票数排在全部书目的第 18 位①，前 17 位依次是《红楼梦》《水浒传》《西厢记》《呐喊》《史记》《三国志》《儒林外史》《诗经》《左传》《胡适文存》《庄子》《孟子》《独秀文存》《聊斋》《唐诗》《自己的园地》，其中属于新文化运动产物的仅有 4 种。三则将《文选》列为最爱读的书的读者中，除去三位未填写年龄者，最大者 45 岁一人，次之 30 岁一人，余者均在 18 至 24 岁之间。这批颇喜欢阅读《文选》的社会青年，几乎都是民国以后出生的，他们亲身经历了新文化运动的洗礼，却仍旧爱读《文选》，这才是更令人深思的。

---

① 据《申报》记者统计，青年爱读书十部的征集结果中，10 票以上者共 62 部，10 票以下者因比较分散，数量较多，未作统计。王世家：《青年必读书——1925 年〈京报副刊〉"二大征求"资料汇编》，河南大学出版社 2006 年版，第 177—178 页。

　　鲁迅在被邀之列，但他没有推荐书目，而是填写了“从来没有留心过，所以现在说不出”。鲁迅不能列举书目吗？显然不是。1930 年秋，也就是鲁迅“说不出”青年读书书目之后的第5 年，鲁迅的好友许寿裳的长子许世瑛考取了清华大学国文系，许寿裳请鲁迅为儿子列一份书目，鲁迅开列了一份应读文学书目①，共 12 种。这次，他虽然没有将《文选》列入，但列入了严可均的《全上古三代秦汉三国六朝文》、丁福保的《全汉三国晋南北朝诗》，而《文选》所选文章已经全部包含在这两部书中了。由此可知，鲁迅能列书目，会列书目，爱看书目，深知书目的功能。② 1927 年 7 月 1 日，他在广州知用中学作了一个关于读书的演讲，其中说：

　　　　我常被询问：要弄文学，应该看什么书？这实在是一个极难回答的问题。先前也曾有几位先生给青年开过一大篇书目。但从我看来，这是没有什么用处的，因为我觉得那都是开书目的先生自己想要看或者未必想要看的书目。我以为倘要弄旧的呢，倒不如姑且靠着张之洞的《书目答问》去摸门径去。③

---

① 许寿裳：《亡友鲁迅印象记》，《许寿裳文集》，百家出版社 2003 年版，第 158—159 页。鲁迅：《开给许世瑛的书单》，《鲁迅全集》第 8 卷《集外集拾遗补编》，人民文学出版社 2005 年版，第 497—498 页。

② 《鲁迅藏书一瞥》中说：“鲁迅先生研究学问的方面很广博，大致对于前辈的从书目入手的方法也并皆采纳，在他消闲的时间，就时常看见他把书目看得津津有味，我却从不爱沾手的。有时鲁迅先生也解释给我听：‘这是治学之道……’”许广平：《许广平忆鲁迅》，广东人民出版社 1979 年版，第 175 页。

③ 鲁迅：《鲁迅全集》第 3 卷《而已集·读书杂谈》，人民文学出版社 2005 年版，第 460 页。

据《鲁迅全集》的注释，这里说的开一大书目，指的是胡适的《一个最低限度的国学书目》、梁启超的《国学入门书目及其读法》和吴宓的《西洋文学入门必读书目》等。这些书目均开列于1923年。

显而易见，鲁迅不憎恶书目，憎恶的是书目的具体内容。正因为如此，当1925年《京报》副刊邀请鲁迅给青年推荐十部必读书的时候，他干脆交了"白卷"。当然，他也不是什么都没写，还是写了一段附注，表达了不看或者少看中国书、多看外国书的意见。①

总之，新文化运动是不够彻底的，至少从《文选》的传播方面来看尤为如此。当新文化运动的其他先驱者大都对旧文化以"矫枉过正"的激进方式进行反省之时，鲁迅仍一如既往地在彻底清除旧文学、重新建设新文学的道路上大刀阔斧。他劝青年不读中国书，要多读外国书，是基于此种理念；他倡导废除汉语，启用拉丁文，也是基于此种理念；他强烈地反对旧文学的典型代表《文选》，更是基于此种理念。因此，1933年施蛰存在《大晚报》上给青年人推荐《庄子》《文选》这件事，又一下子刺激了他敏感的神经，他的反应就相当强烈了。一句话，鲁迅是深受《庄子》《文选》之影响的，但他否认这种影响。鲁迅是列过书目的，他不反对别人列书目，而是反对书目中有旧文学典型代表的《文选》。这就是"施鲁之争"的前因。

---

① 鲁迅：《鲁迅全集》第3卷《华盖集》，人民文学出版社2005年版，第12页。

二、"施鲁之争"对《文选》传播之影响

"施鲁之争"是围绕《庄子》《文选》而展开的，尽管后来的论争"开了很多杈"，已经"离题万里"了。从小的范围讲，"施鲁之争"伴随着1936年鲁迅的离世就该结束了，后来对施蛰存的继续批判不过是其余波而已。不管怎么说，这在当时是一个很有影响的大事件。论争开始一个月后的1933年11月1日，《出版消息》半月刊第23期"情报、文化、作家、作品、书店"专栏就刊登了消息——《鲁迅和施蛰存笔战》：

> 上海：自施蛰存先生选了《庄子》与《文选》两书给青年阅读，《自由谈》和《涛声》都有批评的文章，尤其是丰之余先生，和施氏开火。我们希望这个问题有一具体解决。闻丰之余先生，即为鲁迅先生之笔名，盖创造社从前骂鲁迅先生为"封建余孽"，鲁迅先生即以此为名，改作"丰之余"云。

这说明，"施鲁之争"已经引发了广泛的社会关注。既然已经发展成为有如此影响的事件，那么对引发事件的《文选》的传播应该也是有影响的。事实到底如何呢？

1935年1月5日，《人间世》半月刊第十九期刊登《一九三四年我所爱读的书籍》。这是向社会名流、学者征集的，要求"书以一至三本为限，不论古今中外，能略加所以爱读之说明也好"，共有谢六逸、宋春舫、叶圣陶、赵景深、夏丏尊、丰子恺、姚颖、刘大杰、唐弢、叶灵凤、李金发、曹聚仁、全增嘏、

老向、施蛰存、罗念生、老舍、周作人、徐调孚、梁得所、何
容、沈从文、赵家璧、俞颂华、朱光潜、丁文江、钱歌川、钱
锺书、沈启无、林语堂、舒新城、陈子展、徐吁、温源宁、商
鸿逵、梁鋆立、毕树棠、黄炎培、谢冰莹39人。值得注意的
是，在这39人1934年爱读之书中，无一人列举《文选》。连
1933年9月曾给青年推荐《文选》的施蛰存，也没有将《文
选》列为最爱的三种书之一，但从他的字里行间仍然能够感受
到他满腹的冤屈：

> 自从因为"劝青年人读《庄子》《文选》"这罪状而被
> 当今文坛上的泰山北斗训斥一番以来，我至今不敢对人再
> 提起这两部书。既然这两部书送不了人，那么留在家里自
> 用罢。不过《文选》这部书我在今年也觉得不很有味道了，
> 它竟变了一部送不了人，也不想自家享用的废物，被我束
> 之高阁了。但是《庄子》，至少在我，是爱读书之一，当作
> 散文看，并不坏啊！在我书斋中代替了《文选》的地位的，
> 乃是一部翠娱阁评选《明文奇艳》……①

巧合的是，《宇宙风》也做过类似的工作。1936年1月出版的
《宇宙风》第8期刊发了"二十四年我的爱读书"，刊登了37人
1935年爱读的书之中，没有《文选》的影子。1937年1月出版
的《宇宙风》第32期又邀请社会名流、学者填写"（民国）二
十五年我的爱读书"，反映了1936年的情况，这些名流、学者

---

① 《人间世》第19期，第68—69页。

包括赵景深、罗暟岚、废名(原名冯文炳)、赵望云、尤炳圻、赵家璧、叶圣陶、周黎庵、浑介(何文介)、徐祖正、施蛰存、徐调孚、夏丏尊、方令孺、知堂(周作人)、罗念生、陈蛰园、沈从文18人,其中有9人在上列《一九三四年我所爱读的书籍》中出现过。这18人1936年最爱读之书中没有《文选》,而且与1934年《人间世》重复的9人之中,这一年的最爱书目也都发生了变化。施蛰存列举的三本为《饮流斋说瓷》《宋史》《小说技巧之研究》(The Craft of Fiction),没有提及《文选》及相关的事情。

从这三份"爱读书目"中可以发现这样一个现象:1934、1935、1936年间,社会名流、学者的爱读书目中没有出现《文选》。当然,这些社会名流、学者的年度最爱书目中没有《文选》有多种因素:一则因为编辑要求列举书目数量有限,多为一至三种,如果多一点的话,《文选》就有可能上榜了;二则这仅仅反映的是1934—1936年每一年的情况,这三年没有读,并不意味着从前、以后不爱读;三则像施蛰存那样曾经推荐过《文选》的人,1934年的时候正在经历着来自鲁迅阵营的全面"围剿",他的字里行间满是委屈,干脆不再填写,而到1937年回首1936年爱读书目的时候,鲁迅刚刚去世,施蛰存就没再提及二人论争之事。诸如此类,可以列举很多。但不管还有哪些因素,单纯从这些书目来看,如果硬要追寻一种因果关系,那就是1933年的"施鲁之争"对《文选》传播是有影响的,至少使一些社会名流、学者在推荐书目或阅读书目中不再提及《文选》。不过,这种影响到底有多大,单纯从名流、学者的年度爱读书目中还得不到全面的反映。能够比较准确地反映其时《文选》传承之实情者，约有五端。

一曰出版情况。

如果"施鲁之争"对《文选》传播造成很大影响，以致社会上不会有人或者很少有人再去翻阅《文选》，出版社就肯定不会再做这种没有多少销路的印行工作。翻阅几种反映这几年的图书出版目录发现，事实并非如此。

据《民国时期总书目（1919—1949）》"文学理论·世界文学·中国文学"分册著录，民国时期流播的《文选》主要版本有四大类：一是胡刻本《文选》，二是何义门（即何焯）评点本《文选》，三是《孙批文选》，四是《文选》简编本。① 1933年后，出版胡刻本《文选》的主要有：国学整理社 1935 年 8 月出版，同年 9 月再版。上海商务印书馆 1936 年 1 月初版，1939年在长沙再版，此为王云五主编《国学基本丛书简编》本。另外，出版于 1933 年之前，或者出版年代不详，但此期仍在售卖的有中华书局《文选李善注》、四部备要单行本《文选》②，上海扫叶山房、鸿文书局、锦章书局、著易堂等书局此段时间继续出售《仿宋胡刻文选》《宋本胡刻文选》等胡刻本系统的本子。何义门评点本《文选》1926 年由上海普益书局初版，1932 年 5 月再版，此段时间继续出售。《孙批文选》由大达图书供应社 1935年 6 月初版，同年 8 月即出第 2 版。上海广益书局 1937 年 2 月亦再版《孙批文选》。《文选》简编本，主要有中华书局 1916 年初

---

① 北京图书馆编：《民国时期总书目（1919—1949）》"文学理论·世界文学·中国文学"分册，书目文献出版社 1992 年版，第 214 页。
② 据 1935 年 3 月编印《中华书局图书目录》（重编第一号）及 1937 年 4 月编印《中华书局图书目录》（重编第六号）。

版的《文选精华》，到 1927 年已经是第 9 版，此期继续畅销。

更为有意义的是，近代图书馆学奠基人之一的杜定友 1935 年编纂的《普通图书馆选目》中，将《文选》列为 1000 种"最要书目"之一，其指定版本为中华书局的李善注《文选》。[①] 这说明《文选》在时人心中的重要位置

二曰报纸广告。

因为材料有限，通过考察出版书目或不能反映比较全面的情形，故不妨再翻检一下当时报纸的图书广告，此类最能体现当时图书出版销售的实际状况。下面以《申报》为例，翻检 1932—1939 年刊登的《文选》书籍销售广告，以此了解"施鲁之争"对《文选》出版销售的影响。

1932 年在《申报》刊登图书广告销售《文选》的主要有 4 家书局：扫叶山房、新华书局、商务印书馆、春明书店。扫叶山房出售两种《文选》：一种是《评注昭明文选》，共刊登广告 3 次（5 月 1 日 8 版、6 月 11 日 7 版、10 月 18 日 1 版）；一种是影印胡刻《文选》，刊登广告 2 次（5 月 1 日 8 版、6 月 11 日 7 版）。新华书局主要出售胡刻《文选》，刊登广告 3 次（5 月 14 日 15 版、5 月 24 日 14 版、11 月 25 日 17 版）。商务印书馆销售的是《四部丛刊》单行本的《六臣注文选》，刊登广告 1 次（12 月 9 日 4 版）。春明书店是一家新开张的书店，开张之初，通过部分图书大幅度减价来吸引顾客，其中有胡刻《文选》，本年刊登广告 1 次（10 月 12 日 17 版）。本年度《申报》总计刊登《文选》销售广告 10 次。

---

① 杜定友：《普通图书馆选目》，中华书局 1935 年版，第 228 页。

1933 年在《申报》刊登《文选》销售广告的主要有 4 家书局：世界书局、商务印书馆、扫叶山房、三星书局。世界书局销售的是《评注文选》，刊登广告 1 次（2 月 25 日 4 版）。商务印书馆继续销售《六臣注文选》，刊登广告 2 次（3 月 1 日 3 版、3 月 5 日 3 版）。扫叶山房销售 2 种《文选》：仿宋影印胡刻《文选》，刊登广告 2 次（9 月 5 日 9 版、9 月 18 日 7 版）；《评注昭明文选》，刊登广告 2 次（9 月 5 日 9 版、9 月 18 日 7 版）。三星书局出售大字胡刻《文选》，刊登广告 2 次（9 月 11 日 21 版、10 月 10 日 29 版）。本年度《申报》总计刊登《文选》销售广告 9 次。

1934 年主要有 3 家出版单位在《申报》刊登《文选》销售广告：中华书局、扫叶山房、文瑞楼书局。中华书局销售的是《四部备要》的五开大本《文选》，刊登广告 5 次（1 月 1 日 4 版、2 月 23 日 2 版、6 月 8 日 1 版、10 月 26 日 1 版、12 月 9 日 2 版）。扫叶山房继续出售胡刻《文选》《评注昭明文选》二书，共刊登广告 4 次（8 月 16 日 11 版、8 月 28 日 14 版）。文瑞楼出售胡刻原本李善注《昭明文选》，刊登广告 2 次（9 月 8 日 6 版、9 月 12 日 7 版）。本年度《申报》总计刊登《文选》销售广告 11 次。

1935 年在《申报》刊登广告出售《文选》者共 8 家书局：中华书局、扫叶山房、世界书局、商务印书馆、校经山房、锦章书局、广益书局、文瑞楼书局。中华书局继续销售《四部备要》单行本的李善注《文选》，刊登广告 12 次①；刊登《文选

---

① 分别见于 1 月 23 日 1 版、1 月 24 日 4 版、3 月 15 日 2 版、3 月 20 日 4 版、3 月 23 日 3 版、3 月 27 日 4 版、3 月 30 日 3 版、4 月 23 日 4 版、5 月 15 日 4 版、5 月 19 日 1 版、7 月 2 日 4 版、12 月 26 日 1 版。

精华》广告 1 次（4 月 8 日 2 版）。扫叶山房继续出售影印胡刻《文选》及《评注昭明文选》，各刊登广告 1 次（4 月 1 日 4 版）。世界书局从 4 月 7 日起刊登预售广告影印圈句《文选》70 卷，8 月底出书，连续刊登此书预售广告 41 次①。商务印书馆出售《丛书集成初编》本的《文选》，刊登广告 1 次（5 月 28 日 1 版）。校经山房出售仿宋胡刻《文选》，刊登广告 1 次（4 月 20 日 4 版）。锦章书局出售孙批大字胡刻《文选》，刊登广告 1 次（4 月 27 日 5 版）。广益书局亦出售《孙批文选》，刊登广告 1 次（9 月 9 日 10 版）。文瑞楼书局出售影印胡刻《文选》，刊登广告 2 次（9 月 14 日 5 版、9 月 17 日 4 版）。本年度《申报》总计刊登《文选》销售广告 62 次。

　　1936 年在《申报》刊登《文选》销售广告的有 4 家书局：中华书局、商务印书馆、扫叶山房、广益书局。中华书局出售《四部备要》点句本《文选》及《文选精华》2 书，刊登前者广告 7 次②，刊登后者广告 1 次（3 月 2 日 4 版）。商务印书馆出售《国学基本丛书简编》本的《文选》及《四部丛刊》单行本的《六臣注文选》，刊登前者广告 3 次（2 月 12 日 1 版、3 月 9 日 1

---

① 分别见于 4 月 7 日 1 版、4 月 8 日 2 版、4 月 10 日 4 版、4 月 11 日 4 版、4 月 12 日 4 版、4 月 13 日 4 版、4 月 14 日 4 版、4 月 15 日 4 版、4 月 16 日 4 版、4 月 22 日 4 版、4 月 24 日 4 版、4 月 27 日 4 版、4 月 29 日 1 版、5 月 3 日 4 版、5 月 5 日 4 版、5 月 8 日 4 版、5 月 10 日 4 版、5 月 12 日 4 版、5 月 14 日 4 版、5 月 16 日 4 版、5 月 18 日 4 版、5 月 20 日 1 版、5 月 22 日 4 版、5 月 24 日 4 版、5 月 25 日 4 版、5 月 26 日 4 版、5 月 27 日 1 版、5 月 29 日 1 版、5 月 30 日 1 版、6 月 1 日 4 版、6 月 3 日 6 版、6 月 4 日 4 版、6 月 8 日 1 版、6 月 10 日 1 版、6 月 18 日 1 版、7 月 23 日 4 版、7 月 26 日 1 版、7 月 28 日 4 版、7 月 30 日 1 版、7 月 31 日 4 版、10 月 31 日 4 版。

② 分别见于 3 月 3 日 1 版、6 月 4 日 4 版、6 月 10 日 4 版、9 月 5 日 4 版、9 月 16 日 2 版、10 月 18 日 2 版、11 月 2 日 2 版。

版、9月17日1版），刊登后者广告1次（3月2日1版）。扫叶山房继续销售《评注昭明文选》及仿宋影印胡刻《文选》，刊登前者广告4次（4月5日4版、4月6日4版、11月24日5版、11月25日5版），刊登后者广告2次（11月24日5版、11月25日5版）。广益书局出售《孙批文选》，刊登广告1次（9月2日13版）。本年度《申报》总计刊登《文选》广告19次。

1937年只有中华书局刊登出售《四部备要》单行本的《文选》广告2次（4月2日2版、4月17日2版），1938年度为0次，1939年度文瑞楼书局刊登出售胡刻《昭明文选》广告3次（7月16日3版、7月20日3版、9月8日3版）。

为更直观清晰地展现1932—1939年《申报》刊登《文选》广告的次数情况，制作以下折线图：

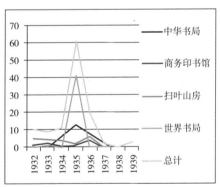

从以上叙述及折线图可以看出：从1933年"施鲁之争"开始至1936年鲁迅去世这段时间内，《申报》刊登《文选》销售广告的次数在1935年有相当明显的上升，1936年以后又趋于降低，1937、1938、1939年则相当少。1935年的数量突飞猛进，并非因为《文选》的滞销才做广告，恰恰相反，这是出版社印

数多、发行量大的一个标志。后面三年之所以数量少，主要是因为国难当头、全面抗战的因素。此种迹象标明，《文选》一书并没有因鲁迅及其阵营的批判而受到多大不良影响，相反，此事件在一定程度上激发了书局的印行与读者的购买。

三曰学校《文选》课程开设。

1935 年 8 月 20 日、23 日、26 日、29 日及 9 月 1 日，《申报》连续 5 天刊登一则招生广告，介绍李右之先生粹华国文夜校第十三次招生情况，其"课程"就有"授《古文观止》《昭明文选》，骈、散文，诗歌等"。此招生广告需留意者有三：一是招生时间是 1935 年；二是授课内容中特别强调《文选》；三是此招生是第十三次招生。既然为第十三次招生，则前已经有十二次。翻检《申报》，该夜校前十二次几乎全部刊登过广告，广告刊登时间始于 1930 年 2 月 5 日，此前其授课内容大多仅笼统而言应用文学、小说、诗歌之类，未有如此次之明言授《古文观止》《昭明文选》者。据《申报》广告，此夜校可查者至第二十三次招生。在第十四至二十三次招生中，该夜校在《申报》上共刊登 30 次广告，其中只有 1937 年 9 月 26 日的第十七次招生课程中提到《昭明文选》，该次招生广告共 4 次，仅一次提及《文选》，而《古文观止》则经常出现，故此次为偶然事件。考虑这些因素，重新审视 1935 年的第十三次招生 5 次广告中都特别突出讲授《昭明文选》的课程，意味深长。将此点与上述《申报》刊登《文选》广告高峰的 1935 年结合考虑，则此次招生广告中特意说明《昭明文选》课程之事绝非偶然。此亦为"施鲁之争"影响之一。夜校讲授《文选》，且招生对象为初高中以上文化程度的男女青年，此举对于《文选》的传播，尤其是一般知识阶层范围内的传承，意义重大。

夜校之外，大学中亦不辍《文选》，黄侃、刘文典、骆鸿凯这些选学名家，通过不同的方式，在大学讲坛上讲授《文选》。此可视为《文选》在精英知识阶层的传播。

刘文典自 1917 年入北大教书，后转清华大学，同时在北大兼职，开设过《文选》研究的课程。① 刘文典上课非常有个性，旁征博引，比如他一学期就讲了半篇《海赋》。全面抗战爆发后，北方各大学纷纷南迁。1938 年 5 月，刘文典辗转到达云南，在西南联合大学任教，继续讲授《庄子》《文选》等课程。诸生多有回忆之文，其皓月之下讲授《月赋》的故事被津津乐道。②

"选学妖孽"黄侃虽无《文选》专著，然曾多次批点《文选》，为弟子竞相传录。他先于北京，后于武昌、南京教学，虽未专门开设《文选》之课，然其评点对弟子影响深远。黄侃的高足骆鸿凯 1928—1929 年在武汉大学讲授《文选》。③ 1932—1941 年，骆鸿凯在湖南大学任教，讲授的主要课程即"文选学"，且其讲义不断补充，后由其弟子、女婿马积高整理出版。④

黄侃、刘文典、骆鸿凯诸人前后几十年在大学讲席讲授《文选》，尤其是在国难时期，仍弦歌不辍，由此培养了《文

---

① 刘文典《读文选杂记》前有小序言："余束发受书，即好萧《选》……年十六从仪征刘先生游，少知涂术。二十六而滥竽上庠，日以《文选》教授书生，于今垂二十载矣。"刘文典：《三余札记》，黄山书社 2011 年版，第 129 页。

② 宋廷琛：《忆刘文典师二三事》，台湾《传记文学》1984 年第 4 期（第 44 卷第 4 期），第 55—56 页。

③ 骆鸿凯《读选导言》序云："戊辰已巳间，教授武汉大学。主者以《文选》设科，凯承其乏，乃为诸生讲述《文选》纂集义例及前代研治选学者之成绩，殿以《文选》读法十六事。"《学术世界》第 1 卷第 7 期，1935 年 12 月。

④ 骆鸿凯：《文选学》，中华书局 1989 年版，第 575—576 页。

选》学诸生，为《文选》的高端传承保存了火种，星火燎原，其功甚巨。

四曰《文选》之研究。

南江涛编选的《民国期刊资料分类汇编》之《文选学研究》一书，资料搜集较为完备，能比较准确地反映此期（1919—1949）《文选》研究的成就、精英知识阶层《文选》传播的实情。

《文选学研究》一书收入民国时期研究论文181篇，存目92篇，共273篇。以1933年为界①，此前（含1933年）论文有90篇（全文55篇，存目35篇），此后有183篇（全文126篇，存目57篇）。如以比较狭义的文选学为限，即剔除《文选学研究》一书中的分论部分，共有69篇（全文55篇，存目14篇），1933年前有22篇（全文18篇，存目4篇），1933年后有47篇（全文37篇，存目10篇）。比较这两组数字就会发现，1933年之前与之后的《文选》研究，从论文数量而言，前者不及后者的一半。此种现象受其他因素影响，比如1933年之前报刊数量要少一些，论文刊发的载体相对较少，但是，从稍长的时段来看，反映精英知识阶层《文选》传播情况的《文选》研究，并没有因为“施鲁之争”受到多大的影响，甚或有“顶风而上”的情况。

论文之外，1933年之后的《文选》学界，还出现了文选学史上几部重要的研究著作：一是骆鸿凯的《文选学》，1937年6

---

① 1933年10月，“施鲁之争”开辟。1919—1933（含），凡15年；1934—1949（含），凡16年，且此期战争不断，故两段时间进行比较有可比性。

月由中华书局出版，1941 年 3 月已经出到第 3 版；二是高步瀛的《文选李注义疏》，高步瀛 1931 年在北平师范大学、中国大学讲授文选学，但其《文选李注义疏》始作于 1929 年，1935 年由北平直隶书局出版；三是清人《文选》研究著作数种，包括孙志祖《文选考异》《文选李注补正》、赵晋《文选敏音》、汪师韩《文选理学权舆》《文选理学权舆补》，此为《丛书集成初编》本，由商务印书馆出版，前两种出版于 1937 年，后三种均出版于 1939 年。

五曰名家推荐书目。

1934 年夏，闵孝吉偕同年友黄席群赴南京问道黄侃，黄侃分两日授课，二人详加笔录。黄侃列举了一个由 24 部书组成的基本书籍目录，其中集部为《文选》《文心》二书，并嘱："以上诸书，须趁三十岁以前读毕，收获如盗寇之将至；然持之有恒，七八年间亦可卒业。"[1] 此前，黄侃亦给弟子列过类似的书目，据徐复回忆，1929 年他在金陵大学问学于黄侃，黄侃曾列举了一个 25 部的书目，比此多《国语》一书。[2] 在闵、黄二人1934 年的这次问学中，黄侃还以浸淫《文选》多年的经验，给他们详细讲了如何研读这些书。[3]

1925 年 4 月，汪辟疆在北平女子大学教书时，曾编纂过一个书目叫《读书举要》，其"文学之部"中列有《文选》，并

---

[1] 黄侃讲，黄席群、闵孝吉记：《量守庐讲学二记》，《南京师范大学文学院学报》2002 年第 1 期。

[2] 徐复：《师门忆语》，程千帆、唐文编：《量守庐学记：黄侃的生平与学术》，三联书店 1985 年版，第 149—150 页。

[3] 黄侃讲，黄席群、闵孝吉记：《量守庐讲学二记》，《南京师范大学文学院学报》2002 年第 1 期。

云："昭明《文选》……实为总集之最古者。李善注本，采唐以前书极富。片言只字，不可忽略。"① 然此书目内容稍多，到1940年的时候，在中央大学任教的汪辟疆又列举了一个书目叫《读书说示中文系诸生》，共列举了10种"必读而又须急读书"，其中就有《文选》，并云："此治文学必读之书也。治文先以《骚》《选》，则托体必高，摘词必雅，精者求气韵，牿者猎藻缋，皆可名家。"②

1942年，朱自清在昆明西南联合大学教书时，编撰了一部普及性质的导读之作叫《经典常谈》，他希望"读者能把它当作一只船，航到经典的海里去"③，故此书也具备书目的性质。这部书以经典书目为主，但在《诗》《文》两篇，因为书籍较多，只能叙述源流。不过在《文》的部分，他还是不能不特意讲讲《文选》，讲一讲昭明太子《文选》确立的"文"的标准。④

20世纪40年代后期，时在云南的钱穆曾给一个文史研究班的学生列过一个三年修业的《文史书目举要》。据当时的学生吴棠的笔记，这个书目共24种，《文选》在列其中，须在第三年阅读。⑤

1947年，张舜徽在兰州大学、西北师范学院教书时，有学生询问读何书、何本的问题，于是他列一《初学者求书简目》，"取其切要而初学可通者，略示入门之蹊径而已"⑥。在"诗文

---

① 汪辟疆：《汪辟疆文集》，上海古籍出版社1988年版，第22页。
② 汪辟疆：《汪辟疆文集》，上海古籍出版社1988年版，第65页。
③ 朱自清：《经典常谈》，三联书店1980年版，第7页。
④ 朱自清：《经典常谈》，三联书店1980年版，第123—124页。
⑤ 吴棠：《钱穆及其〈文史书目举要〉》，《江苏图书馆学报》1984年第2期。
⑥ 张舜徽：《旧学辑存》下册，华中师范大学出版社2008年版，第1099页。

集"部分，他首列《楚辞》，继之《文选》，并云："实为唐以前文学精品之总集。唐人李善为之作注，极精博。今人高步瀛撰《文选李注义疏》，甚详赡。"①

《文选》图书出版发行，销售广告大量刊登，现代《文选》研究初步形成，大学开设《文选》课程，名家推荐阅读《文选》，此诸种迹象皆说明：20 世纪 30 年代又一次成为靶子的《文选》，并没有因为"施鲁之争"而彻底消失，相反，此论争在一定程度上促进了它的传播普及、研究深入。此足以说明文化的传承有其自身内在的规律，纯粹依靠外部的力量是不可能彻底消灭的。新旧文化的转型与演化，不可能遽然完成，其间必有一个迂回曲折的较长时段的过程。

---

① 张舜徽：《旧学辑存》下册，华中师范大学出版社 2008 年版，第 1115 页。

第八章
新文选学的形成与当代文选学的发展

　　传统文选学是从李善注、五臣注衍生而出并发展光大的，骆鸿凯的《文选学》将之归纳为五个方面：注释、辞章、广续、雠校、评论。新文化运动虽然以"选学妖孽"作为攻击旧文学的靶子之一和口号之一，但传统文选学并没有因此而彻底退出历史舞台。1933 年北平直隶书局刊印的高步瀛的《文选李注义疏》，依旧沿着传统诂经的路径，用文言语体撰写，重在清理李善注，力图恢复李善注的部分原貌，对《文选》前八卷赋类的李善注进行义疏，吸收前人尤其是清人的研究成果，覆核引书，校勘精审，疏解细密，断以己意，是民国以后《文选》研究的集大成著作。虽然高步瀛充分利用了清人未见的、新发现的一些《文选》版本，如敦煌写本、古抄本，具备一些新时代的因素，但《文选李注义疏》本质上仍属于传统文选学的范畴。

　　不过，清季民初的社会剧变，毕竟对传统的思想、文化、文学产生了巨大冲击，文学观念、研究方法、考察立场乃至认识世界的眼界也随之改变，加之《文选》新材料的不断问世，新的研究成果不断出现，传统文选学的内涵已不足以容纳这种专门之学，边界不断被突破。与此相适应，一个新的概念"新文选学"以及对这门学问内涵的探讨也成为讨论的热点。一种学问的成立，必须建立在研究的突破与发达上，而新文选学概念的提出即为新时期文选学繁荣的重要标志。当然，与传统文选学有所区别的新文选学，是站在传统文选学的肩膀上生成的，而且也不是一蹴而就的，其间亦经历了一个过程。

新文选学的形成

从 1928 年起，武汉大学延聘骆鸿凯、周贞亮讲授《文选》，骆鸿凯为选学大家黄侃的弟子，周贞亮为清末学者谭献的学生，二人在武汉大学执教的时间都不长。当时周贞亮已近晚年（1932 年前后离世），在武汉大学执教两年左右的时间，边上课边编写讲义，其讲义武汉大学铅印的有好几种，1931 年铅印的《文选学讲义》是其中比较完整的一种。骆鸿凯 1928 年起执教武汉大学，不足一年时间，他编写的讲义《文选学》1936 年由中华书局出版。① 这两部以"文选学"命名的著作，以专题的形式对传统文选学进行了比较全面的理论总结，开拓了传统文选学的内涵，又提出了文选学研究的新方法，是在传统文选学的基础上利用新方法研究《文选》的综合性著作，是 20 世纪传统国学向现代学科转化的重要标志②，成为 20 世纪新文选学的开创者。换句话说，两部文选学著作，既有师承传统的影响，又有新方法、新思想、新视角、新术语、新内容等新时代的因素，

---

① 王庆元：《骆鸿凯〈文选学〉与周贞亮〈文选学讲义〉疑云再考辨》，《厦大中文学报》2017 年第 4 辑。
② 王立群：《周贞亮〈文选学〉与骆鸿凯〈文选学〉》，《文学遗产》2001 年第 3 期。

是传统选学向现代选学转变的重要著作。

令人感叹的是，由于时代的因素，传统文选学没有水到渠成地过渡到现代文选学，包括《文选》在内的传统文化受到时代的影响与冲击，这种转变没有迅速完成。据王立群先生的统计，自中华人民共和国成立到 1977 年，大陆学者的《文选》研究论文仅有六篇①，这是文选学史上的一个低谷。

1978 年以后，《文选》研究逐渐升温，成为新时期以来古代文学研究领域的热点、学术增长点，《文选》版本研究、编纂研究成为重点课题，相关成果大量涌现，对新文选学的探讨亦成为学者共同思考的课题。这既是对当代《文选》研究成果的理论总结，也是对作为一种学问的文选学合理性的阐释探讨，对新文选学的研究具备重要的理论意义。

"新文选学"的概念最早是由日本的《文选》研究学者提出的，发端于神田喜一郎博士。1963 年，神田喜一郎提出了建立"新的文选学"的主张②，但并未立即引起学者的响应，直到 1976 年以后，日本的清水凯夫教授才沿着这个话题，进行了实践探讨。清水凯夫关于《文选》的编者、选录标准等一系列相关问题研究或许尚存在一些疑点，却由此引发了国内外学者的巨大反响。中国学者许逸民先生将清水凯夫的"新文选学"归纳为六个方面：（1）《文选》的编者；（2）《文选》的撰录标准；（3）《文选》与《文心雕龙》及《诗品》的相互关系；（4）沈约声律论；（5）简文帝萧纲《与湘东王书》；（6）对

---

① 王立群：《现代〈文选〉学史》，大象出版社 2014 年版，第 1 页。
② 神田喜一郎：《新的文选学》，《世界文学大系月报》1963 年 12 月。

《文选》的评价。^① 日本的新文选学研究焦点聚集在传统文选学没有触及的《文选》的"本质"上，而最初所谓的《文选》的"本质"，也就是围绕《文选》的编纂、成书及其周边相关问题而发的，清水凯夫的实践也从最初的探究《文选》的真相问题逐步扩充为包含历代对《文选》的评价、对《文选》注释的再检讨等文选学史的问题上^②，由此而言，日本的新选学的研究范围也在不断扩展。虽然清水凯夫的《文选》研究涉及新文选学的不少层面，但他并未对作为一种学问的新文选学从理论上进行进一步的层次区分。

此后，一是因为时代学术氛围的变化，二是由于异域文选学研究的引发，中国大陆文选学在新时期开始兴盛，其标志应该是20世纪80年代长春师范学院成立"昭明文选研究所"并于1988年召开了首届"国际文选学研讨会"。随即，1989年重庆出版社出版韩基国编译的清水凯夫的《六朝文学论文集》，其中新的文选学的提法以及日本学者对《文选》"本质"研究的一些观点，引起了中国大陆学者的强烈关注。许逸民先生对日本新文选学的界定有所批评、借鉴，沿用了"新文选学"的提法，对新文选学第一次进行了全面的界说。新选学是"以新的研究范畴来规范，以新的理论观念来指导而到达新时代学术水准的'选学'研究"，"不能因为需要依托于旧注而混同于专门的训诂学研究，也不能因为需要对作家作品进行研究而混同于

---

① 许逸民：《再谈"选学"研究的新课题》，见俞绍初、许逸民主编：《中外学者文选学论集》，中华书局1998年版，第425页。
② 许逸民：《"新选学"界说》，见《文选学新论》，中州古籍出版社1997年版，第26—33页。

专门的文学史研究"①，并由此"按传统选学向新选学过渡的自然顺序"，将"新选学"研究分为八个门类：文选注释学、文选校勘学、文选评论学、文选索引学、文选版本学、文选文献学、文选编纂学、文选文艺学。许逸民先生提出的"新文选学"之"八学"的范围涵盖了新时期文选研究的各个层面，易言之，新文选学涵盖了《文选》的文学研究与《文选》的文献整理研究两大层面。

在许先生的基础上，笔者不揣浅陋，画蛇添足，又提出了"大文选学"的概念。② 《文选》文学层面的研究，可以文选诠释学来名之，文选诠释学涵盖文选注释学、文选评论学、文选文艺学、文选译介学；《文选》文献层面的研究，则涵盖文选编纂学、文选校勘学、文选版本学、文选索引学。传播是沟通文献与文学的重要纽带，文本的"召唤结构"与不同时代的读者之间要形成"互文性"的可能，必须有赖于《文选》的传播，因此还需要增加文选传播学的内容。

"新文选学""大文选学"的提出是为了与传统文选学、狭义的文选学相区别，是新时期用新范畴、新理论创造新成果的要求。当一种学问需要探究它自身的内涵与外延时，意味着这种学问已经有了大量的研究成果并需要从学理、范畴等层面对之加以界定、规范，这是新时期《文选》研究欣欣向荣的一个重要表征。

在新文选学的形成进程中，以《文选》为研究对象的国家

---

① 许逸民：《"新选学"界说》，见《文选学新论》，中州古籍出版社1997年版，第30页。

② 郭宝军：《宋代文选学研究》，中国社会科学出版社2010年版，第8—11页。

一级学会"中国文选学研究会"的成立及定期的国际学术研讨会议的召开，也发挥了重要的促进作用。1988 年、1992 年长春师范学院先后组织了两次《昭明文选》国际学术研讨会，并开始筹备建立中国文选学研究会，1994 年 1 月民政部正式批复成立中国文选学研究会。该学会的主要宗旨是广泛团结全国文选学研究者，开展文选学研究，振兴选学，弘扬中华民族的优秀文化传统，加强海内外学术文化交流。目前为止，该学会已经召开了十三届年会，分别是：1988 年（长春），1992 年（长春），1995 年（郑州），2000 年（长春），2002 年（镇江），2005 年（新乡），2007 年（桂林），2009 年（扬州），2011 年（南京），2012 年（开封），2014 年（郑州），2016 年（厦门），2018 年（北京）。在北京大学举行的第十三届文选学研究年会的主题是"百年选学：回顾与展望"，将文选学置于长时段的历史中再回首，的确能够展现从"选学妖孽"到新文选学的历程，更加清晰地看到当代文选学的新特点及蓬勃生机。中国文选学研究会的成立与国际学术研讨会议的定期召开，集结了一大批海内外《文选》研究的学者，形成了一支稳定的研究队伍，建构了吉林、河南、江苏、广西、北京等几个研究重镇，出版了每届会议的论文集，不断催生《文选》研究的热点，此亦为新时期文选学繁荣的一个表征。

当代《文选》文献的全面清理

　　新文选学最为突出的一个特点是《文选》版本研究和《文选》旧注的整理研究，这两者得以实现的前提是《文选》各种版本的发现、影印与整理、出版。与古代相比，当代出版技术先进、传媒发达，获取《文选》各种版本数据的方式容易多了，一些重要的《文选》版本、研究著作不断被影印、整理、出版，从前很多难得一见的写本、刻本，现在唾手可得。科学技术的进步，必然引发一系列的变革，新文选学也因此呈现出新的气象。

一、《文选》重要版本的影印

　　依笔者目之所及，目前已经影印的重要《文选》版本有：

　　1. 胡克家本《文选》，这是目前最为通行的一个《文选》版本，中华书局 1977 年将其缩小影印出版，目前印刷已经超过十次。浙江大学出版社《四部要籍丛刊》亦收入此书，2017 年单页影印出版，修图效果甚佳，极便阅读。

　　2. 尤刻本《文选》，胡克家本来源于尤袤刻本，但以前尤刻本极为罕见。中华书局 1974 年曾将之影印，或影印数量有限，流传不广。《中华再造善本》丛书曾收入此书，影印虽精，但借阅不甚方便。国家图书馆出版社《国学基本典籍丛刊》亦收入此书，2017 年灰度影印出版，是目前最易获得一个本子。

3. 天圣明道本《文选》，这是现存最早的李善注刻本，国家图书馆出版社《中华再造善本》丛书、刘跃进主编的《汉魏六朝集部珍本丛刊》均将其影印，然此本分藏国家图书馆与台湾"故宫博物院"，台湾所藏部分尚未影印。

4. 杭州钟家刊五臣注《文选》，此本残存最后两卷，是现存最早的五臣单注本，国家图书馆出版社《汉魏六朝集部珍本丛刊》将之影印出版。

5. 建阳陈八郎本《文选》，这是现存最早的完整的五臣单注本《文选》，国家图书馆出版社《汉魏六朝集部珍本丛刊》将之影印出版。

6. 《朝鲜版五臣注文选》，这是朝鲜正德年间活字印刷的一个本子，藏于日本东洋文化研究所，凤凰出版社 2018 年将之影印出版。

7. 《朝鲜活字本六臣注文选》，这属六家本系统，来源于秀州本，藏于韩国奎章阁，韩国正文社 1985 年曾影印出版，然国内不易得。2018 年，凤凰出版社据日本东洋文化研究所所藏的一个本子将之影印出版。这两个本子略有差异，后者有抄补。

8. 明州本《文选》，此亦属六家本系统，藏于日本足利学校，人民文学出版社 2018 年将之影印出版。

9. 赣州本《文选》，此属六臣本系统，目前国内各图书馆所藏赣州本大都残缺不全，国家图书馆出版社《汉魏六朝集部珍本丛刊》收入了一个完整的宋元明递修过的本子。

10. 建州本《六臣注文选》，《四部丛刊》收入此本，是六家本系统，中华书局 2012 年将之影印出版。

11. 陈仁子《增补六臣注文选》，此本属六臣本系统，即茶陵本，台湾多次影印此书，艺文印书馆 1974 年、华正书局 1978 年、汉京文化事业有限公司 1980 年均影印出版过。

12.《敦煌吐鲁番本文选》，这是写本，其中既有李善注，也有李善、五臣之外的他人注释，还有白文本。敦煌本《文选》的发现，对新文选学的促进作用巨大。中华书局 2000 年影印了饶宗颐的辑本。其中相关部分亦分见于《俄藏敦煌文献》（上海古籍出版社 1992 年）、《英藏敦煌文献》（四川人民出版社 1990 年）、《法藏敦煌西域文献》（上海古籍出版社 2001 年）等影印文献中，图版更为清晰。

13.《唐钞文选集注汇存》，这是一个一百二十卷的本子，现存为残本，包括了李善、五臣、陆善经、《文选钞》等数种注释，这个本子散藏于日本，民国时期罗振玉东游时曾将其发现的十六卷残卷影写，题名《唐写文选集注残本》，收入《嘉草轩丛书》中。当代周勋初先生集数年之力，将现在所能见到的此本残卷收集齐备，由陈尚君先生整理编目，题名《唐钞文选集注汇存》，作为《海外珍藏善本丛书》中的一种，2000 年由上海古籍出版社影印出版，《续修四库全书》中就收录了这个辑录本。后来，周勋初又辑得几个残片，并在 2011 年第二次印刷时补入。该书的搜集影印，是当代文选学史的大事，很快成为当代《文选》研究的热点，对新文选学产生了巨大的推动作用。

二、历代文选学研究著作的辑录与影印

除《文选》各种版本影印之外，历代的《文选》研究、评点等方面的著作，在当代也有学者对其进行了清理，并影印出版，主要有两种：

1.《〈文选〉研究文献辑刊》，共六十册，由宋志英、南江涛编选，国家图书馆出版社2013年影印出版。这套丛书选择宋代至清代比较重要的《文选》研究著作四十二种，其中不乏稀见之本，极大地便利了当代文选学研究，为文选学史的清理提供了较为完备的资料。

2.《清代文选学名著集成》，二十册，由许逸民先生主编，广陵书社2013年影印出版。清代文选学成就巨大，主要体现在评论、校勘、注释三个方面。这套丛书遴选了清代重要的文选学著作十五种，底本则选择最早和最完整的刻本，每种著作都撰写了提要，主要介绍作者生平与著述，此书的主要内容、特点价值、版本情况等，为光大当代文选学提供了极大便利。

三、《文选》重要版本及研究著作的整理

影印之外，对《文选》重要版本、《文选》研究著作的整理也出现了不少重要成果。

1. 胡克家本《文选》。上海古籍出版社组织李培南等学者，以胡克家本为底本，并参考尤刻本，对胡刻本《文选》进行了标点整理，将《文选考异》相关条目分散于每篇之后，并编制了篇目与著者索引，于1986年繁体竖排铅印出版，有平装、精装两种，此本多次印刷。目前学习《文选》者，大多以此为必

备之书。台湾五南图书出版公司也出了一个与此极为类似的整理本，所区别者为开本变为 16 开本，每页分两栏，将《文选考异》的条目附在正文对应之处，省却了来回翻检的麻烦。湖北的《荆楚文库》也收入了此书，题为《昭明文选》，由崇文书局 2018 年出版，是将上海古籍出版社的整理本繁体横排，标点方面专名不标。另外，岳麓书社 1995 年也出版了一个简体横排的本子，印刷次数亦颇多。

2.《新校订六家注文选》，郑州大学俞绍初、刘群栋、王翠红整理点校，郑州大学出版社 2013—2015 年出版。此本以韩国正文社影印奎章阁藏朝鲜世宗十年活字本《文选》为底本，重新加以校勘整理，原本有误者一律加以改正，并有详细的校记，这是目前六家本最为完善的整理本。

3.《文选旧注辑存》，全二十册，刘跃进编著，徐华校订，凤凰出版社 2017 年出版。丛书正文及李善注底本选用尤刻本，五臣注底本选用陈八郎本，以海内外各种《文选》版本以及文集、史书、碑帖等为参校本，将"李善所引各家旧注""李善注""五臣注""《文选集注》所引各家唐人旧注"按时代前后排比汇集于诗文章句下，同时吸收相关研究成果，辨析说明。《文选旧注辑存》"通过汇集精善版本以互校、辑录旧注以比证的方式整理出一部兼适专业学者、业余读者研阅学习的优秀可靠《文选》本子，为目下经典古籍整理和研读提供了一个新示范"①。

4.《敦煌吐鲁番本〈文选〉辑校》，金少华整理，浙江大学

---

① 黄燕平：《〈文选旧注辑存〉：经典古籍文献整理与研读的新示范》，《中国社会科学报》2019 年 4 月 29 日。

出版社 2017 年出版。此前罗国威已有《敦煌本〈昭明文选〉研究》一书，由黑龙江教育出版社 1999 年出版，其中大半是对敦煌本《文选》的校对，然其收录不够全面，所据图版亦不够清晰，难免有讹误。金少华此书全面搜罗敦煌吐鲁番出土文书中的《文选》写卷，缀合为 24 件，系统整理出了一个收集写卷多、考证翔实的集成式的汇校本，是新文选学的重要成果之一。

5.《敦煌本〈文选注〉笺证》，罗国威整理，巴蜀书社 2000 年出版。此书将藏于天津艺术博物馆和日本永青文库的敦煌本《文选注》影印校释，注释是李善、五臣之外的他家之注，为研究《文选》早期的注释提供了一份珍贵的资料。

6.《文选旁证》，这是清人梁章钜的《文选》研究著作，穆克宏点校，福建人民出版社 2000 年出版。

7.《文选笺证》，这是清人胡绍煐的《文选》研究著作，蒋立甫校点，是《安徽古籍丛书萃编》中的一种，黄山书社 2014 年出版。

8.《清代文选学珍本丛刊》（第一辑），收录三种清代《文选》研究著作：王煦《昭明文选李善注拾遗》、徐攀凤的《选注规李》及《选学纠何》，李之亮校点，中州古籍出版社 1998 年出版。该书全面清理清代的《文选》研究著作，非常有意义，看书名似乎应该还有第二辑等更多著作整理，但不知何故，目前尚未有新的整理本问世。

9.《文选李注义疏》，民国高步瀛著。此著 1933 年北平直隶书局曾经出版，吴闿生题写书名；台湾广文书局 1966 年初版，1977 年再版；台湾中华丛书编审委员会 1968 年出版。以上几种版本未加标点，仅是铅印。中华书局 1985 年出版了曹道衡、沈玉成的点校整理本，2018 年再版。

四、新时期的《文选》译注、音注

《文选》的翻译，既包括从古代汉语到现代汉语的转换，也应该包括汉语与其他语种之间的转换。译注本、注音本的出现，意味着当代《文选》的普及化倾向，而汉语与其他语种之间的互译，则是当代文选学国际化最为明显的表征。

1. 《昭明文选译注》，陈宏天、赵福海、陈复兴主编，阴法鲁审定，这是北京大学、中国人民大学、长春师范学院等多所高校的教师合作完成的，共分四部分：题解、原文、注释、今译。该书由吉林文史出版社 1988 年出版，以后又多次修订，2007 年出了修订版，2019 年又出版了再修订版。

2. 《文选全译》，张启成、徐达等译注，贵州人民出版社1994 年出版，是《中国历代名著全译丛书》中的一种。该书每部分分作者、题解、原文、注释、译文五个部分。此著后又经修订，收入中华书局《中华经典名著全本全注全译丛书》中，书末增加了按音序排列的《文选》著者索引和《文选》篇名索引，于 2019 年出版。

3. 《康达维译注〈文选〉》，康达维是美国著名的汉学家、翻译家。20 世纪 70 年代起，康达维就开始致力于《昭明文选》的英译工作，赋类部分已经完成，共分三卷，由普林斯顿大学出版社 1982 年、1987 年、1996 年先后出版，被汉学界公认为译文最精当、考据最翔实的译本。贾晋华等人又将此书译成中文，于上海古籍出版社 2020 年出版。该书的翻译出版对推动《文选》学的国际化研究具有重要的参考价值，从更高的层面而言，译作本身不仅是翻译，也是难得的西方汉学研究资料。

4. 大字注音全本《文选》，邓启铜点校，南京大学出版社2014年出版。这是《全民阅读国学经典大字注音全本》第四辑中的一种，简体横排，正文全部注音。这部书不仅对经典普及有价值，而且对《文选》研究者也有重要意义，它可以作为文选学的入门之书，省却许多查询翻检的功夫。

五、《文选》索引及资料汇编

此处所言的索引，既包括对《文选》及其注释字句、著作的索引，也包括《文选》研究著作与论文的索引。索引的出现，尤其是论著、论文索引，本身就说明了新时期《文选》研究成果的丰富繁荣程度，选其要者简列如下：

1. 《文选索引》，日本斯波六郎编著，李庆译，上海古籍出版社1997年出版。该索引将《文选》正文中六千八百多字按笔画排序，详列出自卷、篇、页，并附有"文选各种版本的研究""文选篇目表""篇目索引""文体分类表""文体的说明""作者索引"等附录，极便翻检。

2. 《中外学者文选学论著索引》，俞绍初、许逸民主编，中华书局1998年出版。该索引分中国、日本、韩国、欧美四个部分，对论文与论著进行了分类著录，时段为1911年至1993年。

3. 《现当代〈文选〉研究论著分类目录索引》，这是刘跃进先生主编的《〈文选〉文献研究丛书》中的一种，王玮编著，凤凰出版社2020年出版。该索引收录《文选》论文、论著发表出版的时段为1911年1月至2018年12月，分"《文选》综合研究""《文选》编纂研究""《文选》注释研究""《文选》版本研究""《文选》体类研究""《文选》传播研究""《文选》作家作品研究""目录索引与资料汇编"八个门类，先列著作，后列论文，按出版、发表时间先后排列。这是目前最全面的一部文选学索引，既是对1911年以来文选学成果的全面展览，也可视为一部分类的现代文选学简史。

4. 《文选资料汇编》，郑州大学刘志伟教授主编，由中华书局出版，是《古典文学研究资料汇编》中的一种，计划分"总类卷""分类卷""序跋著录卷""域外卷"四部分，其中"分类卷"又分为"赋类卷""诗类卷""骚类卷""文类一卷""文类二卷"，目前已经出了"赋类卷""总论卷""序跋著录卷"。这是当代对传统文选学的一次全面清理，对新文选学的深入奠定了坚实的基础。

5. 《文选汇评》，赵俊玲辑著，凤凰出版社2017年出版，是黄霖教授等主编的《古代文学名著汇评丛刊》中的一种。该书主要辑录了明清各种《文选》评点本的评语，将各家评点依次录于相应的《文选》正文，对于全面了解明清《文选》的接受，尤其是文学接受，具有重要的价值。

6. 《文选学研究》，南江涛选编，国家图书馆出版社2010年出版，这是《民国期刊资料分类汇编》中的一种。该书辑录了民国时期期刊刊发的《文选》论文180多篇，加以分类影印，对一时难以查询者存目附录于后，对民国文选学的研究提供了极大便利。

总之，当代对《文选》文献的全面清理，既是新时期文选学的一个有机组成部分，又极大方便了当下的《文选》研究，对新文选学的纵深开拓提供了相当全面丰富的基础，肯定会产生巨大的促进作用。

当代文选学的研究热点及趋势

新时期大量《文选》版本的新发现与古代重要版本的影印出版、《文选》各种资料的汇编整理，为当代的《文选》研究提供了有利的条件，一言以蔽之，足够的文献支持促成了新文选学的全面繁荣。这种繁荣程度从王玮编著的皇皇七十多万字的《现当代〈文选〉研究论著分类目录索引》中可窥一斑。今以著作为主，择其要者，简述如下。

一、《文选》版本研究

从前的《文选》版本研究，因为版本经眼有限，只能通过历代的目录著录、题跋加以粗略了解，著录的内容极为有限，而且一旦著录有误又难免以讹传讹。当代的《文选》研究没有了这种条件限制，不但使版本研究成为可能，切实可行，而且迅速生长为新文选学的研究热点，取得了重要的进展。

当代《文选》版本研究的繁荣，主要体现在两个方面，一是对《文选》重要版本、新见版本的全面研究，二是对《文选》某一版本的细致考索。

傅刚先生的《〈文选〉版本研究》是最早对《文选》各种

重要版本进行全面、细致研究的名著，此著最初由北京大学出版社 2000 年出版。此著不仅对历代《文选》版本的著录进行了全面清理，对国内外现存的各种较早的《文选》写本、抄本、刻本一一作了叙录，而且对一些重要的版本作了细致的校勘和严谨的考订，客观评估了这些版本的重要意义。傅刚先生的《〈文选〉版本研究》在经眼大量的抄本、刻本的基础上，条分缕析，实事求是，结论精审，代表了此领域的最高成就，引领了后来的《文选》版本研究。此著后来又有大量增补，如增入了对《文选集注》、日本宫内厅所藏九条本《文选》的研究，收入范子烨主编的《中古文学研究》丛书中，由世界图书出版西安有限公司 2014 年出版。

傅著之后，范志新的《文选版本论稿》2003 年由江西人民出版社出版，这也是一部比较全面研究《文选》版本的论著。此著的特色在于，除从刻本、写本两个方面对一些重要刻本及敦煌本、《文选集注》本作了考辨外，对前人不太关注的明清时期的一些版本也作了辨析，并对历代《文选》的版刻时间作了系年。此著之外，范先生尚编撰有《文选版本撷英》一书，由贵州人民出版社 2004 年出版。此著遴选各个历史时期《文选》版本，包括白文、全注、节注、选赋选诗、补遗赓续等，按朝代及时间为序进行排列，以书影与书录解题的形式，展现《文选》诸本源流，不但对《文选》版本研究，而且对雕版印刷研究也有重要意义。

除对《文选》版本进行全面研究之外，对《文选》某种版本进行细致考察的成果也有不少，如金少华的《古抄本〈文选集注〉研究》（浙江大学出版社 2015 年）、王翠红的《〈文选集注〉

研究》(上海古籍出版社 2019 年)、罗国威的《敦煌本〈昭明文选〉研究》（黑龙江教育出版社 1999 年)、孔令刚的《奎章阁本〈文选〉研究》(河南大学出版社 2014 年)、赵蕾的《朝鲜正德四年本〈五臣注文选〉研究》（河南大学出版社 2014 年)、郭宝军的《胡克家本〈文选〉研究》(河南大学出版社 2014 年)，等等。

对《文选》版本的研究，离不开《文选》注释，反之亦然，故版本、注释密切关联。陈延嘉的《〈文选〉李善注与五臣注比较研究》（吉林文史出版社 2009 年）即从注释的层面研究李善、五臣两大版本系统的著作，该著通过细致比较，比较客观地肯定了五臣注的成就。王立群先生的《〈文选〉版本注释综合研究》（大象出版社 2014 年）从注释的视角，对李善注、五臣注两大系统的版本源流以及一些重要的《文选》版本作了细致的研判。刘群栋的《〈文选〉唐注研究》（上海古籍出版社 2019 年）对李善注、五臣注、陆善经注等唐代《文选》注本的特色、文本变迁等层面进行了客观考察，全面展示了唐代文选学的成就，亦是版本、注释综合研究的力作。

二、文选学史研究

当代的文选学史有两种撰写类型，一是通史，二是断代史。

通史性的文选学史著作有两种，一是王书才的《〈昭明文选〉研究发展史》（学习出版社 2008 年），一是王立群先生的《现代〈文选〉学史》（中国社会科学出版社 2003 年、大象出版社 2014 年），前者时段止于晚清，后者则始于民国，两种著作正好构成了一部从古至今完整的文选学史。

通史之外，以朝代为断限的文选学史业已齐备，甚至有些历史时期出现了不止一种著作，主要有汪习波的《隋唐文选学研究》（上海古籍出版社 2005 年）、郭宝军的《宋代文选学研究》（中国社会科学出版社 2010 年）、丁红旗的《唐宋〈文选〉学史论》（上海人民出版社 2015 年）、罗琴的《元代文选学研究》（花木兰文化出版社 2015 年）、郝倖仔的《明代〈文选〉学研究》（花木兰文化出版社 2014 年）、王小婷的《清代〈文选〉学研究》（上海古籍出版社 2014 年）、王书才的《明清文选学述评》（上海古籍出版社 2008 年）。合而观之，上述著作即为一套比较完备的古代文选学史。

三、《文选》编纂、成书研究

传统文选学在《文选》编纂、成书方面着力甚少，在新文选学中则成为一个首先面对、不能略过的课题。胡大雷先生的《〈文选〉编纂研究》（广西师范大学出版社 2009 年）从编纂学的视角，对《文选》的编者、编纂思想、录文方式、分类、排序以及编纂过程中的具体问题作了细密的探讨。

《文选》编纂与《文选》成书聚焦的问题都是《文选》是"怎么来的"，《文选》成书涉及的方面更加宽泛。在《文选》成书方面，以王立群先生、力之先生的研究最为集中深入。王立群的《〈文选〉成书研究》（商务印书馆 2005 年、大象出版社 2015 年）从检讨《文选》成书过程中的逻辑误区出发，对《文选》的成书过程、编序、成书时间、选文等方面作了细致的考辨；力之先生的《昭明文选论考》（广西师范大学出版社 2020 年）以及系列论文则从反思《文选》成书的研究方法入手，强调回归原点，从歧路的开始之处重新出发，从《文选》

本身出发，层层思辨，重新考察《文选》的成书问题。

四、《文选》文本类型学研究

《文选》是以文体分类的，对《文选》文体进行研究，即属类型学的研究。广西师范大学胡大雷先生主持的国家社科基金项目"《文选》分类研究"是新时期较早对《文选》进行类型学研究的，主要成果包括：胡大雷先生的《〈文选〉诗研究》（广西师范大学出版社 2000 年、世界图书出版公司 2014 年）、李乃龙的《文选文研究》（广西师范大学出版社 2013 年）、韩晖先生的《文选赋研究》（即出）。《〈文选〉诗研究》是新时期最早对《文选》二十三类诗歌进行全面纵深考索的著作；《文选文研究》围绕《文选》所录的二十种文体，厘清"从哪来""什么样""怎么变"，对选文辨明"是什么""为什么"和"有何好"，是一部对《文选》文全面细致研究的著作。此外，对《文选》赋进行专题研究的，尚有唐普的《〈文选〉赋类研究》（商务印书馆 2018 年）、冯莉的《〈文选〉赋研究》（北京语言大学出版社 2016 年）。前者主要围绕《文选》赋类的编纂、赋类的李善注以及有关的文献校勘与考证三个层面进行了综合研究，以文献层面的考辨居多，亦颇有创见；后者则对《文选》赋的分类、文本一一进行溯源、阐释，属于典型的类型学研究。

五、《文选》评点与鉴赏

《文选》是一部文学总集，从文学层面对其评点、鉴赏自是文选学题中应有之义，但传统文选学一直重"学"轻"术"，尽管明清以来出现了大量的《文选》评点著作，在一般知识阶层之中也颇流行，但精英学者阶层对其还是颇为轻视的。所幸的是，当代文选学以一种较为客观的态度，重新审视历代的《文选》评点，王书才的《文选评点述略》（上海古籍出版社2012年）、赵俊玲的《文选评点研究》（上海古籍出版社2013年）即为此方面的力作。两部著作都以历代的《文选》评点著作为样本，详加介绍，归纳总结，突显每部著作的特色，勾勒了《文选》评点史的轮廓，但在对评点话语的阐释、归纳等层面，则着墨不多。

顾随20世纪40年代在大学讲授《文选》的讲义内容，在当代也得到了整理与出版，高献红、顾之京对叶嘉莹、刘在昭当时的听课笔记进行了整理，形成《顾随讲〈文选〉》《顾随讲〈昭明文选〉》两书，由河北教育出版社2013年、2018年两次出版。两书内容、排序稍微有点差异，后者更加丰富一些。该书是对顾随先生当时课堂讲授的二十余篇《文选》文本细致解读的笔录，纵横挥洒，既有对文本的细致深入阐释，又自由出入于文本内外，让我们领略了一代大师的风采，想见其为人。

胡晓明编著的《文选讲读》（华东师范大学出版社2006年、2020年）是当代大学生初学《文选》的教材。该教材选取了《文选》中49篇进行讲读，对传统中国文化的理解、对古典诗文的欣赏与审美能力的提高是其编纂目的。

六、《文选》综合研究

当代的《文选》研究，不像传统文选学那样，侧重于校勘或者注释的考辨研究，一则因为它涉及的问题较多，再则因为即使对一个问题也需要从多个角度、多个层面进行考察，因此需要综合研究，综合研究也是现当代文选学与传统文选学区别的一个重要特征。

台湾学者林聪明的著作《昭明文选研究》（文史哲出版社1986年）从《文选》的编纂、选文标准、体式、内容、历代文选学著述、导读六个层面作了较为系统的梳理，是一部讲义性质的著作。穆克宏先生的同名著作《昭明文选研究》（人民文学出版社1998年）从萧统的生平著作、文学思想、《文选》的产生时代、《文选》的内容、《文选》研究史、《文选》研究中的几个关键问题、《文选》的文学价值、《文选》的文学理论批评、《文选》对后世的影响十个方面，初步建构了当代文选学的分支与体系。傅刚先生的同名著作《〈昭明文选〉研究》（中国社会科学出版社2000年）是当代《文选》研究系统的理论专著，此著以《文选》的编纂及《文选》文本为研究对象，文史贯通，在对《文选》编纂背景考证的基础上，详细论定了《文选》的编者、编纂宗旨、体例、选录标准等文选学的根本问题，通过对几种重要文体的分析，阐明了萧统的文学观。胡大雷、韩晖先生编著的《昭明文选教程》（广西师范大学出版社2016年）是一部教材性质的著作，二位先生浸淫《文选》多年，此著可谓他们多年研究心得的浓聚。此著从《文选》的编者、编纂时间、《文选序》、六朝总集、《文选》编纂思想、录文方式、分类与编次、时代文学潮流、文选学史以及具体的作家作品研究举例等层面，对现代文选学作了一次全面的整理。

践行综合研究并提出"文选综合学"的是台湾学者游志诚先生。游先生著有《文选综合学》（文史哲出版社2010年）、《文选学综观研究法》（花木兰文化出版社2011年），前著将版本、校勘、辑佚与评点作为《文选》研究的方法，后者则将文选学划分为版本学、校勘学、注疏学、评点学四个分支，并强调各法须兼顾，缺一不可，执偏亦难，而最终以文学读解，心灵感会，达致知性与感性之生命文学为终极关怀。游先生倡导的从文献到文学，再到生命关怀的《文选》研究路径，可谓真正回归到《文选》文本的本质，这在当代文选学中是亟需加强的。

当然，当代的《文选》研究绝非以上六个方面所能概括，从语言学、文书学、传播学、文化等层面进行研究的《文选》专著亦复不少，尤其是南京大学张伯伟、程章灿、卞东波、童岭诸位学者对日本、韩国《文选》版本传播、接受的研究，为当代文选学开辟了更为广阔的空间，这也是当代文选学国际化的具体表征，不再一一列举。

傅刚先生在对百年文选学的回顾之后，对文选学如何发展提出了四点展望：（1）文选学与汉魏六朝文学史如何结合；（2）建立《文选》文献学；（3）加强文本细读；（4）在以上基础上，建立《文选》文献学、《文选》批评学、《文选》文学史、《文选》接受史。① 以上四个层面中，通过最近几年学者的努力，《文选》文献学已经初具规模，而其他几个方面尚需进一步深入，这是未来文选学的路径与方向。需要强调的是，对历代《文选》研究著作的全面整理也必须提上日程，尤其是对以往不太重视的《文选》评点著作，也必须重新审视，在此基础之上，建立真正意义上的文学批评的中国话语。

---

① 傅刚：《百年〈文选〉学研究回顾与展望》，《古代文学前沿与评论》（第二辑），社会科学文献出版社 2018 年版，第 11—13 页。

第九章
结语：对《文选》学术史的历史评说

　　《文选》是南朝萧梁时期昭明太子萧统编纂的一部文学总集，收录了梁代之前七百五十一首优秀诗文。身为太子，作为储君，萧统的文学思想既不像他的弟弟萧纲那样超前，一味追求诗文语言的轻艳华美、描写对象给人带来的感官享受，也不像史学家裴子野那样恪守传统，着力追求文字的质朴与文章的现实实用功能，他游走在二者之间，既追求"沉思"，又致力于"翰藻"，由此确立了一种"丽而不浮，典而不野"、真正意义上的文质彬彬的文学观。按照此种思想编选的《文选》，客观上已经具备了成为经典选本的可能。事实正是如此，他编纂的一部区区三十卷的文学总集，对梁代以后的中国文学乃至中国文化产生了深远的影响。

一

在古代集部文献中，成书不久即生成一种专门学问的，当
属《文选》无疑。从一种选本的《文选》到一种学问的"文选
学"，这种转变是在隋末唐初这段时期实现的。如要进一步追溯
前因的话，则《文选》从萧统选文伊始就具备了成为一种专门
之学的可能，因为萧统所选都是梁代之前的文章，由于时间流
逝造成了文章语音与意义的时代隔膜，在梁代对《文选》文本
的顺利接受就存在一些困难。因此，在《文选》成书后不久，
即有萧统族侄萧该对《文选》进行音注。在当时盛行的音义之
学的氛围中，萧该这种基于家族学术传承的文化自觉，开启了
千余年文选学的序幕。其后，江都曹宪及其弟子魏模、许淹、
公孙罗、李善等各有《文选》音义之作。其中，李善的《文
选》注释广征博引，将三十卷的《文选》变成了六十卷，并于
显庆三年（658）上表朝廷。李善经历了仕途失意与绝望之后，
于汴、郑之间设帐教学，《文选》是他讲授的主要内容之一，门
人来自四方，由此宣告了文选学的成立。从显庆三年上表开始
到设帐教学期间乃至以后，李善出于教学的需要，不断对其早
已成书的注本进行修改，也由此造成了李善注在唐代就纷繁不
一的面貌。李善注的重要特征是引征，追寻文本生成时作者的

知识构成，追寻文本语词背面的知识背景，其超越《文选》文本的字面意义，最初或有炫博以求取功名的内在动因，其潜在的读者也不是社会上的一般知识阶层。这种弊端，尽管可能在后来的本子中有所改善，但其出入四部、广征博引的特征并没有发生根本改变。对于这种"缺陷"，李善的同门公孙罗曾有意欲改进的努力，其《文选钞》在吸取李善注征引的同时，又注意对字词音义的疏解。然而，公孙罗的《文选钞》对文献的征引缺乏剪裁，漫无边际，不能与李善注媲美；对词语的语境意义以及文心的阐释又不够全面，也达不到后来的五臣注的层次。所以，在科举考试中诗赋的重要地位日益凸显之后，开元年间吕延祚集合五臣对《文选》进行了重新注释，这次注释是对公孙罗注释注重词义音训、作者意图、文本疏通等方面进行的进一步扩展，其注释简明易用，遂成为中唐以后相当长的一段历史时期广为盛行的《文选》本子。有唐一代，对《文选》进行注释者虽尚有他人，但成就可圈点者唯李善、五臣二家而已，公孙罗介于二家之间具有转承之功能，聊可凑一家之数。

李善、公孙罗、五臣等学者对《文选》注释的热情，主要源自科举考试中诗赋的地位日益凸显。《文选》成为专门之学、成为经典选本，与科举考试关系密切。李善、五臣通过"向上""向下"的两条路径，通过对《文选》文本多重意义的选择性凸显注释，实现并强化了《文选》的经典地位。这种以科举考试为指向标的特点，贯穿了整个文选学史。

二

在文选学史上，唐代的地位重要，因为文选学是在唐代宣告成立的，其经典化也是在唐代完成的。文选学的成立与李善注《文选》息息相关，文选学以注释而成立，在其成立以后的很长一段时期内，都没有脱离注释的范域。从学术追溯上进行定位，最初的文选学实则为《文选》注释学，注释构成了文选学唯一的合法的内核。这种不言自明的内在界定，潜意识地作用在历代《文选》研究者那里，并在自觉不自觉之间经常利用这把标尺来绳量唐代以降文选学的实绩。被此标准观照之下的宋、元、明代的文选学因此变得微不足道，直到清代文选学才再一次焕发了光彩。

但是，如果以发展的、变化的眼光来重新审视历代《文选》传播、接受的实情，对《文选》注释的合并、编纂、刊刻、续编以及对《文选》文本的批评诸层面，何尝不能被视为文选学的有机组成部分呢！当然，也正是在这些层面上，宋、元、明时期的文选学呈现出了各自的时代特点及在文选学史中的独特意义。

雕版印刷是中国文化史上的大事，对《文选》的传播、文选学内涵的扩展都产生了巨大作用。因此，宋代的文选学在对《文选》注释的编纂、《文选》刊刻等层面均呈现出明显的时代特征。无论李善注抑或五臣注，在从抄本到刻本的过程中，都出现了一些变化，不单是纯粹的照搬、写版、刊刻了，其中尚有校勘、清理、整合的内容，这是对《文选》及其注释的审定，自当为文选学应有之义。在这一方面，宋代《文选》注释编纂与刊刻的成绩在整个文选学史上不仅仅是开风气之先，而且取得了后人公认的斐然成绩，几种重要的《文选》版本都是在宋朝编纂、刊刻完成的。李善单注本有北宋天圣明道年间的国子

监刊本、南宋淳熙年间的尤袤刊本；五臣注本有北宋初期的平
昌孟氏本、南宋杭州的钟家刻本、建阳的陈八郎刊本；合并本
有六家本的秀州本、明州本、广都本，六臣本有赣州本、建州
本。除受雕版印刷的技术层面的影响之外，科举考试仍然是宋
代左右《文选》传播的重要力量。通过科举考试中的诗赋和经
义之争与《文选》的编纂、刊刻进行对照研究，基本可以澄清
后来研究者大多认为的王安石变法后文选学从此一蹶不振的观
点。的确，王安石的科举改革在一定程度上影响了宋代的《文
选》传播与流布，而且在一定时间内影响很大，但其影响的持
续程度并没有后人众口一词认定的从此导致了宋代文选学一蹶
不振。既然王安石的制度变革影响了《文选》的传播，那么，
伴随着此制度的被废与变更，其影响就渐趋微弱，新的制度对
《文选》的现实传播自然远远超越旧有的已经被废除的部分科举
制度。而事实正是如此，由于北宋王朝的覆亡与南宋科考制度
的渐趋稳定，《文选》的刊刻与传播在南宋时期非常平稳。受科
举考试制约下的《文选》李善与五臣注在传播中的被选择，也
因两种不同的版本内在的特征因素而表现出明晰的变化。这种
变化可以描述为在较长的历史时段中五臣与李善注在不同的接
受层面上并行，即因不同注本本身的费力程度与回报之间的关
系，一般知识阶层多以五臣注作为晋身之教科书，而在一些有
识之士那里却不断呼吁李善注的优点，由于意见领袖的作用，
这种呼吁对社会上尤其是已经入仕的文人影响或许更为深远。
从另一个角度来说，五臣注与李善注可以视为同一主体在人生
的不同时段因目的不同而进行的不同选择，五臣注可能会较早
进入个体接受的视野，在挤入国家权力运行系统后，受宋代知

识与学术风气的影响，个体或许会产生关注、研读李善注的行为。在一般知识阶层热衷五臣注与个别知识精英鼓吹李善注的博弈中，合并本系统最终形成。合并本的六家本与六臣本的先后出现，亦从侧面反映出李善与五臣被关注与选择的阶段性转移。在"文选烂，秀才半"的背后，科举视野下的宋代《文选》传播虽然能够被梳理为比较清晰的传承线索，但其中亦包含着较为复杂的历史多样性：宋代的《文选》传播可以说处于这样的一个深层背景之中，即一般知识阶层对五臣注自觉主动选择与接受，甚至这种选择与接受从童蒙时期就已开始，也由此会对一个人一生的知识结构产生重大影响；在这种深层背景下，李善注则因不同的因素被反复凸显，并最终在南宋以后渐行的考据中成为不可或缺的资料渊薮；李善注在精英知识阶层中的传播与学者的重视、征引与辨证，没有也不可能完全取消五臣注的地位，所以，在宋代皇帝那里会有赏赐臣下五臣注《文选》的现象，此种举动可能有效仿唐代玄宗"王张"的意图，但更多的则是对臣下学习《文选》文体并用之实践的恩典与鼓励，这种恩典也不断表现在最高统治者赏赐臣下书写《文选》作品的书法作品中，此种活动不仅仅能反映到当时《文选》传播的方式、传播的阶层，更重要的意义则在于此种行为无疑会进一步深化、强化与凸显《文选》的地位。

宋代的《文选》研究多为零章短篇、笔记札记样式，但几乎涉及文选学的方方面面：有对萧统编纂《文选》的评议，有对李善、五臣二家之注优劣的论争，有对《文选》注释的质疑、增补、更正、考索、认同，有对《文选》文本的内容、手法以及作者进行的评骘，有对《文选》文体的推溯与梳理，等等。

除此之外，《文选》及其注释在宋代成为学者文人进行检索与搜寻考证资料的渊薮。所以，从整体上看，宋代的《文选》研究仍具备全方位的视野，并且也确实取得了较大的成就。将其置于整个文选学史上进行定位，可以说，宋代的《文选》研究既承继了隋唐五代的不少研究课题，又为宋代以降实事求是的考据学派（如乾嘉学派）的成就开了先声、埋下了伏笔，这种学术脉络从宋代《文选》研究中开始的对同一问题的探讨一直持续到清代的过程中依稀能够找寻到其发展梗概。

无论从哪一个视角考察，元代的文选学都是不够发达的，但也不是一无所有，也没有成为文选学史上的一个裂缝。元代的文选学，主要体现在三个方面（刊刻、续编、评点）、四位学者（陈仁子、张伯颜、方回、刘履）、五种著作。一则《文选》刊刻方面，陈仁子刊刻了茶陵本《增补六臣注文选》，张伯颜刊刻了李善单注本《文选》；二则《文选》评点方面，方回的《文选颜鲍谢诗评》专评《文选》所录三姓七人之诗，刘履《风雅翼》中《选诗补注》的范围虽然扩大，仍不脱离诗歌；三则《文选》补续方面，陈仁子的《文选补遗》卷帙、文体分类几乎与《文选》相当，但毕竟是《文选》遴选之后的再选，终归还是落了下风，而刘履《风雅翼》中之《选诗补遗》《选诗续编》虽延伸至唐宋时期，但局限于诗歌一体，且二人紧跟真德秀《文章正宗》，步趋朱熹《诗集传》《楚辞集注》的阐释体例，尊崇《诗经》却又否定《文选》所录四言诗，尊崇汉魏古诗，否定语词藻饰的六朝文风，其批评倾向为重伦理而轻文学，与文学的本质有所疏离，故后世对其评价不高。尽管元代文选学实绩屈指可数，但它上承宋，下启明，在文选学史上仍是一个不可或缺的阶段。

三

元代文选学所开创的对《文选》的删节、评点，到明代的时候广为盛行，成为明代文选学最为突出的特征。当一个时期对《文选》的需求没有那么深入的时候，尤其是当把《文选》仅仅当作学习文章、科举考试的"敲门砖"的时候，一般知识阶层肯定不会花更多的功夫去研读《文选》的方方面面，按需求取就成为必然的事情。明代的文选学就属于这样一种情况。尽管也有《文选》各种版本的刊刻，但也产生了大量的删减、简化并配合文章评点以适应一般知识阶层需求的版本，明代的文选学因此呈现出明显的世俗化倾向。

从简单词语的注释，到一句一章的疏通大意，再到整篇诗歌、文章框架结构的提点，明代的删述本《文选》通过这样的方式，以一般知识阶层甚或初学者为预设读者，对《文选》传承注本进行了删述，以实现简洁、通俗、易读、实用的目的。此种对传世经典的传播与接受方式，既是明代时文对《文选》乃至全部传世典籍的约束，也反映了明代《文选》的社会普及程度。

在《文选》评点方面，宋末元初的方回已开《文选》诗歌评点的先河，但对《文选》更多的文体文本乃至全部文本进行点评并形成一种风气，则是在明代万历以后。除时文影响之外，晚明时期文人对艺术审美的追求、以雅矫俗的文学风尚，都促使时人的目光再次聚焦《文选》。评点本《文选》主要从文体、章句大意、篇章结构、警句妙语等层面展开评点，除个别文人自娱自乐的评点之外，大都因科举而生，因时文而盛。

明代的文选学虽然在考据方面并非空白，如杨慎、胡应麟等人的著作中涉及了《文选》的部分考据内容，但明代的《文选》考据的确是不够发达的，更多地呈现出世俗化的倾向。明代文选学的世俗化倾向，在后来的选学家眼中常常被视为庸俗化，当然这是由于学术立场不同导致的。其实，《文选》本来就是一部文学总集，李善的注释使之跨入了学术之门，当然也在一定程度上远离了《文选》文本本身，而明代删述本、评点本的出现，使世人再一次将焦点集中于文本，从文学层面、写作层面研读《文选》，尽管是出于明确的现实意图，却恰恰符合《文选》本来的样子，是对萧统编纂意图的回归。所以，在文选学史，回归文本成为明代文选学突出的特征，明代的文选学在"术"而非"学"的层面确立了明代文选学在历史中的地位。

四

清代学术兴盛，汉学家、小学家、骈文家皆着力于《文选》，文选学因此复兴。清代所出版印刷的《文选》版本以及有跋语、批校、评点的《文选》本子，超过百种，从事《文选》研究并卓有成就者超过一百六十人，清代的文选学著作也有七十多种，涉及《文选》校勘、音韵训诂、删注评点、选诗、选赋、摘词编纂类书以及综合研究。无论从传统文选学的视角，还是现代文选学的视角来看，清代的文选学在《文选》校勘出版、著作著述、研究队伍、研究范围等层面全面开花，既超越前代，又令后人仰视，成为文选学史上毋庸置疑的顶峰。

乾嘉学者对知识考据满腔热情，沉潜书斋的辑佚、考据以及对传统文献的校勘，重现并强化了李善确立的《文选》的知识价值，使清代的文选学在文学文本的评点之外，又转向了传统学术的层面。嘉庆十四年胡克家刊刻的李善注《文选》成为此后最为通行的版本，而其所附的由顾广圻、彭兆荪校勘的《文选考异》则代表了清代《文选》校勘的最高成果，尽管也存在个别疏漏，但在只有茶陵本、袁本两种校本的情况下，《文选考异》的精审仍令后人惊叹仰视。

有清一代，《文选》不仅是一种文学总集、资料渊薮，也是一种符号：一种学术流派、文学流派。《文选派》与桐城派的争斗，贯穿整个朝代，而最终都没有避免成为"妖孽""谬种"的命运。

四库馆臣总结中国两千余年经学史时，一言以蔽之曰"不过汉学、宋学两家互为胜负"①，此判断亦适合整个有清一代。乾隆至嘉庆年间，经学考证风靡朝野。服膺程朱之学、致力辞章的姚鼐把握学术脉动，自觉地从辞章转向考据，故其有拜师戴震之举。姚鼐拜师被谢，并没有阻止其学术转向，反而对其转向汉学有直接的推动。此后相当长的一段时期，他绝少进行古文创作，而是致力于考据。然而，深染宋学背景的姚鼐，即使能以特别的身份进入四库馆，其考据之成果仍不能被汉学家所认可，时常处于被孤立、被讪笑、边缘化的窘境。挤进主流学术圈失败后的姚鼐借口生病，离馆出都，致力于书院讲学，将学术方向再次转向宋学，并努力构建了桐城学派的文统与道统，以之与如日中天的汉学对抗。此消彼长，嘉道之际，汉学

---

① 永瑢等：《四库全书总目》，中华书局 1965 年版，第 1 页。

已过正午，积弊日显，不仅遭到宋学中人的一致诋斥，汉学阵营中的某些学者亦对其多有反省。唯江藩撰《国朝汉学师承记》继续扬汉抑宋，方东树则撰《汉学商兑》针锋相对，激辞厉言，专崇程朱，排拒汉学，汉学之盛气始渐衰，桐城古文遂兴。然则，文章之正宗不能无争，于是扬州阮元起而撰《文言说》，以孔子《文言》为依据，以昭明《文选》为典范，力证骈文为文章之正宗，古文不能称为"文"，更不能称为"古"，只能归属于经、史、子，而总称为笔。阮元"身历乾、嘉文物鼎盛之时，主持风会数十年，海内学者奉为山斗焉"[1]，其地位、名望、学识影响力如此之大，毫无疑问会影响骈文繁荣。

晚清曾国藩，借给欧阳勋文集撰序之机，重新梳理桐城派之文脉传承，"扩姚氏而大之"[2]，对姚鼐之后桐城派之传承梳理至晰。曾国藩身居高位，以义理经济发为文章，流风所被，鲜有抗颜者，其弟子吴汝纶、黎庶昌、张裕钊、薛福成推流扬波，晚清桐城古文遂有中兴之事。清季民初的北大讲坛上，马其昶、姚永概、姚永朴，乃至严复、林纾，皆桐城后期风云人物。随着章氏弟子入主北大，《文选》派、桐城派又势若水火。黄侃及刘师培，补充阐释阮元《文言》之说，以《文选》《文心雕龙》为依傍，诋以桐城末流，力证骈文乃文章之正宗。由此，桐城派遂退出北大讲坛。时新文化运动已兴，不久，《文选》派、桐城派分别被冠以"妖孽""谬种"，成为新文化运动攻击旧文学的靶子，二者遂泯于无形。

---

① 赵尔巽等：《清史稿》卷三六四《阮元传》，中华书局 1977 年版，第 38 册，第 11424 页。
② 黎庶昌：《续古文辞类纂》，世界书局 1936 年版，第 2 页。

　　大要言之，正是因为乾嘉汉学之盛，姚鼐才扛旗立派与之抗衡，遂有桐城古文之兴。阮元又起而排之，将《文选》推向前台，力证骈文为文章正宗，骈文于是兴盛。曾国藩沿波讨源，重构桐城古文脉络，复以经济入文，使其有所变而后大，晚清文坛于是有桐城古文之兴。及章氏弟子入主北大，黄侃、刘师培远绍阮元，复以《文选》《文心》为依傍，力诋桐城末流，于是桐城古文衰。章氏弟子钱玄同反戈一击，诋以"妖孽""谬种"，倡导文学革命。至此，有清一代"互撕"不止的两大文派，终于携手，却是一起退出了历史舞台。古文骈文、桐城《文选》、文笔之辨、骈散之争，不过汉宋之争而已。《文选》与桐城，相斗相争，相辅相成，当二者终于被置于同一阵营的时候，则不过是文白之争、新旧之争，当然这也预示着整个古典时代的终结。

　　汉学与宋学，古文与骈文，其冲突源于其"同时代的不同时代性"[①]。桐城古文的根基是宋学，推崇程朱之学，标榜韩欧文章，即远绍唐宋。骈文的根基是汉学，汉学以汉代经学为宗。二派虽共处同一时期，却远绍不同，标榜各异，此即其"不同时代性"。

　　清代经典考据学有个基本预设：大体是经典与圣贤的绝对

---

① "同时代的不同时代性"用德国漫画家卜劳恩的《父与子》中的一幅漫画阐释最为直观，说的是父亲给儿子量身高，找了一棵小树，并在树上钉了一个钉子做记号，以此为标记，看明年能超出多少。结果第二年再比较的时候发现，做记号的钉子比儿子高出了许多。历史学借此阐释"同时代的不同时代性"这个概念，用来描述虽处同一时代，却隶属于不同的发展阶段或层次。此处借此概念来阐释桐城派、《文选》派以及新文化运动多方面之间的冲突原因。斯特凡·约尔丹主编，孟钟捷译：《历史科学基本概念辞典》，北京大学出版社 2012 年版，第 109、264 页。

正确，依此类推，越往前追溯，距离真理就愈近，就越接近经典文本，可靠性越大；反之，从文献源流上越是晚出的，就离圣贤和经典文本越远，离真理也越远，就越可能是某种意图的比附。[①] 此种"愈早愈正确"的不言自明考据预设，使清代汉学家及与之密切关联的骈文从一开始就占据某种心理优势，汉学家们在"绝对真理"在"我"手中的前提下，不仅对宋学的蹈空阐释大加鞭挞，而且对宋学根基的程朱之学也一并釜底抽薪。故有清一代汉学与宋学、骈文与古文、骈与散、《文选》与桐城对阵时，后者似乎常处下风。

但毋庸置疑的是，桐城派是清代持续时间最长、影响深远的一个流派，究其原因，也正是其宋学根基，因为程朱之学一直是清代官方倡导的主流意识形态，故从至高的层面而言，桐城古文主动实现了与官方意识形态的合谋，尽管作为一种文学流派、一种文体，它不足以承担如此宏大的政治伦理使命，但并不妨碍它以"学行继程朱之后"标榜；从最低的层面讲，桐城古文主动实现了与时文的合谋，"以古文为时文""以时文为古文"[②]，从而使其最大限度地获取了一般知识阶层的群众基础。总之，古文是文与道之结合，骈文是文与学之结合，其基础则分别是汉学与宋学。故骈文与桐城等一系列相争，归根结底是占有知识的绝对真理与占有权力的绝对权威之间的斗争。

《文选》派被称为"选学妖孽"，成为新文化运动的攻击目标，究其原因，亦为"同一代的不同时代性"。新文化运动发起

---

① 葛兆光：《中国思想史》第二卷，复旦大学出版社 2013 年版，第 381—382 页。
② 钱大昕著，陈文和主编：《嘉定钱大昕全集（增订本）》第 9 册《潜研堂文集》卷三十三《与友人书》，凤凰出版社 2016 年版，第 546 页。

者深受西方新式教育影响，提倡新文化，与追随六朝《文选》的《文选》派虽处同一时代，却存在着"不同的时代性"。新文化运动的真理预设是：凡新皆以为然，故凡旧皆须清除。所以，尽管《文选》派能够将桐城派驱逐出北大校门，但它仍然免不了被新文化运动驱逐的命运。

五

"选学妖孽"的口号是钱玄同的发明。从新文化运动承载的推翻旧文化的宏大任务层面而言，"选学妖孽"的内涵必须进行转换、提升，只有如此，方有资格成为这一具备历史转折意义运动的简明纲领。这不仅是革命之需要，而且是革命之必然。需进一步申述的是，这种转换为什么要"暗中"进行，转换得"不露痕迹"，以致后人乃至今人一提及此八字纲领就理所当然地将之等同于一切旧文化。首要一点，尽管钱玄同制作"选学妖孽"的口号伊始，确有直指黄侃的意图，但其自始至终并没有从文字上公开宣称坐实，只有深入当时的历史语境，才能摸清钱玄同最初的意图，因为语言的书面系统"其实就是某人说了什么或可能说了什么的提示系统"①。这种提示系统需要被深入挖掘、多方印证才能实现，这恰恰给钱玄同及新文化运动先驱者预留了转换且能暗中转换的空间与可能。转换在"暗中"进行，是有意消弭语言的部分提示系统，从而使这场革命突破狭隘的意气之争的局限，使之更具正当性、合理性。"语境所承

---

① 爱德华 T. 霍尔：《语境和意义》，萨默瓦、波特主编，麻争旗等译：《文化模式与传播方式：跨文化交流文集》，北京广播学院出版社 2003 年版，第 45 页。

载的意义是有变化的。离开了语境，代码是不完整的，因为它只包含部分信息"，"人们接受某些东西而不自觉地把其他东西放弃掉"[①]。后来的接受者及当时不明就里的部分受众，在完全脱离或者部分脱离钱玄同最初的言说语境下，且有钱玄同等人有意暗中转换的文字在支持，将"选学妖孽"等同于旧文化中的所有韵文就成为相当自然的事，这也是新文化运动领导者所乐于见到的。

至于"选学妖孽"与"桐城谬种"顺序的暗中转换，也是有意为之。陈平原解释说，一则因为师承，钱玄同、黄侃出自章太炎门下，其他新文化新锐虽非出自章氏门下者，亦对章氏保持敬意，因此在清扫旧文学时，有"厚此薄彼"倾向；二则因为能力因素，能够有能力从理论上批评"选学"的，大都是章氏弟子。故"章门弟子虚晃一枪，专门对付'桐城'去了，这就难怪'谬种'不断挨批，而所谓的'妖孽'则基本无恙"[②]。

总之，"选学妖孽"是新文化运动中钱玄同受胡适《文学改良刍议》中"废骈废律"之影响加之自己的"感同身受"而提出的口号，其最初所指实乃师出同门而主张迥异且善骂的黄侃，与黄侃身处同一阵营的刘师培最多算是捎带。不过随着新文化运动的逐渐深入推进，这个最初确有所指的口号逐渐跳出了狭隘的所指，内涵在"无需说明"中逐渐扩展为整个文选派，进

---

① 爱德华 T. 霍尔：《语境和意义》，萨默瓦、波特主编，麻争旗等译：《文化模式与传播方式：跨文化交流文集》，北京广播学院出版社 2003 年版，第 45 页。
② 陈平原：《新教育与新文学——从京师大学堂到北京大学》，《中国大学十讲》，复旦大学出版社 2002 年版，第 130 页。

而整个骈文派，而在后人的理解中甚或成为古代全部骈律的文献，俨然成为中国文化的"半壁江山"。新文化运动距今已一个多世纪，随着时间之推移，"选学妖孽"产生的具体所指，在当时就有不愿明确表达的因素，今日更是逐渐淡出了人们的视野，因此在回首新文化运动时，"选学妖孽"理所当然地被等同于"目选学为妖孽"了。

新文化运动者将中国古代文化概括为"选学妖孽"与"桐城谬种"，是对晚清民国一段时期内中国文化的现状做出的反动，"八字纲领"的内涵转换又相当准确地笼括了中国旧文化，理所当然地成为新文化运动的响亮口号与得力武器。在追忆 20 世纪初这场中国文化的新旧转型中，"选学妖孽、桐城谬种"口号对运动产生了巨大作用，已成为显而易见的共识。

自新文化运动打出"选学妖孽"的旗帜后，《文选》就不再纯粹是古代一部文学总集的名称，还被赋予了旧文学、旧文化代表的身份。20 世纪 30 年代的"施鲁之争"是因施蛰存给青年推荐《文选》《庄子》等书目——主要是《文选》——而引发的。在对待旧文学及传统文化的问题上，施蛰存、鲁迅持论完全相左，故"施鲁之争"虽时时言及《文选》，实则很快脱离了《文选》本身，上升为革命斗士与"选学妖孽"、新文学与旧文学、白话文与文言文、反封建与封建两个阵营的论争，继而演变成为全国皆知的事件。鲁迅一方阵营强大，而施蛰存势孤力单，其中意气之语、偏执之言不断出现，故施蛰存也被冠以"洋场恶少"甚至"叭儿"的恶名。"施鲁之争"因 1936 年 10 月鲁迅的离世而告一段落，然而多次宣布休战、竭力突围的施蛰存，终其一生都没有突围成功，无法摆脱论争的影响。

这是很令人感叹的。

从中国古典文学的实情、传统治学的门径以及施蛰存个人的学习与创作经历而言，其推荐《文选》是相当平常的事情。然而在1933年，新文化运动已过去十多年了，举国又弥漫着读经的气氛，说明运动依然不够彻底。1925年《京报》副刊的两大征书活动，早已刺激了鲁迅；而1933年施蛰存对《文选》的推荐，更是触动了鲁迅敏感的神经，所以他"刑天舞干戚"式地跳跃出来，义无反顾地继续新文化运动未完成的使命，这也是很正常的事情。

颇为吊诡的是，《文选》这部文学总集，并没有因为"施鲁之争"中鲁迅阵营的强大及激烈批判而销声匿迹，相反，到1935年的时候，无论是《文选》的出版，抑或相关销售广告，都异乎寻常的多。此种迹象表明，对《文选》的批评与压制，反而促成了其反弹。此对普通民众，尤其是一般知识阶层传播、了解与接受《文选》是有积极意义的。但是，可以肯定地说，这也是不够正常的事情。故从1936年开始，《文选》之传承又渐趋平稳。1937年全面抗战的爆发，影响了这种平稳。而精英知识阶层对《文选》之传授、研究，受"施鲁之争"影响则微乎其微。全面抗战爆发之后，他们在流亡、偏居的过程中，依然弦歌不辍，读《文选》、爱故邦，讲授《文选》，研究《文选》，为传统文化的传承保留了火种。此足以说明文化的传承有其自身内在的规律，纯粹依靠外部的力量是不可能彻底消灭的。新文化运动对中国旧文化的清算并没有实现摧枯拉朽，传统文化及其资源并没有因此而彻底断裂，反而为中华文化的转型、延续提供了可能。新旧文化的转型与演化，不可能遽然完成，其间必有一个迂回曲折的较长时段的过程。

六

20世纪30年代骆鸿凯的《文选学》与周贞亮的《文选学讲义》是传统文选学向现代文选学转换的标志,不过,此后的现代文选学并没有全面繁荣,直到1978年以后,《文选》研究才再次获得生机。

大要言之,当代文选学明显的特征有三:一是全面,二是综合,三是国际化。

所谓"全面",既包括当代对《文选》文献的全面清理,对各种《文选》版本、历代《文选》研究著作的辑录、影印、整理与出版,使当代的《文选》研究具备了全面的文献资料基础,也包括新文选学内涵的涵盖广泛,除传统文选学之外,《文选》版本学、编纂学、类型学、传播学、文选学史也成为新文选学的应有之义,并生长成为新文选学的热点。

所谓"综合",是说新文选学的视野与研究方法由传统的单一走向复合多元。单一的研究方法犹如瞎子摸象,不能说每个人摸到的和得出的结论是错误的,但也不可避免地以偏概全,极易偏离事实。传统文选学对同一个问题的探究结果为什么总是千差万别,原因正在于此。版本研究不能脱离注疏,还要与书法、雕版、纸张、刻工、印刷、时代思潮、文化氛围乃至个人喜好密切关联。版本、校勘、注释、评点的研究,最终还要回归《文选》文本,回到萧统编纂《文选》的最初意图上来。

所谓"国际化",主要是指《文选》传播、影响与研究的世界性。《文选》很早就传到韩国、日本、越南等周边地区,作为汉文化圈的一部分，这些国家保存了大量的《文选》文献。韩国奎章阁所藏的《文选》、日本足利学校所藏的明州本《文选》、赐芦文库与金泽文库等收藏的《文选集注》以及众多的抄本，直接影响了当代《文选》研究，不断成为当代研究的热点，给新文选学不断注入活力，促进了新文选学的繁盛。日本、韩国、欧美的一些汉学家，在《文选》研究领域亦成果突出，历届的中国文选学国际学术研讨会均有海外学者参与。这足以说明：《文选》不仅是中国的，也是世界的；优秀的文化经典不仅能够穿透时间，从古至今持续发挥影响力，也能够跨越空间，从中国到海外，为人类奉上一份文化大餐，陶铸情操，澡雪精神。

总之，《文选》这部文学总集的经典化历程是一个复杂的过程，是时代各种合力共同作用的结果。在中国文化史上，《文选》能够持续影响一千五百多年，是因为《文选》文本是一种多重意义的综合体，其本身就具备了被不断穷究的意义。传播、接受史中的《文选》功能也因此被不断转换：《文选》作为文学，《文选》作为知识，《文选》作为学术，《文选》作为旧文化，诸如此类，每种角色转移背后都隐含着或明或隐的某种观念以及社会秩序。不同的传播与接受意图的多重博弈，最终促使《文选》经典的生成、强化、发展，并随着古典时代的结束趋于消解。当新文化运动的先驱者将"选学妖孽"定为中国旧文化代表的时候，是因为他们看准了《文选》在古代社会中的经典地位与持续影响。虽然今天《文选》的这种地位与影响失去了其背后的内在动力机制，但它仍不失为中国传统文学的典范代表，完全有资格成为考察中国传统文化的典范样本之一。

主要参考书目

李善注：《文选》，北宋天圣明道本，国家图书馆、台湾"故宫博物院"藏本

李善注：《文选》，南宋淳熙八年（1181）尤袤刻本，中华书局1974年影印本

李善注：《文选》，清嘉庆十四年（1809）胡克家刻本，中华书局1977年影印本

五臣注：《文选》，南宋绍兴三十一年（1161）建阳崇化书坊陈八郎刻本，台湾"中央图书馆"1981年影印本

五臣、李善注：《文选》，韩国奎章阁藏本，韩国正文社1986年影印本

五臣、李善注：《文选》，日本足利学校藏南宋绍兴二十八年（1158）刻本，人民文学出版社2008年影印本

李善、五臣注：《文选》，南宋建州刻本，中华书局2012年影印本

李善、五臣注：《文选》，文渊阁四库全书本

周勋初纂辑：《唐钞文选集注汇存》，上海古籍出版社2000年影印本

饶宗颐编：《敦煌吐鲁番本文选》，中华书局 2000 年影印本

金少华：《敦煌吐鲁番本〈文选〉辑校》，浙江大学出版社 2017 年版

宋志英、南江涛选编：《〈文选〉研究文献辑刊》（全六十册），国家图书馆出版社 2013 年版

许逸民主编：《清代文选学名著集成》，广陵书社 2013 年版

高步瀛著，曹道衡、沈玉成点校：《文选李注义疏》，中华书局 2018 年版

黄侃著，黄延祖重辑：《文选平点》中华书局 2006 年版

骆鸿凯：《文选学》，中华书局 1989 年版

屈守元：《文选导读》，巴蜀书社 1996 年版

俞绍初、许逸民主编：《中外学者文选学论集》，中华书局 1998 年版

王立群：《现代〈文选〉学史》，大象出版社 2014 年版

王立群：《〈文选〉成书研究》，大象出版社 2015 年版

王立群：《〈文选〉版本注释综合研究》，大象出版社 2014 年版

傅刚：《〈昭明文选〉研究》，中国社会科学出版社 2000 年版

傅刚：《〈文选〉版本研究》，世界图书出版西安有限公司 2014 年版

曹道衡、傅刚：《萧统评传》，南京大学出版社 2001 年版

陈延嘉、王大恒、孙浩宇：《萧统评传》，上海古籍出版社 2018 年版

范志新：《文选版本论稿》，江西人民出版社 2003 年版

胡大雷：《〈文选〉诗研究》，世界图书出版西安有限公司 2014 年版

胡大雷：《〈文选〉编纂研究》，广西师范大学出版社 2009 年版

胡大雷、韩晖：《昭明文选教程》，广西师范大学出版社 2016 年版

力之：《昭明文选论考》，广西师范大学出版社 2020 年版

顾农：《文选论丛》，广陵书社 2007 年版

汪习波：《隋唐文选学研究》上海古籍出版社 2005 年版

刘群栋：《〈文选〉唐注研究》，上海古籍出版社 2019 年版

郭宝军：《宋代文选学研究》，中国社会科学出版社 2010 年版

郭宝军：《胡克家本〈文选〉研究》，河南大学出版社 2014 年版

丁红旗：《唐宋〈文选〉学史论》，上海人民出版社 2015 年版

罗琴：《元代文选学研究》，花木兰文化出版社 2015 年版

王书才：《明清文选学述评》上海古籍出版社 2008 年版

王书才：《〈昭明文选〉研究发展史》，学习出版社 2008 年版

王书才：《文选评点述略》，上海古籍出版社 2012 年版

赵俊玲：《文选汇评》，凤凰出版社 2017 年版

赵俊玲：《文选评点研究》，上海古籍出版社 2013 年版

游志诚：《文选综合学》，文史哲出版社 2010 年版

刘锋：《〈文选〉校雠史稿》，上海古籍出版社 2020 年版

江庆柏、刘志伟主编：《文选资料汇编》（总论卷），中华书局 2017 年版

刘锋、王翠红主编：《文选资料汇编》（序跋著录卷），中华书局 2019 年版

冈村繁：《文选之研究》，上海古籍出版社 2002 年版

清水凯夫：《六朝文学论文集》，重庆出版社 1989 年版

后　记

这本小书是我参与的李振宏先生主持的《中华元典学术史丛书》中的一种。

李先生是我读博士时的导师组成员之一，评审过我的博士学位论文，参加过我的博士学位论文答辩会议，知道我这些年一直在学习《文选》，写过几篇《文选》研究的文章，所以才把《〈昭明文选〉学术史》的撰写任务交给我来做。我想，除李先生竭力提携后进外，还有一个因素，我曾参与过李先生主编的《国学新读本丛书》，注说过《颜氏家训》，水平虽然一般，却在规定的时间内按时交稿了。主编一部丛书，学术方面的问题姑且不说，仅是能否按时交稿一事，就颇令人操心的了。

因为我的博士学位论文是《宋代文选学研究》，后来我又对清代胡克家刊刻的《文选》做了一点考察，写成了《胡克家本文选研究》，还从文选学史的角度写过几篇清代、民国时期文选学的文章。有了这些材料垫底，我觉得自己完成《〈昭明文选〉学术史》也不是一件费时的事情，所以不仅爽快地接受了任务，还信誓旦旦地说肯定能够按时交稿。

2018 年春天在济南召开过一次全体作者会议以后，此事也就搁下了。我总以为能够在较短的时间内完成，加之手头的其他事情，故迟迟未能动笔。直到 2020 年暑假，离交稿的最后期限日益临近，我这才开始匆匆着手此事。不过，计划总是跟不上变化的脚步，其间的多种琐事，不断打乱本书撰写的进程。我是一个一心不能二用的人，总是得一件事情完成之后，才能安心地做另外一件事情。结果在计划之外，也在意料之中。2020 年底的时候，我并没有如期完成，只得又利用寒假的一点时间，集中精力，终于完成了这项工作，总算有了一个交代。

初稿完成之后，主编李振宏先生进行了细致的审阅，从丛书的撰写体例、编纂意图及字数要求等方面，对书稿中部分侧重版本文献考证的章节提出了删减意见。按照李先生的指导，我删去了侧重版本考证的几节，将宋元合并为一章，又增加了当代《文选》研究的部分内容。尽管现在的文献数据获取极为便利，但当代的《文选》研究成果众多，视野有限，眼光不够，难免挂一漏万，敬请同道谅解。

虽然我最近的十几年大部分精力用在了《文选》的学习上，但撰写一部《文选》的学术史，实际操作起来还是感到力不从心。因为已经有王书才师兄的《〈昭明文选〉研究发展史》在前，并且有了数种断代的文选学史，想写出一部多少有点新意的《文选》学术史，对我而言，还是一个挑战。因为《文选》是一部文学总集，与本丛书中其他以思想为主的经典明显不同，经过反复斟酌，我最终确立了以"经典"为基本线索的写法，通过对历代文选学的梳理，考察这部经典是如何生成、成立、强化、维系乃至消解的过程，这个过程称为经典史更准确，称为学术史也未尝不可。

需要交代的是，书中的某些章节已经发表过，分别是：《〈文选〉三家注：唐代〈文选〉的诠释历程》（《文学评论》2012年第6期），《试论〈文选〉经典化之可能与生成》（《文学遗产》2016年第6期），《科举视阈下的宋代〈文选〉传播与接受》（《汉语言文学研究》）2010年第4期），《"选学妖孽"口号的生成及文化史意义》（《河南大学学报》2018年第5期），《1930年代"施鲁之争"的文选学史意义》（《中山大学学报》2019年第6期）。论文发表的时候我做过一些删减，收入本书中时又做了一点补充修改。

感谢丛书主编李振宏先生，不吝提携后进，给我一个对自己十几年《文选》学习研究梳理、检讨的机会。人生需要不断地定期整理，才能清楚干了什么、能干什么、该干什么。对于一个愚钝的人，像我，唯有加倍努力，才有可能步趋贤能的后尘。

2021年3月

郭宝军于河南大学黄河文明与可持续发展研究中心选学与传统文化研究所